死于青春

海岩 著

浙江人民出版社

图书在版编目（CIP）数据

死于青春 / 海岩著. — 杭州：浙江人民出版社，2017.6
ISBN 978-7-213-08058-6

Ⅰ. ①死… Ⅱ. ①海… Ⅲ. ①长篇小说 - 中国 - 当代②中篇小说 - 小说集 - 中国 - 当代 Ⅳ. ①I247

中国版本图书馆CIP数据核字（2017）第126596号

死于青春

海岩 著

出版发行 浙江人民出版社（杭州市体育场路347号 邮编310006）
责任编辑 马方方 陈巧丽
责任校对 姚建国 朱 妍
封面设计 林 丽
电脑制版 书情文化
印 刷 河北鹏润印刷有限公司
开 本 700毫米×980毫米 1/16
印 张 22
字 数 408千字
版 次 2017年6月第1版
印 次 2017年6月第1次印刷
书 号 ISBN 978-7-213-08058-6
定 价 48.00元

目 录
Contents

心中的梦想
——代总序

我二十多岁时开始进行业余文学创作，断断续续，全凭兴之所至。有时三五个月写一个长篇，一蹴而就；有时数年投笔，不着一字。概括来看，我的写作不过是为丰富个人业余生活且偶尔为之的一种自娱自乐，因此连“业余作家”的称号都有些愧不敢当。我经历中的正式职业是士兵、警察、企业干部和其他，这些职业提供给我的环境，与文学相去甚远。多年以来，我身边甚至连一个够得上文学爱好者的同事都没有。如果在办公室里突然和人谈论一下文学，你自己都会觉得酸腐和神经，至少不像谈足球什么的那么自然。

文学确实越来越曲高和寡了。在20世纪50、60、70年代曾经延续或爆发过的那种对小说、散文和诗歌的狂热，以及由这狂热所虚构的文学的崇高地位，已是依稀旧事。大众获得知识和信息的渠道，早被电视、电影、电脑之类的时髦传媒统治起来，便捷得令人瞠目。埋头读书不仅枯燥乏味，而且简直有些呆傻的嫌疑。社会与时代愈演愈烈的物质化和功利化倾向，也促使许多人渐渐远离了自己的精神家园。有多少人还在固执地爱着文学呢？

因此，也很少有像我一样在企业界做到高职还在为没能圆了作家梦而时时遗憾的人了。当个职业作家是我自小的志愿。不仅这个志愿没有实现，而且自小学四年级因故辍学后，我就几乎再也没有进过任何一间课堂，也未再参加过任何系统的学习。一个现代都市人连小学毕业的文凭都没有，一直令我为之汗颜。前些年，知识界有几位前辈对作家中的非学者化现象发出批评，更使我掩面过市，真的怀疑自己在作家和企业家这一文一武两个行列中，都是个滥竽充数者。

没受过多少教育也能混入文学界，是我多年以前偶然发现的秘密。把个人的见闻、经验、阅历，甚至道听途说，敷衍成章，稍稍绘形绘色，便成了小说。再把人物的内心独白变成动作和表情，重新分分场景和章节，小说又成了剧本，似乎一切都那么简便易行。文学固然神秘，但薄得就像一层窗户纸，一捅就破，一破就变得任人亲近。尽管我是一个俗务缠身的人，在众人眼里，几乎没有思考和写作的时间，但这些年，连小说带剧本，居然能完成近三百万字的作品。有人不免惊讶和疑心，或恭我废寝忘食、艰辛刻苦，或贬我用秘书捉刀代笔。他们都不知道，文学对我来说，其实犹如思想和呼吸那样自然、随意和快乐。

当然，文学是有优劣文野之分的。像我这样从自己的精神需要出发，依据生活印象和想象妄自涂抹的小说，当然不可能成为上品和精品。何况有些作品明显沾染了当代人流行的浮躁，一看就知道是速成的东西。我所占的便宜，是从小喜欢听故事，听罢又喜欢卖弄给别人，经此锻炼，摸到了几处推波助澜、一唱三叹的窍门。可惜我的性子有些急，所以小说里的那些故事常进展得太过仓促，以致不能尽情展开人物的面貌和情致，当然更谈不上文笔的灵性和深奥。而我的写作又多是于每晚睡前，书成之后，不免总能让人看到字里行间的困乏潦草，如此我也就不敢在文学上有什么目标和抱负，在文学圈里则把自己归为“票友”，聊以自嘲。

读者当然能看到，我的目光总是留恋着那个激情时代，青春的纯情、浪漫、率真、挚爱、狂放不羁，甚至苦难，都是我倾心向往却终不可得的。因为我们被太多现实的烦恼纠缠着，有时会忘记了人的本质。烦恼皆由欲望产生。和我的成长年代相比，20 世纪 90 年代的各种物质欲望实在是太泛滥了，令人在精神上感到无尽的失落。而我抵抗这种失落的武器，就是让笔下的人物充满人文主义的情感，他们的错误，也因他们的单纯而变得美丽！于是，这些作品的风格貌似写实、贴近生活，实际上都是些幻想和童话，读者喜爱的人物几乎都理想得无法存在。而以我的成见，文学既可以是生活实景的逼真描摹，也可以把生活瞬间地理想化，诱发人们内心深处的梦想。有许多在现实中得不到的感受、做不到的事情，却常常令我们憧憬一生。也恰恰是那些无法身体力行的境界，才最让人激动！

在这些作品中，警察是我最热衷表现的人物。与其说是缘于我对警察生活的熟悉，不如说是我对这个职业的迷恋。在和平年代，很少能找到另一种职业比它更酷！这个职业就像一个引力强大的“场”，有一种深刻的向心力在凝聚着你，使你即使远离了它也依旧恋恋不舍地想再贡献点什么。

谨为序。

海　岩

死于青春

吾愿吾亲爱之青年，生于青春，死于青春。

——李大钊

也许我真的疯了。

上火车的时候，站台上的钟响了一下。往常这会儿你照例该起床了。你起来见不到我，必定先习惯地走进厨房，可你看到买菜的篮子还好端端地挂在墙上——今天是春节，没人会这么早就起来上菜市场。接着，你拉开了屋门往外瞧，院子里空空的，很冷，你缩回身子，这时你就会看到门边桌上的那张字条了。

继平，我完全想象得出你的吃惊和愤怒，也许你此时正在痛哭流涕地大骂……这些年你见惯了我的优柔寡断，你不会料到我能在一秒钟之内把多年缠绕身心的所有可见和不可见的缧绁一刀割断，背叛了你也背叛了我自己的麻木，让社会的舆论、自己的脸面、亲朋好友的警劝，统统见鬼去吧！我终于迈开了实际上已经酝酿多年的脚步，在这年关寒冷的黎明，踏着红红绿绿狼藉街头的鞭炮的纸花，和你，和我们这个家，和这些年庸俗寡淡的人生，不告而别，奔我日夜思念的这个地方来了！

啊，茶淀！我终于不用借助模糊的梦境，而是真真切切地见到了你！

梦境中，你是一片苍苍的绿色，潮湿、闷热，又迷人，又残破。可在这干冷干冷的严冬，在经历了改朝换代，几许寒暑的今天，你该是什么样了？

继平，你一定奇怪我为什么一而再、再而三按捺不住说起这个地方。“茶淀，那不是关劳改犯的监狱吗？”你一向多疑、敏感，也一向不肯忍耐。终于有一天，在我们又一次争吵时，你突然冲口而出：“到茶淀找你的情人去吧！”尽管那天你喝多了，控制情绪的能力十分低下，但这句话仍然使我意识到，那次的争吵已开始把我们的关系升级到一个真正不幸，也是或迟或早总会到来的转折点了。那天就注定了今天！

茶淀，我不是今天才认识你，我那幼稚而又深沉、朦胧而又强烈的爱，就在当年短短相识的瞬间，留在你那泥泞的土地上了。

我最先想起的是那首异域的情歌，是小祥从他家的旧唱片上学会的歌，他唱给我听的时候，还说不清它到底来自欧洲还是太平洋，那确实是一首优美又特别好记的歌：

为什么
你为我饮马整鞍，
为什么
你将醇酒奉献，
美丽的姑娘啊，
我是个贫穷的流浪汉。
啊，我本不该停步，

是你的美丽使我流连。
你愿不愿和我结伴，
去那遥远的天边？
那儿没有愚昧和强暴，
也没有万恶的金钱。
只有你和我，
我们的诚实与热血，
还有头上一方
湛湛的蓝天！

小祥，你当然不会忘记这首歌，可你还记不记得我？还记不记得你的白房子和房前那葫芦形的池塘？池塘边那个简陋的防震棚还在不在？哦，那棚子的简陋就注定了它的短命，可在我的记忆里，它始终和白房子、和半池青萍、和你临池独立的身影在一起，是一个永久不变的、诗一样的即景。

我从小说知道你这不寻常的家乡。从我懂事起就常常听到家里的保姆和街坊四邻扯闲篇儿的时候，带着神秘和恐惧的表情，说到那些偷鸡摸狗之辈被送到茶淀去的事情，仿佛那就是古时刺配囚犯的远恶军州。

其实，茶淀，不过是唐山左近一个黄豆般大小的车站。你对我说起过这个小站寒碜的历史。它早先连一排矮矮的栅栏都没有，很久以前大概只是个无名的弹丸小村，在八百里京山线上，自然不敢与四朝古都的起点和天下第一雄关的终点同日而语；也愧于与中国大城津门和工业重镇唐山相提并论。但是，北京的许多年轻人大概和我一样，并不知道京山线上通往新港码头、大港油田和那个华北最大盐场的必经之地塘沽，或许也不知道有着古老传奇故事的军粮城，他们却知道——茶淀。

茶淀的出名，一点不错，正因为它是一个大型劳改农场的所在地，确切地说，是这个劳改农场的大门。北京人习惯地称之为“茶淀农场”，其实它的本名叫“清河农场”。此地去京数百里之遥，当然和京郊的那个清河镇绝无牵连，尽管这里确实有一条不小的清水河，但农场的这个名字无疑包含了一种象征意味，无非喻水之清，可以洗净恶人满身的污浊。

清河，你能不能洗清我？我这个有夫之妇，竟抛弃了温暖不到两载的新家，去寻找一个多年以前的旧爱……继平，你完全可以参加进那一片世俗的唾骂中去，骂这给你丢尽了脸面的媳妇！可是继平，你不要恨他，他是干干净净没有过错的。虽然他像一个美好的召唤，十年来使我灵魂不安；他又像个强大的“第三者”，插足到我们风雨飘摇的夫妻关系之间，但实际上，从十年前和他分手后，我们就再没有见过面。

要是没有唐山的那场地震，你我也许一辈子无缘碰面。

那时我已经在北京市公安局一个大处的团委书记办公室里坐了将近两年，俨然是个成熟的大人了，你呢，你看上去还是个孩子。

我对你说过地震那天北京的情形。那天上午九点钟开始下雨，虽然比起你们，北京人感受到的恐怖是微不足道的，但是谁也无心办公，都在夸张地学说着自家屋子在震动中的声音，以及老婆（或丈夫）当时的种种狼狈。那阵子正是反击右倾翻案风运动的高潮，大家难得有这么一天。

中午，据饭桌上的新闻：地震中心原来在唐山一带。这使人们的心里无论如何更多了一点宽慰——唐山？远着呢。

可紧接着，各种骇人听闻的小道消息不胫而走，有人说唐山现已夷为平地，百万之众无一幸存；还有人说天津的劝业场也塌了，死伤无数；又有人提起北京公安局有个劳改场就在津唐之间，不知受灾如何；更多的人则开始谈起历史上的难民和瘟疫……而最后到来的“官方消息”却说：往唐山一带的交通、电信早在夜里就已全部中断，连军队的电台都联系不上，以上种种传闻均系谣言，要提高革命警惕云云。

下午三点钟，通知我和另外十九位干部去局本部开会。一看我们这二十个人，哪个科的都有，一律四十岁以下，身体好，无家庭负担。女的只有三个，我最小，刚满二十岁。大家谁也不知道开什么会，但猜想八成和地震有关。

不出所料，在局里碰上局团委的一位同行，透露说清河农场受灾严重，铁路不通，公路也不通。昨天夜里农场的一位副场长带着个干部坐一辆吉普车，千辛万苦跑出来到市局告急。局里决定马上组织力量，开赴清河救灾。

大会议室里已经挤满了人，除了各业务处抽来的干部之外，还有几个公安医院的医生，带着大包小包的药。大家好奇地把目光集中在前面两个陌生人的身上，这两人一老一小，满身泥水。老的站着，用很带感情的目光环视着我们，说不清是期待还是感谢；小的坐着，面无表情，疲惫不堪。小祥，那就是你！

你的性格本来有很活泼的一面，可也许是第一次置身在这样众目睽睽的场面下，那天却处处显得呆板。你在那偏僻一隅的地方出生、长大、读书、毕业，完全是一个没有见过世面的青年；你坐在椅子上，给人的感觉非常弱小，凭第一眼的印象，谁也不会想到你站起身来竟比那位老场长高出半个肩。

那天的会议短促得出人意料，先是有人扼要介绍了清河农场的灾情，然后就宣布成立抗震救灾工作队，再然后就宣布立即出发，奔赴灾区。所有的话都用命令的口气说出，让人没有思考更没有犹豫的余地。开始还是闹哄哄的会场一下子变得鸦雀无声，所有人都感受到了犹如战争一般的沉重气氛。我的心咚咚直跳，对于一个从小就为“没能赶上战争年代”而抱憾的热血青年来说，这骤然而至的沉重气氛是那么新鲜，在和平年代，我想这大概就等于上前线了。而前线是什么样子？我们去了干什么？会碰到什么艰难险阻？

一切都茫然。这又不免使人心虚。对灾情的介绍笼统得等于没说——死了很多人，塌了很多房子……到底多少？都不知道。连你，小祥，也是一样，你在地震后不久就随了那位洪场长，绕过一道道塌桥断隘，夺路北上了，你也不清楚那方圆五十里、两万余人口的农场，现在究竟成了什么局面。

散了会，直接下楼，大家拥挤着上了停在楼前的几辆卡车。天仍然下着雨，有雨衣的穿雨衣，没有的淋着。局机关有不少人挤在楼门口，默默地看我们上车。我举目四顾，竟找不到一个能代我向父母道一声别的熟人。

卡车穿过雨雾弥漫的城市，往天津方向开。过了天津，天渐渐黑下来，雨也停了。越往前走，看到路边坍塌的房子越多，还有扭断的公路、长而深的裂沟、高高弓起来的铁路桥、路面和田野上的大片喷沙，大地居然变得如此丑陋、破烂、恐怖、不可思议了。车上的人不断惊呼着，像是惊叹神话世界中的古代遗迹，好像这辈子活到现在，才真正发现了自然力的强大和人类的渺小。我们一路上没看见死人，连活人也没有，天地间和旷野上仿佛只有我们这几辆卡车和一股沉沉的死气。

那天我和你同在一辆车里。你沉默寡言，全不理会沿途的各种奇观，也不参加我们的谈论和争辩，只是抱着膝盖，一声不响地蜷缩在车厢一隅。你仿佛和大家很隔阂，大家也不注意你。从沿途的观感中，我能想象到你在过去的十几个小时里惊心动魄的经历。你从一片废墟中侥幸逃命，是惊魂未定，还是在挂念唯一的亲人——和你相依为命的姥姥？或者仅仅是累坏了，你毕竟太年轻。

路不好走，颠簸到夜里十一点钟，到达了农场的边缘。下了一天透雨，前方的地面在夜幕中呈现着斑斑反光，显然已是一片泽国。进入农场的唯一通道是一条三十多里长的土堤，借着车灯射出的两道光柱，能看到土堤表面全是狰狞的稀泥，乘车通过它几乎是不可想象的事情。大家下了车，七嘴八舌，茫然无措。局办公室的肖科长自称来过这一带，提议另找路从汉沽方向绕进去，但究竟怎么走，他也含糊。小祥，这时人们自然想到应该问问你。

这是我第一次听见你开口说话，你本来不是个拙于辞令的人，却是人多怕生，只是一味摇头，嘴里说："不行啊，不行啊。"

肖科长把你的词穷当作犹豫的表现，用一种居高临下的口气争辩道："怎么不行，我走过多少次了，过几座桥，能到汉沽。"

你似乎胆壮了些，说："现在十座桥塌了九座，就是因为有那些桥，才过不来。"

"那你们是怎么出来的，从这儿？"肖科长指着堤上被刺目的车灯映照着的烂泥。

"就从这儿，那还有错！"你的声音一下子明快了，带着孩子般的好斗和认真，可随即又软下来，否定了自己，"可那时还没下雨，地是干的呀……"

后面的车陆续赶来，那位上了年纪的洪场长挤到人前，甚至对堤上的烂泥都没有望上一眼，就振臂呼道："都下车，空车慢慢开，大家在两边护着，别让车滑下去，快点！"

他大概有六十岁了，大脸，粗眉，地道的烈汉模样，那张坚忍的脸本身就像一个复杂的故事。他的果断使人不敢怀疑他的权威，于是没人再提另辟蹊径的话。但是肖科长提议先休息一下，一来做个前敌动员，二来也等堤上干一干再走。说心里话，我是很希望能休息一下的，被雨淋透的衣服湿乎乎地包在身上，风吹一路，哆嗦得几乎要抽筋，肚子又空，我担心要生病……

小祥，只有你急不可待："不行啊，就是等到天亮这泥也干不了。"见周围无人响应，你仿佛理亏似的，试探着又说，"洪场长，要不然我先背上点药，先进去，先告诉场里……"

漆黑如墨的长堤，仿佛一直通向茫无边际的天尽头，一个人徒步闯过去，得有什么样的胆量呢？你的勇敢使我不由得刮目相看了，并且引起了自己的惭愧。

“我也去！”

我举起一只手，明知所有人都会吃惊，却故意说得平静。也许在刹那间仅仅是出于一种“意识流”的盲目性，使我生出了许多关于人类生存竞争问题的重大联想。在那个“时刻准备打”的年代，几乎人人都要估量一下自己的精神和体魄，能否适应艰苦的战争：在严寒的野外风餐露宿；在夏天的酷暑长途跋涉；或者在枪林弹雨中一往无前；甚至被捕后经受严刑拷打，脸不变色心不跳……那些年我正是朝着这个标准，向往着强者的道路。继平，这恰恰是我最初见到你时最不满意的一点。你过分斯文、臃肿，说话咬文嚼字，走路四平八稳；你的彬彬有礼像是刚刚受过蹩脚的训练，穿着虽然讲究，可我却偏偏不喜欢那个养尊处优的神气。

你身上到底缺什么？是男人的野性，还是青春的热情？

可介绍人把你领来的时候，我已经是将近二十九岁的老姑娘了，这年龄连我自己都心虚是否还有资格挑剔别人。“他能对你好就行了，可千万别再挑了。”父亲倒是非常实际，“你呀，就是让那些玫瑰色的幻想给耽误了。”

不错，按目前的“行市”，你和小祥的身价确有天壤之别。小祥的父母虽然是清河农场的创建者和初期的领导人，但早已去世，他实际上是靠着微薄的抚恤金长大的孤寒子弟，后来又端上了你最最看不起的饭碗——警察。而你呢，中医院里堂堂的按摩师，尽管这个行当初听来会让人联想到理发馆里给人捏肩的剃头师傅和那些蹒跚的瞎眼老太太，可我已经懂得你当然和他们不一样。“我是医生，正式的骨科医生！”你不止一次愤愤地向我强调，“我不光会按摩，还得懂解剖学、经络学，得会看 X 光片，看心电图，我有处方权！他们那种按摩算什么，不过是让人舒服舒服，保健性的，扒拉脑袋就是一个，要是在国外，像他们这种按摩的其实就是妓女……”非我族类，越说越难听了。

当然，在国外，医生是高尚的职业。

要是真到了国外，你一定如鱼得水了。你能玩，会享受，喜欢一切热闹，不管是有趣的还是无聊的，抑或是肉麻的热闹。我呢，恰恰在这方面没法与你合拍。我这些年越来越喜欢缩到自己的内心世界去寻找寄托的天地，我的气质忧郁，也崇拜忧郁，似乎只有在忧郁中，感情才能充分发泄，而在这一点上你又恰恰满足不了我。

新婚燕尔，我尽管并无玩兴，但仍然打足精神随你到杭州去度蜜月。结婚毕竟不是儿戏，哪怕仅仅是承担一种义务，我也该为我们的百年建设一个好基础。

逛灵隐寺，你每殿必进，慷慨地打发着那些站在门口收“买路钱”的和尚；登藏山阁，你兴致勃勃地在一个个迂回迷离的山洞里钻来钻去，刻意选择各种刁钻古怪的角度留影存念；你能在楼外楼前的码头上排上两个小时的长队，为的是租一只脚踏游艇绕半圈西湖。哦，比起地灵人杰的西湖，那勾留了多少骚人墨客的洋洋十景，那令人神往和凭吊的人物传说，村野的清河相形见绌了。清河虽美，却绝没有那种亭台楼榭、柳绿桃红的雍容气派，也从没有什么人肯对她折腰膜拜。但她也是一个母亲，统率着众多的子孙支脉，滋养着方圆几十里的土地，每一条支流都那么胸有成竹地保持着自己独特的魅力，都好比那条清澈见底的“孩儿河”，小祥只领我去过一次，我就再也忘不了她了。她仿佛是清河朴拙气质的一个缩影，那河水多清多凉，恬淡温存而又无牵无挂地流动着；还有河边那片洒满阳光的小树林，安静得甚至带了点仙气，像一派鸿蒙未开的原始天地，一个出世未久的单纯的“孩儿”……我永远都记着那个闭塞的村野小景带给我的欢愉。

那天下雨，不能出户，就在临靠西湖的那个旅馆的舞厅里，你迷上了迪斯科。你至少换了十个舞伴，跳得那么认真、疯狂。我一点也不嫉妒，大家天南地北、素不相识。我甚至庆幸你能不知疲倦地跳下去，好让我独自待在阳台上，凭栏远眺，看西湖在雨雾空蒙中多么辽阔、神秘。望不及尽头的茫茫平湖，辨不清轮廓的深深孤山，似乎模糊了西湖的形貌，只给人一片山和水的抽象感受，正是这种混混沌沌的感受，使我又悠悠地回到了清河。

果然是大年初一，这趟火车就像是给我一个人开的，空荡荡的车厢在铁轨的交错处显得格外摇晃。也许我真的发了疯，居然跑到火车上来过春节了。

在清河，只有这趟逢站必停的慢车。早上七点半钟从永定门起程，出丰台，过天津，然后在视野开阔的华北大平原上行进两个多小时，进入河北省宁河县境内。下午一点多钟，过了又宽又直的潮白河以后，透过车窗远眺，能看见地平线上冒出一片密密的枯槐，这就是说，火车已经踏上清河的地头了。

我的心也忽地提了起来。

小祥，算起来你今年应该是二十九岁了。二十九岁，如果你那英俊的脸上再长出一层黑乎乎的硬胡子，准是个标准的男子汉了。你知道我此刻正在一步步走近你吗？我甚至已经站在你的家乡的门口了。

你爱你的家乡，对这片淳朴的水土一往情深，光是那地平线上逶迤的树林，你就不知对我夸耀过多少次。树，是这个大型劳改场取之自然的“界墙”。你曾引我登高远望，那层层叠叠望不到边的荫盖使你骄傲，在土黄色的大平原上，这里不愧是得天独厚的绿洲。大片的树，大片的稻田，加上大大小小数不清的沟渠塘洼，为清河赚得了鱼米之乡的美誉。

然而此时此地，正笼罩在苍茫的严寒中。火车在茶淀站仅仅喘息了一分钟，就行色匆匆地开走了。一个穿绿色铁路服的老头儿应付差事地从屋里跑出来晃了晃那面肮脏的小旗，匆匆忙忙从我手里收去了这趟车唯一的一张到站票，便又缩回到那肯定十分暖和的小屋里去了。从远处传来的零星错落的鞭炮声，为这里异乎寻常的冷清做了有力的注释：今儿是春节！我突然觉得整个儿身心都笼罩在一种深深的孤独之中。我既不知道身后，北京的家里——丈夫、公婆，还有我自己的双亲，对我的出走会怎样反应，也不知道前方，前方的一切还是不是旧日的模样。但愿不会有人认出我……大年初一跑来看小祥，我算他什么人？大年初一离家而去，搅得人人不安，也许这明明的，就是疯了！

农场接这趟火车的班车并未因过节而取消，来的是辆崭新的北京牌大轿车。我记得地震那年的班车还是辆烧柴油的“大鼻子”，开起来摇晃得吓人。小祥曾断言，那车比他父亲的年纪都大，八成是慈禧太后时代的产物。

这也算一个信息：这儿，已经大大地变样了。

公路也变得新了、宽了，已看不见地震留在它身上的斑斑伤痕；路边的树木好像也粗壮了许多，虽是枯寒时节，却还能依稀唤起当年绿树成行的夏天的印象来。

印象最深的，还是那条路。

那条艰难泥泞的长堤。

那天的夜黑得出奇，小祥居然有胆量要一个人背上药箱穿过那片漫长的泥泞，尽管他的这个要求立刻被洪场长断然否决，但无疑使当时每个人退缩犹豫的内心，得到一种力量和无畏的感染。

“谁也不能后退！”洪场长威严得近于专制，“现在咱们就算是进入灾区了，灾区就是战场，谁也不准停步！”他不容大家答话，便冲几个司机叫道：“把车给我发动起来！”虽然局机关的司机们那些年都养了一身大爷脾气，但受环境气氛影响，也不由自主地紧张和认真起来，只有一个年轻些的慢吞吞地刚要说什么，就被洪场长大吼一声打断：“服从命令！”声气阵势，把他吓得一愣，老老实实钻进驾驶室去了。

“这是战场，这是战争！”每个人都咀嚼着这句话，对从来都在平淡的都市生活圈子里打转的人来说，是那么新鲜，令人兴奋，又惊心动魄！

人多胆壮，靠两条腿一齐走进去，其实也不难，可要把装载着药品的几辆卡车也架过去，却横竖不是件简单的事了，我们连推带垫，整整走了十三个小时，不知多少次差点连人带车滑到堤下的沼泽里去，直到天亮，直到明晃晃的太阳高悬在头上，才走出了这条被三十里烂泥封锁的长堤。

卡车沉重地喘着气，疲惫不堪地顺着公路往农场的深处开去。大家横七竖八挤着歪在车厢里，谁也不说话，生怕说话会耗去最后一点残余的体力。

只有你，小祥，扒着车厢的槽帮紧张地向前方张望，当你终于看到第一片残毁的村落在远处灰蒙蒙的树林后面露出来的时候，竟像孩子般地惊叫起来：

“看！五分场！”

大家挣扎着爬起来，那片残垣断壁越来越近了，已经看得见其间的人迹出没。五分场位于全场的最西缘，在本来已是穷乡僻壤的清河，又是最偏僻的角落。村边的空地上，胡乱排着尸体和伤员，整个儿村子几乎没剩下一间完整的屋子。人们望着几辆沾满烂泥的卡车自远而近，像见到了天外来客一样激动得发呆。从地震发生到现在已经几十个小时过去了，还没有任何外界（包括清河其他地方）的人员和消息来过这里，人们所经历的那种被遗弃、被忘记的强烈恐慌是不难想见的。正在废墟上挖人、挖东西的男女老少，全都停下手中的工具，愣愣地看着我们从车上下来，只有一个人用胆怯得发抖的声音，向走在前面的洪场长叫了一声：

“老洪……”

“同志们，不要慌！”洪场长大步往前走，亮开嗓门，“北京派工作队来啦，来救大家啦！”

这一喊，人们才想起扔下手上的东西，轰一声向我们拥过来。不少人喊着：“毛主席万岁！”但多数人只顾得紧紧抓住我们的胳膊不放，像抓住了从天而降的救星似的，一个胖胖的中年人把我的手握得生疼，泪流满面，却一句话也说不出。

第一排房子还都摇摇欲坠地站在那儿，但正面的墙壁全部不见了，墙砖整齐规则地铺满了房前十余米远近的空地。可以想象得出这些墙砖是多么可怕地在一刹那间齐齐地飞迸出去的。有些房里的家具一件不剩地被甩了出来，只有里墙上贴的毛主席像和年画之类还保持原样，而另一些房子里，全部摆设竟安然未动，从敞开的一面看去，活像一个个家庭陈设的逼真的蜡像模型。

人们正在往外搬着没毁的家具，在乱石堆中寻找着手表、存折之类的贵重东西。我们问了一下，死的人不算多，到现在为止，只有一两处塌房里还压着人没挖出来。洪场长叫其他几辆车继续顺着公路往前走，他和我们这辆车留下来帮着救人。

在一座倒塌的房子里，还压着个女人，我们光能听见她在一块水泥预制板下连哭带喘的呻吟，人却一点看不见。因为怕悬搁的预制板掉下去砸了她，所以不能用锹和镐这类工具硬挖，只能靠手慢慢地往外掏土，一点一点试着挪动那块水泥坨子。

我们这些在大城市里坐机关的人真是出丑了，几个男同志把五分场的人换下来，轮流哈在那儿憋憋屈屈的地方往外掏土，干几下就汗流浃背。他们都不如小祥干得好，小祥并不魁梧，干起活来却如鱼得水一般，动作之协调，甚至让你觉到一种艺术的美感。那时我就开始羡慕他了，凡是在体魄和精神上特别强的人，我都羡慕，尤其是在那个“战争的危险时刻存在”的年代。

预制板终于挪开了一条缝，小祥跪在乱石上，把腰哈得低低的，想把上半身探进那条缝隙把人拉出来，可马上又缩回头。眼睛四顾，突然看到了我。

“你，还是你来吧……”

“怎么啦？”洪场长问。

小祥脸红起来，结结巴巴地说：“里边……她，没穿衣服。”

“浑蛋！”洪场长瞪眼骂，“人命关天，你还废什么话！”

我说：“我来。”又上来一个中年人，把满脸通红的小祥推开，我们俩把那一丝不挂的妇女从石板缝里拖出来，洪场长拿自己的雨衣给她裹上了。

我们把几个重伤员连同那奄奄一息的妇女一道，用卡车送到了农场医院。医院门前的广场上已经躺满了血肉模糊的人。地震发生后，各分场挖出来的伤员源源不断地往这儿送，也不管这个房子塌掉一半的小小医院是否还有能力接纳，横竖把人一放，转身再回去抬别人。据后来估算，送到这儿的伤员足有七八百人。头天下大雨，第二天又是罕见的暴晒，不少伤员就是在这儿断了气。远远就能听见广场上一片悲惨的哀号，成群的绿头苍蝇在令人炫目的热浪中寻找着血腥，那场面我至今难忘。

我们没在那个浊气逼人的广场上待多久。

下午四点多钟，通知工作队的人都到总场集合。这个通知似乎意味着这一天战斗的结束。我们从昨天下午起水米未进，将近两天一夜没合眼，倒不觉得困、饿，就是渴，渴得头晕眼花。

爬上被太阳烤得灼人的卡车，大家谁也不想费唾沫说话。小祥也一声不响，双手抱膝，在车厢角上缩成一团地坐着。

“你叫什么？”我不知为什么想亲近他。

他略感意外地愣了一下，羞涩地回答：“陆小祥。”

“有二十了？”

“差不多。”停一下又说，“十九。”

“你住哪儿？家里房子塌了吗？”

“就住总场，没塌，我们那儿的房子隔一排塌一排。”

后来我曾经问过一位在地球物理研究所工作的“内行”，他不相信会有这种非常规律的坍塌现象，但我在总场附近的居民区却亲眼见到了这个情形。小祥家的房子在第一排，没塌。那房子用大块石头砌成，看上去很结实，四周槐荫掩映，石墙上均匀涂着据说是防虫子的白灰，临一潭幽幽水塘，很有点田园诗味。

如果说总场的秩序已趋于正常，那么最有说服力的例证便是职工食堂在那天下午恢复了开饭。大米是从倒塌的库房里刚刚扒出来的，在露天搭起的土灶里焖烧，有点夹生，而且各家都限了极少的配量，当然对我们管够。

饭盛上来了，却没人吃，都等着水。

远远的，两个人抬着一大桶水过来了，一个是农场食堂的老职工，另一个是小祥。

参加过工作队的同志都能记得这件事，多少年后说起来都要由衷地夸你，说你真不错。你本来比我们还要累，从清河跑出去，又杀回来，体力、精力的消耗接近人的极限，但你居然又跑去给大家抬水。也许首先是因为这个，大家后来一致要求你到我们这儿帮助工作。经过“文化大革命”的“洗礼”，人们越学越精了，但要说交朋友、共事儿，还是喜欢心眼儿单纯的。那年月北京的小伙子都变得玩世不恭，没想到在这个偏僻的小地方还能见到你这种“50年代型”的青年，认真、朴实，又勤谨，让人一看就爱。

水塔塌了，庞然大物的塔顶离我们不远，躺在被它自己砸出的大坑里，要喝水只能临河汲取。地震后的沟渠水洼，沉渣泛起，水中浮着密密的红虫暗藻。那位老职工一边给大家倒水，一边嘱咐等沉淀沉淀再喝。那确是一种吓人的水。

不知道这算是午饭还是晚饭，撤了锅，洗了碗，肆虐了一天的太阳便远远西去，烧红了天边。在我们那几辆大卡车的旁边，又多了两辆“212”，市公安局的孔副局长刚刚赶到。趁天还没黑，把工作队的同志召集在场部院外的公路边上开动员会。孔副局长慷慨激昂地讲了近一个小时，从爬雪山过草地讲到当前的“批邓”，再归到抗震救灾的主题上来，上下古今，国内国外，面面俱到。大家早累坏了，刚填饱的肠胃压迫着睡眠神经，个个昏昏欲睡。我也是，坐在地上总是想着家里那张干净而舒服的床，惶然不知在这儿该如何过夜，一身的臭汗泥巴干儿，到哪儿洗……人到此时，很难不去回味以往习惯了的舒适。我呢，同时又为自己被现代文明搞得退化了的体质和娇弱不堪的心魄而焦虑。

小祥，正因为这种焦虑，我才不能不佩服你。在这从未经历过的震灾面前，我实际上是有意带着一种“拼”的意识去应付各种艰难的，而你却像一个强壮有力的自然之子，处处显得比我们能干、娴熟，也轻松、从容。在我们开会的时候，大家都看见你和几个农场的干部就在公路对面不远的空地上为新来的孔副局长搭帐篷，那时我的神经尽管已疲倦得接近麻木，但内心却有种朦朦胧胧的激动。我想，要是真到了什么艰苦岁月、什么生死关头，你这样的准是个英雄!

好不容易散了会，却仍然不能休息。天蒙蒙黑了，按刚才会上的分工，我们分组到附近的几个居民点去查访群众生活情况。我和另外两个同志外加一位当地干部，顺着公路往南，查访了一个最近的居民点。这儿住户不多，房子都盖得挺讲究，户与户的间隔很宽敞。农场的那位干部告诉我们，这儿过去是农场头头儿们的驻地。

这个居民区有一半房子塌了，但没死人，所以人们的情绪较平定。居民们都在自家屋前的安全地带搭起了简陋的棚子，四处飘着袅袅炊烟。

就在那葫芦形的池塘前，我看见了你家的白房子。

你家还没做饭，门前显得有点冷清。你正在全神贯注地捆扎你们那寒酸的棚子——两张单人床一拼，四根竹竿一竖，一方雨布遮天，虽简单，却整齐，看去也舒服。你在世上唯一的亲人，把你拉扯成人相依为命的姥姥，坐在床上，唠唠叨叨地数落着，担心你把那块宝贝雨布勒破了。啊，那真是一个充满人间温情的动人画面，是一首关于慈孝、关于天伦的永恒的歌。你看见我们走来，脸上突然泛起微红，停下手中的活儿，不好意思地笑了笑。

这些年我想着你，想你的勇敢和热情、忠厚、倔强、粗野，但我更多地想起的，却是你的羞涩，完全属于一个男孩子的绝无脂粉气的羞涩。当你感到不好意思，感到局促的时候，眼神顾盼间会使人人都喜欢你，觉得你单纯无邪。

继平，也许正因为对小祥先入为主的感受，我对你在头一次和我见面时表现出来的那种矜持、成熟的派头感到不舒服，就连你那外交家似的交际风度，也让人多少觉得做作和酸气。

其实在婚后的那一段时间里，作为一个丈夫，你即使不算模范，也堪称温良。为了让我高兴，你做了许多违反自己性格和习惯的事。譬如因为我不愿在你家兄弟姐妹的嘈杂中过日子，你甚至从舒适、宽敞、处处方便的家里搬出来，和我在那只有十三平方米的陋室里委屈了将近两年。我们的悲剧当然不能由你负责，相反，只是因为我——一个幻想太多而又要求太高的女人，总是念念不忘少年时代的旧爱；是因为我，那么草率地结婚，明知不行还要那么做。

可将近三十岁的姑娘不结婚，耳根子就别想清净；要是一辈子独身，人人都会觉得你不正常，不然就是反抗社会！

这趟班车只有三个人，司机、售票员和我。

售票员还是个远远不必为找婆家发愁的小姑娘，路上一边不断哼着些残缺不全的歌曲，一边跟司机大声褒贬着昨天电视里的春节晚会，并且时时用好奇的目光在我身上扫来扫去。她或许在琢磨我，大年初一不在家待着，跑这儿来干什么？

结婚成家，真的太轻率吗？其实也不。从和继平的第一次见面到结婚，拖了整整一年，那真是苦苦盘算、权衡、犹豫的一年。不管怎么说，继平对我，总是尽量顺从的。也许正如父亲所说：“家庭生活是一个很现实、很具体的过程，又琐碎，又累人，夫妻百年，找个脾气好的远比找个模样好的重要。”

那么，是继平的好脾气使我下的决心？

我不否认，促成我下决心的还有另外一件事。那年学院里分给我们研究所一个去美国进修两年的出国名额，所里决定我去。政审材料刚刚上报，突然传来院人事处的“精神”：为了防止年轻人在国外找……所以对未婚者的出国审批一律慎重。要知道，对于一个专门研究美国文学的人来说，亲身领略一下密西西比河的劲风，亲眼认识一下造就了杰克·伦敦、马克·吐温和海明威的那块伟大而又复杂的土地，是多么梦寐以求的愿望啊！

于是，就结婚了，且不管未来怎样。

我想，未来是夫妻双方共同创造的，而双方又都是可以改变的。我曾经在我们两人之间做过反复的估量，我自信依靠自己在文化素养上的优势，是能够慢慢包容、影响和改造他的。

于是就结婚了。父亲是赞成这桩婚姻的，可他却警告说：“你不要妄想去改造别人，他在爱你的时候可以听你的话，顺你的意思做人，但实际上一个成年人的本性和气质是多年形成的，没有另外一个长期的或者特殊的环境迫使，是绝难改变的。”父亲是对的！

可是，您当初干吗不拉住我？

售票姑娘沉寂了一会儿，又唱起来：“为什么你为我饮马整鞍，为什么你将醇酒奉献，美丽的姑娘啊，我是个贫穷的流浪汉。”

她很追求抒情，故意唱得缓慢，拖腔拉长。可我的心却跳得像面急促的鼓，差点忍不住掉下泪来。我等她唱完，问："你这是……什么歌？"

售票姑娘有点不好意思："外国歌。"

我问："你是不是认识一个叫陆小祥的？"

"什么小祥？不认得。"

"他原来就住在总场……"

"不认得，我们家住一分场。"

一分场！我的心一下子提到了嗓子眼儿，哦，不不，她什么也不知道，那时候她还小呢。

汽车在一个三岔路口缓缓停下来，"总场到了。"售票姑娘提醒我。

从这儿下车，顺着大路，也顺着风，走上十分钟，就能看见场部那扇铁制的大门了。不过用不着从那儿进去，只要从大门左侧沿着一条九曲十八弯的小河逶迤南行，绕过一个漫坡，你就会突然出现在那个布满青萍的幽幽水塘面前了。啊，水塘也一定毫无生气地结了冰，但它仍然会使你一下子想起当年那个疲惫的黄昏。我第一次临近它时，地震引起的水下喷沙搞得满塘混浊不堪，萍叶零乱。小祥家的防震棚还没有完全搭好，侧畔堆放着他姥姥早早为他备下的结婚家具，一切值钱的东西都从那被认为岌岌可危的白房子里搬了出来。双人床、沙发，还有"一头沉"，虽然都是新东西，样式却陈旧，并且带着点俗气。唯独那个三开门的大立柜用料颇讲究，外观也大方，漆工也好，如鹤立鸡群一般，非常引人注目。就是到今天，拿到北京城里中等以上的人家，担保也是个好东西。难怪老太太要把好大一块在震灾时期极为宝贵的塑料布，另眼相看地蒙在上面呢。怕雨淋着，怕太阳晒。

一家两口，除了小祥那点可怜的工资外，大概还有点微不足道的抚恤金之类。小祥挣了钱就往姥姥手上一交，一年到头，烧柴火、穿衣服，能自力更生的就绝不花钱。他年纪轻轻，生活能力已锻炼得极强，什么活儿都会干，大家老逗他，说是“穷人的孩子早当家”，可看着那几件家具，尤其是那个大立柜，谁都清楚，老太太是瘦驴拉硬屎，为外孙子的婚事，恨不得倾家荡产了。

班车开走了。我孤零零地站在路边，茫然四顾。从旷野上吹来的冷风顺着大路由北向南，长啸而过，路边斑驳的枯草无力地抖动着，有几分凄凉。这就是那个三岔路口吗？抗震救灾工作队的第一次会议就在这里召开。往前，延目可及的地方，是那块三角形的草地，到清河的第一天，我还依稀记得，就在那儿过的夜。

啊，我认出了这地方！

那一夜，除了市局孔副局长睡在临时为他赶搭起来的棚子里，其余的人都睡在露天。女同志受到特殊照顾，一个人分配给一辆卡车的驾驶室，我没去，和男的一样躺在草地上。到晚上小祥又来了，不知从哪儿搜罗了几件雨衣，给我一件，我也不要，他硬给我，我硬不要，就用自己的外衣包住头，找张报纸包住脚，抵抗着漫天盖地的蚊虫和夜里阴凉的露气。

我有意这样自苦，正如黑格尔在论述欧洲中世纪宗教迷狂时说的那样：在痛苦中越意识到自己所牺牲的东西的价值，便越感受到把这种牺牲的考验强加给自身时产生的心灵的丰富。当然，我至今也不承认当时常激动我内心的自我牺牲精神与黑格尔所说的宗教迷狂是一回事，但是在吃苦时体会到的心灵上的丰富和快慰，却是那么相同。无论在精神上还是肉体上，我期待着也能成为一个强者。

地震后的清河，是强者的天地。

别的不说，光是蚊子，就够你操心的。清河多水，蚊虫孳生成阵，一到黄昏，这些孽障便气势汹汹地喧嚣起来。晚上在外面开会，非得找张报纸或者档案袋什么的把脚包起来，上面再摇起蒲扇轰赶才行。这儿的蚊子钢牙利嘴，再厚的袜子也是一叮就透，但是裹上一层薄纸，它就没咒念了。

有句顺口溜："清河农场三件宝，苍蝇蚊子泥沾脚。"言之不虚。比起蚊子，苍蝇更是"成了精"，比北京的明显个儿大，也黑，也不怕人，一看就知道是极野的"品种"。那时候顿顿饭都在露天吃，苍蝇围着你的菜碗直滚团儿，叫人难以下咽。

从第二天开始，工作队分成若干小组，全面投入清河的抗震救灾工作。我的任务是留在场部协助肖科长汇总各组每天报来的情况。小祥呢，真的和另外几个本地干部一道，被派到工作队帮忙。先是帮助组织人在途经农场的津唐公路上加设巡逻岗，防止那些彻夜不停往唐山开的运水车（唐山已断饮水数天）半道被人拦劫，因此总是加夜班。后来他又调到善后组参加造全场遇难人员花名册的工作，每天忙着到各分场去核对人名、数字，只有晚上吃饭的时候才能见到他。

大家知道他家境困难，所以常借各种理由留他吃饭（起初工作队吃饭不收钱）。他的饭量虽不大，但无论什么都吃得香，而且从不受苍蝇的干扰，总是一边吃一边用手有节奏地轰赶那些讨厌的家伙，神态之随便、和谐，仿佛那只在菜碗旁边来回摆动的手，和夹菜的手，和咀嚼的嘴，都是一个自然而完整的"全套动作"。

他也有胃口不好的时候，多半是精神因素所致。小祥，你还记得不记得那次食堂做的鸭血豆腐？按当时当地的标准，堪称色、香、味、形俱佳的好菜了，大家专门给你留了一碗。那天你很晚才从分场回来，步履疲乏，眼神恍惚，脸色特别苍白。大家问你吃了没有，你摇摇头，精神萎靡得不想说话。有人把那碗血豆腐端来给你，你没吃，看着它直发愣，突然跑开去，蹲在路边的草地上吐开了，吐了一阵又艰难地喘气。大家围过来，七嘴八舌问你是不是病了，你又摇头，问你是不是太累了，还是摇头。你那天晚上什么也没吃就回家去了。我猜想你一定是中了暑，便向工作队的医生要了点时疫药，天蒙蒙黑的时候到你家来了。你姥姥正躺在棚子里歇着，你一个人临池而坐，在暮色苍茫中，只是一个发呆的剪影。

我站在你背后，问道：“嘿！怎么饭也不吃？”

你回头看见我，站起来，说：“没怎么。”

“没病？”

“没病。”

“闹思想病了？”我用一种老大姐的口气笑了笑。

“不是。”

“那是为什么？”

你低下头，好半天才喃喃说：“今天，我看见刘成德的爸爸了。”

刘成德是一分场的管教干部，三十多岁，人老实，是场里出名的孝子。地震时他没睡在家里，他家的房子塌了，大伙儿帮他把塌房子挖了个底朝天，也没找到他的父亲。结果今天清理附近的一条夹道时，从碎砖里把老头儿挖出来了，脑袋砸扁了，眼睛也没了，嘴也没了，眼窝里全是土，土里还往外渗着血，爬着蚂蚁。小祥他们组织一些没找到亲属的人来认，刘成德认了半天才认出是他爸爸。

说到善后组的工作，确是件苦差事，因为强调要带着深厚的无产阶级感情寻找尸体，所以接触哪怕已经腐烂的尸体，也不许戴口罩、手套，个别晕过去的可以解释为中暑，老是呕吐的，还要从思想意识上挖挖根源呢。也难怪小祥，这本来不是一个十九岁孩子干的“活儿”。

“上星期，我到刘成德家去，他爸爸还给我喝酒呢，老头儿挺好。”

你情绪低沉地说了这一句，便不再说话，我说了好些生硬的大道理，也说了几句关于生死祸福之类的自然规律，想为你宽宽心。你仍旧不说话，从口袋里摸出一根揉得窝窝囊囊的纸烟来，打着火狠狠抽起来。

“你也抽烟？”

“抽着玩。”

“玩这个干什么！”共青团书记的本能，使我下意识地认为年轻人过早抽烟是颓废的表现。

你虽没有说话，却仿佛也显出理亏的样子，抽进嘴里的烟细细地、慢慢地，甚至带着点尴尬地吐出来，好半天不抽第二口。

“祥啊，又抽烟啦？”棚子里，隔着布帘子，你姥姥大声问你，既严厉又慈爱，你这才慌慌张张掐灭了烟，含混地应了一句：“没。”

你为刘老头儿的死难过，你为其他许多熟人的死难过，我那时批评你脆弱、小资调儿、感情用事，不符合革命英雄主义精神、不利于准备打仗，等等，可也许我自己的灵魂深处也还有“性善论”的“余毒”，就是在一本正经地批评你的时候，也还是觉得你心善可贵。后来我好几天晚上看到你和刘成德坐在一起，老气横秋地长吁短叹，心里便朦朦胧胧有些感动，可又说不清什么道理。

那天晚上我并没发现你的大立柜不在了，它已经做了刘成德父亲的棺木，埋进了黄土。据说当时刘成德感激涕零，几乎要给你下跪，而你姥姥为这事则差点发作了心脏病，后来你还向人解释说，那并非因为她私心太重，而是早先就有的老毛病。

小祥，你可知道这两年，当我和继平吵了架，当我对他的这一点或那一点心生反感时，就想到这些事。我承认我实际上是以你的优点去比他的缺点，我也承认在道理上不该那么比。虽然继平日常庸庸碌碌，有时甚至给人猥琐之感，但他毕竟也给过我难忘的满足和快慰。记得我第一次到他的医院去，看到他一身洁白、忙忙碌碌，便也觉得他很可爱。他看病很认真，不厌其烦，病人们都对他感激万分，使我从中感受到他的职业的高尚乃至神圣，由此也获得了自己的一份骄傲。那天我特地买了鸡、鱼、素什锦和酒，大大地犒赏了他一次。他莫名其妙地吃了喝了，却不知我为什么这么高兴。直到有一天他突然对我说准备辞掉医院的工作，到一家中外合资的大饭店去当按摩师的时候，我才慢慢收回了留在他身上的欣赏的目光。

我最初还不明白："饭店里有那么多病人吗？"

"咳，保健按摩呗，外国人玩累了，我给他舒服舒服。"

革命工作不分贵贱，我当然不反对这个道理，可他是医生，而且他自己以前对那种只是让人舒服舒服的活儿曾是那么鄙夷、那么看不起，何至于变得这么快呢?

"我看得起钱呀。"他笑着说。

可你一点也不缺钱，你从小就没有面临过任何生计问题。你是宁愿看得起钱而让你的妻子看不起，你从来不了解你妻子到底需要什么样的丈夫！你完全不知道夫妻的维系主要靠感情而不是靠肉体，而女人对男人的感情又常常离不开尊敬甚至崇拜，你让我崇拜你什么?

也许错就错在我老是自觉不自觉地这样拿小祥和继平比。"其实你那个小祥根本是不存在的。"父亲不止一次提醒我，"他已经不是历史上的小祥了，而是你的一个理想的幻影，是你多年来按这个幻影不断想象、净化出来的'白马王子'。一个人心目中要是有了这么个偶像，那就别想和任何人过日子了，没有满意的时候！"

可能是的。人有记忆，是幸而又不幸，记忆就像天真少年在书本里夹着的残花枯叶，是着意留春，缅怀过往的念物，而这念物又常使人举目茫茫，仿佛失了什么不可再得的东西，因为记忆总是滤掉了许多杂质，比实际的历史要美好得多，所以就未免常常成为现实的反衬了。

父亲真像个无所不通的老哲人。

没错，假使当初我和小祥只是一面之交，假使没有后来在八分场共同工作的那段经历，我们不过是迎面匆匆的路人，我现在也就不会那么想入非非了。

偶然加偶然等于命。当肖科长告诉我，小祥将和我编在一个组里到八分场去帮助工作的时候，我一点也没想到这就是缘分。

我们这个小组一行三人，由肖科长带队，那天到八分场时天已偏黑。八分场的同志不知道还来了个女的，没准备单人棚子，结果还是小祥找来几个同学摸着黑现搭了个小帐篷给我住，离他和肖科长的大棚子不远。

到八分场的第二天就是参加八分场的党总支委员会，听前一段工作情况的汇报。会是在篮球场旁边的树荫下开的。总支委员们基本上都是各中队的队长或指导员，知道我们是从北京来的，所以很郑重，对我们，特别是对肖科长的发言和每一句插话，都认真用小本记上，会开得非常严肃、正规、一丝不苟。

唯独陆小祥，坐不稳屁股，进进出出，一会儿去换壶开水给大家续茶，一会儿又去找来几把扇子，后来干脆上厕所不回来了。中午吃饭时肖科长不满地对我说："这孩子太没耐性了，这么游击习气可怎么工作？"

我替他解释了一遍，可心里也有点着急，寻个左右没人的空子，找小祥做了一次简短而严肃的个别谈话，恳切地指出他上午的行为，实质上是对自己工作组组员身份的无视，是政治上不够成熟的表现。他低头听着，最后嘴里"嗯"了一声，表示接受。

下午继续开会，不料还不到一个钟头，他又故态复萌，说是上厕所，结果跑到球场对面帮人家修拖拉机去了。晚上，处理完事情，肖科长提议我们三人开一个小会，他一坐下来便把小祥批评了一顿。

"工作要有工作的态度，不能觉得没兴趣、听不懂，就到处乱跑，至少你应当做做记录嘛。"

小祥愣了片刻，开始反驳，没想到他的论据竟会一下子把我们搞得无言以对。

"我想我还不是党员，哪能参加这种总支会呢！"

肖科长尴尬地嗯了半天，才说：“非常时期嘛，经领导同意也是可以参加的，算是群众代表列席也可以嘛。”他说的领导，自然指他自己。

后来又开了几次总支会，小祥都“列席”了，不但安分多了，而且还担负了会议记录的工作。令人惊讶的是，他的钢笔字居然极漂亮，行文也通顺、准确，在那个文化枯竭的年代，我敢说连大城市的青年都很少有这样的水平。小地方的人反而刻苦。

开头几天，我们的大多数时间都泡在会议上，总支会、场务会、小队会、中队会、干部大会、家属会，等等。可无论是研究生产还是研究管教，我们都是外行，插不上嘴，每次只好照例说些慰问和鼓干劲儿的话，久而久之，成了老生常谈，也不大有人再拿小本子记了。在无会可开的时候，我们更成为多余。

于是，我提议到监区去深入一下管教干部的生活，帮助他们解决些实际问题。提议的动机当然带有一点好奇的成分，因为到这个劳改农场好多天了，我实际上还没见过犯人是什么模样呢。肖科长大概觉得这在客观上也能解决一下我们的无聊，便同意了。

美国文坛上的“男子汉”杰克·伦敦就曾有过牢狱之灾，为他后来的创作提供了某些难得的感受和依据。我后来在一些文学作品中看到有关监狱的描写时，脑子里便会浮出在八分场监区走马观花的印象来。

因为地震，监区里处处显得破烂不堪，活像战时的一个难民营。犯人们挤在用各式各样材料拼凑成的防震棚里，显得无所事事。看守对犯人的态度，照我过去的想象也颇有不同，虽然常能看到厉声斥责的情形，但总是感觉不那么严肃、严厉，说话心平气和居多。犯人中虽也有恶形于色的，老是斜眼看我们（特别我还是个女的），但多数人表情呆板、平静、恭顺，看上去完全是一群平平凡凡的人，只是他们身上清一色的黑衣服和统统剃光的脑袋，给人一种略带恐怖的压抑感。

小祥毕竟是老场长的公子，和分场里的干部都很熟，碰上年纪大的就叔叔大爷、阿姨婶子的叫一通，碰上年轻些的，便“嘿”的一声，亲热半天，甚至有不少犯人也认识他，见面直打招呼。他完全没有了总支会上的那种局促。然而，他对年轻姑娘却从不饶舌。在八分场人的观念中，他以总场干部兼领导同志子女的身份，属于斯文的和见过世面的一类，再加上人物颇不丑，看来不大瞧得起分场里那些土气的姑娘，连他中学的同学，在他面前也多少有些自惭形秽的谦卑。

清河农场的干部之间，以兄弟姐妹相称的随处可见，甚至还有不少呼爹喊妈的；后生对前辈不管是否真有亲缘，一般也都称叔道婶，使你竟会情不自禁地以为置身在一个血亲氏族社会的部落中。农场拥有一个子弟中学和十个子弟小学，学生毕了业无处就业，大部分要靠农场自己来消化，久而久之，干部队伍中形成了一大批“子弟兵”。“子弟兵”们到了成熟年华，于左右寻偶，内部联姻极普遍，再加上此地有认干亲的习惯，所以搞得人人沾亲带故，处处裙带伦常。如果上级要来了解哪一个人的情况，那就非得先搞清提供情况人的情况，说不定谁和谁就有拐弯抹角的瓜葛。连他们自己都开玩笑说：“在清河开大会都用不着喊同志们了，只需喊一声父老兄弟姐妹子侄叔婶舅舅们，就全有了。”

当然，凡事都有例外。八分场三中队有个张玉海，和小祥极熟，论年序小祥该叫他叔叔，可他不让，说既然小祥已经参加了工作，彼此就是同志了，不必拘泥长幼尊卑。听小祥说，张玉海在小祥父亲当政时曾是全国劳改战线的标兵人物，“文化大革命”一开始就批臭了，从教导员降到副中队长，可工作照样兢兢业业。白天带队下地出工，别的队长找块阴凉一坐，喝茶看小说，连自行车都叫犯人擦，他呢，守着当标兵那会儿的老规矩，带头领着犯人在地里流汗。晚上回来，又忙着找犯人谈话、研究生产和管教计划，夜里还得查铺。地震后监区的围墙塌了好几处，一天二十四小时，还得参加值岗加哨……劳改单位就是这样，工作强度的伸缩性特别大，想干，能累死你，不想干，那可就是个养大爷的地方，特别是那年头，一切都靠自觉。

说到管教干部轮流值岗，我还能回忆起当时笼罩在全场的那个恐怖气氛。各分场的犯人之间完全是互相隔绝的，不知怎么却有一个耸人听闻的谣言在各处犯人中同时流传，说唐山的地震不过是一个更大的陆沉式地震的前兆，联想到远古时因大地断层陷落而出世的五百里滇池，似乎唐山一带，不日也会沧海桑田，变成汪洋一片。犯人大都文化不高，孤陋寡闻，以致无知生恐惧，无不谈虎色变。更兼少数反改造尖子有意兴风作浪，唯恐不乱，使得零星犯人越狱事件时有发生。犯人们的心思：跑不出去就得淹死在这儿了。

监区围墙多处塌毁，就算有干部轮流值岗，分兵把口，也难顾全万一。值岗本来是警卫部队的事，申请增加警卫兵力的报告早就打上去了，却一直在北京卫戍区和河北省军区之间踢皮球。清河农场的地理位置在河北省宁河县境内，而行政隶属却在北京市辖下，该谁派兵，两家推诿不决。这就苦了那些管教干部，搞得终日疲惫不堪，逃狱现象仍然有增无减，甚至犯人的情绪，是否会升级为暴动鼓噪，谁也没把握。

我和张玉海谈过一次话，他对管教工作上这种被动防守的局面颇感焦虑，主张管教干部应更多地深入到犯人中去，掌握思想情况，对症下药，主动控制局面。对管教工作我是门外汉，但听他慢慢道来，也觉得有理，甚至也跟着直着急。

“犯人跑出去，不敢回家，又没经济来源，只有作案，才能生活。现在又地震，北京、天津的人都住在街上，治安部门的担子已经够重了，我们这一关不能再松。”

情辞恳切，令人感动。

张玉海是回民，八分场没有回民灶，吃饭得自己动手，工作一忙他就常常只吃冷馒头了事。他爱人孩子都在保定，是农村户口，孤儿寡母日子也很艰难。虽然八分场家属队很需要劳力，可许多干部的家属都进不来，因为清河农场用的是北京市宣武区的城市户口，一切规矩都随北京，就连当时北京市革命委员会关于禁止居民私养鸡、鸭、狗、兔的通知，这里也遵此不另。领导干部带头开刀，一夜间杀得鸡飞狗跳。至于说此地去京山水之遥，说大多数干部十年也捞不上一次逛京城的机会，那就没人管了。既然这儿的北京户口这么纯粹、这么正牌，牛郎织女问题就不足为怪了。

我们下到队里，说是深入，其实对任何事依然无从下手，往队长办公室一坐，人家还得沏茶倒水招待我们，极累赘。在队里待了一天，便觉得有些难堪。到了第二天，因为我住的那个防震棚的地下，越来越明显地往外泛臭气，肖科长便决定放假一天，一方面把那棚子拆了看看，一方面也松弛一下神经。

棚子拆了，地挖开，吓得人头皮直发麻，原来这些天我一直睡在一具死尸上。经人辨认，认出是分场食堂里的一位老职工，地震遇难后就埋在这儿。八分场死的人多，当时都是东一处、西一处匆忙埋了的，没有统一指挥。到底都埋在哪里了，后来谁也说不完整，入土又浅，这几天热气一蒸，尸身腐烂，便开始往上泛臭。因为这件事，分场才下决心专门组织人把几个可能埋过遇难者的地方全部挖开，把找出的尸体装殓好，找适当地方重新深葬了一遍。

放假那天，小祥说要回家看看姥姥，所以早上五点钟就起来帮我拆棚子，等我们把新棚子易地搭好，还不到上午十点钟，他借了辆自行车，急急忙忙地走了。

吃过午饭，肖科长乘了一辆分场的拖拉机，说要回总场汇报工作，我正好也想回去看看工作队的熟人，于是搭车同往。

路上难免是寂寞的，便漫天找话说。扯了会儿闲篇，话题突然扯到小祥身上，肖科长问：“你觉得，这小伙子怎么样？”

匆忙中我一下搞不清他指哪方面，只好笼统地点点头，说：“还行吧。”

“我看你们还挺谈得来。”

我看着那张讳莫如深的脸，揣摩不出他的含意，谨慎答道：“有时候在一块儿随便扯扯，他兴趣很广。”

“噢，”肖科长沉吟片刻，又问，“他是共青团员吧？”

“中学时是团支部书记，现在是总场公安分局的团总支副书记。”

“那他可是你的兵啊，你这个当团委书记的，要站得高些，多在政治上关心他、帮助他。啊，这年轻人还是有前途的。”

真不知道肖科长是什么意思，难道我现在站得低了吗？把自己混同于一个普通团员了吗？小祥抽烟，我不是劝导过他吗？他开会坐不住，我也批评过他，这些你知道吗？

现在回想起来，也许那时候肖科长已经意识到了连我自己都没有意识到的那个问题，我当时怎么也不会想到他的言外之意竟然是：男女有别！

到了场部，肖科长汇报去了，工作队的人大都下了分场。我找不到什么熟人，随便盘桓了一会儿，看时间还早，就顺着小河往小祥家这边溜达过来。

小祥的姥姥和我虽然只是一面之交，却像对待贵宾似的那么热情、郑重，烧了认真滤过的河水给我冲茶，又专门打湿了一条像是还没用过的毛巾让我擦脸，这在当时灾区的环境里，已经足够表现出老人的感情和讲究了。

“小祥不在？”我的眼睛四下扫了一圈，然后看了看那座漂亮的白房子。虽然场里已经根据北京市关于恢复城区（清河人自认为属于宣武区）正常工作、生活秩序的通知，要求领导、党员带头搬回屋里去住，并且做了一系列科学解释和思想动员工作，但人们毕竟对地震的血腥记忆犹新，没几个胆大的敢进屋，后来又连续发生了几次小余震，连少数搬回去的头头儿也都顺势又搬了出来。当地人讲话：“一朝遭地震，十年怕进屋。”十年是虚，但直到第二年夏天还战战兢兢不敢进屋的，据说相当不少。

小祥不在，原来他并没有回家。“不是跟你们到八分场去了吗？”老太太反而问我。

“今天我们放假……”

“哟，那他怎么不回来看看我？”老太太说话侉里侉气，大惊小怪，说不上是担心还是责备。一会儿脸上呆呆的，不知在琢磨什么，半晌叹了口气，说：“现在的孩子，都没良心。”

“别是到哪儿偷着抽烟去了吧？”她又露出一脸放心不下的神色，猜测得却那么荒唐。

据说小祥姥姥在邻居中的人缘并不算好，自私、踧扈、爱唠叨，长相又干瘪，像童话中的老巫婆。谁也奇怪只隔了一代，竟能“遗传”出小祥这么个俊秀的外孙来。她对外孙的严厉近于专制，常使旁观者为之不平。但有一点是众口一词的，老太太独自拉扯小祥快十年了，一粥一粟，就是自己天天喝稀饭，也没让孩子缺过一顿干的，算得上含辛茹苦、恩重如山了。

小祥不在，老太太执意不让我走，拉着东扯西攀，开始漫无主题，后来话茬儿便有些集中了。

“小祥这孩子，傻！我说他最傻！跟他爹一个德行。你瞧人家的孩子，谁都比他活泛。”

“他在我们那儿表现可好呢。”我说，“现在像他这样肯吃苦的年轻人真不多。”

“你可别夸他。”

“真的，也挺懂事。”

“你可别夸他。”

“他老念叨您，可孝顺呢。”

“你看不是，人家都说他孝顺，我就不说，他孝顺谁了？孝顺我了？我省吃俭用，啊，折腾来那么个家什，啊，一转手，让他给人啦，孝顺谁了？不成心气我就成！”

我知道她还在心疼那个三开门的大立柜，让小祥送给刘成德的爸爸当棺材了。

“过后我得叫刘成德赔我，小祥还等着结婚呢。”

“小祥这是做好事，学雷锋，您也光荣啊。”我只好一味说大道理，否则跟老太太搅不清。

“我不待见那份光荣，人家姑娘家现在都要这个（指立柜），没这个，哪有媒人踢门槛啊。”

“小祥还怕找不着，能干，心眼儿又好，长得又精神，将来身后得跟一大群，您就挑吧。”

“哼，”老太太故作不屑地撇撇嘴，其实心里挺高兴。她突然看看我，说：“要是能找上你这样的城里姑娘就好了，又懂礼，又体面，又白净。小祥可佩服你呢，一回家就说你，说就你一个人，敢跟他一块儿过西大堤，把那么多爷们儿都压了。咳，小祥可没那福分哟。你今年多大啦？”

没提防老太太居然说到这儿来了，我脸上一烧，胡乱应了一声，岔开话题：“您身体还好吧？”

老太太病恹恹地摇摇头：“胸疼，就这儿，老憋闷得慌，咳，要不是惦着他这事儿，我早早死了。”沉默了一会儿，不知又想起了什么，自言自语地又绕得没边儿了，“将来也让小祥上北京找事由去。”

我不知道该表示什么，坐了一会儿，估计着肖科长该找我了，便起身告辞。老太太非留我吃饭不可，我当然不能留。

和肖科长回到八分场，吃过晚饭，直到晚上十点多钟，通往总场的大路早已被又浓又深的黑暗吞没，却仍旧不见小祥回来。我坐立不安，担心他出了什么事，肖科长也觉得不对，跑来问我：“这小伙子看来今天不回来了，他事先和你说了没有？”

“他倒说过……他姥姥身体不好，可能是他姥姥病了吧。”我胡乱编排，却搞不清干吗要替他遮掩。

“嗯——”肖科长沉吟一下，说，“要是他家庭负担重，应该叫他们场里换一个人来，咱们本来人手少，不能再要个三天打鱼两天晒网的。”

我没说话，心里不禁有点气愤，小祥的姥姥虽然有病，可他这些天忙上忙下，从来没耽误过事，活儿干得比谁都多。你说人手少，可咱们都干什么了？他今天不过超了点假，你就不能容忍，对人也不能这么苛刻呀，谁没妻儿老小，你没有？

那天我很久没有睡着，听着草丛里的蛐蛐声、水塘里的蛙声，忽而想到小祥姥姥老态龙钟、唠唠叨叨的样子，又想到我自己的父母，那保养得很有风度的体态，我们的长辈是多么不同，有如天壤。我想象如小祥这样的青年，居然守着一个如此古板、厉害又丑陋的老太婆过了这么多年，那该是既奇特又枯燥，既充满温情又难以忍受的漫长岁月吧！也像这个充满矛盾的夜晚，既安静又喧闹，又这么平凡。

他没回来，也没回家，到底哪儿去了？

小祥是半夜回来的，轻轻放倒自行车，衣服也没脱就睡在床上。早上我起来了，肖科长也起来了，他还睡得不省人事，脸上很脏，显得有点憔悴，睡相中带着稚气未脱的疲乏。

肖科长没有叫醒他，但看得出不大高兴，开饭时叫我替他打一份早饭，我没打，也不知为什么突然有点气恼，特别是小祥竟毫无顾忌地睡到快上班才起来，更使我几乎生出一种被辜负了的委屈感。大概他根本不会想到别人正在为他操着心，编了谎。他真是个粗枝大叶的孩子！

吃过早饭，肖科长找分场秦教导员谈话去了。小祥蹲在他的棚子外面洗完脸，泼了水，直起身，发现我脸色异样地站在他面前，便眨了一下眼睛，不作声。

“你昨天上哪儿去了？”

“我？回家去了……”语气含糊。

“回家去了？”我冷笑着把眼睛一眯。

他愣了片刻，龇牙笑了：“嘻——骗你呢。”

我板着脸：“你到底干什么去了？”

“别告诉肖科长啊，”他压低声音，“我到唐山去了。”

“唐山？”我当真吓了一跳，“你怎么去的？”

“骑车呀，路可不好走呢，净绕冤枉道儿了，来回小三百里呢。嘿，你知道吗，唐山那才叫真正的地震，五斗柜都甩到电线杆上去了……”

“你到那儿干什么去了？”我气冲冲打断他，“为什么不请示一下？”

“我，我和张队长说了。”

“哪个张队长？”

“张玉海，三队的。”

“他管得着吗？你现在是工作队的人，上哪儿去应该跟我和肖科长说一声嘛。一个人跑那么远，唐山又那么乱，出了事怎么办？你跟你姥姥说过没有？”

“没有。”他嘟囔一句。

“你也不小了，怎么这么不懂得老人的心？”我的口气俨然是个长辈了，这也许有点过分，可他居然一声不吭跑到唐山去了，也实在是太胆大、太随便了。

“到唐山到底干什么去了？”

“看人去了。”他低着头，有点不高兴，情绪抵触。

肖科长回来了，我们都闭了嘴。接着就是开会，先由肖科长传达孔副局长的指示精神，然后研究下一步的工作，然后又分了工，再然后散会。当着肖科长的面，我们都没再提这件事。

地震，这个沧桑交替的自然现象，把地层深处的水和沙翻了上来，同时翻上来的还有人——人的灵魂。

根据孔副局长指示，我们开始在八分场彻查地震后发生的“坏人坏事”，深挖细查了三天，终于找出了一个坏典型。这人叫马盛利，三十多岁，是分场卫生站的“医生”，当然不是继平那种正规的医生，仅仅卫生员而已，不过八分场的人却全部口口声声呼之为“马大夫”，堂而皇之。

马盛利的长相却不够堂皇，个儿矮、瘦小，脸上长疙瘩，虽然一副深边眼镜为他平添了几分斯文气，可那种从来有理、唯我高明的自负嘴脸，却又让人不怎么顺眼。

情况基本核实后，由我、小祥，加上分场政工股的股长，三个人找他正面谈了一次话。

马盛利被政工股股长领来时，步态矜持，进门后点头同我打了个招呼，一本正经，不卑不亢，对小祥则连理都没理。

“马盛利同志，”我开门见山，“据群众反映，地震发生后，二队的老吴同志被一块预制板压住下身，食堂的邢管理员一个人搬不动，正巧你从那儿路过，老邢叫你帮忙一块把老吴同志救出来，你拒绝了，有没有这回事？”

马盛利慢悠悠地反问：“请问这是谁反映的，啊？”

我被他的傲慢激怒：“马盛利同志，我是代表工作队找你谈话的，群众反映的是不是事实，你应当正面回答。”

“根本就不是那么回事！”

他的口气之果断，态度之委屈、之愤慨，足以令一切发问的人都心虚几秒钟，可是在我们掌握的材料中，既有邢管理员的证明，又有老吴的家属根据老吴死前的话所做的揭发，似乎是铁证如山的。于是我问：

“你是说，不是那回事，还是说，没有那回事？”

他略略反应了一下，说：“不是那回事。”

接着，他振振有词地讲开了：“毛主席说过，一切事物都要问个为什么。我们是历史唯物主义者，历史唯物主义的态度是在研究一切问题时，都不割裂特定的历史环境。噢，光那么一说，我路过那儿，老邢叫我救吴队长，我说不救！能那么简单吗？我路过那儿到底是干什么去了，你们调查清楚了吗？你们横是以为我在散步吧？”

“马大夫，你看，这不是向你了解情况吗？没有别的意思。”政工股股长连忙拿出一副安抚的口气。

“这叫了解情况吗？一上来就质问我，好像和犯人说话似的……”马盛利反倒来劲儿了。

“那么你路过那儿干什么去了？”我耐着性子。

“我找我的裤子去了！那天晚上我把裤子洗了，晾在球场那儿了，我的宿舍塌了，我光穿着条裤衩跑出来的。”

天下真有这么一种人，就是再没理的时候，也觉得自己受了委屈。马盛利滔滔不绝，一副正义在握、真理在胸的样子，理直气壮地说：

“那时候的特定环境你们根本不知道，房子塌了，到处是死人、伤人，谁管谁呀，根本不像你们在北京想的那样，死个人，多大事儿似的，我们这儿死人多啦。”

一直没吭声的小祥忍不住了，厉声打断他：“你知道不知道吴队长是怎么死的？”

马盛利斜了小祥一眼，不客气地说：“是你知道还是我知道？他是出血过多，下肢伤口感染，引起高烧，造成心力衰竭，导致……”

马盛利侃侃而谈，做着纯粹内行的阐述。陆小祥跳起来，涨红着脸骂道：“你还算人吗？！吴队长就不值你一条破裤子？你还是医生呢，你连人都不配当！”

马盛利开始吓了一跳，继而镇定下来，皱起眉头，以一种居高临下的不屑的口气，摆摆手说：“坐下坐下，别像打架似的行不行，这可是工作队找我谈话，告诉你，嘴巴干净点。”

“我就说了，你不是人！”小祥把袖子都捋起来了。

我觉得没有必要让他们吵起来，便站起身说：“好了，今天就谈到这儿，马盛利，你可以走了。”这几乎是用了对待犯人的口吻，马盛利愣了半天，却没能发作，沉着脸走了。

八分场的政工股股长没想到会是这么个僵局，惶然不知该如何善后了。见我板着脸一言不发地收拾着桌面上的材料，不好说什么，便转而埋怨小祥。

“你也太没经验了，谈话哪儿有这么谈的，这件事，就是再大的错误也是人民内部矛盾，怎么能出口伤人呢。”

“人民内部？”小祥梗着脖子骂了一句难以形诸文字的脏话，然后说，“我根本不把他当人看。”

小祥，说实话，我原来光是以为你生性老实、勤快，又特别拘束，没想到你也会这样骨梗激烈，说出话来也这么噎人。哦，我想起来了！你曾毫无惧色地要独自闯入那漆黑泥泞的三十里长堤；你敢于一个人骑自行车往返几百里到唐山去。所有这些，连同你那么熟练地骂出来的脏话，又提醒我注意到你和我们这些在城里长大的青年存在多么大的差别，你毕竟有着非常粗野、非常强悍的一面。

离开政工股的防震棚，小祥气鼓鼓地不愿说话，我主动问他：“你看该怎么办？”

“妈的，清河水就喂了这群软骨头，一个大师傅，一个医生，没人敢得罪。”他答非所问，而且矛头所指，似乎也转移到政工股股长的身上了。

我们走到路边的树下，沿着大路都是这种浓绿浓绿的阔叶杨。太阳晃得人眯着眼，可一到树荫下就立刻觉得凉爽起来。头顶上的知了哇哇地聒噪，自近而远，顺着大路响去，给人带来一种朦朦胧胧的振奋。

“喂，你说怎么办？”我微笑一下，又问，像老师考学生。

“叫肖科长见识见识他吧。”他嘟囔一句。

“肖科长到总场开会去了，明天也回不来。”

“那你说吧，你是工作队的。”

“你现在也是啊。”

“我不是。”

他不知跟谁赌气。

沉默片刻，我说：“嘿，跟我去总场告他，敢不敢？”

“告谁？”

“马盛利。”

“你敢不敢？”他瞪起眼睛。

我笑了一下：“我是工作队的，有什么不敢，怕他以后不给我开病假？”

他也笑了：“走！”

说走就走。我们当天就回到总场，三十多里地，他骑车带着我，车蹬得飞快，我从来没坐过这么疯的“二等车”，可又不愿露出害怕来，横着心准备挨摔。我那时在他眼里是个有经验的老同志、老大姐，我要尽力保持这个形象。

总场正在开头头儿们的会议。

那几天，犯人中流传的那个谣言越来越稀奇古怪，情绪不稳已开始表面化。我们和马盛利谈话的前一天晚上，五分场几个犯人居然把一个队长打了，气焰嚣张。总场召集的紧急会议从第二天晌午一直开到傍晚。我们在开会的防震棚外足足等了一个多小时，才见到洪场长从里边出来，我们把马盛利的情况先向他汇报了一遍，他的反应居然比我们想象的激烈得多。

“这简直是犯罪！见死不救，国法难容！”他怒气冲冲，当即领我们去找孔副局长。孔副局长开了将近一天的会，形容疲倦，无精打采地听我们说完，开始并不太重视，后来听到洪场长言之凿凿地说起马盛利的行为实际上已构成间接故意杀人罪，不知是觉得事情严重还是听了新鲜，总算动了点兴趣。

“怎么叫‘间接故意杀人罪’？”

“犯罪人明知如不采取行动将会造成受害人死亡的结果，而拒不采取行动，放任这种结果的发生，就构成了一种‘不作为’的犯罪，马盛利还不够吗？”

孔副局长是军管干部，搞公安是半路出家，对法律几乎一窍不通，但听听也有道理，于是说：“嗯，我看处理他一家伙也不是不可以。”

晚饭我们就在工作队的灶上吃了。吃过饭，我和小祥在河边洗碗，一边商量着是赶回八分场去还是在这儿住一夜，看见肖科长在不远处洗衣服，便过去把这事向他说了一遍。他说这事不能光这么口头说说，要想把马盛利处理了，就得写个正式的报告，交给孔副局长批。因为知道了孔副局长已经有了那么个态度，所以肖科长同意报告就用驻八分场工作组的名义写。

于是我们决定留下来写报告。那时工作队的大多数同志都下分场去了，棚子大部分空着，有的干脆把床板拆了当成放置救灾物资的仓库，堆满了铁锅、铁勺、塑料布之类的东西。整个驻地显得冷冷清清。我们在工作队那个女同志的棚子里，随便挑了个干净些的空床，我写，他抄，天黑前便完工了。我看着那几页抄得工工整整的报告，突然被吸引了，哦，这是多么洒脱、流利、有才气的字啊，完全不像一个穷乡僻壤出身的青年所能写出来的字。

我说：“你的字真不错。”

“这还不错？”他马上红了脸，露出难为情的样子，可我知道每逢别人夸他的时候，他内心总是很兴奋的，连眼神都会变得温柔起来。

我又说：“你姥姥说，将来要让你上北京工作去。”

他慢慢收起脸上的兴奋和腼腆，摇一下头：“听她瞎说呢。”

“你不想去？”

“我哪儿去得了。”

“要是去得了呢，你去不去？”

“不去。我对这儿熟了，这儿的好坏我都知道，可北京是什么样儿，上北京我大概连马路也不会过呢……”他笑起来，突然用一种朗诵式的声音念道，“啊，我爱你宽阔笔直的马路，爱你高耸入云的楼房，爱你富丽堂皇的剧院，爱你五光十色的商场，啊，繁华美丽的城市……”他停下来，仿佛融入了某种遥远的遐想，“唉，那儿倒是好，可惜不属于我。”

小祥，你是个爱幻想的人，喜欢追求一种无缺陷的美，你又是个知足常乐的人，保持着中国人信天命而尽人事的古老本色。你说得对，每个人都有自己适应的生存空间，“花在树则生，离枝则死；鸟在林则乐，离群则悲”，皆同此理。可我又不全赞成你的克己精神，一个青年，如果完全没有想入非非的甚至没有一点狂妄的向往，是不是太古板了呢？青春必与无穷尽的向往同在，所以青春才是玫瑰色的。

但是和继平相比，我又觉得还是你对，你并非没有向往，只是你的向往更偏重于追求精神方面的寄托和感奋，至于其他方面，连古人都说：“知足不辱。”

“知足者贫贱亦乐，不知足者富贵亦忧。”继平如是。你出身于名医之门，和新中国同时诞生，从小到大，除了在“文革”中受了几年既未“触及灵魂”也未“触及皮肉”的惊吓外，几乎没有吃过一天苦。你至今都不知道中国的农村究竟穷成什么样，这在饱经忧患的“同龄人”中是相当少见的。

可你仍然总是一副受了委屈的脸色，好像天下数你最倒霉似的。

你每每提到你那几个在体工队或者京剧团里当按摩师的学生，出国到了日本后，如何凭了那点粗知潦草的本事，摇身而成了名噪异国的“推拿专家”，口气中的嫉妒多于不平。假使仅仅不平，倒还罢了，中国人自己的学问，要是非得受到外国人的赏识，国人才肯跟着认数的话，终究不是个叫人痛快的事情，但若为此生妒，也就实在不值得了。

有一次你兴奋地对我说，有个英国商人对中医发生了兴趣，想邀请你去英国合开诊所。为这事你几乎一夜未眠，当真地计划起诊室该主治什么病种、设些什么科目、如何做宣传广告之类的细节来了。“关键是利润分成问题，英国人讲究绅士风度，不像日本鬼子那么爱占便宜。”你对英国人的好感在那一天中翻了好几番。计划完了，你又郑重其事地说，要带我一起出去。

去英国？啊，研究一下莎士比亚对美国早期文学的影响，倒是个不坏的题目。

见鬼去吧!

“我才不信呢，你就真的不想出国？”你总是想当然地笑笑，你并没把虚伪看得多么丑恶。可我憎恨虚伪，因此我应该承认：我想出国。

就是那年，学院政治部找我谈了话，也填了表，也做了体格检查，去美国进修的一切手续似乎都办齐了，连那位刚刚调到我们研究所才三天的“罗营长”也一本正经地祝贺过我了。可最后上飞机的不是我，却是他。据说他父亲是个将军，虽已离休，但在战争年代和学院的党委书记有过患难之谊。他调到我们这儿以前是部队上的营级干部，再以前当过几年“工农兵大学生”，我们这儿的人都叫他“罗营长”，绝不是恭维，当然也不全是讽刺，或者仅仅是自嘲吧，“咱们这儿都快成连队了。”“他到美国可别露怯，别把福克纳当成哪一届美国总统……”背地里都拿他取笑，那些最乐意当我面说的，或许还是为了给我出气。

不知是为了安慰还是为了补偿，两年后学院党委在讨论我们研究所领导班子的人选时，有人提了我的名。据学院人事部一个打字员的透露，提我为副所长的报告已经报到院党委去了。不久，研究所的第一把手也非正式地向我“吹了风”，可最后结果呢？如同两年前出国那件事的一个螺旋式的循环：所里新班子一公布，高榜题名的，恰恰是那位刚刚从美国回来还来不及喘口气的“罗营长”。

提拔的根据是相当理直气壮的：留美学生，中年知识分子，为什么不能提？

可究竟学到了什么？不甚了了，回来后召集全所做了次“学术报告”，言不及义，讲的都是在外国如何利用课余去餐馆洗盘子节省国家的学费；和美国人如何团结、如何斗争，又如何皆大欢喜的“花絮”之类。他的一副相声演员的腔调引得那些年轻的资料员和年老的科室干部捧腹大笑。搞研究的人谁肯浪费这份工夫，一个个夹着书本溜了出去。

他就这样搬进了副所长的办公室，甚至没有经过任何“个人奋斗”。多少人为我不平，但当着同事们的面，我不露声色，像没那么回事似的。回了家，才大哭一场，不是委屈，是气，觉得咽不下这口气。

“这倒好，等七月工资一改革，你起码比他少拿三十块。”

“继平，你一张嘴，就把主题扯歪了。”我几乎冲你喊起来，“你知不知道铜臭是什么味？”

你撇撇嘴：“狐狸够不着葡萄，就说葡萄是酸的……”

我后悔跟你扯这些事。

继平讪讪地走了。等我也渐渐平静下来，父亲才慢吞吞地开口问：

“一个副所长的交椅，有那么大魅力？”

“不。”我摇摇头，其实我并不愿意干，我只是心里窝气，这些人还讲不讲原则、讲不讲道理呢?

“这事要是发生在别人身上，你也这么哭一场?”

一针见血，我默然。

“你有义愤，但这只是一方面，关键是，你首先觉得自己被侵犯了、被剥夺了，才会这么气不打一处来。你也想当官，也想出国，至少心里有这种潜在的欲望和需要。你要真能超脱，就不会这样委屈、这样气急败坏了。对不对呢?”

对的。

我毕竟是个俗人。

我是什么时候变成俗人的?

“孩子，难怪我们这些上了岁数的人不大看得起你们了。青年人本来应当满腔热血，勇于牺牲；视千金如粪土，视名利如浮云；应该赤诚、忘我，以天下为己任！不不，这绝不是什么抽象的老生常谈，这些东西本来就代表了人的青春。我并不是从概念上说的，而是从感情上说的。我有时候想起自己青年时代的军事共产主义生活，想起身边死去的那些信奉利他主义的伙伴，想起我们那种自找苦吃的、牛虻式的、悲剧式的、浪漫主义加禁欲主义的热情，还会激动不已，并且感到充实和安慰。将来等你老了，也要回首当年，如果你的青春是壮丽的，那么你会觉得一辈子的灵魂都是干净的！”

我真的忍不住奔涌的泪水了，我想起了我的二十岁，想起了小祥，我也有过短暂的，却是真正的青春!

就在场部留宿的那天夜里，一个突如其来的电话，把我，也把我们这一群人，猛然推上了生与死的关口!

地震把全场的电话线路破坏殆尽，工作队来以后，只是在总场和机械厂之间现拉了一根线，接上两部直呼电话，以沟通南边四个分场和总场的应急联系。那天电话打来时已是夜里十二点钟，值班员叫起睡眼惺忪的孔副局长，孔副局长接过话筒，先是漫不经心地嗯嗯两声，嗓门陡然提高了：

“什么？你再说一遍，你大声点！”

他的喊叫把大家都吵醒了，有人似乎预感到出了什么事，探头探脑地钻出帐篷，面面相觑。孔副局长放下电话，脸色紧张地冲大家说了句：“都起床！”便跑进自己的帐篷里穿衣服去了。大家飞快起了床，全都把询问的目光投向值班员，值班员这才慌慌张张地说道：

“八分场，八分场的犯人暴动了！”

我当真吓了一跳：“什么，你是说八分场？”

他几乎来不及回答，几秒钟之内就有一大堆问题争先恐后地包围了他：“多少人暴动？”“怎么引起的？”没去过八分场的人老是弄不清八分场到底在什么方向，离总场有多远……当然，更多的人最关心的还是——现在局面如何。

“不知道，不知道，”值班员招架不住了，“是八分场派人跑到机械厂打来的电话，现在闹成什么样子，他也说不清楚。”

我知道八分场离机械厂有十几里地，算算时间，心里不禁有点发凉。到现在为止，暴动显然已经发生将近一个小时了。几百个年轻力壮的亡命徒一哄而起，谁都明白那将是多么可怕和难以收拾的局面，说不定暴徒已经控制了监区，甚至占领了整个儿分场。他们手里的劳动工具，锹、镐、扁担，都是足以杀人见血的凶器。自然还有更坏的可能——他们已经血洗了八分场冲出来了，正向各处露宿的老弱妇孺杀去……

不用说，这时候人人都在想的问题是：我们怎么办？警卫部队来源的纠纷还在京直两地的军事机关里扯皮，这会儿你就是骂出娘来也不赶趟了。

洪场长来了，和孔副局长急急商量着对策，声音虽低，但谁都能听得见。

“关键是我们没有武器，人又不整齐。”孔副局长一脸焦灼，“我看应该迅速召集总场党委紧急会议……”

他的话还没说完，就被洪场长打断了：“不行，得马上行动，什么会都来不及开了。”洪场长的辞色几乎是无可商量的，“叫那帮人冲出来不得了，各分场的老人、孩子都睡在外面，这些人敢闹就是不想活了，要是冲出农场往天津、北京方向去就更麻烦了。”

孔副局长机械地不停点头，却说：“不过冲出去倒好，与其逼成困兽之斗，不如网开一面，叫部队在沿途消灭他们，打运动战是我们的传统嘛。”

洪场长仍然唱反调：“不行，按责任这个压力应该是我们担的，让他们冲出去我们就是失职了。得马上派人通知各分场，把所有路口都封锁起来，应该把他们堵在清河！干部家属都得动员起来，他们到哪儿就在哪儿跟他们干！我已经叫人通知场部的干部都到这儿集合了，八分场的同志说不定还顶在那儿拼呢，得赶快增援他们。”

孔副局长似乎没有固定的主意，只是一个劲儿点头：“对对，我完全赞成你的意见，我们要号召大家发扬军队一往无前的精神，克服一切困难，坚决、彻底、干净、全部地消灭一切敢于来犯之敌。要动员每个党员、团员，每个革命干部、职工，用行动保卫毛主席、党中央，保卫抗震救灾，保卫批邓……”

“对对，”洪场长抓住他换气的片刻插进话来，“当前首先要把司机动员起来，这儿有几辆车？”他转身问左右，“四辆？好，马上发动起来，大家上车！”

大家呼隆呼隆地朝汽车那边走，及时中断了孔副局长的长篇大论。

正好那天从北京来了一辆准备接运伤员的大轿子车，便成了这一军事行动的临时指挥部。小祥急匆匆地赶来了，在开车的一刹那跳上车来。他气喘吁吁，却没有忘记从堆在路边的救灾物资中绰来两把漆黑的大铁勺，大家这才想起赤手空拳，真应该拿点什么家伙才好。

最狼狈的是肖科长，他因为那天傍晚把衬衣、背心全都一水洗了，所以只好赤膊上阵，挺着雪白虚胖的肚子，很是尴尬。他一上车就悄悄问小祥：“你里边穿背心了吗？”

“没有啊。”小祥摇了一下头，马上领会了他的意思，当即把自己的衬衫脱下来了。

“那，你怎么办？”肖科长接过来，有点不好意思。

“我没事，我们这儿夜里特凉，您不习惯准冻着。”

肖科长这才感激地点点头，穿上衣服，苦笑着说：“哎呀，我今天不该把它们都洗了。”

我们这辆轿子车一马当先，从总场及沿途各分场开出的其他卡车和拖拉机遥遥随后，一路灯火成龙，浩荡东来。出发前的短短瞬间，全军的实际核心似乎已从孔副局长转移到洪场长身上，后者的果断和强硬，有效地驾驭了整个儿局面。开车以后，孔副局长有些自卑地一声不响，洪场长则趁这个机会做了个简短的动员，他的声音沉重、庄严，带着不容无视的权威。

“大家都是公安干部，我不多废话，待会儿就得真刀真枪地干了。农场的同志情况熟，要组织个敢死队，冲在前面。孔副局长是总指挥，我是敢死队队长！今天，咱们都得清楚，在这个农场里，在那些亡命徒面前，咱们这些人就是代表国家、代表无产阶级专政的。首都的安全，天津和唐山的安全，咱们自己的父老兄弟姐妹的安全，就靠大家了；咱们今天就得把一腔子血都洒在这儿！公安人员不要孬种，清河的父老兄弟姐妹也不要孬种！现在我来组织敢死队，有不怕死的没有？”

“有！”小祥头一个举起胳膊。

“还有我！”

……

连同我在内，几乎所有的人都举了胳膊，当然，有真正热血沸腾的，也有犹豫胆战的，举了手，却生怕叫到自己。

“不能都去嘛。”孔副局长从座位上站起来，“我的指挥部也要留些人嘛。”

洪场长高声点卯，叫着那些个他熟悉的人名字，他的目光从我脸上扫过：“女同志一律留在车上！”

可这时，我的整个儿身心已被沸腾的鲜血烧热，我急切地叫道：“我不怕死！”那一刻我真的不怕死！

“我知道你不怕死。”洪场长顾不上再理我，只回了这么一句便又忙于挑选他的勇士们去了。

我挤上来，在杂乱的人声中拼命抬高自己的声音：“洪场长，洪场长，洪场长……”而他只顾向别人布置任务、安排兵力，连看都不看我一眼。

“大家别吵，都住口！”他使劲挥着手，“听着，我们就按刚才编好的组行动，四个人一组，不打死不散。天黑看不清，咱们的口令是：‘打狗！’记住没有？”

我抓住他换气的机会，连忙插进去：“洪场长……”

“大家注意，等后面的车上来，也是按四个人一组分。到了那儿，要是犯人们已经冲出去分散逃跑了，就以组为单位搜索，组与组之间要拉近距离，互相得呼应得上。”

我又插进去：“洪场长，我也要参加到他们组里去！”

“要是八分场的同志正在和犯人干呢，咱们就一齐冲进去，但是打起来四个人一组还是尽量不散，在任何一个小的局部都要形成优势，才能减少伤亡。”

“洪场长……”

“嘿，你就算我们组的。”小祥拉了我一把，小声说了句，接着把全车仅有的武器——两把大铁勺，慷慨地分了一把给我，“拿着！”

这句话洪场长却听得那么清楚，劈手夺过那把铁勺，“啪”的一声在小祥赤裸的肩膀上敲了一记，不知是对我还是对他，厉声吼道：“这儿是我指挥！”

在车内黄暗的灯光中，我看不清小祥的表情，他准是被洪场长的盛怒吓坏了，一声不敢吭。我呢，被委屈和气愤煎迫着，全身发抖。

汽车戛然而止，没想到这么快就到了八分场。透过车前宽大的挡风玻璃，我看到了那熟悉的路口，顺着这儿一直走下去，就能看到八分场场部的篮球架和监区的围墙了。但此时蓦然撞进视觉的，却是一堵人墙，坚固地堵在路口，夜幕依稀，远远的看不清他们的模样。

车厢一下子静下来，大家都看见了那堵着人的路口，那些人手执长短不齐的锹镐棍棒，面对着我们步步逼来。天地间那一刻忽地失去任何声响，每个人脑子里只剩下一个念头——八分场完了！

在突如其来的寂静中，我嗅到了血的腥味儿，随之而生的，却是一种身临绝境的英雄感。啊，这不正是我梦求已久的幻想吗？从少年时代起，我就无数次想象过能有一天，英勇地去死！

我意识到了死，同时又想到我的父母、老师、同学、我的家，脑海里是一片温柔多彩的重叠印象，我第一次发现世界和未来原来是这么美好诱人，胸中不由得充满了纯洁而伟大的对于生的渴望。然而我已决心去死，我知道自己那时候有多么真诚，那是对温暖人生的壮别！那种强烈而又深沉的激动，使我忍不住热泪盈眶！

就在这时，有人在我耳边低声说了句：“给你！”

是小祥光裸的胳膊，递过来的，是他手上最后一把铁勺。

如果说，那是一个充满了恐惧、苦闷、愤恨和失望的年代，那么同时，又确是一个闪烁着幻想、激动、悲壮和狂热的年代。

可那个年代毕竟太愚昧了，以至于连许多本来是神圣的东西也被弄得荒唐、滑稽起来，令人不堪回首。而今俱往矣，谁还再有心总去翻找那些被玷污得失去了本色的情怀呢？今天的人有今天的课题，和过去早已远隔了一个时代。今天十九、二十的少男少女们，未经“红尘”而看破“红尘”，那么早熟地沉湎和追逐在物质生活的升沉中，似乎完全无须再到精神世界里去寻找寄托、安慰、感叹和振奋了。大家更多地关心着工资、升级、房子和出国，以及诸如此类的问题，甚至小到沙发的样式、红烧鱼的做法这类事情，也能成为一种重要的兴趣。即便仅仅是从我自己的本行——文学研究的角度，我也不敢说这是否表现了某种“时代心理”。我只能说，在一己的感觉上，对人生意义的追求常常被对生活地位的追求所代替，似乎确是一种令人迷惘的社会氛围。

还有钩心斗角！

“罗营长”挤了谁的位置，心照不宣。他见了我总是客客气气，却又总不自然，仿佛藏了多少戒备。

“哟，下班啦？”

在楼梯上碰见，总是他先打招呼，然后淡淡地侧身而过。

他每天总是最先一个上班，最后一个下班，去年评上全院的劳动模范，这是材料里最过硬的一条事迹。新官上任三把火，偏偏就是这条，使我心生反感，理智上也知道不该这么做。

“嘿，你知道吗，罗副所长和小唐住一个大院。”

“哪个小唐？”

“司机呀，开‘丰田’的那个。”

言者无心，听者有意。我想起“罗营长”是住在他爸爸那个部队大院里的，高高的墙，森严的岗，放个车绝不怕让人砸了玻璃。司机又和他是邻居，上下班同来同往，利益均沾，岂不两得其便？啊，怪不得他每天趁大家没来就来，等大家走了才走，原来有这么一段猫腻！

对了，我又想起有个星期天去看一部“内部片”，一进电影资料馆的大门，就看见研究所的那辆小“丰田”正好端端地停在院里，第二天中午就听见他在饭桌上和人大谈那电影里的笑料。我原来还纳闷这车子是怎么停到那儿去的，现在明白了，那是他的“专车”！行啊，你就是这样当的模范？

在学院人事处召开的考核所级干部的群众评议会上，有人说你架子太大，有人说你学问太小，当然大家也说了你很多优点，光凭那个每天早来晚走的工作态度，工作成绩的优劣似乎便足以忽略不计了。谁也不提起，不，谁也不知道你每天虽然走得最晚，可等你已经舒舒服服地坐在饭桌前的时候，别人还在公共汽车上挤着哪！

我本不是个好事者，可这些事无论如何使人生出一种不平之慨。尤其对你，我们彼此原本就隐隐有一种谁也不想捅破的敌意。

又一个平常的黄昏，太阳照例该循环到西半球去了，办公楼也慢吞吞地静下来，只有你房间里的日光灯还抖抖地亮着。我下了楼，没走。楼门的斜对面，一箭之遥，是学生们清晨读书的小树林，这会儿没人。这是我白天就选好的位置。假使我能获得证据的话，那么第二天就可以找个“旁证”人一块来看！

五分钟后，我的心怦怦跳起来，正是那辆小“丰田”，悄然没声地来了。小唐从车里钻出来，车门的碰撞声在寂静中显得非常沉闷。他在车旁踱着步子，看看表，又抬头往三楼那亮着日光灯的窗户望一眼，然后低下头来点烟……

我为自己这个小小的“外线侦察”的成功而得意，脸上想笑一笑，嘴里不知怎么却突然泛苦。毫无联系地，我竟然想起了八分场那个惊心动魄的深夜……十年了，我早已不能这么清楚地回忆起那种视死如归的内心体验了。

这回忆的突然闪现，如雷轰顶，把我的那点得意轰得荡然无存。我胸口上像压了沉甸甸的东西，怎么也挪移不开，我羞愧得几乎要哭出来，疯了似的跑出了小树林。

啊，我曾经有过多么单纯、善良、正直、豁达的青春！我不是这么无聊、猥琐、阴暗、狭窄的。然而往事像一泓毫无偏袒的清泉，不管你是吓一跳还是不敢认，映出来的倒影都是你！

那天晚上我们下了车，谁也不再怀疑一场残酷的、寡不敌众的肉搏迫在眉睫，无可避免。眼见那些手持凶器的暴徒黑压压地逼将上来，我，还有每个站在前排的人，都不再有侥幸生还的幻想了。

洪场长喊了一声："大家别散开，咱们人多！"后来大家不止一次地咀嚼和评价过这两句话，都佩服得不行。因为路上既定的作战方案，是四人为组散开战斗，可没想到下了车就得开打，几乎是一个遭遇战，后面的大队人马猝然跟不上来，我们以少敌众，不能不随机应变，保持一个大坨子应战。特别是后面那句话，更绝，安定自己、震慑敌人的作用兼而有之，我们的胆儿真的壮了一点。大家谁也没经过刀枪战阵，那时全都发蒙，既不敢前进又不敢后退。只有洪场长才这么镇定和老练。

暴徒越来越近了，领头的一个突然喊了声："洪场长！"

洪场长一愣，迎了一步："是老秦？"

正是八分场教导员秦文忠！

"怎么回事？"

"啊，"老秦加快脚步跑过来，摆着手，"没事，没事。"

"什么？"

"误会了，虚惊一场，啊，虚惊一场，嘿嘿嘿。"老秦难为情地笑着。

大家全都愣在那儿，生死之间，何以转化得如此轻易？谁反应得过来！

“乱弹琴！”孔副局长挤到人前，他的怒喝把老秦的傻笑吓呆在脸上，“你们怎么搞的？！”

“这，这，犯人们起哄，啊，也不是起哄……”老秦本来就拙于辞令，见孔副局长一发火，竟吓得语无伦次。

这时，后面的车辆络绎不绝跟上来了，此起彼落响着喇叭，数不清的明晃晃的车灯很有气势地甩在公路上，远处仍能看到刺目的亮点儿长蛇似的蜿蜒而近，那天至少来了上千精壮！远远近近人言车吼，许多人不知局面如何，乱哄哄地下了车向这边走来。不少人胳膊上已扎起白毛巾，手提棍棒利斧，脸上一片杀气。洪场长四下环顾一圈，轻声说了句：

“孔副局长，上车谈吧。”

几个头头儿和秦教导员上了轿子车，谈的什么不得而知，不过大家围住八分场的干部，七嘴八舌之间，便把事情的大貌弄清了。

事情本来很简单，那天晚上天热，蚊虫多，值班队长允许犯人们晚睡一个小时，在各班自己的防震棚外面乘凉。几个犯人找了个旧喷雾器，修修，改成了个灭蚊机，一试，还挺管用，经值班队长同意，便拿它在监区各处喷洒杀虫药。犯人嘛，年轻好动、穷极无聊，精力无泄处，每喷到一处，那里的犯人便兴高采烈地喊叫一阵：“噢——噢——胜利喽！胜利喽！”此起彼伏。当时，队长看见犯人自己动手改造的灭蚊机成功了，也挺高兴，所以对犯人发泄兴奋未加制止。这时恰巧有一个队长正从外面往监区走，忽听里边一片喊叫，吓了一跳，以为犯人闹事了，于是不敢再进去，拔腿便往场部跑。场部正在开总支扩大会，传达总场关于肃清谣言，防止逃跑、闹监和集体越狱的指示，一听见监区——用秦教导员和其他几位分场领导的话说——响起一片喧嚣声，又看见那位队长慌慌张张从监区那边跑过来，便问：“怎么回事？”那位队长想当然地答道：“不好，里边要放羊（要逃跑的意思）。”分场的头头儿们都以为他是从监区里边跑出来报警的，于是耳听为虚，眼见为实，谁也不再怀疑这些天在全清河的犯人中酝酿着的那个潜在危机，终于首先在八分场爆发了。他们当即宣布休会，一面派人飞驰机械厂打电话求援，一面紧急动员全分场的干部、职工、家属和“就业人员”行动起来，镇压暴动！

事后分析了一下，当时这些措施还是必需的，因为附近没有警卫部队，电话又要到十几里地以外去打，如果真是犯人鼓噪，非这样断然行动才来得及，一犹豫就完了。搞出这么一场天大的虚惊，不能怪分场领导，只能怪那个误报军情的队长，后来大家都说他是吓破胆了。

决定镇压暴动的时候已经是晚上十点多钟，大部分干部、职工都回家休息了。总支委员们一面分头去喊人，一面用场部那架装干电池的无线电扩音器广播开了。

“同志们，大家快起来，犯人暴动了！犯人暴动了！每个党团员、干部、职工、家属，都赶快拿起武器来，保卫无产阶级专政，镇压反革命暴动，大家快起来，把监区包围起来！”

接着，又对监区广播：“犯人们听着，赶快回到各自的棚子里去，只要你们放下屠刀，政府保证既往不咎，共产党说话算话。我们的政策是：坦白从宽、抗拒从严；首恶必办，胁从不问；立功赎罪，立大功受奖；顽抗到底，死路一条，无产阶级专政绝不留情，绝不留情！”

扩音器的功率不大，但那尖厉的喊声在寂静的夜晚却格外清晰、震耳，震惊了监区内外！这时总支委员们已经分别到了各居民区，正在挨户喊人，一边叫着各家不要忘记带上棍棒刀斧，一边大声招呼着女人和老弱病残带好孩子，到某地集中。因为事发突然，猝然拉起的队伍衣冠不整，惊恐不安，从十三四岁到六十多岁的都有，几乎是乌合之众。靠他们围住监区，阻挡几百名身强力壮的犯人冲出来，无异于“驱群羊而攻猛虎”了。他们自己也都明白，派去打电话的人刚走，等总场接到电话，号令全场，从被窝里拉人赶来增援，该不知道是哪辈子的事了。事后想来，在这么一个敌强我弱的情势下，能置生死于不顾，毅然孤军围住监区，多少是要有一点革命英雄主义精神的。

好在更惊恐的还是监区里的“暴徒”，正在兴高采烈之际，突然听到广播里的庄严正告，丈二和尚摸不着头脑，全都目瞪口呆地哑了声，三队的张玉海正巧在监区有事，也是莫名其妙。倒是真有少数反改造分子悟过味儿来，认为天赐良机，不可错过，本性所使，乘势兴风作浪起来。

“听见没有，共产党要拿咱们开刀了。”

“咱们怎么了，不就是笑笑吗？这都不许，咱们还叫人吗？！”

“待着也是死，索性出去逛逛，还能多活两天呢。”

大多数犯人吓傻了，一时没人公开响应，但有不少人犹豫，假使有人挑头往外跑，那必定会有人跟着去，情况有点危险，张玉海赶快站出来了。

“大家别怕！”他竭力想压过扩音喇叭的声音，嗓子反倒显得嘶哑，“没你们的事……你们没事。”他一时不知道怎么才能叫犯人明白他的意思。

据说绝大多数犯人立刻镇定下来，倒不是因为张玉海的两句话有多么清楚、明确，而是他在犯人中长期以来获得的信赖和威望，使局面得以控制。后来总场对这一事件的始末专门组织了调查，逐个找犯人谈话，很快查出了那几个挑动越狱的反改造分子，分别做了处理，有的还加了刑。和每一个犯人谈话，都能叫你强烈感觉到当时张玉海站出来喊话所发生的巨大作用。

“张队长一喊，我们就知道没事了。”一般都有这句话。

有个犯人还痛哭流涕：“地震以后，张队长还托人到唐山替我看了看我妈和我妹，说她们都挺好。这份恩典我就是死也报答不尽啊，要是再跟政府闹事，还他妈是人吗？！”

言者发自肺腑，闻者为之动容。

这次事件后，一些表现勇敢的同志受到了通报表扬，谁料，张玉海竟然榜上无名。理由既简单又充分，说是对“文化大革命”以前的黑标兵，宣传上要注意分寸，否则容易在社会上造成误会，甚至引起不必要的思想混乱云云。八分场的秦教导员从总场开会回来，悄悄告诉我们：“这是工作队的意见。”

“咳，”他苦笑一下，说，“老张这人，在旧公、检、法统治时期是积极了点，可现在在毛主席的革命路线下干得也不错呀，特别是这件事，没他还真崴泥，其实表扬一下，也算是组织对个人的一点意思吧，咳咳。”

这近于公然散布对工作队的不满了，我们都没表态。过后肖科长大摇其头地对我说：“老秦这人真有点二百五，政治干部没有一点政治头脑，没辙。”

说老秦二百五，损了点，不过这人确实有些稀里糊涂缺心眼儿，常爱发些没遮拦的议论，走资派和新生力量都骂，别人听了心惊肉跳，他自己却浑然不觉。但是张玉海这件事，他说的无论如何是公道话。

受表扬的人名单里，也没有陆小祥。他似乎太卑微了，人们干脆把他给忘了。我曾经向农场政治处的同志提醒：“他是第一个举手参加敢死队的。”“哟，是吗？他叫什么？”他们挺惊讶，郑重其事地记下了他的名字，但最后的名单里还是没有他。总场政治处主任后来在一次会议上解释说，这次各分场都报来一大批候选人，总场受表扬的光领导干部就已经占了很大数量，不能不照顾到“面上”的名额，所以难免有“遗珠”之憾，等等。

照顾领导，兼顾一般，这大概是援引了分电影票的惯例。

我也和肖科长提过这事。那天他和小祥在一个车里，小祥的表现他是知道的，如果肖科长以工作队骨干成员的身份说两句抬举的话，未尝不是没有分量。不料肖科长听完，想了一下，说道：

“那天他在车里，好像还挨了洪场长的批评……我知道，我知道，那是因为……不过那种时候，光凭蛮勇是不够的，一介武夫永远打不了胜仗，还要守纪律、听指挥，洪场长已经明确女同志都留下来，他还要拉你去，不是添乱吗？”

这一非难简直荒唐至极，却又使人无从攻击。停了一下，肖科长颇有些语重心长地又说：“你这个团委书记，我可得给你提个醒啦，你和小祥，呃……当然，我不反对年轻人在一起多接触，但还是要适当注意影响。咱们是工作队，当地干部对咱们是很信任、很尊重的，现在群众已经有点反映了。当然，我知道你不会有那方面的想法，他也比你小，可总归人言可畏，特别是这种事，弄不好身败名裂，也可能我言重了。”

我万没想到会引出这么一段严肃的告诫，脑袋涨得嗡嗡一片，哆嗦着问：“反映什么了？”

“咳，有则改之，无则加勉吧，啊。”

肖科长走了好久，我还气得一句话说不出来，胸口堵着一团闷气，既无处发泄，又欲罢不得。疑心地环顾左右，在那一张张道貌岸然的面孔里，不知藏了多少讪笑。热衷于对别人隐私的窥探，历来是国人的一大精神乐趣！

那天夜里我辗转反侧，通宵不眠。我痛恨这些无聊的流言，却又惶惶不安。怪，如果流言纯属无稽之谈，又何至于不安？

小祥的身影老在我面前晃，他就睡在离我不远的棚子里，匀细的呼吸似乎能随着年轻肉体的气息弥散过来。他真好看。他心也好，也能干，也勇敢，也不自私……

不行，全是胡想，这不可能，下流，大逆不道……

也许，人到青春年华，都免不了胡想，还喜欢唱叫人胡想的歌！

“……我本不该停步，是你的美丽使我流连。你愿不愿和我结伴，去那遥远的天边……”

小祥老是低声哼着，逢到我问：“唱什么呢？”他便慌张起来，又有点腼腆，“瞎胡唱，咳，不是好歌。”支吾其词。

“不是好歌你还唱，当心中毒。”我笑着说。

他轻松下来：“没事。”接着大声唱起，“革命军人个个要牢记，三大纪律八项要注意……”

也许，正因为总是胡想，年轻人才喜欢唱。

事实上，肖科长的告诫适得其反，他使我把原来并未意识到的某种感觉，或者说是某种潜在的可能性，意识到了。

尽管从那天起，我开始处处注意规避，但小祥在我心里的位置，却越来越鲜明越特殊了，举手投足，一颦一笑，无不牵动我心中微澜，而如此下去何以了结？我心里很惶然。

小祥似乎全然不知，他那几天特别兴奋，因为告马盛利的状子终于告准了，尽管并没有定为“间接故意杀人罪”，但鉴于他在震灾面前见死不救，丧失了起码的阶级感情，农场党委特决定给予其留场察看一年，以观后效的处分。这件事可以说是小祥走上社会以后的第一个成功，大大增加了他的一种男子汉气概。

他工作更积极了，什么事都认真。那时场里统一放了四天假，让各家把地震后仓促搭起来的防震棚修整加固，以便长期抗震。他只回去了两天，就修好棚子回来了，还给我和肖科长各带回几件干净衣服。我们出来的时候，两手空空，换洗的衣服一件没带。

马盛利被劳教这件事，在全场引起很大反响，又被孔副局长和其他领导在一些会议场合多次提到，各单位引以为例，好像不在本部门也照样查出几个孬种，便有“一潭死水”之嫌。于是，接二连三有人被“揪”出来，颇有一窝蜂之势：见死不救的、玩忽职守的、乱拿公物的，还有装猫学狗起哄吓人的，越搞越多。那年头无法可依，援引的判例早已不局限在马盛利的处分上。有说北京的小偷到别人防震棚里偷了八块钱饭菜票就照数判了八年刑的，更有说唐山对抓住的坏人一律就地处决的，诸如此类，大家似也理解，觉得震灾时期，非重典不足以安天下。但无奈重典常常就是“土政策”，加上大轰大嗡，“扩大化”就难免了。有的单位确实搞得人人自危，都在惴惴然地回顾自己在地震后的表现，是否有不英勇或者不检点之处。我们在八分场自然也收到不少揭发检举信，可大都事出有因，查无实据，不了了之。

那天，因为我和肖科长在分场部党支部参加组织生活会，小祥就一个人去东村搜集情况去了，中午吃完饭才回来，神色异样地悄悄对我们说起，上午东村一个干部向他揭发分场教导员兼党总支书记秦文忠玩忽职守的情况，我们都吓了一跳，不由得郑重起来。

“地震后，他一整天都围着自己家的屋子挖东西、看孩子、做饭，根本不知道组织群众抗震救灾。下面干部找他请示汇报，他也不管，还叫几个工人给他搭防震棚呢。有的群众没东西吃，找他，他说我到哪儿找去？一点阶级感情都没有，可他们家那天把砸死的鸽子都煮着吃了，根本不管别人还饿着肚子。东村几个遇难的干部下葬时请他去向遗体告告别，他说：‘不去了，就埋吧。’人家回去就骂开了，说在八分场干了二十多年的老同志，人死了当头儿的连看一眼都不肯，让活着的人都寒心！”

小祥开始语气还平和，越说越有气：“还是老革命呢，一点责任心也没有，我以前还叫他秦叔叔呢，得，以后我才不叫呢！”

对这个情况，肖科长非常重视，不住地点头，最后沉吟着说：“这完全是革命意志衰退问题，太典型了。”

当天下午，我们停下所有工作，三个人一齐到东村来了。先是找有关人员个别谈话，然后也顾不得先搞清谁和秦文忠有什么亲亲厚厚的瓜葛，便开了几个座谈会核实情况。因为矛头所向，毕竟是八分场的第一把手，又是清河老资格的分场领导，非同小可，所以我们只问情况，不加评论，结果证明：小祥汇报的情况基本属实。

第三天开始起草给工作队和总场党委的调查报告，我和小祥写第一稿，以“关于对秦文忠同志在抗震救灾初期玩忽职守问题的调查”为题目，把两天中证实的情况归纳为几个问题，做成客观反映。写好后交给肖科长改。肖科长在上面加了许多观点，并且换了个标题，我和小祥一看，不禁目瞪口呆。

——“秦文忠是蜕化变质的走资派！”

这个标题，这顶帽子，那时候谁都知道意味着什么。

老秦大咧咧，脑袋里缺根弦，丧失责任心，缺少革命感情……怎么说都行，但上到这么高的纲上，就言不副实了。可我当时没有吭声。

报告是肖科长亲自带到总场去的，早上坐拖拉机去，第二天早上改坐一辆吉普车回来。同车还来了两位分局的民警，接着出现了谁也想不到的场面，秦文忠在场部办公棚的门口，被逮捕了。

对我们的调查活动，秦文忠已有所闻，可没想到情况会如此急转直下。民警下车时他还像招呼熟人似的打着哈哈：“嗬，什么风把分局的吹来啦？”当其中一位民警板着脸向他出示逮捕证时，他一下子呆住了，及至亮晶晶的手铐扣在腕子上，才猛醒似的喊道，“我要找孔副局长！”

他不想想，要不是孔副局长拍的板，谁敢抓他？

一个月以后，他以玩忽职守罪被判了两年有期徒刑，比起马盛利的留场察看来，当然是轻罪重罚了。

小祥完全想不到会是这样一个结局，逮捕秦文忠的时候他也呆住了，瞪着吃惊的眼睛好像比秦文忠还傻。

当天晚上，根据总场的要求，由肖科长主持召开中队长以上党员干部会议，端正对秦文忠事件的态度，同时进一步揭批他的问题。临开会时，肖科长特地要我去找一下小祥，要他也来听一听。我找了一圈，棚子里、操场上，哪儿都没有，问了好几个人，才知道他一吃过晚饭就往东村去了。

东村？

我心里有种不祥的预感，犹豫了一下，决定也到东村去。

东村离场部二里地。那一片残垣断壁之中错落杂乱的防震棚，正笼罩在深紫色的暮霭中。进村以后，我直奔秦文忠的家来了。

果然，小祥在这儿。

他在给秦家搭防震棚。

秦文忠的老婆，面黄肌瘦，带着三个闺女和一个四岁半的儿子，正在吃晚饭，脸上、身上还带着干活儿时留下的尘土，见我不速而来，全都惊惶地停下碗筷。

小祥卷着裤腿，满脚是泥，正在脱坯。他和我对视一下，随即低了头，垂下拿着坯模子的手，问道："你怎么来了？"

我说："晚上开会，到处找你。"

他仍然不抬头，喉咙里咕噜了一句："什么会？"

"中队长以上党员干部会。"

"我不是中队长，也不是党员。"

"肖科长让你参加，再说你也应该参加。"

沉默了一会儿，他把坯模子摆好，又干起来了。我看看那堆已经不多的剩泥，说："我等你。"

他没回答，难堪的沉默中只有泥坨摔在坯模上发出的砰砰声。突然，身边掺进秦文忠妻子嘤嘤的哭泣，大人一哭，几个小姑娘随即跟着唏嘘起来，直到扯起那男孩子震天动地的号啕。

我只得搜肠刮肚，尽量安慰："这是没办法的事，老秦犯了错误，和你们无关。你们生活有困难，可以提出来，组织上会帮助解决的。"不说则已，一说，哭得更加伤心，那女人边哭边唠唠叨叨地不知数落着什么，样子很凄惨。设为其身地一想，也是，仅一夜之间，就从教导员宝眷沦为囚犯家属，人生沧桑，不堪回首，怎能不悲从中来?

小祥默默地脱完最后一个坯，又默默地收拾家伙，洗了手脚，最后穿上衣服，带着一种男人的威严和沉着，板着脸说了句:“别哭了！”哭声果然小了，变成细细的抽咽，他又硬硬地说，“我明天再来。”然后，也不理我，一个人径自往大路走去。

天完全黑了，四周的景物依然历历可辨，大路上静悄悄的。我费了好大劲才追上他，却说不出一句责备的话。我惊奇地发现，他比我原来想象的要成熟得多，我想象他是个孩子，实际他是个男人。

“你怎么，想起给他们家搭棚子来了？”我迟疑了半天，才开口问。

他只顾埋头走路，好一会儿才瓮声瓮气地说:“孤儿寡母，谁管？”

连我也弄不清了，你是觉得有负于秦文忠吗?可你当初对他的失职是那么义愤填膺，甚至耻于再叫他一声叔叔；你是可怜孤儿寡母吗?可不光你，连我，也许连肖科长，都没有料到孔副局长的反应会这样激烈。这对秦家无疑是一场横祸，可你并没有错，也用不着赎过。

有时候，你知道吗?做人也得横着心做!

我站住了，叫了一声:“小祥……”

他也站住了，回过头来，一动不动。

“你，你真好。”我竟然稀里糊涂说出这么一句话来，那一刻我心慌意乱，不知怎么就觉得他和我的距离一下子挨近了，仿佛有许多话可以说，却只稀里糊涂说了这么一句。

他眼睛看着我，那目光既惊异又温柔，不不，这绝非我的自作多情，我真真切切地听到他用胆怯得含混不清的声音答道:“你也真好！”

那一刻，也许正是从那一刻起，我们建立了一种从未有过的深深的沟通和默契，谁也不敢捅破，却都心照不宣。

我们面对面一声不响地站着，让甜蜜而奇特的心灵感应默默地延续，站了多久，已记不清楚，直到他开口说了句：“走吧。”

回到场部的时候，会议也散了。肖科长怀疑地看看我，又看看他，问：“这么晚，你们干什么去了？”

小祥头一低，没答话，我说：“我找他来着，刚找着。”

“找这么久？”

“下次再找人，您去得了。”我没好气地撂了一句，扬长而去。

对肖科长这种人，有时就得小小地横一下心！

对继平，不，对我们那个有名无实的夫妻关系，我也横过心，像今天！

可有时候横了心，又免不了要陷自身于阴暗、恶毒和卑鄙之中，引起那么痛苦的自我谴责，像对“罗营长”。

我们这种人也许注定就横不了心，横了心，心就必定是不安宁的。

打击“坏人坏事”的浪潮就像铝锅烧水，热得快，凉得也快。继之而来的是对好人好事的表彰活动，更有轰轰烈烈之势。

为了迎接北京市乃至全国的抗震救灾英模大会，总场开了两天的“马拉松”会议，研究部署准备工作。因为清河农场是全北京市受灾最重的下属单位，所以市里向中央报送的英模人物的出处，显然非此地莫属了。这在清河人的眼里甚至有点坏事变好事的意味，要不是土地爷这么一闹，这个憋屈的小角落大概下辈子也出不了这个风头。

我们在八分场的中心任务，也很快转移到搜集先进事迹方面来了。和揭发坏人坏事的情形一样，人们又被发动起来，拼命回想着曾否耳闻目见过什么英雄事迹和豪言壮语之类。无数“素材”又一次雪片似的飞来，虽已非“事出有因，查无实据”，但无奈内容质量大都平平，无论怎样拔高，也难冠以“英模”二字。但看到别的分场都纷纷拿出材料往总场报去，我们不由得有些着急。恰巧那天总场通知召开全场中队（股）长以上干部大会，肖科长便决定顺去总场开会的便，把手上这些尚难成为典型的素材，姑且汇报一番。

总场的礼堂塌了，大会就开在场部院外的树林里。这是震后农场开的规模最大的一次大会。借着会前片刻，劫后重逢的人们互道平安，七嘴八舌地谈论着自己分场的情况，打听着别处哪些房子还立着，哪些塌了；哪些干部还活着，哪些死了，熟悉的多几声嗟叹，不熟的少几声唏嘘，都有隔世之感。会开了一上午，大家屁股下面垫半张报纸，坐在林中潮湿的地上，闷着头抽烟，听孔副局长从“三年建成新唐山”的口号中生发出来的“关于一年建成新清河”的长篇动员报告。孔副局长慷慨激昂地喊了两个多小时，究竟说了些什么，至今早已记不得了；工作队其他副队长和总场的政委又都说了些什么，也记不得了，但是最后洪场长的那两句话所引起的反响，却令人难忘。他眼睛发红，声音苍老而迟钝：“我没有说的，只想借这个机会向各分场这次遇难的干部、职工和家属同志致哀，他们很多人为党工作多年，是好同志。”话音未落，满场动容。等人们恢复平静，他又说，“有些犯人，改造得是不错的，这次遇难了，我也向他们致哀。”台上出语突然，台下面面相觑，一时不知道该做何反应才好。向犯人致哀？闻所未闻，倒不是说死了犯人如丧考妣，总归“致哀”二字，有点别扭，至少提法欠妥吧，那年头很讲究“提法”。果然，事后还真有人上书言事，说堂堂大会之上，居然把干部和犯人相提并论，实在是敌我混淆，胡说八道。据说孔副局长看了，只从鼻子里笑了一声，说：“也难怪旧公检法砸烂快十年了，阴魂不散。”声气虽平缓，却令人不寒而栗！

散会后，趁午饭前的工夫，我们到孔副局长的棚子里汇报。照例由肖科长讲，我插话补充，小祥则坐在角落里，一声不吭。总共只讲了一刻钟，孔副局长便已面有倦意，仅仅是听到某老工人在震发时看到地光，误以为苏修扔了原子弹，跑出来叫喊要大家都披上白被单以防辐射的事迹时，才淡淡地说了句：“这个老工人的战备思想倒是很牢固，可以表扬表扬。”可究竟怎么表扬，后来又没再提起。

小祥后来曾和我说过，好多人在地震发生时都以为是苏修扔了原子弹。地震没人经历过，原子弹的威胁却是年年讲、月月讲、天天讲的。他说这话时用了一种“大不敬”的嘲笑口吻，我不由得提醒他说：“要准备打仗是毛主席说的。”他调皮地笑一下，反唇相讥：“我就是不准备，打起来也比你们强，看谁不怕死！”可随后又说，“苏联打中国干什么，要这块地方，疯啦！”

我当然不能苟同了：“边界上陈兵百万，怎么说呢？”

“咱们中国八亿人口、高山大川，百万，够打中国吗？咱们无非是它政治上的敌人，它摆上兵吓唬咱们呢。再说就是打，哪有头一天就往这大平原上扔原子弹的！我们清河人一辈子这么没见识，就是这一点，我不喜欢这儿。”

这是很偶然能从他嘴里听到的鄙视家乡的话，虽与一向宣传的口径不合，道理却不失雄辩。

也许正是体现了那个时代青年的一种共性，小祥对于政治问题有着特别的敏感和兴趣。看报纸很注意中央什么人又出来啦、什么人好久没露面啦、谁的名字排在谁的前面啦、联合国开会中国说了什么、美国说了什么啦，诸如此类，都记得一清二楚。和80年代许多青年不同，无论多么遥远的“政治问题”都能使他在这山高皇帝远的穷乡僻壤里变换着喜悦、兴奋、忧患和咬牙切齿，而现在的青年谁还冒这种杞人忧天的傻气呢。像继平，连报纸都不看，四项基本原则和五讲四美、三热爱全都记不完整，他的爱国主义热情多数只是在工人体育场为中国队加油的时候才迸发出一点火花来。

人都是跟着时代走的，在今人眼里，小祥对于国家和世界大事的漫无边际的关切和认真，当然是十足的学生腔了。但我不愿笑他，简单地嘲笑历史也就嘲笑了自己。

那个乏味的汇报会草草地完了。我们三人无精打采地从孔副局长的棚子里退出来，连吃午饭的胃口也没有了。小祥要请假回家，肖科长同意了，嘱咐他黄昏前赶回来，好一块乘车回八分场去。

夏天的黄昏照例盘桓得特别久，说不清该从几点算起，几点算完。吃过晚饭，日薄西山，天色却还是大亮的，只不过一阵阵南来的清风，稍稍有些凉意了。

炊事员刷了锅，撤了火，收拾得差不多了；在棚子里看书写材料的人也纷纷钻到外面来找亮了，却迟迟不见小祥回来。我正在着急，怕他误了开车的时辰，忽见一个十来岁的小男孩沿大路飞奔而来，问了几个人，找到我，喘着气说："陆小祥，陆小祥，叫你！"

我心里一惊："他怎么了？"

"他姥姥，他姥姥，不让他出来。"

我一听，立刻明白是怎么回事了，又好气又好笑，心想都十九岁的大小伙子了，居然还有这等窝囊事。我抬头往马路上扫一眼，肖科长正在八分场的拖拉机旁边跟司机指手画脚地聊天呢，车斗里已经坐了一些等着回分场的男女。我轻声对小孩说："快，带我去。"

我们一路小跑，过了小河，能看见小祥家那白色的石屋了。小孩突然踟蹰不前，身子直往后退："那就是他家，你去吧，我走了。"他显然是害怕那个不怎么慈眉善眼的老太太。

白房子门前的防震棚已经焕然一新。材料虽是七拼八凑，但拼凑得极贴切、精巧。小祥的姥姥盘腿坐在门前的一领窄席上，沉着脸孔用蒲扇挥赶着蚊虫；小祥在一边坐立不宁，东张西望，不时同姥姥说一句什么，姥姥爱搭不理，外孙子脸上就红一阵白一阵。唉，看你，你在三十里长堤多么无畏，在敢死队里多么英勇，在马盛利面前又多么血气方刚。我真想不到，人说你家祖严孙孝，名不虚传，你在你姥姥跟前竟是这么懦弱、胆小。

小祥姥姥看见了我，连忙绽开笑脸，忙不迭地起身："祥啊，看谁来啦，快倒茶。你吃饭了没有？没有我给你做。"老太太不是客套，当真要动手，我不由得直拉她，并且极尽亲热地寒暄了几句，然后话锋一转，转脸问小祥："都在等你，怎么还不走？"

小祥低了头，用胆怯而含混的声音说："啊，就走。"然后瞟一眼姥姥，他姥姥趁势把话茬儿接过去了。

"哟，你们一去多少天，也不惦着让我们孩子回家吃顿好的，人都瘦成这模样了，我看他爹妈在世谁也不敢这么不讲理；再说啦，我见天的心绞痛，谁管我？"话是笑着说的，却很难听。我扫一眼这间七拼八凑的棚子，想到贫富有别，溺爱孩子却是一样的。

"姥姥，"我说，"小祥去帮助工作队工作，是组织上对他的信任和培养，您还能不乐意他出息吗？"

"敢情了！"老太太一高兴，有点蒙，顺着我的话路就说下去了，"这孩子可积极呢，实心眼儿，跟他爸爸一个德行。"又说，"又能跟你这样的闺女在一块儿工作，也长见识啊。"

"姥姥！"小祥敏感地嗔了一声。

时间不等人，我赶快就着话口，说："那我们就先走啦，车等着呢，回头再来看您。"

"啊？"老太太愣了一下，"啊，啊，我也没说不让他去，我刚才是想到供销店给他买俩鸡蛋带上。现在连总场都不让养鸡了，八分场那地方就更甭提了，不割自个儿腿肚子就甭想闻上丁点荤腥，可这小子说走就要走……"

老太太话没说完，我已经拉着小祥开路了。她拧着步子在后面追着喊："姑娘，你在这穷地方不习惯，脏的累的值不当自己动手，叫小祥给你干，他什么都会干。”我嘴里哎哎地答应着，只怕老太太再啰唆个没完，不敢停步，直走到小河拐弯处，小祥说什么也要站一下了。怯怯地回头望去——远远的，老太太的身子一动不动，还在暮色苍茫的池塘边上站着呢。

“唉，”他老气横秋地叹口气，“她真有冠心病。”

回八分场的车显然等候多时了，乘客中已啧有烦言，肖科长很是不快地扫了我们一眼，话闷在嘴里没说出来，只催促司机上路。

一车人同路，当然是不甘寂寞的，人们扯着嗓子说笑，粗野的打情骂俏压过拖拉机砰砰的排气声，惊起路旁林中的昏鸦。人人脸上罩着一层夕阳的深红，真是美极了。我看一眼远眺沉思的小祥，心中忽生怜悯，想到人皆有天伦，照理该放他回分局上班去，老太太的晨昏茶饭，也就有了伺候。可我又想，要是他回去了，剩下我和肖科长两个人，又该是怎样的枯燥乏味呢？这么想也许太自私了，可小祥看样子也甘愿继续在工作队干下去，好多一些学习和锻炼的机会，另外，大概也不愿意离开我，我看得出来。

一路胡思乱想着，车在八分场操场边上刚刚停稳，我心里忽觉豁然一亮，竟有了一个意外的收获。

“肖科长，”我一下车就把他扯到一边去了，“咱们骑驴找驴，明摆着一个模范人物，就没看见！”

“谁？”

“陆小祥。”

“啊……”

肖科长倏忽明亮起来的目光又暗淡下去了。我有点气馁，警告自己说，算了，何苦再让他想到男女之大防上去呢，然而又忍不住赌气，说道：“你不是也看得见吗，跟洪场长千辛万苦上北京告急的是他，提出一个人徒步闯过长堤的是他，第一个要求参加敢死队的也是他，告马盛利的又是他，为了帮助咱们工作，他扔下有病的姥姥，从没怨言，自己准备结婚用的大立柜，也献给死难的同志当棺材用了，还有……”真是不数不知道，一数吓一跳，连我自己都惊异，陆小祥竟有这么多动人事迹。

“嗯，这小伙子表现是不错的。”肖科长居然动了点心，沉吟了一下，不知是自问还是问人，说，“要是文字再加加工，也许还行？”

小祥的卓越加上我的口才，终于激发了肖科长的“写作冲动”，当晚就找小祥谈话，要把他推出来当“英雄”。

“我？”小祥满面涨红，手足无措，“不行不行。”可从他眼神中能看出他很兴奋，有点受宠若惊。

“我平时是批评你多了一点，”肖科长不紧不慢地说，“但对你的优点，还是看得清的，总的来说，你还是很不错的。”

“我真的不行，而且一当英雄，整天让人看着，怪难受的，我不受那份罪。”

这倒可能是实话，我不由得笑起来。肖科长却一本正经，说：“这可不是个人难受不难受的问题，现在组织上需要你去当英雄，你就应当积极配合，当好英雄，要是搞出一份有宣传价值的事迹材料来，不光对你们场，对全国人民都能起到教育作用嘛。”

这番话如此郑重其事，小祥不由得一脸严肃了，既然当英雄的社会意义这么重大，他也不好一味推辞了，服从组织分配，干就干呗。

肖科长本来计划亲自动笔，不料那天夜里起来小解时，被一只大毒蚊叮了鼻子，第二天肿得几乎无法呼吸，而且发了低烧，遵医嘱卧床敷药，只好交代我先写起来看。

一动笔，才知道难题很多，凡亲历其境，容易感动，而形诸文字，反倒平平。去北京告急，奉命随从，似乎算不上什么个人事迹；独闯长堤，毕竟未成事实，也难多施笔墨；反暴动事件又是一场虚惊，在人们心目中早已失去悲壮之感，所以敢死队一节也不宜过分渲染，否则反而滑稽；告马盛利的事又因涉我在内，为避自我标榜之嫌，也不能吹得过分；至于牺牲家务一心工作，则有点俗套，很难吸引读者；想来想去，单单献立柜当棺材这件事，易动人，也新鲜，非择为重点不可了。

肖科长病中交代，不能见事不见人，关键要把人的思想境界挖掘出来。于是，我就找小祥谈了一次话，也用不着迂回，开门见山。“把那么好的立柜送人当棺材，当时你是怎么想的？”怕他不理会，我索性点了题，“没有深厚的无产阶级感情，恐怕做不到这一点吧。”

我期待他能说出几句惊人警世的“内心独白”，给我的材料增色添彩，但看他微微泛红的脸，看他低头思索的窘态，又害怕他真的编出什么豪言壮语来满足我。他在我心目中本来是个多么真实的人，没有一丝一毫的虚伪和矫饰，我害怕破坏了这个印象。

他抬头，笑了一下，说：“这立柜，这立柜，是我姥姥瞎给我张罗的，我才十九岁，也不想在农场里找朋友，我用不着这家伙。”

我愣愣地，一句话说不出，心里又痛快又失望，随口又问：“送了人，你姥姥同意吗？”

“她才舍不得呢，开始死活不让抬，说那么多人都没用棺材，就埋了，她自己将来也不要棺材，死人不碍活人的事。”

我灵机一动：“那你是怎么做你姥姥思想工作的？怎么把她老人家说通的？”能把这一点写好，不也能见到思想的脉络和闪光吗？！我信心陡起，不料小祥却狡猾地一笑。

“我姥姥？你甭想说服她。趁她不在家，叫人抬走就是了，她回来？回来再说。”停了一下，又说，“她其实疼我，也不会拿我怎么着。”他说着笑起来，“就是差点犯了心脏病。”

陆小祥，你叫我说什么？你果然是个真实的人！

好，我也一定照实写。

恰巧第二天，洪场长专程来看望病中的肖科长，临走时顺便看了这篇刚刚收笔的材料，当即大加赞赏，说要带回去向孔副局长力荐。

我高兴得不行，一吃过午饭就跑到肖科长床前叙说此事，谁料肖科长把材料内容一一问过，脸上却是一片不放心的神色。

“他家现在的经济状况我是知道的，把那么好的立柜送人可不是件小事，不把世界观的根源挖深，不把思想斗争的过程写足，就不太真实了，这是写材料的基本要领嘛。”

不知是因为已经有了洪场长的叫好，还是肖科长那习惯性的好为人师引起了我的反感，我不以为然地分辩道：“小祥就是那么个人，实际上他把立柜看得很轻，把同志间的情义看得很重，这完全是出于一个人的本色和感情的事，不像我们想的，还非得有什么激烈的思想斗争不可。”

“没思想斗争的材料有什么看头？也不真实，无冲突论？流水账？”

也许我就是不懂写材料的那套规矩，我只是想把小祥写得像小祥，而不是像八股。写材料的要领是什么？难道就是让真实服从概念，服从了才算真实？也许是的，很久以来，读者的真实观就是在这种要领的训练之下形成的，你要写出真实，反而让人觉得不真实了。

话不投机，我不再争辩，肖科长也扯开了话头：“小祥呢？”

“给你打病号饭去了。”

八分场食堂今天十一点半就开了门，小祥一吃完就留在那儿等病号饭，可眼见着快十二点半了，还不见他回来。我有点疑心，和肖科长说了一声便去食堂找他，可大师傅说他早就端着面条走了，我又折回住处，仍不见他的人影。再出门，才看见他远远地端着饭盆来了。

“你干吗去了？”我直皱眉头。

“打面条去了。”

“我还当你种麦子去了呢。”

“妈的，许大马棒打他老婆。”

好嘛，原来他管闲事去了，“那和你有什么相干？”我真想说，你吃饱了是不是，病人还饿着肚子哪。

“许大马棒喝多了，把人往死里打，别人都劝不住他。”

“你就那么大本事？”我倒觉得好笑。

“跟这种浑人，来粗的就成，我告诉他了，你再揍你老婆，我就揍你！”

他倒蛮得可爱，“清官难断家务事，夫妻之间说不清楚。”我俨然一副“过来人”的口吻，“看吧，你得罪了男的，过两天两口子又好了，合起来骂你。”

“哼，”小祥没反驳，却仍是耿耿于怀的样子，进了屋还小声嘟囔，“他儿子死了，也怪不着他老婆呀。”

这话肖科长倒注意了，或许也是这两天在床上躺出无聊来了，他一边吃面一边挺有兴趣地问：“怎么回事啊？”

原来这个许大马棒是总场车队的一个司机，名叫许世杰，家住在八分场。老婆黄朝英是八分场的出纳员，两口子快四十了才憋着了个胖儿子，宝贝似的养到五岁，正是逗人喜欢的时候。地震那天许世杰在总场和人打了半宿扑克没回家，震发时黄朝英正在外面上厕所，两个大人都幸免于难，孩子可捂在房子下面了。黄朝英从厕所跑回来，先帮助隔壁邻居寡妇李玉华挖李的小女儿，后来才回家挖自己的儿子。结果李玉华的女儿活了，自家儿子却没了救。这下可好，许世杰把一腔子怨气都泼在老婆身上，怪她把儿子的小命给耽误了，成天喝了闷酒非打即骂，谁管他，他就冲谁吹胡子瞪眼抡板凳，还动不动就寻死觅活找歪脖树。小祥是初生牛犊，端着面条正巧经过，于是便路见不平了。

“哎，”肖科长停下咀嚼，“这倒是个很不错的素材。”

我和小祥先是一愣，随即差点欢呼起来，真的！黄朝英放着自己的孩子不救，先救李玉华的女儿，先人后己的品德是何等高尚啊！这么典型的英雄模范人物，居然踏破铁鞋无觅处，得来全不费工夫！

大家全兴奋起来，越想越觉得有门儿。下午肖科长也不躺着了，亲自出马找人谈话了解情况，晚上便动笔开写。小祥字好，写出一张，他誊清一张，一直干到下半夜两点多钟，才算完成了黄朝英高大、完美的英雄形象。尽管材料里多了些溢美拔高之词，可人家毕竟是把一粥一粟养大的亲儿子牺牲掉，救出了别人的孩子，难道不是表现了一种伟大而崇高的母性吗？！人们感动之余，谁还会挑剔呢？

材料送到总场的时候，头头儿们正为找不到一个可以推荐到北京市去的英模而一筹莫展，看了黄朝英的事迹，无不大喜过望，当即拍板，决定把黄朝英作为参加全国抗震救灾英模大会的代表，上报北京市。孔副局长当晚亲自动笔修改，叫人连夜誊清，第二天便派专人送到北京去了。

马盛利、秦文忠和黄朝英三人的荣辱升沉，先后成为轰动一时的“全场新闻”，肖科长因此众目所瞩，很有了好名。孔副局长那天也特地把他和我一起叫去，大加鼓励了一番。纯是无意地，也谈到了关于小祥的那份材料。

“关键是主题没有选好，”孔副局长摇着头说，“像陆小祥办的那些好事，指导思想上还存在资产阶级人性论的余毒，这样的典型人物在十七年‘黑线’统治下照样可以树起来，那时候这种人我见得多了。当然，对他本人，还是要多鼓励、多表扬，但不能放松提高他的三大觉悟，要教育他适应新的社会主义潮流。”

肖科长点头附和：“对对，这个人政治上是很幼稚，工作上倒还积极，我们以后多加引导。”

小祥，是不是我的材料把你写坏了呢？假使我走在街上，连续听到三个人都说前边有老虎，我还能不能保持泰然而不惊骇奔走呢？也许我没有这种浩然之气。这时我真的搞不清到底该何以为是非了，一会儿觉得你太倒霉，明明干得不错，却总叫头头儿们看不上，一会儿又觉得他们可能说得也对，你在政治上就是有点不那么……明白。

而你呢，其实你恰恰把政治方面——确切地说是精神方面——的荣辱看得比生命还重。黄朝英的事迹是你第一个发现的，你为此沉浸在难以自禁的得意中，并且为能亲身参与这样一件于八亿人民都有益的工作而自豪，你浑身洋溢着的那种光荣感像是要对所有和你一样在清河土生土长的青年伙伴们宣告：你干了一项他们只配在边上望望的大事业！

黄朝英的材料送走后，北京的反应来得很快，先是市公安局政治部一位负责人带着市委领导及市局刘局长的慰问和祝贺，来到清河，受权对孔副局长领导下的工作队给予高度评价；对孔副局长提出的“以批邓促抗震，力争一年建成新清河”的战斗口号给予充分肯定。这些不同寻常的评价和肯定给这里带来的兴奋和鼓舞尚未冷却，北京市委宣传组的特派员和《北京日报》的记者接踵而至，专程探望黄朝英并准备搜集“第一手”资料，以便对材料做进一步修改润色。喜讯频来之际，肖科长又接到通知，调回总场受任顶替工作队一位因病回京的处级干部，主持整个秘书组的工作，第二天便踌躇满志地走马上任了。走前还特地嘱咐我，在新组长未到之前，要尽力维持住八分场的“大好形势”。

八分场的人都在谈论黄朝英，一个整天挨打受骂只配叫人可怜的女人，一夜之间竟成了此地前所未有的新闻人物。“黄朝英”这个最不起眼的名字，如今居然要和雷锋、门合、张铁生等辉煌的名字相提并论了。八分场头头儿们的主要精力更是专注在这位“英雄母亲”的身上，一会儿要组织人去总场开座谈会，一会儿要陪她去参加接见，一会儿又要应付记者的采访。八分场从没来过记者，因而记者的到来成了一件既新鲜又严肃的大事，需要认真准备。譬如黄家的防震棚太破了，记者要是拍了照，登在报纸上，准保全国都要指责：你们就让“英雄母亲”住这样的贫民窟吗？说八分场不重视英雄人物事小，让外国人看了，造成恶劣的国际影响事大，所以不能不组织人抢修一下。干脆，来个全分场卫生大突击吧。

原来最叫人担心现在又最叫人放心的，是许大马棒。虽然他照旧喝酒，而且照旧常常喝醉，可再也不打骂他老婆了，相反，他逢人便吹他们夫妻怎样和美，他老婆怎样疼他。作为英雄的丈夫，他说话走路，越来越趾高气扬。群众可都心明眼亮，都说这人也太没劲了，跟自己老婆都这么势利。

真正让人放心不下的，倒是英雄本人，她已经被人们摆弄得有点手足无措。其实她原不过是个再普通不过的妇女，还不具备放眼全球的政治水平，也不懂得还有这些大事需要她克制丧子之痛加以应付，所以一直精神恍惚，有时候发愣能愣上一整天，为此早就被暂停了出纳员的职务。记者采访时，她几乎一句话也答不上来，全得由人代答。大概记者问得猛了点，后来她竟一哭不可收拾，搞得很是不好。因此，孔副局长一再指示，无论如何要做好她的思想工作，一定要让她把英雄当好。

于是指定由我和八分场一位姓林的中年女干部专门陪着她做思想工作。本来一切都可以维持下去，黄朝英毕竟是个胆小、老实的等闲之辈，不至于闹出什么大差错，可万没想到那位缺乏“政治头脑”的陆小祥，突然生出了个天大的是非来！

那天早上很闷热，阴沉沉的天色仿佛孕育着一场大雨。我吃过早饭，正要到黄朝英家去，小祥来了，头一句就问：“黄朝英的事你听到什么了吗？”

莫名其妙，我问：“听到什么？”

“救人家孩子那件事，好像有点不牢靠。”

“啊？”我吃惊地瞪起眼睛，盯在那张严肃不苟的脸上，“你怎么知道？你胡说八道什么！”

“好多人都知道这回事，说这个英雄是黄朝英白捡的。”

“这是什么话？这事当初还是你第一个提起来的嘛。”我的口气有点气愤，可内心却突然慌乱起来。

“我也是听别人说的，那时候大家就是觉得黄朝英老是挨打挺可怜，谁也没想到能为这事成了英雄。现在把她说得太神了。人们私下里都在说，她和隔壁的李寡妇以前并不怎么和睦，老是为一点鸡毛蒜皮吵架。地震时那一排房子都塌了，她从茅房里出来，是慌慌张张把李家错认成自己的家，才跑去挖人的。”

我笑了：“嘿，你可别跟着那帮市侩瞎嚷嚷，他们看见人家好啦，心里不舒服，不舒服就生是非。”

小祥愣了一下，有些委屈地说：“我也没嚷嚷呀，我就是觉得人家说的话有点门儿。我知道黄朝英那人，平常跟家庭妇女似的。”

“英雄人物在日常生活中并不一定显出多么英雄，这是正常的；家庭妇女又怎么样，就不能有急中见义的巾帼英雄？”

“那也不是，我是说她那人……唉，怎么说呢？”

小祥苦于措辞了。我用一半体贴一半警告的语气说：“这么大的事，可别人云亦云。咱们回头把情况再详细摸摸，看看群众中到底都有些什么反映，提上去供领导参考，可别听风就是雨。”

“我知道。”小祥嫌我啰唆了。

又说了几句别的，我匆匆离开棚子，到黄朝英家来了。

黄家刚刚搬进了专门为她新建的防震棚。棚子搭得极其漂亮，也坚固。齐膝高的红砖墙支撑着粗细适度的木柱；檐下露着崭新的油毡布，油毡布上铺了厚厚的带绿叶的枝条；大门不知是从哪里现卸下来的，上面还镶着明亮的玻璃窗，看去煞是阔气。

许世杰上班去了。姓林的女干部正陪着黄朝英待在屋里。我去了以后，先是扯早上的天气，后又欣赏新居里的摆设。老林很卖力气地配合着我的闲扯，黄朝英却除了嗯嗯地应声几句外，没有更多的话。我留意地在她脸上端详了一下：确实，有点痴相。

“阿姨说，大宝从来不打架，不骂人。”她突然自言自语冒出这么一句来。

我听懂了，这是说幼儿园的阿姨呢。连忙顾左右而言他地问道：“老黄，你爱人中午不回来吧？”

黄朝英若有所思地看着我，像是没有反应过来似的，老林机智地接过话来，替她答道：“那么远，回不来，咱们呀，今儿都到我家吃午饭去，我给你们蒸包子。”

语毕，又是一阵尴尬的沉默，我一时找不出新话题，不得已又问：“那么老许同志每天都回来吃晚饭？”

这回黄朝英点了点头，说：“道儿远，他每天到家晚，我下班也晚，阿姨说，我们老是不按时接孩子……”

又让她扯回去了，我和老林相顾无言。黄朝英突然一捂脸，哭出声来：“嗯——”她哑着嗓子，抽抽噎噎地边哭边说，“大宝，那天大宝还冲站岗的解放军敬礼呢，解放军没看见，他还一个劲儿冲人家敬礼，他最爱当解放军，嗯——”不知她是想起什么时候的事了，唠唠叨叨地说着，悲伤至极。

看来再没法拿闲扯替她排遣了，我慢慢坐过去，揽住她的肩膀，正面劝解：“大宝是好孩子，可总没法哭活他呀。你已经救活了一个孩子，尽了做母亲的心了，咱们全场、全北京、全中国的母亲，都会说你做得对，这是多么大的光荣啊！”

“不不！我不要！”她烦躁地，带着近乎病态的歇斯底里，拼命摇头。我还没闹清她想说什么，手已被她紧紧抓住。“你说，我怎么那么傻，我太傻了，她家门口有棵树，我们家没有……我准是没睡醒，我过去就得过梦游……大宝给压在门口了，裤子都尿湿了，他准是往外跑来着，准是找我来着，我应该先从门口挖，可我先挖床那边了，我太傻了……”

她是有点傻了，让人联想到死了阿毛而变得疯疯癫癫的祥林嫂。

唉，那可真是绞尽脑汁、精疲力竭的一天。毫无效果的开导，艰难地没话找话，讲遍了所有大道理和小道理，还要替她收拾屋子，做她和许世杰的晚饭，直到许世杰终于回来了，我们才深深喘了口气，告辞了出来。

老林如释重负地回家去了。天快黑了，食堂早已关门，我没处吃饭，也没胃口，只有一脑袋沉甸甸的乱麻。想想这一天的努力，茫然不知该如何复命，我忽地想起了小祥早上的话，心里不由得咯噔跳了一下：

——黄朝英真是个英雄吗？

迎面深深的暮色中，走近一个人，提一篮青虚虚的小梨，不期然地同我打起招呼来：

“哟，溜着呢？”

哦，是李寡妇，李玉华。

“老李同志。”我不知为什么叫住了她。

“你女儿没事了吧？”我问。

“没事儿，没事了，不知怎么那么寸劲儿，就卡在一个缝子里了，愣是连肉皮儿都没破。尝尝梨吧，还不很熟。”她把篮子递过来。

“那么那天，那天的情况你还记得？你女儿不是黄朝英同志帮忙挖出来的吗？你们一块挖了多长时间？”

她愣了片刻，难以启齿似的：“又有人说什么了？”她反而问我。

“噢，我随便问问。”

“唉，”她放下篮子，“那些话别人说行，我不好说，人家黄朝英就是帮我搬了一块砖，我也得谢谢她，还能说别的，你说是不是？”

“只搬了一块砖？”

“搬是搬了几块，后来发现不是她家，就赶快跑回去了。她的大宝也压在屋里了，两口子四十多岁，养个儿子不容易。咳，这事本来别人不知道，是我看她老公老打她才说的，当时也就是想让她老公别再打她了，我说朝英是为了救我们小兰子才耽误了一会儿，她老公横是不敢打我吧。说实话，朝英就是没认错门大宝也没救啦，大宝是给砸死的。唉，要我说，就别再让她当英雄折腾她了，不然她老是觉着对不住大宝，您甭不信，就冲她这份想不开的劲儿，早晚得憋闷出毛病来。她出了毛病，我就更不好做人啦，现在都说大宝的死是耽误在救我们小兰子上头了，回头再连大人也饶上，背这么大的人情债，您说我冤不冤哪？！”

我呆呆地一言不发，好比一件心爱的东西突然被人指破连自己也未发觉的假处一样，心凉嘴苦。颓然走回棚子来，想到明天还得打足精神继续去给黄朝英当“伴娘”，心里烦躁极了。

小祥听完我的叙述，并未马上表示什么，看了我一会儿，才说：“该让领导早点知道，别再端出去糊弄别人了。”

“你看呢？”他又问。

我重重地坐在铺上，无可奈何地说：“明天我到总场去，跟他们说。”

决心虽下，可是夜里仍然辗转反侧。既成的局面是很显然的，黄朝英已经名声在外，是及时撤火还是生米煮成熟饭，都是难办。我想了大半夜，也琢磨不妥，见到那些在黄朝英一事上春风得意的头头儿们该如何措辞。

清晨勉强起床，和小祥同行。心事重重地上了公路，搭乘刚刚恢复运营的环场班车去了总场。我找孔副局长汇报，小祥回家看姥姥。

很巧，在为孔副局长新搭起来的那座宽大崭新的军用帐篷里，肖科长也在。他们面无表情却又非常耐心地听完了我的汇报，并未表现出我想象中的惊讶或遗憾，然而帐篷里的空气却分明是僵硬和沉重的。

“光凭这些，恐怕不能这么简单地否定吧。”肖科长小心翼翼地先开了口，说道，“李玉华作为当事人，原来也是承认黄朝英帮了她的忙的，如今为了减轻自己的精神负担，又说这些话，如何能凭以为据呢？何况这件事已经搞到了这种程度，再推翻，对市委、局党委，对广大群众，怎么交代？”

他说话时脸冲着我，话里的倾向却是说给孔副局长听的。看来，肖科长的偶然在场竟是一件非常不巧的事，他在黄朝英问题上出足了风头，应该说是个既得利益者。

可我仍然想说服他们：“黄朝英现在神经受了刺激，见了人就眼泪汪汪没完没了说她的大宝，这样子怎么上台盘？”

“所以才要派你陪她做思想工作嘛！”肖科长说一句看一眼孔副局长。而孔副局长，则完全是另一条思路，冷冷地问：“你对这件事的看法，还和什么人谈过吗？你是怎么怀疑上的？是不是有人向你说了什么？”

我未及思考，答道：“这个怀疑最初是陆小祥同志提出来的，我也有同感。”

啊——原来是陆小祥。我看出他们脸上浮起的这种不屑一顾的轻蔑的神情，知道让他们改变主意是没门儿了。

孔副局长抬高声音，以不容置疑的强硬语气，朗声说道：

“黄朝英的事迹是经过认真调查的；材料如何使用最后也是市委和局党委定的调子，我们要坚定不移地予以贯彻，不允许有一丝一毫的动摇。你个人的看法，向组织上反映是可以的，但是到此为止，不要再扩散了。告诉那个陆小祥，在这么重大的问题上，他还没资格乱插嘴，就说是我说的，叫他小心别犯错误！”

我忽地出了身冷汗，没想到孔副局长的态度会如此尖锐、严厉。我暗暗后悔不该把小祥扯了出来，也知道后面这句话实际上也是警告我呢。

我心绪败坏，本来想去小祥家的，也没去。下午离开总场前，肖科长又把我叫到路边，自从他担任了秘书组的领导工作以后，说话比以前气粗多了。

“我跟孔副局长研究了一下，根据八分场的情况，工作组的任务基本上完成了，所以不准备再派新组长去。你和小祥抓紧把未尽的事情处理完，也回来，另安排任务。”停了一下，又说，“小祥嘛，准备让他回分局上班去。”

我没做任何表示，甚至弄不清这番通知意味着什么，是怕我们再捅娄子，还是怕……“儿女情长”？

“撤回来好。”肖科长似是斟酌了一下，然后带着无限的诚恳，说，“工作队领导对你一直是很重视的，一个女同志，又这么年轻，在这种艰苦的环境下坚持战斗不容易，我们准备回去以后向你们处的领导做详细反映。这次表现好的同志，还要上报局党委和政治部。不过，希望你能在各个方面都要求自己更严些，有些事……呃，总之，不要因小失大吧。”

什么事，他没说，没说我也明白。

我没招呼小祥，一个人乘中午的班车回八分场去了。我只想一个人安静些。

小祥是乘傍晚的班车回来的。他一走进我的棚子，便用略带埋怨的口气说道：“怎么也不叫着我，我还等着你呢。”

棚子里光线很暗，我没说话。

他从书包里拿出一个透明塑料袋，里边装着六七个鸡蛋，放在我的床上，有些局促地说：“我姥姥说，过两天请你到家里吃顿饭。”

我没回答，只把鸡蛋推还给他：“拿走，这是你姥姥心疼你的。”

“她说啦，给你的。”

“给你的。”

“她知道你们城里人离了荤腥活不了。”

“工作队几十口子，都是城里人，干吗单给我？”

“那我可不知道。”他笑一下，并不恋战，把鸡蛋放进我的床里头，随即扯开话题：

“孔副局长怎么说？”

"叫咱们准备撤。"

"撤哪儿？"

"回总场去。八分场的工作已经走上正轨了，咱们留着也是多余。"

小祥似乎并不太关心去留问题，接下去问："黄朝英的事呢？"

"说了。他们说不能那么简单地否定。"见他不以为然地报以沉默，我又说，"何况把材料宣传出去，就算有不合黄朝英的地方，对全国人民仍然能起到教育作用嘛，又何必太认真呢。"我现在反倒希望能说服小祥了，不料他却皱起眉头。

"这也是孔副局长说的？"

"不，是我说的。"

"你那么愿意挨骗？"

我噎住了。

"我可不愿意骗人！"他又说。

我几乎是恳求的口气了："小祥，领导会慎重从事的，咱们就别管了，反正已经知无不言，对得起自己了。"

"也对得起别人？"他的倔劲上来了。

"搞假的，还有什么意思呀！"他觉得泄气。

这耿耿于怀的样子，甚至已经使人觉得不仅仅是政治上的稚嫩了，简直可以说是社会经验的缺乏，他居然简单地把说真话当成了人的一种不可违背的义务，这说明他在怎样天真地追求着生活的完美，也说明了他真是傻得可以！我不能再顾他的情绪了，断然结束了这个话题，用命令的口吻说道："准备一下，咱们后天撤。"

我看得出，他闷闷地把想说的话咽下去了，好半天才开口提醒道：

"后天是星期天。"

"那就照常休息，星期一回去报到。"

他点点头，走到门口，迟迟疑疑地站住，回头看看我，说："天真热。"

"嗯。"我应了一声。

"星期天，我们去游泳好吗？有个地方，水很清。"

没想到他会突然生出这么个鬼鬼祟祟的建议来，我愣住了。

"也很静，没人。"

小祥说的，就是那条神奇的孩儿河！我和它相处的时间那么短，而十年中想起它的时候却那么多，在单位里生了气，和继平吵了嘴甚至无缘无故地……比如在拥挤的菜摊上排队买菜的时候，都会想起它来。

不，它和现在脚下这条结了冰的弯曲的小河完全不同，这结冰的河水在夏天是一线凝止的浓绿，滋养着半池厚厚的青萍。而孩儿河却流动，碧蓝，临观更觉清澈见底；河底陈蛋卵，黑色的细鱼从上面无声游过；岸边有树林，林中有蝉鸣，飞鸟在树冠的律动中呢喃起落。这正是我想象中既荒蒙又充满生机的伊甸乐园，连美如西子的西湖也要黯然失色了。

西湖多嘈杂，而这儿，真的没人，大喊大叫也没人知道。

小祥带了一领干净的草席，我们游累了就坐在上面休息。小祥赤身子比穿衣服显得健壮，光滑的皮肤紧紧绷着发育匀称的肢体，在阳光下泛着一片耀眼的金色。他游泳的动作纯粹是"清河"式的，勇猛而笨拙，而划水时肩臂上滚动着的肌群，却显得活泼，带着一股勃勃的男子汉味儿，使人感受到阳刚的力量和青春的美。

他哈哈笑着从水里爬上来，灵巧地抖落身上的水珠，伸开两臂仰天大叫："啊，生活，我多么爱你！"真痛快！可随后在席子上坐下来，却又老气横秋地叹口气，"唉，黄朝英要是个真英雄就好了。"

他从衣服兜里拿出一盒"飞马"，还没找到火柴就被我抢过来，一甩手扔到水里去了。你还抽烟？你还仅仅是个把一切都理想化的少年呢。你带着一种学生腔的诗味儿去追求完美，可碰到的却是个到处都是缺陷的现实。我想，大概会有一种强烈的遗憾，一种若有所失的灰暗情绪，时时与你的那些幻想同在吧。

于是你必定有许多叹息，“要是早生几十年就好了。”你说。“为什么？”我问。“那我一定是个英雄，我不怕死，也能受苦，要活就轰轰烈烈地活着，只要带劲儿，死也没什么。”

这当然也是学生腔了，然而那个受到压抑的献身精神却真实得极其可爱。我也是一个“英雄狂想症”患者，我也曾为没能早生三十年而惋惜而痛苦过。

我们都沉默了，头顶上的天很蓝很蓝，蓝天下孤单单地浮着一朵蓬松的白云。面对着清溪流水和隔水相望的幽幽树丛，我们一定不约而同地感受到了自然宇宙的无穷和人生青春的有限。那种对于自然美景和自身存在的深切的意识和珍视，伴随着人生苦短的惆怅，一齐埋进无可奈何的叹息之中了。

我一点也没记错，就在这长时间的沉默之后，你亲了我！

你那带着些湿意的嘴唇突然在我脸上触了一下，生硬而又胆怯。一刹那，我们两个都惊住了，也许你比我更害怕。

这是什么行为？我们让自己给吓坏了。按理我本该大声申斥你，可我却连一点责备的脸色都没有，只觉得心慌意乱。也许这迟钝的反应本身就是一种鼓励，你居然又来了，整个湿淋淋的身体都挨了过来。我第一次这么近切地嗅到男人的强健和野性，紧张得不能呼吸，可却情不自禁地伸出手去搂住你的身子……不，除了亲吻，咱们并没干任何过分的事，而且实在也不懂得干什么事，那时候咱们都太年轻，生在那样的禁欲主义时代，对这方面的常识几乎一无所知。

可这已经是难以容忍的放纵了，尽管这个大胆无忌的片刻给我留下了伴随终生的甜美记忆，但也使我很长时间背负着一种隐隐的罪恶感。一个团委书记应当成为青年的楷模，而我是不是很不干净？

你的身体挪开了，我们都深深地吐了一口气，仿佛要放松那令人眩晕的快感。直到这从未体验过的快感渐渐淡去，我们才如释重负。你仰面躺下来，被树叶筛碎的阳光眼花缭乱地晃在宽宽的胸脯子上，很好看。你大声唱起了那首不知名的歌：

“啊，美丽的姑娘啊，我是个贫穷的流浪汉。你愿不愿和我结伴，去那遥远的天边？那儿只有你和我，我们的诚实和热血，还有头上一方湛湛的蓝天！”

歌的曲调很抒情，可你唱得却粗野、专横，甚至带着几分天真的、少年式的无赖，仿佛那歌中的美人非得跟你一起走不可似的。

然而，毕竟“此曲只应天上有，人间能得几回闻”，它的旋律是诱惑性的，把一个虚无缥缈的海市蜃楼指给人看，引人幻想联翩，不知不觉地陶醉在其中了。

歌罢，你一挺身坐起来，看着我愣愣地说了一句：“我想入党！”

我问道：“唱着这种歌入党？”

你笑了，还是那句话：“咳，我瞎唱。”

你渴望加入共产党，尽管你有时还爱“瞎唱”，然而凭你的品质和实干，我想你准能入党。我后来还“指导”你写了“入党申请书”，从《党的知识》和《新党章学习材料》中抄来许多对党的赞美之词，我希望你能把对党的认识从朴素的阶级感情上升到理性阶段。不料你写完这篇长长的申请书时反而茫然。你说党太神圣了，高不可攀，我不懂你的意思，你是不是觉得自己的表现离入党还太远呢？可你又说，现在好多党员的表现还不如普通群众呢，如此看来，党似乎又不太神圣了。你一会儿觉得党提出的口号是伟大的，“三年建成新唐山，一年建成新清河！”听了深受鼓舞，一会儿又觉得那简直是痴人说梦。在大问题上，你老是这样矛盾着。

你心事重重叹口气："要是我爸晚死些年，跑不了也是走资派。"

你父亲是在"文革"的前一年病逝的，场里三十岁以上的人无不把他当偶像一样崇拜，他的生前身后，已成为人们一个永恒的话题。对如此一位德高望重的父亲，当儿子的居然说出这种叫死者不安的话来。

可我知道没有孤儿不想念父亲的。他活着的时候很忙，很少顾你，但你那天特别向我说起孩儿河附近有一座古庙的遗迹，在你七岁那年，有一次父亲忽然心血来潮地领着全家出去野餐，在那儿慷慨地消磨了整整一个上午。那次野餐的快乐给你的印象一定深极了，这是在你脑子里保存的关于父爱的最富于细节的记忆，也是你向我说起童年时，唯一眼圈发红的一次。你后来常常在想他的时候，就一个人到那古庙去。

那天游完泳，是我提议，看看那座古庙去的。

古庙残败得已不称其为庙了，然而基础铺展的阔大，却令人惊讶。谁也说不清这片古建筑起于何朝、毁于何代。除了一两座小殿还摇摇欲坠地歪斜着（地震时居然未倒），其余砖木已不复存在。几处隆出地表的残基，几株老本生鳞的树木，还能使人想象出当年殿阁参差，掩映于高槐大柳之间的胜境。特别是中央一片平地，原先必是一座雄伟至极的敞厦，里面必是供奉了一座巨型的鎏金大佛……中国的庙堂不像伊斯兰建筑和哥特式教堂那么高耸入云，以图把人的精神通过空旷幽闭的塔尖引向神秘的上苍，而是平面铺展、纵深复杂而又实用的殿阁群体，引你生出可游可居的人间联想，哪怕是在这样的残址上逶迤游历，也能使你隐隐体会出某种人生的安适和对环境的主宰。

没塌的小殿里，空空如也，只有壁画依稀，能辨出画的是个菩萨，面挂富于哲理的深奥的微笑，飘逸、超脱、安详，又潇洒。

我这是怎么了？我这个共产党员、无神论者、热血沸腾的狂热青年，怎么竟会对现实生活忽生厌恶了呢？生活中的种种矛盾和坎坷正需要我们去解决、去铺平，可我的斗争激情在这一刻为什么如此淡远了呢？是被这里诱人的荒凉气氛引发了幻觉，还是被眼前这个菩萨无为而无不为的微笑勾去了魂魄？不，我并不追求有如神仙般的出世离俗，但又仿佛忽然间有了一种莫名其妙的了悟——渴望天地间再没有纷繁人事的羁绊，只有我们两个人，只有千秋永在的自然山水，只有“日出而作，日入而息，凿井而饮，耕田而食”的永恒的平静，那该有多好啊！

我为自己的胡思乱想感到深深的恐慌……

幽美清澈的孩儿河、萧条神秘的古寺庙，是不是也给了小祥同样的寂寞？在回去的路上，你默默骑着车子，我坐在后架子上同你说话，你只是勉强应答着，心神不属，我奇怪地问：

“怎么啦？”

“没怎么。”你仍旧沉默，好一会儿才开口问道，“你们工作队，什么时候回去啊？”

“谁知道，快了吧。”

“你也走吗？”

“还能在这儿扎根落户？”

我们都故意用极其轻松的语调问答，也都知道对方心里想的是什么。

“那，你还会再来吗？”你平静地，却又是突如其来地问道。

“你还让我来吗？”我反问，想尽量把气氛调节得再轻松些。

“我怎么管得了你呢？”

我笑了一下：“你就不想去北京吗？”

“不想，”你迟疑了一下，“也有点想。”

我心里忽然轰一声亮了，仿佛在无边海上，猛然间发现了远处的陆地，我说：“嘿，要是我帮你调到北京去，你去不去？”

“北京？？”你似乎有点意外。也许你不明白，进京之难，难在户口，而清河人拿的都是正式的北京城市户口，只要有个单位肯要你，这儿也愿意放，那就算调成了。刹那间我脑子里转出了一大堆能收你的单位，或者根本用不着劳驾父亲，我自己就能办成！

“我姥姥怎么办？”你倒先想这个。

“你姥姥要是知道你能到北京工作去，准添十年寿。”

“我走了，谁管她？”

“你先去，慢慢再把你姥姥接去，城市生活，对老人也方便。”

你大概还是觉得那是太遥远的事情，并不怎么动心。你喜欢幻想，可对个人前途又总是抱着“知足之足，常足矣”的可怜的胆怯和惰性。你封闭的眼光又把你拉回到自己那套狭窄的思路上去了。

“这穷地方，你反正不会再来的。”

我知道一时不必逼你相信我的计划，便说：“当然来。”

“还来干什么？”你画蛇添足地又问了一句。

“看你，不行吗？”

你笑了一声，做着根本不信的口气：“真的假的？”

“看吧，除非我死了。”

你沉默了，虽然看不见你脸上的表情，但从那瞬间发僵的背部，却能察觉到你的感动。好半天你才低低地说了一句：“干吗要说丧气话？”

我笑起来：“可是有一条，你得做到，今后不许再抽烟了！”

一连几天晚上我睡不着觉，一想起小河边上的情形，心就跳个不停，脸上老是一片火烫的感觉；有时候不知不觉自己又会悄悄笑起来，暗暗地叫一声：“啊，清河……”

十年过去了，我并没有再回过清河，可十年中多少梦境和遐想，却引我冥冥神游——古庙、白屋、孩儿河……

十年来，在枯燥乏味的课堂，在刻板单调的办公室，在喧嚷嘈杂的菜市场和能把肠子都挤出来的公共汽车上，我过着平淡如水却并不轻松的生活，被考试、分配、提级、出国、房子、煤气瓶，还有其他诸如此类的烦恼累得精疲力竭。一个人可以在回首往事的时候去羡慕当年心灵上那种年轻的快乐和忧愁，却无法找回它们，我不能不随着潮流而下，卷入到人类生存竞争的旋涡中去。我完全理解竞争对于社会前进的杠杆作用，也因为竞争能不断使我看到自身价值的变化而躁动，可我老是觉得这躁动里包含了某种自私的成分，所以常常情不自禁地对自己和别人的“个人奋斗”持了一种厌恶、鄙夷的心理，恨它撕破了我少年时代的纯洁幻想。

或许世事本来就该这样，幻想固然美好，在现实面前，却常常是失望的源头。

研究所的第一、二“把手”去年年底就被年龄杠杠一刀切下来了。新调来的第一“把手”对所里情况不熟，递进上来的第二“把手”年龄偏大，“罗营长”又是外行，所以院党委决定，从所里再选拔出一位副所长来，指定要年轻的，而且最好是女同志。

“你又动心了？”父亲那洞明一切的微笑使我感到羞耻，可又觉得完全可以分辩：“不想当元帅的士兵不是好兵。我有十多年党龄，坚定拥护三中全会，贯彻四项基本原则，思想解放、勇于改革，学术上也有成绩，我的关于海明威的论文受到国内同行的普遍重视……”

“别提你的海明威了，”父亲打断我，“海明威是‘迷惘的一代’，你也是。海明威对战争的失望引起他对整个世界的厌倦；你的浪漫理想的破灭使你热衷于追名逐利。可实际上，你破灭的东西仍然是你怀念的东西，你追逐的东西也正是你厌恶的东西，所以即使你有朝一日名利双收也绝不会幸福，你注定永远是迷惘的！”

是的，父亲，您说得对，对崇高理想的追求和生存本能的驱使在我身上是一对难以调和的矛盾。可我有什么办法呢？人的价值、受社会重视和尊敬的程度，越来越明显地取决于地位的高低、财富的多寡。我怎么能与您比呢，离职赋闲，除了养花植草，打打太极八卦之外，就是带上一本《古文观止》到郊区干休所去养尊处优，“采菊东篱下，悠然见南山”，何等的散淡、超脱、清静啊。可我们不行，社会的各个位置正在中青年中重新分配，你想搞个体户赚钱也好，你想当官掌权也好，或者说得高尚一点，你想得到在事业上有所施展的条件也好，那都得去争。不是吗？现在多少青年人重视的哪里是什么正确错误、是非曲直，而是胜败强弱，是那些看得见、摸得着的高低分晓。

所以即便“常恨此身非我有”，也不能“何时忘却营营”了。

偏偏这个时候，我得了肺结核，肺结核是富贵病，好治，问题是谁还会提拔一个肺痨鬼当副所长？

继平比我更着急，“干脆，”他说，“就别让你们单位里知道，我给你找个地方治去，反正你们也不坐班，无非是自个儿花药费而已，现在的肺病有个二三百块钱包你拿下来，可你要是提不上去，每个月都得少好几十块呢，咱可别冒那份傻气，为了芝麻丢了西瓜。”

我厌恶继平的商人嘴脸，可这主意并不坏。

人逢此时，就免不了要感慨青春的早逝了，青春与强健的体魄同在。我多么羡慕二十岁的时候，清河的蚊虫酷暑，风餐露宿，吃生吃冷，把很多男同志都拖垮了，可我居然没病。

工作队里的病号越来越多，甚至连一向以军人体魄自居又特别善于保养的孔副局长也拉了稀。到清河已经整整一个月了，我从八分场回来后，各摊儿工作都已开始着手扫尾，看来归期将近。大家都是在地震当天匆忙拉出来的，跟家里都不曾打个招呼，无不盼着早点回去。我呢，也想念爸爸妈妈，不知现在北京的人们是否还睡在街上；还有小祥的工作，最好也能早点回去替他活动。

在我们去孩儿河游泳的那天晚上，小祥姥姥的心脏病猝然发作，被送到总场医院输了一天一夜的葡萄糖，因为医院的病床太紧张，所以第三天便让小祥接回家去将养。肖科长代表工作队领导专门到家里探望了一次，同时以照顾为由，顺理成章地通知小祥即日起回分局上班。

我们就此分开了，虽然还都在总场这个大范围内，接触的机会却极少，他只是借着偶然的工作之便来工作队看过我一次。当着众人耳目，我们也只能说几句无关紧要的话。我呢，为了避口舌，也一直没再到他家去。

重新分配给我的任务是我的本行——帮助场团委搞团支部重建工作，黄朝英的事则奉命全部交到另外几个同志手上。他们情况生，不接头，开始常来找我问根由，我记着孔副局长的警告，自然出言谨慎。他们似乎也觉得这事有点古怪，茶前饭后免不了拿它当个话题。

“八分场也太不像话了，我们提出让黄朝英先在八分场做一次事迹报告，他们居然还不太积极，真是岂有此理。人家将来还要到全局、全市，甚至全国去作报告呢，八分场怎么能不组织一次！”

碰上这类大惊小怪，我只能说：“墙里开花墙外香，都这样儿，不做就算了。”

可他们觉得说不过去，硬是压着八分场组织了一场报告会。黄朝英上了台，倒是勉勉强强照稿子念下来了，可还没从台上走下来就哭开了。她这一哭，更搞得八分场上下左右议论纷纷，说什么的都有。孔副局长原先还准备搞一次全场性的报告会，知道这件事才算作罢，并且决定和局里联系，尽快把她送到北京去，好让人领她玩玩逛逛，调整一下心情，免得在全国的英模大会上出丑。

这天清晨天蒙蒙亮的时候，孔副局长的帐篷旁边多了一辆满身风尘的吉普车，这时人们都还没有起床，谁也没看见来人的眉眼。开过早饭以后，从那帐篷里传出话来，叫包括肖科长在内的几个头头儿进去开会。什么会，没说，别人只知道开了整整一上午才散。午休的时候，突然把我给叫了进去。

帐篷里这时只有孔副局长和那位神秘人物在座。从那人的年龄和气度上看，至少是个处级干部。他们让我坐下来后，孔副局长突如其来地开了口：

“陆小祥给市委写了一封信，你知道不知道？”

我的心一下子提到嗓子眼儿，胸口狂跳起来，尽力镇定地说：“不知道。”

沉默了一下，孔副局长的神态略有缓和，转而对那位北京来客说道：“他先去找了洪场长，跟洪场长胡说八道，老洪又不是分管这项工作的，当然无权答复他。没想到他居然敢上书言事，捅到市委去，这家伙的破坏性也太大了！”

孔副局长面色青紫，一脸毫不掩饰的痛恨。我鼓起劲来问了一句：“什么事啊？”

“黄朝英啊，陆小祥把工作队告下了，说我们搞的是假材料！”

我知道这事不得了，连忙说：“那不应该，我回头找他谈谈……”

“你不用去找他。”孔副局长打断我的话，又对那人说，“老李，市委既然责成局里重新调查，我们这两天就把调查材料搞出来报上去，情况就是上午大家说的那些。你回去转告刘局长，我搞材料多年了，什么都搞过，就是没搞过假材料、黑材料，请他放心。你的那个意见很对，陆小祥的日常表现，我们是要查一查的。”

那个姓李的当晚就坐吉普车回北京去了。我犹豫了很久，决定这时候不能急着去找小祥，要是让人看见，反而会把问题搞复杂。往宽处想想，也觉得没什么大不了，向上级反映情况是干部起码的民主权利；查日常表现？那就更没说的啦。我想，没事。

我的心情由此而安定下来，第二天孔副局长没再找我，小祥也没到工作队来，我想如果来了，倒是可以向他问问情况，我一点也没想到第三天会出事。

第三天早上，八分场的女干部老林照例去敲黄朝英家的门，发现门是反锁的，屋里明明有响动，却不见有人答应。从窗帘的缝里，她看见黄朝英正在床上打滚儿，知道坏了事，连忙喊人砸开了门。一个有经验的先捏开黄朝英的嘴一闻，满是敌敌畏的味儿，便赶快张罗车子送到医院急救，灌了半天肠子，好歹算留住了一丝游气。

这个轰动新闻几乎当天就传遍了全清河，传到工作队时，人人目瞪口呆，只有我了解黄朝英丧子之后的那种日甚一日的负罪心情，觉得既在意料之外，又在情理之中。

然而由黄朝英的自杀而引出的另一个出人意料的结果，却真正把我震惊了——下午，小祥被宣布隔离审查，当晚就被押到一分场直属队关起来了，消息传来，我几乎不能控制住自己的喊叫！

这是为什么？！为什么？！为什么？！为什么？！

孔副局长，黄朝英的轻生本该使你清醒了，可你不，你气急败坏，反认为是小祥捣乱导致的后果，于是你这样严厉地报复他。就因为总场腾不出空棚子，你居然让人把他押在一分场监区那间快塌的反省号去，那时候地底下的小余震频繁不断，那岌岌可危的小屋子连犯人都不敢再住，你却把他关进去受惊吓。他还是个对前途充满幻想的青年，可你却这样无情地斩断了他希望的路！

小祥，你写那封该死的信为什么不和我商量？是怕我拦阻，还是不愿牵连无辜？你太认真、太自信，也太满不在乎，赢了一个马盛利你就犯晕了。你不肯蜷缩自己的良知是对的，可自以为什么都能干成就大错特错了。你难道不懂得在我们生存的这个世界，领导就是你头上的云，云一黑你的背就得湿。往上走，入党、重用；往下走，排挤、处分，凭他好恶。你不是想调到北京去吗？他可以下放，放了也能把一点不清白塞进你的档案里，一辈子跟着你。你何苦去冒犯这些你必须依附的上司？

我知道自己人微言轻，可我不能不冒大不韪去为他讲几句说情的话，我预备好一肚子道理，战战兢兢走进孔副局长的帐篷，当着几个正在汇报工作的人提出了疑问，但又马上发现自己的一厢情愿是多么孤单无力，孔副局长一脸铁板，几乎不容我说完。

“这事他当然是有责任的，何况关他也并不光是为这事。”

肖科长也在，凑过来说：“我们这不正在兜情况吗，看来这个人是有些问题的，你还记不记得咱们在八分场有一天让他回家去看看，结果他到半夜才回来那件事？现在查清了，他根本没回家，是去了唐山！”

这我可以解释：“他跟我说了，补了假。”

“他去干什么，也跟你说了吗？”

我心虚起来：“没有。”

“他跑到几个犯人家里去了，抗震救灾那么紧张，他不辞辛苦那么老远去找犯人家属干什么？”

“噢！”我恍然大悟，身上轻松下来，“替犯人看看他们亲人的情况，对改造他们也有好处呀！”

孔副局长敲起了桌子：“死难干部的亲属还看不过来呢，专看犯人的？既然是好事，为什么要偷偷摸摸？做贼呀！要搞光明正大，不要搞阴谋诡计嘛。娘的，我看八分场犯人差点闹起事来，弄不好就和这件事有关，能不审查审查他？”停一下，又说，“他既跟你说过去唐山的事，你不汇报也是错误的，至少是缺乏革命警惕性。”

眼看着孔副局长就要迁怒于我了，肖科长有意扯回到主题上来，话也说得略有余地：“当然啦，他去唐山与前一段犯人中流传谣言的现象是不是有因果关系，还仅仅是个疑问罢了，既有疑问，审查一下，能排除也是好的。何况地震以后，陆小祥不是没有错误，有这么个机会闭门思过，总归没坏处。”

小祥去唐山看犯人亲属，一定是受了八分场队长张玉海之托，但前车之鉴还在，我当然不敢贸然再把张玉海扯出来同他们分辩。正在语塞，孔副局长又抖出一件事来：

“去镇压八分场暴动的时候，你们还记得不？他吓得连衣服都忘了穿，丢盔卸甲。”

立即有人应声：“对，我也看见了。”

这又是一个冤案，我忍不住冲口而出：“你们问问肖科长，究竟谁没穿衣服！”

肖科长一愣，尴尬地“啊啊”两声：“这个这个，好像是有这么回事，他是给了我一件上衣，可我是因为把衣服都洗了呀，晾的地方又远，我是怕贻误战机才赤膊上阵的。”

斗争的大方向有点偏离的苗头，肖科长连忙自己把话头岔开，说道：“光膀子当然不能说明什么问题，可据八分场的同志反映，秦文忠刚刚被捕，他就跑去给他家里搭棚子，献殷勤，是不是有点资产阶级人性论呢？以他当时在工作队帮忙的身份，这么做总有些不妥吧。”

孔副局长当即厉声定性：“当然不妥，严重不妥！这实际上是对工作队正确决定的示威，是有意破坏抗震救灾！”

肖科长受到肯定，有些得意，又说：“去八分场镇压暴动那天，大家都赤手空拳，自觉不拿群众一针一线，只有他，擅自乱拿救灾物资，后来不知他把那两把铁勺还回去没有。”

“查一查！”

我看出来了，在孔副局长这种过分冲动的情绪下，又有这么个只顾逢迎的臭谋士，显然是多说无益了。

下午，在场团委办公室开会，听部分单位团干部汇报工作。我心不在焉，老是想着小祥，不知他此时该是何种心境。他的爱面子，他的自尊心，他的精神上的优越感，还有那简单的经历和溺爱他的家庭，都决定了他不能经受这种逆境。我心里发慌。又想到曾在八分场见过的一间反省号，连窗户都没有，里边闷热异常，不知一分场的那间是否同样。因为小祥是公安分局的团总支副书记，会上自然谈到了他，分局的团总支书记绘声绘色地向大家讲了他从办公室被带走的情形。

“开始他不肯走，非问人家为什么，人家哪儿跟他磨这个嘴皮子呀，说你再不老实就铐上你。你们想想，铐上，那不就跟逮捕流氓似的了，他这才跟着走了。”

一个姑娘问：“他不是一直表现挺好的吗，真看不出来能犯这么大错误……”

“就是，表面上挺好的，还是他们治安科党支部重点培养的‘纳新’对象呢。”

“他们说把他的领章扯下来的时候他都快哭了，是吗？”

“啊，不过没哭出来。”

“然后就跟人家走啦？”

“……啊，走的时候还问人家他姥姥怎么办。他姥姥病了。”

团干部们发傻似的沉默了一阵，又啧啧地感叹了一阵，直到团委书记敲敲桌子，大家才把注意力拉回到正题上去了。七嘴八舌又扯了些什么，在我脑子里只是含糊一片。

哦，是的，你此时一定在想你的姥姥，正在病中的姥姥，你走了谁去照顾？

终于散了会，我跑到洪场长的办公棚来了。

据洪场长说，本来已经安排了几个邻居轮流照顾一下老太太，可不知是谁，把小祥的事跟她漏了嘴，老太太当时就背过气去了，刚刚送了医院。

“心脏病就怕连续发作，她本来刚来过一次，还没完全稳定，不知谁那么嘴快。老太太十几年辛苦，大家都知道，就是为陆家这根独苗。”洪场长一脸忧郁，叹了口气，声音略略放低，又说，“小祥父亲过去是我的老上级、老战友，他母亲死的时候还托孤给我。这孩子我是看着他长大的，毛病就是太认真了，人生活在社会上，眼睛里容不得半点灰星儿怎么行。他父母从小管他管得太死，不给他接触一点黑暗面，所以他就容不得黑暗。在他眼里，社会是一片单纯的光明，真理也应该是战无不胜的。他太年轻了，不像我们老头子，凭着涵养功深，知道来日方长。他其实跟我说说也就得了，完全犯不上写那封信嘛，弄成这样，我都不知道怎么向他爹妈交代了。”

焦急和沉痛使他的呼吸有点急促，他停下来，深深地喘了口气。我怀着一线希望，恳求说：“洪场长，你当然是了解小祥的，他就是那么个人，他对工作队其实也一直是很有感情的，您能不能再找孔副局长说说去？”

然而，说什么、怎么说，连我自己都没主意。洪场长沉吟了一下，说：“这案子的处理，总是得依靠组织，我个人说话……看看吧，至少现在还不是时候。”

我知道，洪场长是十七年“黑线时代”在位当权的老公安，现在属于“控制使用”的一类人，不能不谨小慎微。

从他的办公棚出来，我闷闷地往驻地走。逼近白露的清河，仍未脱尽“秋老虎”的闷热，白天汗出在身上，还是发黏。只有傍晚此时，东南方的清风才乘虚而来，习习掠过秋黄的田野，带着些泥土的湿味，向日落方向从容飘去。日落后的天空，青蓝，空旷。

路过干部科，适逢肖科长从里边出来，于是同路。

同路，却无话，没想到“患难”了一个多月，彼此反而越来越觉得生疏。默默地并肩走了一段，肖科长先漫无边际地把话拉起来。“这几天可把干部科给忙坏了，这次遇难和受伤的科级干部将近一个排，孔副局长又要求九月中旬非把各单位的班子配齐不可，干部科得全力以赴看档案，准备材料，大后天就得向党委汇报了。”

“嗯。”我冷淡地应了一声。

“唉，有些同志，出身、表现，都不错，能力也行，就是因为以前有过一点小小不然的差错，这回还是提不起来。就怕领导一问：那么多没毛病的为什么不提，单找这种有疵儿的？你怎么说？搞人事的谁爱找这个麻烦。”

我从鼻子里吭了一声，表示在听。

话锋顺水一转，肖科长忽然用一种半是责备半是体贴的口吻，说道：“你呀，弄不好将来也吃这个亏。像你这么年轻的党员，又是团委书记，还不是明摆的干部苗子吗？这次参加抗震救灾对你又是个难得的‘镀金’机会，你怎么着也得把它变成你历史上的一个光荣，可千万别……”他斟酌着词句，“别弄一身不清白。”

“什么？”我倏然变色，“我不明白！”

肖科长站住了，恨铁不成钢似的抬高了声音：“今天上午你在孔副局长那儿说的那些话就很不明智。你呀，也包括小祥，你们都太年轻了，太没经验了。我这是跟你说，小祥嘛，其实人并不坏，落得这么个下场，就是太认真了，他往上告有什么用！你跟孔副局长顶牛有什么用！”

我心里直发抖：“对了，你们倒是不年轻，论岁数你可以当他爸爸了，可为什么明知道他并不坏，还要落井下石，凑在一块火上浇油？”

“你没看出来吗？孔副局长这回是真急了，他没追究咱们就算不错了。”

“咱们？”

“咱们一块给他写过先进材料，我定的，你写的。而且你前些天和他又那么热乎，这时候就更应该少说为佳。”

“我们在一起工作，难道整天板着脸才对？”

“人家要想给你造点什么出来，谁管你对不对呀，造谣有的是听众，分辩却没你的机会。”

见我闷了声，肖科长又说：“我是觉得你在这件事情上陷进去不值得，要不然我也不费这个唾沫，咱们又不是一个单位的，说不定哪天就‘再见’了呢。”

也许是的，肖科长并无恶意，他的话，十年后不是应验了吗！

十年后的今天，人事方面的无密可保几乎成为一大社会弊病了，连我都搞不清消息是怎么辗转传出来的——院人事部派人到所里了解我的情况来了，据说还是奉了当年拿他老战友儿子顶替我出国的那位书记大人的旨意呢。

知情面很广，先是有人前来拍马屁套近乎：“我早说了，第三副所长的交椅，非你莫属。不信你问问他们我说过没有。”后来连要好的朋友也要在碰面时开玩笑地提醒一句“可得请客啊”。我不禁有些飘飘然了，估量着自己工作上的表现，学术上的成绩，还有年龄、资历、性别以及诸如此类，也觉得，该了。

关键是肺结核，不能让人知道，两大瓶“利福平”，几十针“链霉素”，疗效显著，阴影大大缩小，我想，八成这就算差不多了。

继平给我找的是友谊医院，按自费病人治，每周去两次。他现在正在友谊医院学习西医的儿科，跟内科大夫也混得很熟，连病历都破例让我自己拿着。

前天刮大风，我照例去医院看病，准备把春节期间的药都取回来。内科候诊的走道里，病人挤得转不开腰，药房的窗口也拉起了长长的大队，可进了诊室一看，只有一两个大夫坐班看病，人呢？难道都办年货去了？

一直给我看病的大夫也不在，我怕别的大夫不了解情况，只好转到儿科去找继平。儿科也一样，病人多大夫少。继平也不在，一问，才知道是跟着医院组织的街头医疗宣传队打着红旗上长安街了。

莫名其妙，谁顶着风上大街听你们宣传去？

在儿科的走廊里，意外地碰上了继平的表姐，带着孩子来看病，于是便说了会儿话。

继平的表姐在地质单位搞了多年野外工作，嗓门儿大，爱攀谈，先是大大咧咧地同我寒暄了一阵，然后突然问道："怎么着，我可听说你们学院原来要提拔你当副所长？"

我未置可否地笑笑，却有些疑心：怎么叫原来呢？我随口问："你消息倒灵通。"

"我那天到你们院樊书记家去了，你们所长正跟他说这事呢。咳，要我说，当那个芝麻官有什么意思，别人眼热，自己又辛苦，受洋罪。"

"我们哪个所长？"

"姓罗吧，我记不清了。嘿，你提防点，可不怎么地道。"

"怎么不地道？"

"胡说八道呗，说你这人工作还行，就是作风上……咳，你甭听他的。"

我认真了："他说什么？"

表姐到底是快人快语："说你地震那年在劳改场和一个犯人有过不正常关系，说你们公安局好多人都知道这件事，你就是因为这个才要考大学离开公安局的。我心说了，这都是哪辈子的陈芝麻烂谷子呀，再说'四人帮'时期的犯人，也未准都是坏人呀。那姓罗的一走，我就和樊书记说了，我说我了解你，作风没问题！"

我压抑着胸中的愤怒，竭力平静地问："樊书记怎么说？"

"咳，老头儿嘛，死框框，说要是真有那个问题倒真该慎重了，特别是女同志，不提拔则已，一提拔，什么话都来了，群众对作风方面的事最感兴趣。要提就索性提那种一点辫子没有的，也是爱护本人嘛。我心说了，女同志怎么啦，女的就活该倒霉？怪不得刘晓庆说了，做人难，做女人难，做名女人更难。我也想开了，女子无才便是德，不声不响待着算了，只要别干缺德事儿，完了。”

见我沉默不语，她及时转开话题：“哎，你回去见着继平，就说我骂他了。前两天他姐夫求他帮忙买两张去广州的车票，他居然开口要十块钱手续费，他姐夫还以为他开玩笑呢，谁知道他竟是真的。这小子怎么回事，也真张得开嘴，要不认识嘛让他宰一刀也认了，可自己一家人，都挺熟的，你说给还是不给呀，甭说他收钱的，我这拿钱的都脸热。我们长年跑野外，不是没钱当这个冤大头，去年我们还捐了一千块修长城呢，不信你看去，将来那砖上有我们孩子的名儿。”

护士叫她孩子的名儿了，她这才住了口，匆匆道别领着孩子进去了。我心绪暗淡地离开医院。

肖科长一点没说错，即便是造谣，你都没个分辩的机会，你能怎么着，还能到樊书记家解释一通去？那岂不滑稽，岂不“越描越黑”？

这种拿风当雨的勾当，姓罗的能在领导的家里干，在所里未必不会。他张着嘴巴说，别人伸着耳朵听，既不会有人跑来找你问究竟，你也就无从洗白辩诬，无论真伪，舆论反正是造成了。

尽管我们大家，也包括他，都经历过舆论可以杀人的时代，都看到过在愚昧中留下的淡淡血痕；尽管那血痕已被如水的岁月洗刷，但现实中仍然有某些硬邦邦的东西，要不时地触痛你的伤疤。

它常常提醒我想起和小祥最后的那段日子。

那时候，总场抽了几个干部，加上工作队的一位老同志，组成了陆小祥专案组，组的阵容相当不小，专案却搞得毫无声色。在给市委写信的问题上，小祥不但不肯认错，反而常常把审案子的问得没话说。明眼人都看得出来，在这件事上对他含糊责骂几句是可以的，一认真追究罪名，反倒成了“莫须有”。问题是专案既成，又不能不查出几件足以“服天下”的行状来了结，所以根据孔副局长的意见，只好采取“歪打正着”的办法，从其他方面找碴子了。于是从尿布时代查起，几乎连上小学时打了教室的一块玻璃这类恶作剧也不肯放过。如此种种，全是鸡毛蒜皮，但集中得多了，似乎确实有了一点“舆论”的味道。轻信和盲从作为当时的一个时代性格，使得许多过去对小祥比较熟悉的人，都禁不住懵懵懂懂地疑心自己以前是不是被他的迷人的外表蒙蔽住了。

而了解内情的人，依然清楚专案组进退失据的难堪。因为他们回来和大家闲扯的时候，再也谈不出什么新情况了。

“这小子，要在旧社会准是个‘瘾君子’，审他的时候居然跟我们要烟抽。”

多数只能谈谈这些“当日新闻”，而对我来说，却能从这些关于小祥的只言片语中，想象到他此时的苦闷。孔副局长大概也明白专案组的难处，所以很宽限，并不催着结案，就在这时候，发生了那件震惊世界的事——九月十一日，北京传来噩耗：毛主席在两天前逝世了。

主席的万岁之日偏偏出在了震灾期间，国难加国丧，祸不单行。为了减轻北京治安方面的压力，市局决定九月十五日从北京监狱转送七百名犯人和一部分“劳教”人员到清河来，除了要求清河农场务必做好接收工作外，市局还下了死命令：在毛主席治丧期间，不准一个犯人逃回北京。非常时期，如有胆敢闹监、逃跑和进行反改造活动的犯人，要不惜用最严厉的手段加以制裁！孔副局长在长途电话里向局党委立了军令状，工作队的归期一下子变得杳然了。大家每天分组下去摸情况，和各分场一起订措施、抓落实，忙得不可开交，小祥的专案在无形中被搁置一边，难得再听到他的消息了。

仅仅是那次，在一分场汇报犯人对主席逝世的一些反应时，他们谈到了小祥。

“他听到消息的时候倒是流了眼泪，这几天没怎么说话，后来跟看守的干部要黑箍戴，没给他，今天早上发现他把褥子上的黑布撕下一条戴在胳膊上了。值班干部批评他这是破坏公物，可一看反正也撕下来了，也就让他戴了。”

孔副局长没说话，洪场长说了句：“情有可原。”沉吟一下，赔着几分小心地又对一分场的人说道，“你们今天是汇报犯人的情况，顺带讲讲他的表现也不是不可以，但最好不要真的把他当犯人对待，他不是犯人。过几天看看能不能给他找个棚子住，那间反省号长期住人不安全，人也受不了。”

一分场的场长点头称是：“对对，那房子没窗户，人在里面待一会儿就是一身汗，可我们那儿防震棚又紧张得不行，现在只好每天让他擦一次澡，就是没换洗的衣服，他家没人送。”

洪场长点点头说：“我们找人送吧。”

散了会，洪场长让我去找一下小祥的邻居，他们有小祥家的门钥匙，让我到他家拿出几件衣服来托顺路的人带到一分场去。

嘿！这岂不是个难得的机会，我干吗不自己去?

第二天恰巧是星期天，我从小祥家取出几件干净衣服，借了辆自行车，谁也没告诉，一个人往一分场来了。以后要是有人问起，我可以说，没找到顺路的人。

一分场监区的围墙不像八分场塌得那么厉害，除了少数地段还搭着脚手架外，大部分墙体都已修复。在监区门口，我碰上了一分场直属队干部刘成德。主席逝世后，管教干部都发了枪，刘成德瘦巴巴的身子上也别了一支老式的美国撸子。他听到我是给小祥送衣服来的，便极其热情地把我领到一间办公室，引见给值班干部。值班干部见我是工作队的，不敢怠慢，说一声稍候，便拿上钥匙奔反省号去了。

我稀里糊涂不知等了多久，说不清为什么心情紧张，刘成德在一边和我说了些什么，我答了些什么，都记不清了。屋门被人拉开时，我站了起来，慌慌张张打翻了一条凳子，听见值班干部高腔大嗓地说了句："看见没有，给你送衣服来啦！"我知道小祥已经站在我面前了。

他穿着上白下蓝的警服，领子上还残留着缝领章的红线头，胳膊上系着从褥子上撕下来的黑布条，裤子上尽是土；上衣被汗水沤得发暗，衬着苍白的脸，脸很瘦，下巴显眼地尖出来了；不知谁给他剪了个小寸头，显得土里土气。他一看见我就愣住了，没想到送衣服的是我。对他来说，他一定觉得和我，和他姥姥，已经分开整整一个世纪了。

我尽量轻松地笑笑，故意随便地问："听说你那屋子没窗户？"

他低声说："啊。"

我又问："热得要死吧？"

他又低声说："死不了。"

我只管拣好消息说："洪场长要他们过两天给你找个棚子住。"

他呆呆地没反应，半天才莫名其妙地问道："他们给我整的材料，你看到了吧？"

我一时没弄清他的意思，含混地嗯了一声。

他眼睛望着地面，说："你才知道我不是个好人吧？"

我明白了，摇摇头说："我没看，也不看。"

他嘴角动动，想笑一下，却是哭相，眼睛抬起来，投给我含意复杂的一瞥。

我们都沉默了。我有千言万语要说，张开嘴却什么也说不出，好半天才呆呆地说了句："坐吧，看看我给你拿的衣服行不行？"

他听话地坐下来，眼睛不看我，下意识地摆弄着那几件衣服。

值班干部对小祥的看管很松，似乎体现了一种与犯人区别对待的政策性，见我又是工作队的，所以更放心大胆地和刘成德蹲在门外面的台阶上聊天去了。我万没想到居然能有这么一个可以单独说话的机会，呼吸都禁不住急促起来。

“小祥，”我紧张地探过身去，低而急地说道，“你千万别想太多了，这是组织上对你的考验！”我多么希望他能从乐观积极的方面理解自己处境，因为只有这样他心里才会好受啊。

他低着头没搭话，可手上停止了摆弄，我禁不住有点焦急了，几乎用恳求的口吻又说：“要相信群众，相信党。”

“大家都很关心你，”我接着说，“都希望你能尽快配合专案组搞清问题，早点回去工作，千万别有其他想法。”

“你说呢？”我盯着他。

他抬起头来，那一瞬间我发现他的脸上竟是一片异样的平静，我的心反而更加缩紧了。他的声音小小的，发哑，一句一停，却很清楚：

“这些天，我老是想，我想我已经大了。”

他的眼里忽然闪起了泪光。

“我已经是男子汉了！”

我估不出这两句话是主悲还是主喜，迟疑地说了句：“男子汉心胸开阔，那就好。”

又沉默片刻，小祥突然自己宕开话头，问：“我姥姥呢？他们说她住院了，他们说没把我的事告诉她？”他显然不太相信这话，是向我核实的意思，我当然得说：“没告诉。”

他毫不掩饰地露出放心的笑容，又说：“要是你有空，能去看看她就好了，就说我到远地方出差去了。她喜欢你，你说的话她准会信的。”

我说：“我去。”

他感激地看了我一眼，话似乎也稍稍多了些，“工作队什么时候回北京？”他问。

“还没信儿呢。”

他仿佛一下子又被什么东西提醒了，又低下头去，低低地说：“有件事，想求你答应我。”

“行。”我觉得此时此刻，他的任何要求都是应当满足的。

“你走以后，以后……再也别来清河了。”

我鼻子一酸，拚命挤出些笑容：“你这是怎么了，你忘了，我们不是约好了吗，我还要来的。”

他低头不吭声，好半天才说：“我不想让你再来这里了。”

我忍住哽咽：“可你还在这里，我怎么能不来呢？”

他狠狠地吸了口气：“我也要离开这儿，带我姥姥走，再也不回来！”

我知道他这些天准是胡思乱想得太多了，走？能走到哪儿去？难道连工作、连户口，都不要了吗？我想劝他，也看出他此时不愿意听任何劝导的话，他的口气中发泄出一种从未有过的粗暴，喊道：“你忘了我吧！”

值班干部听见声儿不对，探进身来，看看，问：“怎么啦？”

小祥铁着脸，不搭话。值班干部进来了，哼了一声问：“又犯葛是不是？”

我连忙站起来说：“没事儿。”

值班干部对我笑一下，说：“冲他这脾气，要是他妈我队里的犯人，看我不把他攥出尿来。”

小祥一脸轻蔑，挑衅般地说：“少废话，嘿，给根烟吧。”

值班干部瞪瞪眼睛：“年轻轻的，抽什么烟。拿到衣服没有？拿到了走。”

小祥抱着衣服被领走了。我有些发呆地站在屋子当中，刘成德进来问：“中午在这儿吃饭吧，我有饭票。”

我摇摇头。

离开一分场，上了大路，茫茫然不知该往何处。风吹猛醒，我想起来刚刚答应了小祥去医院看他姥姥的，对，这就去。

骑车上路，中午十二点多钟才到医院。大概因为是星期天，医院门庭冷落，看样子连值班的人也大都回家吃午饭去了。顺着头一排防震棚往里走，忽听到里头一间有说话声，便去敲门。

进得屋来，有四五个大夫和护士模样的人像是正在商量着什么。我刚说了一句：“劳驾，请问……”有人便认出了我。

“你是工作队的吧？”

我略略迟疑，点了一下头。

“那正好，您能不能替我们把这个带到总场去？”他递过一张纸来，“您带去就省得我们跑一趟了。”

“带给谁？”我接过那张纸，表示愿意帮忙。

“这本来应该给家属的，现在呢，您看……”

我在那纸面上扫了一眼，入目一行铅印的粗体字——“死亡通知书”，把我吓了一跳，再看底下的名字，我心里嗡的一声。

那大夫接着说：“她是陆场长的母亲，是不是应该先交给场党委办公室？”

有人不同意：“再大的干部死了也得把通知书交给亲属，这本来就是通知亲属的。”

于是有人说：“她孙子是分局的，那就送到分局吧。”

另有人更正补充：“那是她外孙子，现在归专案组管，交不交给他要听专案组的。”

“哟，他犯什么错误了？”

……

我颤抖地打断他们，问：“来的时候好好的，怎么死了呢？”

这近于质问了，“白大褂”们全都愣住了。一个年纪大些的答道：“是今天早上去世的。”停了一下，似乎才反应出我的所问，忙又说，“按这个病人入院时的情况，能维持这么久已经不容易了。”

我两腿发软，一屁股坐在椅子上，胸口堵得出不来气，说不清该可怜谁：是孤独地死去的老人，还是孤独地活着的小祥？我无力地问：“她死前有什么话吗？”

“昨天夜里醒了一下，没头没脑地叫值班护士给她外孙子买两盒好烟，值班护士一看，就知道是回光返照了。老太太说了好几遍，睁了一会儿眼就又迷糊过去了，就再没醒了。”

哦，她是在睡梦中告别她的外孙子的，这种梦别于死者毫无痛苦，而生者却无从知道她最后的遗愿和嘱托了。姥姥，你弥留时究竟惦念着什么？啊，我知道了，你曾经告诉我于人世唯一不能撒手的，便是小祥的终身，那么现在你可以放心地去了，有我呢！

我带着那一纸“通知”离开了医院。在路边副食店里买了两盒简装的“大前门”，是这里最贵的烟。

小祥，我爱你！

你身陷囹圄，又失去了唯一的亲人，几乎是突然地告别了以往的平静，在不幸中步入了新的人生。我为这不幸所感动，在感动中强烈地意识到自己的爱所包含的价值和使命。

小祥，我们的未来是不会孤单的。

“你愿不愿和我结伴，去那遥远的天边？那儿没有强暴和愚昧，也没有万恶的金钱。只有你和我，我们的诚实和热血。还有头上一方，湛湛的蓝天！”

但愿这首情歌终于应验！

在总场机关，在工作队，人人听到小祥姥姥去世的消息都报以一声长叹，连肖科长都“哟”的一声，把嘴张了半天。老太太人缘并不好，风烛残年连续发作这种要命的病，谁都知道住医院也无非拖日子而已。人们叹的其实是小祥，都能想到以他此时的心境，这无疑是一个难以承受的打击！

人心都是肉长的。

孔副局长面色僵硬，拿着那张“通知书”看了片刻，迟疑地征询左右：“在这种时候告诉他，会不会妨碍他集中精力检查问题？可不可以拖一段时间再跟他说？”

洪场长阴沉着脸，说：“瞒着不妥吧？”

肖科长也说：“还是告诉他好，否则弄不好反而激化矛盾。”

孔副局长点点头：“好吧。不过不要简单拿通知给他看，要先做好正面教育工作，老肖亲自去一趟吧。我看可以用工作队的名义说两句安慰的话，但主要是要教育他化悲痛为力量，认真反省自己的问题，告诉他，他的错误并不大，现在关键是态度不好。凭这个态度还能出来？”

洪场长叹了口气，谁也不明白他叹的是什么。“好吧，”他说，“我跟老肖一块去，既然出不来，也不能老住在那个蒸笼里，我去跟一分场商量一下，看能不能给他现搭个棚子住，不然他的‘通知书’也快来了。”

口气是不大顺耳了，可谁也反应不出什么词儿来驳他。

下午三点钟，他们乘一辆吉普车要走，我拦住车门，要求同去，他们答应了。

虽是星期天，一分场却因为忙着安置刚刚接收的两百多个新犯人，干部们大都没有放假。我们先到分场长的办公室，和头头儿们简单说了几句情况，就准备起身到监区去。毕竟是洪场长和肖科长亲自出面，一分场的分场长格外重视地正要吩咐人把监区的接见室打开，不料洪场长却摆手叫住了。

“接见室是供犯人家属探视用的，他又不是犯人，让他上那儿去他会有想法的。”

分场长解释说：“就那儿还干净点。”

洪场长执意不允：“就随便找个办公室吧，我们谈不长。”

于是就定在离监区最近的生产股办公棚里谈。我们因为又谈了几句给小祥搭棚子的事耽搁了一会儿，等来到生产股时，带小祥来的队长说，他已经在棚子里等了。

肖科长和分场长正要进去，洪场长一横手又拦住了，说：“我看还是先让女同志进去开这个头吧，气氛好一点。”

肖科长看了我一眼，犹豫地点了一下头。

小祥独自坐在屋里，用疑惑的目光看着我进来。我一看见他才知道自己领了一个多么艰难的使命，我怎么开这个口呢？我的心怦怦跳，先把那两包“大前门”拿了出来。

“你买的？”他有点惊奇。

“啊，不，”我竟慌慌张张脱口而出，“是你姥姥……”

“她给我买烟？”他睁大眼睛，好在并未发现我的慌张，急着问，“你去医院了？她能下床了？”

我为自己的粗心暗暗叫苦，慌乱中只好一误再误地往下编：“是她托人买的。”

“啊——”小祥很认真地看看那两包烟，放在鼻子下面闻闻，脸上微微有点笑意，眼圈却红了。

我攥着兜里那张发烫的“通知书”，手心里全是汗，张嘴刚想说，一颗心却紧张得差点从嘴里蹦出来，这时小祥又开口了，他的情绪比上午好得多了。

“我忘了一件事，听说我姥姥前几天跟刘成德要那个立柜的钱来着，这怎么行呢，你什么时候再见到她，千万替我说说，就说我给她跪下了！”

我的眼泪忽一下出来了，扭身跑出了屋子。

“怎么样？”肖科长问。

我把“死亡通知书”拿了出来：“你们去吧，我说不出来。”

肖科长皱起眉头：“怎么他还没掉泪，你倒先哭开了，这可是执行任务！”

洪场长沉沉地打断他：“老肖，我们进吧。”

他们在屋里怎么谈的，我不知道，意外的是，小祥像是非常平静，我在外面没有听到一点声响。十分钟后，他们三个鱼贯而出，只简短地冲我说了句：“给他看了，让他一个人安静会儿吧。”

向分场长道了别，我们坐上车子回来了，一路上谁也没说话。

晚上，按工作日程的安排，各分场来汇报警卫力量的调整情况，又轮到我做记录。因为孔副局长特意交代，一分场的人便顺带讲了讲小祥的情况。

“今天洪场长他们走以后，他开始倒还安静，光是自己在反省号里小声哭了一阵。晚上给他送饭的时候，他提出要去看一眼他姥姥的尸首，送饭的同志没理他，跟他说已经埋了，他不信，砸了将近一个小时的门，凶得很，还骂人。”

“骂什么？”孔副局长霍然板起脸来。

一分场的人迟疑了一下，说：“就是什么浑蛋啦，畜生啦之类，乱骂呗。”

砸门，又加上骂人，似乎不大好为他说情了，洪场长也只得环顾左右，迂回着问：“他姥姥下葬了没有？”

有人应声答道：“没有，准备明天下葬。天热，留不得。”

洪场长慢慢地说：“清河的群众倒是一向重孝道，也都知道他们祖孙的关系，实际上跟母子差不多……”

肖科长还算仗义，随声附和：“当然，旧社会忠孝仁义那一套要批判，但革命的人道主义还要讲。”

孔副局长这才点了一下头：“让他看吧，这对他也是个触动嘛，说明组织上对他还是仁至义尽的。但是要警告他，到了医院不准又吵又闹的，丑话说在头里：要闹就别看！”

这事居然这么痛快就定了，让人从心里松了口气。散会后洪场长特别嘱咐，让我明天跟专案组的一位同志一起陪小祥到医院去，路上好安慰安慰他。

是的，这时候再也没有谁比他更需要安慰、同情和真诚的爱了。我盼着天亮。

天亮了!

我第一个吃完早饭，正要到家属区去找那个专案组的同志，迎面碰上一个从办公区方向来的半熟脸的农场干部，交给我一张电话记录，要我帮忙转交给工作队的“随便哪位领导”。我在电话记录上扫了一眼，血液突然紧张得不能流动了。

“据一分场秘书股今晨六时电话报告，寄押在一分场的隔离审查人员陆小祥今晨三时左右，撬开反省室逃出，凭借尚未拆除的施工脚手架爬上围墙，用反省室的棉褥垫在铁丝网上翻出监区，当即被塔楼执勤战士发现，鸣枪示警，该陆拒不理睬。值班干部刘成德和警卫战士黄茂发随即出击追捕，并一再鸣枪警告，追至监区以南树林外，因天黑恐其逃走，遂开枪将其击毙。分场领导已连夜组织人员对该陆逃跑的方法和路线进行勘查，以找出警卫工作的漏洞。详情待报。”

有人迎面走过来，笑着向我问了一句什么，我下意识地往前踉跄了两步，眼前一黑，就什么也不知道了。

在冥冥世界，我飘了很久，很久。直到发现有人在我脸上擦着什么，凉丝丝地使我心里打了个冷战。用力想睁开眼，头马上疼得像要裂开，有人从我身边站起来，说了句："没事了。"

我听出这是工作队医生的声音，这才发现自己已经躺在一张床上了。拼命想坐起来，马上听到另一个声音："躺着吧，躺着吧。"我感到疲乏，疼痛，但身体各部位的知觉却在一点一点地恢复，最厉害的是脸上的一片肿胀，还伴着一股刺鼻的碘酒味。

听觉也逐渐清晰起来，有人在近处小声争辩：

"开枪的有什么责任，武器使用暂行条例有规定，犯人逃跑警告无效的，可以开枪。"

"问题是他并不是犯人。"

"问题是谁知道他不是犯人，深更半夜翻墙逃跑，人家当然以为是犯人。"

"那也用不着打死嘛。"

"那可没准儿，你瞄的是腿，中的是背，黑灯瞎火的，谁那么好枪法。这种事，赶上非常时期，反正是白死了，能怪谁？"

"嘿，听说不是当时就死的，还活了一会儿哪……"

七嘴八舌，每一句都那么清楚，刺得我身心俱裂，我想到这一切都是真的，都无可挽回地发生过了。我真想爬起来，找个没人的地方痛哭一场，我的小祥死了，可我不敢当众哭他，人们会猜到……不，人们已经猜到了，不然，何以竟没有一个人来问问我为什么昏过去了，是太累了还是有了病，他们已经心照不宣。

接着，人们一拨一拨地下分场去了，奉命到一分场善后的人也吆喝着走了。一整天静极了，除了草地里零落寂寥的虫鸣就是值班员偶尔接电话的"喂喂"声，一分场现在也安了电话。我老是盼着那是来报告：小祥并没真死，又救活了……黄昏时人们纷纷回来，又接着议论起这件事，询问、叹息、争论……农场干部开始毫无顾忌地说起小祥的好处来；工作队的人想起刚到农场时他给大家打水、搭棚子、找雨衣的事，心里也都觉得可惜。到了夜幕降临，操场上闹哄哄地准备放映地震后的第一场电影，人们才停下议论看电影去了。

我挣扎着爬起来，值班的看见，还以为我不知道，说了句："今天有电影。"

我没回声，像幽灵一样慢慢往家属区走去。

刘成德在家，他病了，发了一整天烧，说了一整天胡话，这时刚刚起床，正坐在桌边喝粥。看见我进来，又一下子跳起来，满面恐惧，见了鬼似的哀叫着："不是我，不是我，我不知道！我没火柴……"直到他媳妇说："这不是小祥。"他惊魂才定，往地上一蹲，抱着头就呜呜地哭开了，边哭边唠唠叨叨地说："我不知道是他，我们都开了枪，他就摔倒了，那当兵的比我准，他比我准……"

我打断他，只想知道："他还活了一会儿？"

缩成一团的五尺汉子慢慢停止了啜泣，抹了一把鼻涕，好一会儿才呆呆地喃喃道："子弹从他后背穿进去了，可他没死，我跑过去，看见他还没死，我叫那当兵的去喊人找担架，我抱着他叫他，他睁了眼，他一点也没生我气，还冲我和气地笑了一下，还说：'是成德呀。'"刘成德说不下去，又哽咽起来。

我把眼泪吞下去，问道："他还说了什么？"

"他还说，还说，他要是……死了，千万把他和他姥姥都埋到'孩儿河'去，他说他……喜欢那儿。"刘成德泣不成声，"他说，他说这事就托给我了……"

不行，我得走，我不能在这儿哭。

“他又问我带没带火柴，说他兜里有烟，他想抽烟，可我，我偏偏没带火柴，我刚说我这就去找，他就闭了眼啦……”

刘成德号啕起来，他媳妇替他捶着背，两眼通红地说：“不是我们迷信，今儿个小祥缠了他一整天啦，老来跟他要火柴，我们成德受不了啦！”

我用全身力气站起来，说：“这不怪成德，我去给他找火柴，他不会再缠你们了。”

我觉得我是代表了小祥说的。

第二天，一辆面包车把我和另外几个病号送回了北京，我们仍然是从那条三十里长堤离开清河的。小祥，他们不让我再亲眼看看你了，可我能想象到你死时的清醒和平静。你一定意识到我们永别的时刻到了，所以才要葬到孩儿河去，想永远待在那块使我们走向成年的启蒙地上，永远守着我们的初恋！

长堤上的泥土早已干硬，但被我们来时的卡车犁出的沟辙还史迹般地弓隆着。面包车像一只受了伤的小熊，在上面暴跳着、喘息着，一路颠簸。我默望着堤外茫无人迹的涸泽，心里喊道：“小祥，你等着我，我一定要再来的，清河！”

一回到北京我就病倒了，又度过了一段地老天荒般的寂寞和沉默，紧接着十年寒暑，一晃而过，我并没有再来过清河……

小祥，对不起，是新的生活硬把我卷去了。

粉碎“四人帮”后的第一次大学招生考试，预告了“文凭时代”的将即，社会竞争有了新的内容和动力。我也如同一只被抽得不停旋转的陀螺，一下了班就关进小屋，埋进山一样的书本里。报纸上说这是在寻找失去的青春，我似乎由此在理念上也觉得光彩和有意义。我填了满满一脑袋概念和公式，带着因失眠而肿着的眼睛走进考场，考完后又把它们全部忘记，只想着该填的志愿，打探着发榜的消息。入学通知书终于来了——北京大学中文系，我高兴得三天没合眼，三天后又突然没了情绪，我惊慌地发现，我差不多已经忘了你！

在离开公安局之前清理移交文件的时候，在一堆过期的“简报”中，偶然看到夹在其中的一份“局领导参阅件”，我意外地发现在这份将要当废纸烧掉的过期文件上，竟然记载着你的后事。

局领导参阅件

清河农场少数干警为一受拘押审查的人员送葬

据劳改处报告，清河农场民警陆小祥（男，十九岁），在抗震救灾中因散布破坏言论，严重违反纪律，敌我界线不清等问题，被隔离审查。九月十九日深夜陆撬开关押室逃出，被追捕的警卫人员当场击毙。九月二十一日陆下葬时，农场少数干部、职工约百余人围聚不散，其中有农场副场长洪××，农场分局副局长李××等领导干部，他们不但未对群众做疏导工作，反而向陆脱帽致哀。八分场干部张玉海和一分场干部刘成德等少数人竟公然抱尸痛哭，影响很坏。还有不少人参与为陆挖掘墓坑。据了解，该墓坑挖了约两米宽，三米长，近三米深，陆的尸体成睡眠状被放在一个铺着新被褥的双人床上（均是该陆备以结婚的物品），置于坑内，填土后堆起一座坟茔。经市局工作组的同志劝阻，没有立碑，也未发生其他闹事。

农场党委和市局工作组目前正在进行深入细致的政治思想工作。考虑到在农场不少人员中，封建主义观念和资产阶级人性论尚有市场，因此对参与埋葬尸体事件的一般群众不拟急于追查，而以正面教育为主。但这一事件的性质是恶劣的，不仅破坏了党的威信，在群众中造成很坏影响，而且客观上干扰了当前批邓抗震的中心工作。因此农场党委已责令参与此事件的科以上领导干部停职检查，对个别表现极坏的一般人员也要查实处理，以杜绝今后类似事件的发生。

（此件增发各直属单位党委）

你的父老兄弟就是这样把你埋了，在过去的漫长岁月里，你盖着准备结婚的新被子，孤独地躺在家乡冰凉的泥土下。而我，回到了繁华的北京，然后上了大学，然后进了研究所，然后和别人结了婚，又差点去了趟美国……多少次梦中醒来，我都惶惶不安地感到你在怨恨地看着我。

可这怎么能怨我？十年了，你不知道人间早已天翻地覆。所谓“年年岁岁花相似，岁岁年年人不同”，大家都在人事世态和自然法则的驱使下，阅尽炎凉际遇。洪场长已是庞眉皓首，光荣离休，按劳改局对这一级干部的待遇，全家搬进了北京，就住在宣武区一条安静的胡同里。我去看过他一次，他还很想念你，说你父母托孤给他，而他没能照顾好你，是一生中唯一有负战友的愧事，说起来老泪横流。如果说，须眉皤然的洪场长已经步入了人生乐章中徐缓幽悲的尾声，那么年富力强的张玉海恰正经历着雄浑而又复杂的顶峰，常说的“铁打的衙门流水的官”，把他从偏僻的八分场流到了总场副场长的办公室里去了。当年的“一年建成新清河”的预言虽然早已破产，可我们现在都相信张玉海和他的同事们终归能慢慢地使八分场，也使整个儿清河不再那么偏僻、闭塞了。至于孔副局长，不难想象他在粉碎“四人帮”后的揭批查运动中经历了怎样的难堪。人们用大字报把他在所谓“三株大毒草”的小册子上写的“批注”公布出来了，计有六十四条之多，但全是诸如“批邓批邓狠批邓！”，或者复杂一点的“邓小平大有炸平庐山，把地铁拧成绳之势！”一类简单的口号和文理不通的谩骂，人们这才发觉，这个往日何等威风凛然、叱咤风云的人物，原来竟是一肚子的草糠。后来他跟着“砸烂公检法”时期到公安局军管的“军代表”们一起撤回部队去了，很快就提前离了休。前两年我在街上碰见过他，他对公安工作还是那么关注，当时理论界正在反“精神污染”，于是他特别把他的关于刑事犯罪与资产阶级人性论之互为因果的独特见解向我大大发挥了一通，煞是满嘴时髦。不过他确实老了，光凭那颠三倒四的口齿，就不免使人怀疑他是否真懂“异化”这个词的含义。可他不服老，并且对权力的失却，对现在极少有人理睬他的意见非常的不习惯。看来也没办法，只好让他慢慢地习惯去了。肖科长倒还好，粉碎“四人帮”后调到外贸局当了个副处长，改行做生意了。实行政企分开后，他那个处又改成了公司，副处长也就改称了副经理，衙门虽是流水般地换着牌子，官儿，反正是铁打一般牢靠。

是的，人人都有了新生活，都面临着新问题，我也一样。我曾试图忘掉过去，可不行，我独独忘不掉你。

前天晚上，继平回来了，他先到小厨房去看了一眼，然后问我为什么不去办年货。我说我上午去了医院，下午给《世界文学》赶那篇关于海明威的译稿，那译稿人家急等着要他是知道的，我有病，他也是知道的。

“那你不过年了吗？”他还是发了脾气，“这家就是我一个人的？我在街上搞宣传，吃了一天风，难道还得我去排队给你买东西？”

也许是这一天风灌了他一肚子气，我强忍着不回嘴，等他终于唠叨完了，才扯开话题问：“前些天你是不是给表姐夫买车票了？为什么要人家的手续费？”

他理直气壮地说：“怎么了？我也得托朋友帮着买，能空着手求人吗？”

我气愤了：“没有酒肉不成朋友？”

他乜斜眼睛冷笑：“你快当副所长了是不是？秀才没脾气，一中举就打官腔了，可你知不知道你这官儿是怎么来的？”

我顿生疑窦，我并没把这次所里要提副所长的事对他说过，他怎么知道？我问：“你是什么意思？”

“你们樊书记的儿子摔伤了腿，我给他治了一个多月了，随叫随到不说，还为你费了多少唾沫。冲你这样儿的，我不给你使劲儿谁尿你！我本来不想这么早就告诉你，你不是看不起我吗？这回怎么样？”

我如梦方醒，却又几乎晕了过去！像吃了口苍蝇似的恶心，我发着狠喊道：“谁让你管我的事了！”

继平气疯了：“你还有良心没有，我辛辛苦苦，低三下四，为了谁？我为你牺牲了一切！”

我冲口说：“那好，你不用再委屈了，我们可以分开！”

这句我一直想说，又一直忍住不轻易出口的话，把继平弄愣了，他首先想到的是维护一个男人的面子。

“要不愿意过你就走，这是我的房子。”

这是医院分给他的房子，要分开当然是我走：“好，我走！”

他原不过虚张声势，没想到我这么坚决，好像早有准备似的，先是愣住了，又无论如何不肯自己下这个台阶，禁不住恼羞成怒地说：“你当然有地方住，清河那男的还等着你呢，不嫌远你就去！”

我从没和继平谈过小祥，他只是认定我初恋于清河，至今心神所属，也在清河。他时时感到那人的威胁，可那人究竟是谁，则一无所知，更不知道他在十年前就已死去。我们夫妻吵过无数次嘴，继平知道这种话我最不能容忍，他轻易也不说的，可这次说了。这次，也终于把我魂牵梦萦酝酿了多年而又一直悬而未下的决心，砸下来了。好，我就去！

决心一下，我反倒不那么火暴了，整个身心都沉浸在一种如释重负的快感中。我不再和他吵，且不管他如何得意扬扬，自以为吓住了我。这个意外的胜利使他兴奋得第二天对我格外假以辞色，以示恩威并用。我默默地干着自己的事，写完译稿，又拿出大半天工夫去采办年货，买他爱吃的东西，最后一次尽一个妻子的义务，我只给自己买了一条议价的云烟，是准备带给小祥的。我这时真切地觉得自己的灵魂得到了多年不曾有过的平静和净化，多年来拥挤在胸中的种种污浊的和非分的、庸俗的念头，全都一个劲儿荡涤净了，什么副所长、美国、争名夺利、社会达尔文主义，见鬼去吧！我已经累透了、脏透了。我真真地看到了那早逝的青春，我狂喜地发觉自己离他突然那么近了，虽是朦朦胧胧，却仿佛一伸手就能触到。

小祥，我来了。

哦，我终于看见了，看见了你的家，古朴又别致的白房子，还有房前大肚子葫芦似的池塘，塘里果然结了冰。

那防震棚居然还奇迹般地立在房前，似乎在十年中经过了不断修缮，已变成一座永久性的建筑了。里边住了人，还是堆了物？连同那间白房子，如今换了哪位主人？

物是人非，悲从中来，我宁可希望这儿还空着，还是老样子。

怀着异样的激动不安敲了那白房子的门，开门的是个中年汉子，带着扑面而来的年节的喜气，扯嗓门儿问道："找谁？"

屋里有孩子和女人的嬉笑声传来。我问："您知道原来这儿的住户，他们……"

"您是说王家？"

"不，他们姓陆。"

"您是说原来的陆场长？好嘛，什么年月的事了。"

"他的儿子，叫陆小祥。"

"请问您是从哪儿来？您还不知道吧……"

"我是问，他埋在哪儿了？"

中年人慢慢打量着我，说道：“孩儿河，远着呢。”

“我是问，在孩儿河什么地方？”

“就是树林子边上，您是他家远亲？”

无怪人家要好奇，一个死了十年的男人，突然在大年初一来了个陌生女人打听他的坟……像个故事。

哦，孩儿河，你变成了什么样子？

孩儿河也冻住了。她就像小祥一样年轻、纯洁、热情、安分，那么轻易地流动，又那么轻易地被冻住；也和小祥一样，即使在冻住的时候，仍能让人隐隐感到冰下的细泉还在耐心而执着地流淌着，给人以生命不息的鼓舞。

这时，我看见了那片枯林外，你萧条的坟土，我哭了。

不，不一样，你是一杯透明的烈酒，在水的外形下，包着火的灵魂，却没有水的柔弱弹性来适应多变的人生。人生是一块涂满杂色的调色板，而你却只凭单纯的幻想和原始的善良，只凭你父母从小灌输给你的种种纯正的却又失于简单的是非观念，就盲动地想把这块积淀了无数厚厚颜色的调色板洗净。现在回想起你那时的冲动和任性，我才知道你是多么的不成熟、不老练啊。你还不能比较达观地、理智地、耐心地看待生活中的黑暗，而这是需要更多的人生经验和对生活、对社会更广泛的了解才能做到的啊；你还没有学会忍耐、迂回、随机应变。他们没让你去看一眼死去的姥姥，你就非要马上做出反抗不可，你用你弱小的生命去碰撞那个人命如草的时代，于是那个时代就无情地断送了你。即便到了今天，如果一个人不懂得容天下难容之事，难免也要碰破头皮的，所以，也可以说，是你自己断送了你。

也许我不应该责备你？

可在这儿，天地间只有我和你，我知道我说什么你都不会生气。

啊，我听见你的笑声了："嘻——骗你呢……""哈哈哈，生活啊，我多么爱你！"你笑得弯下腰去，笑得多么响亮、清澈，充满了无牵无挂的稚气，可又那么孤独、空灵，带着天籁般的回声。人的生命真简单，真如苏东坡"雪泥鸿爪"的比拟那般飘忽，鸿飞冥冥，爪痕也就消失了，谁还能老记着你？

青春就更短促了，唯其短促，才越发显得宝贵。青春的心最率真、赤诚、富于人情味，把爱情和真理看得重于生命；也最莽撞、轻信、多感、脆弱，饱含着天真的忧愁。然而，不管它有多么幼稚可笑，当人们由少壮而衰老，经过了而立、不惑、知天命、耳顺和从心之年时，仍然会带着淡淡的惆怅，羡慕和留恋着它的美丽。

是的，我可以用一个成熟人的眼光和价值观去挑剔和惋惜你的过去，但我也时时禁不住惊奇，你多像海明威在《太阳照样升起》里写的那个十九岁的斗牛士啊，他在斗牛场上敢于单身鏖战、蔑视一切痛苦的风度使我倾倒，同时他又是个失败者，比他强壮的科恩有十五次把他打倒在地，可他总是倔强地自己爬起来，他的气度和精神最终征服了对手。海明威认为人总是要失败的，关键是失败以后如何表现，才显露出他的人格和气节。小祥，你在那蒸笼般的小屋子里被关了那么多天不肯屈服，我还记得你含着眼泪告诉我，你已经大了，你是男子汉了。你身带着刘成德给你的致命的子弹，然而死前却和气地对他笑了一下，你真够汉子！多么坚忍又多么宽怀。啊，我怎么能再责备你，你和那斗牛士一样，才十九岁。那是一个充满了激动与幻想的年龄，一个不顾得失、甘愿牺牲的年龄，一个容不得半点丑恶的年龄，一个义无反顾地追求光明、正义和完美的年龄，就算是幼稚可笑吧，就算有种种不理智、不老练、不巧妙或者不值得吧，可难道这一切不是代表了壮丽的青春吗？难道不应当赞美吗？

小祥，瞧，我来了，咱们约好的，我说过我准来！

我给你带了一条好烟，你从来没有抽过的好烟，我要把它一根一根像白色的花瓣那样撒在你的坟前，算是给你上坟，也了却你一生中最后一个普通的、却终于没有办到的意愿。

坟上的土冻得很硬，可仍然有许多野草闲花的枯叶匍匐在上面，执拗地把生命的根扎进冻土。这都是些很卑贱的自开自谢的花草，然而和那些高贵的秀木琼林一样，同享造物的赐予。说不定什么时候，它们就悄悄地开了。

你听，我还记得那首歌呢：“嘿，我要你和我结伴，去那遥远的天边，那儿只有我们的诚实和热血，还有头上一方湛湛的蓝天。”

本文借用了几个真实地名，而人物和故事则是虚构，如在哪些地方发生过类似事情，纯属巧合而已。

——作者注

绑　票

一

早上，刑警队副队长李文江胡子也没刮就来到办公室，队长傅冬说：“你这几天干什么去了？家也不回，你老婆找你找疯了，以为你出事了。”

队里的刑警金大保路过，插嘴说：“以为你牺牲了。”

李文江说：“我这几天不是帮着分局检查区里的几家夜总会吗？你知道的。”

傅冬说：“我和你老婆解释了，说你去夜总会找大喇去了……”

李文江说：“什么？”

傅冬说：“啊，是抓大喇去了，你老婆不信，说抓大喇也得往家里打个电话呀。别忘了，她现在可是怀了你们李家的下一代呢，这时候的女人，男人可得疼她。”

“噢，是忘了打电话了。”李文江嘟囔了一句，坐下来拨电话，电话没人接。

傅冬拍拍他肩膀：“而且她明天过生日。”

李文江茫然地眨眨眼睛，这时电话响了，正是李文江的妻子。李文江少不了把这几天没回家的原因仔细解释一番。妻子在电话里的口气虽然十分平静，但话却极难听：“你觉得是我扯你后腿呢，还是孩子扯你后腿？说实话，我们娘儿俩不想成为你的累赘，你不想要孩子我把他打了去。”

李文江赔笑说：“你别这么说呀，我不是还兼着我们这儿对面小学的辅导员吗？过些天让我给他们上法制教育课。我这几天都准备到半夜三更，我也是没办法，你明天过生日不是？我都想着呢，我都有安排，都有安排，明天正好是星期天。”

星期天，李文江带妻子到公园划船，他们队里正在热恋的妞妞和高博安凑热闹也跟来了，租了两条小船，四个人在船上又吃又喝又笑。

李文江看妻子情绪挺好，便说：“哎，我说，你以后别老拿孩子说气话成不成？老这样咱们孩子非折寿不可。”

妻子说：“我也是没办法，你说我这身子一天比一天不方便，我这心里也越来越紧张，你倒一天比一天轻松潇洒，两手一甩人都见不着。”

李文江说：“你这才几个月，不是还没到动不了的份儿上吗？”

妻子说：“跟你说也没用，你以为女人怀孩子特舒服是吗？早知道这样当初咱们别要不完了。”

李文江皱眉说：“怪我不好成不成？你又说气话，其实我这工作性质你不是不知道。”

“是啊，你的工作是够特殊的，每天到夜总会去抓大喇，够刺激的，我看你对这个特感兴趣。”

李文江正要争辩，忽见迎面驶来一只大船，他急忙挥桨避开，摇摇摆摆险些被大船撞翻。

大船上欢声笑语，是一个显然比较阔绰的家庭包租的豪华游船。船上一个女人随手向下泼茶，正泼了李文江妻子一头一脸。

“嘿，怎么回事？！”

大船上的人听到李文江的叫声，从船的一侧探头向下看，泼茶的女人说：“对不起啊。”

李文江说：“对不起就完了？”

大船上一个年轻的汉子喝得半醉，大声反问：“都跟你道对不起了，你还要怎么着，又不是成心的。”

李文江把眼一瞪：“你们怎么为富不仁啊！”

小高和妞妞也把船靠过来，“怎么啦？”他们看见李文江妻子狼狈的模样，争先恐后地表示关怀和义愤，“谁弄的，怎么那么缺德呀？”

大船上一个中年男子走到船边，拱手道：“抱歉了各位，这是我爱人，刚才实在对不起。怎么着，是不是能给我留个地址，改日我上门赔礼道歉，或者你们说怎么着都成。”

中年男子的诚恳使事态缓和，李文江妻子说：“算了吧。”李文江和小高、妞妞又教训了大船几句，口气却是原谅了。

妻子低声发狠：“我就没过过痛快日子。”

这事过后没几天的一个上午，李文江和队长傅冬去刑侦处开会，路上，李文江对傅冬说：“当小学辅导员的事你另外找个人吧，我实在没时间。你知道我老婆现在怀孕了，这警民共建的任务我实在应付不了。”

傅冬问：“你老婆怎么样了？”

李文江眼看窗外，似是不愿多说的样子：“还那样。”

傅冬又问：“反应大吗？”

李文江先愣了一下：“什么？噢，还行吧，可能还不到时候，不过脾气比过去大了，动不动就烦。话怎么绝怎么说，唉！”李文江叹口气。

这时汽车忽然像受了传染似的也发出沉闷的叹息，傅冬轰了半天油门，汽车还是气喘吁吁地抛了锚。傅冬下来，把前罩盖打开。李文江也下来，“怎么啦？”傅冬把腰哈在机器上，没答。

等他们把汽车鼓捣好，磨磨蹭蹭对付到刑侦处时，二楼的小会议室里已经坐了满满的人。墙上乱七八糟挂了些示意图，一个干部正在背书似的做着讲解：

“总而言之，从这些情报分析，近几年来，从缅甸、泰国、我国云南这些地区运出的毒品，由于数量不断增大，要从边境省份向东亚国家运输，必须有一些中转站，包括我们这里，目前有迹象表明，也可能存在这条贩毒线路的中转据点……”

傅冬和李文江缩着头从人缝中挤进会议室，悄悄坐在角落里。

讲解结束后，处长站起来发言：

“今天这个会，主要是为了给大家脑子里增加点新情况，沟通一下信息，使大家在日常工作中能够比较留意这类问题。下面，我们把公安部最近转发的几个案例再给大家念念……”

会议开得又长又臭，到中午才散。傅冬和李文江走出办公楼，上了汽车，李文江问：“行吗？不行干脆打电话叫他们接我们……”

傅冬试着发动汽车，不料，一下就把发动机打着了，“瞧见没有，这叫邪不压正。”傅冬得意地把汽车开动起来，开上马路。

汽车顺利地跑了一阵，在一个前不搭村后不搭店的路段，又抛锚了。

“怎么回事，你这是正气不足啊。”李文江说，傅冬板着脸跳下汽车，打开盖子，把头埋在机器上折腾了半天，才无可奈何地抬起头。这时，他不期然地看到了前方不远的一个路标，“你看——”他指点给李文江，“天无绝人之路吧！”

路标上写着“大寿汽车修理厂”。

当大寿汽车修理厂的人把他们的汽车拖到这里时已经是午后两点。厂长张大寿——正是几天前租乘游船的中年男子，热情厚道地为他们沏上茶，说：“真是不打不成交，你们还真能找到我这儿，不愧是公安局的。”

李文江摆手说：“那事过去就过去了，我们正好路过这儿，车坏了，才找过来的，没想到是你开的厂，那天我一看你这样儿，就知道你准是大款。”

“大款不敢当，我这是小厂，一共几个修理工，小本经营。我在山东当了十六年的汽车兵，这也算是我的老本行。”

替傅冬他们修车的修理工走进屋子，正是那天船上和李文江抬杠的年轻汉子，红着脸跟他们打了个招呼，对张大寿说：“姐夫，没什么大毛病，换了个火花塞。”转脸对傅冬说，“不过你们这车也够年头了，该扔了。”

正说着，屋里的电话响了，张大寿接了：“什么？对，我是大寿汽车修理厂……怎么啦？爆胎啦？什么车呀，你们有备用胎吗……啊，好，你告诉我你们在哪儿，点将台东路，等我记记……”

挂上电话，他把记好的地址交给年轻汉子：“长勇，就这儿，有个‘面的’，爆胎了，他有备用胎，你去给换一下，你开那个小工具车去吧。别忘了带发票。”

叫长勇的年轻人走了，张大寿领着傅冬他们走出屋子，介绍说：“这是我爱人的弟弟，技术还不错。”他们一边走，一边随意参观了一下这个车厂，乱七八糟的院子，一排半封闭的车库，几辆待修的破车，李文江在一辆很旧的老式吉普车前停下，问：“这么旧的车，还有人开吗？”

张大寿说：“有啊，农村一个小厂的。”

“修车的钱，我看还不如买辆新的呢，再说，这么旧了，车管科还给年检吗？”

“这就是车主的事了，我就管修。”

他们又往前走，来到自己的汽车前，傅冬说：“结账吧，多少钱？”

张大寿笑道：“算了算了，就当是我给这位兄弟赔的礼吧。”

李文江连忙摆手：“别，别，两回事，一码是一码。”

傅冬说：“老板，你开发票吧，这是公车，我们回去能报销。”

张大寿这才从兜里掏出发票本，笑道：“行，那我就不客气啦。其实我跟你们公安局的人都挺熟，附近这派出所常到我这儿修车，都是免费。”

傍晚，张大寿开一辆小夏利，和厂里的会计一起回到家，进门便指指妻子刘长英已有身孕的肚子，问：“你今儿没不舒服吧？今儿我把王会计拉来一块儿吃晚饭，吃完咱们凑一桌。长勇回来了吗？”

“没有啊，他没在厂子吗？”

“下午他接了个活儿，两点多钟就去了，怎么到现在还没回来？我还以为他干完直接回家了呢。”

刘长英也觉得奇怪：“没有啊。”

张大寿抬头看看墙上的挂钟，这时都六点一刻了。

他们等了半小时，天渐渐黑了，保姆把菜端上了桌子，问女主人：“吃吗？”

刘长英未答话，看一眼丈夫，张大寿看看表，站起来说：“我找找去。”

按修车电话说的地址，张大寿和王会计直接开车到了点将台东路。这是一段人迹稀少的郊区路段。天全黑了，路灯稀疏，他们从路标下驶过时，整个路段上似乎只有他们这辆小夏利。路越走越深，两边出现了黑黝黝的树林，再往前是一段颠簸的土路，突然，他们的车灯照出了前方停在路边的那辆熟悉的工具车。他们下了车，走到工具车跟前去看，四周无人，借着夏利车头灯刺目的光芒，他们发现这是一辆空车，车门开着，刘长勇不见踪影。

两人面面相觑。

晚上九点钟的时候，派出所的人来了，树林里，土坡上，手电筒的光柱晃来晃去，人们高一声低一声地喊着："长勇——""刘长勇——"

带着民警帮着找人的派出所李所长问张大寿："哎，一般像换个轮子这类活儿，多长时间就能干完？"

张大寿说："长勇是熟手，半小时顶多了。"

李所长关掉手电，沉吟道："两点多钟出去的，车开到这儿也就十来分钟，修个半小时，三点来钟就能往回返了。可现在，已经是晚上九点多了。"

他想了想，对身边一位民警说："时间这么长了，我看咱们也别这么瞎喊了，往局里报一下吧。"

张大寿问："李所长，不……不会出什么事吧？"

李所长宽慰道："啊，不会有什么事的，你别着急。"

虽然李所长说没事，但一个小时以后，树林外警灯闪闪，现场勘查的警车还是到了，小工具车被几辆警车团团围住，张大寿跟在李所长屁股后面迎上前去，他看见从勘查车走下的，是傅冬和李文江。

二

刘长勇失踪的现场看上去并不复杂，勘查工作进行得比较顺利，傅冬和李文江分别对张大寿和王会计进行了现场询问。

李文江问："下午他出去就再没跟你联系过？"

张大寿答："没呀，我还以为他直接回家了。"

“他是你内弟，你应该对他很了解，你估计估计，他会上哪儿呢？”

“呃……按说也不会上哪儿呀。”

傅冬问王会计：“你们厂几个修理工啊？”

“加刘长勇一共六个。”王会计答。

“活儿多吗？”

“多，忙不过来。”

“刘长勇经常没到下班的时间就提前回家吗？”

“哪儿能啊，别看是老板的内弟，我们大寿车厂没这规矩，老板不发话，多晚也不能走。”

负责取痕迹的刑警过来说：“队长，差不多了。”

傅冬走到一边轻声问：“怎么样？”

刑警摇头：“没什么特别的痕迹。时间也长了点，再加上是露天现场，鞋印都取不到。”

傅冬点点头：“噢。”

快半夜了张大寿才回家，他和妻子无法入睡，刘长英抽抽噎噎地哭，他沉着脑袋在屋子里踱来踱去，不住地劝慰妻子：“你现在是有身孕的人了，你不为自己想想，也得为孩子想想呀，别哭坏了身子。”

妻子还是哭：“不管怎么说，我弟弟拖了两年没结婚，到咱们这儿来给你拼了两年的命，咱们车厂能有今天，总有他一份功劳吧。你不能不管他。”

“谁不管啦，我这不是立马就找派出所找刑警队到处找。啊，他是给厂子里干了不少事，可我亏待他了吗？亏待他了吗？他来我这儿也是为了能多挣点钱儿。他跟他未婚妻许了愿才出来的，不挣个一两万的回去，那么漂亮的娘儿们他娶得进门吗！”

“可现在，生不见人死不见尸，公安局也没说怎么个找法。现在的警察隔三岔五地找咱们的麻烦，轮到咱们有麻烦求他们了，连屁都不知道放一个。”

张大寿打开屋门，院子里的凉风灌进来。他看看满天星斗，说：“也许，长勇又是喝醉了。不定在哪儿打挺儿呢。也许咱们这一晚上都是瞎着急。”

这时电话铃响起来，刘长英接了：“喂，找谁？”

对方没有声音。

张大寿关上门问：“谁呀半夜三更的？”

刘长英冲话筒提高声音：“喂，找谁，说话！”

电话里传来一个故意嘶哑变形的声音：“喂，想见刘长勇吗？”

刘长英愣住了，不知道该说什么，看了丈夫一眼，才颤颤抖抖地问：“你，你是谁？长勇在哪儿？”

张大寿盯着刘长英，显然明白了什么。

电话里的人哑哑地笑了一下：“刘长勇挺不错，我们不会饿着他的，哼哼，你们准备好三十万元钱，我们会把人还给你的。”

“喂，你到底是谁？长勇现在在哪里？”

“听着，准备好三十万，明天中午十二点等着我们的电话，别到公安局去，别干那种傻事，明天中午如果没有准备好钱，那就怨你们自己倒霉吧。”

“喂，对不起，请问您……”

对方把电话挂了。

张大寿紧张地问：“他们说什么？长勇在哪儿？”

刘长英依然禁不住地哆嗦着：“他们要三十万，明天中午以前要我们拿三十万。”

张大寿一屁股坐在椅子上，愣愣地自语道：“这么说，长勇被绑票了……”

刘长英几乎跪在丈夫面前，抱着他哭道：“大寿，我求你，救救他吧，等他回来，让他做牛做马报答你，大寿，我求你。”

张大寿站起来往门外走：“我这就到公安局去。”

刘长英死死抓住丈夫：“大寿，你一找公安局，长勇就完了，钱是死的，可人是活的呀。你千万别糊涂呀。”

张大寿犹豫地站住了。

第二天中午，王会计来到张家，张大寿正在接派出所李所长的电话。

“啊，李所长，我这儿还是没消息，这事还得麻烦你们多费心了。啊，好，有消息咱们马上联系。”

挂上电话，他问王会计：“带来了吗？”

王会计取出几个纸包，放在桌上，说：“一下子取这么多现金真不容易，我跑了好几个地方。”

刘长英对端菜进来的小保姆说：“小丽，你跟我们时间不短了，我们可是把你当成自家人的，家里有什么事，可不好出去乱讲啊。”小丽点头说：“我晓得的。”

张大寿对王会计说：“我家出了这么大的事，厂子先关几天门吧，让几个师傅先回家歇几天，什么时候上班等我通知吧。”

王会计说：“行。”

十二点整，电话铃如约响了。

这回是张大寿亲自接电话：“喂，我是张大寿。”对方没有声音，“喂，我是张大寿。”又等了片刻，对方才嘶哑地问道：“钱准备好了？”

“准备好了，一共三十万，你说地方吧，咱们一手交钱，一手交人。”

“三十万不行，太少了，我们要一百万，听见没有，要一百万。”

“说好三十万的，你不能失信，我钱都准备好了，我能拿出的钱都拿出来了，我再也拿不出更多……”

对方打断他："今晚十点钟，我打电话来，如果没把钱凑齐，我们就不再跟你啰唆了，听见没有？今晚十点，快去找钱吧。"

张大寿喊："喂，喂，你听我说……"

电话被挂断了，只有"嘟嘟嘟"的忙音。

张大寿绝望地看看妻子和王会计。

晚上，还是张家的这间客厅，傅冬、李文江和派出所李所长都到了。傅冬手下的刑警正在给一部串机监听录音电话接线。

李所长埋怨张大寿："你也算是当过兵受过教育的，啊！昨天晚上绑匪就露头了，你今天下午才找我们。告诉你，人要是追不回来，就是你自个儿耽误的。"

张大寿有口难言："啊，怪我，怪我。"

"你今儿要是给他备了一百万，他准还觉得便宜了你，非跟你要两百万不可，你信不信？"

张大寿说："信，信。"

傅冬踱过来对张大寿说："这屋子可够大的，怪不得他们开口就跟你要一百万呢。"

"天地良心，我还真拿不出那么多钱来。"

"呃，按一般规律，这种绑票案，绑匪一般对被绑人的家庭情况，特别是经济状况，有一定了解，你有没有琢磨过，在你认识的或者间接有来往的人当中……"

"我也琢磨过。"张大寿说，"我老家在东北，从小出来，在山东当了十几年兵，一九八六年复员到了这儿，在本地还真没什么亲戚朋友。我还真琢磨不出来，谁能对我下这个毒手。"

"来电话那个人的声音，你一点不熟吗？"

"从来没听过这种嗓门儿，不像人声儿啊。"

一个刑警过来对傅冬说："队长，机子接好了。"

傅冬说："试一下。"

刑警用大哥大打进客厅电话，做着录音和监听试验。傅冬又对张大寿说："哎，那天绑匪是往你们车厂打的电话是吧？要修车，我记得是说爆胎了是吧？"

"对，电话是我接的。"

傅冬又问："你厂里有六个修车师傅对吧？这绑匪怎么就知道来给他们修车的准是您内弟，而不是跟您不沾亲不带故的其他人呢？"

"这个……"张大寿想了想，摇头说，"我也琢磨不出来，可能就是想绑我一个人，就算是别的师傅被绑了，我当厂长的，总不能坐视不管吧。"

"如果是一般师傅给绑了，从情理上讲，您往公安局一报，也算是尽责了，对吧？"

"这世面上都知道，我张大寿是讲义气的人，我没这个义气的话，这厂子也到不了今天。"

傅冬笑笑："啊，我只是随便问问。"

客厅一角，李文江在与刘长英交谈。

"你弟弟我看是个火暴脾气，会不会在什么地方和人结了仇？他最近没有对你说起过什么让他不痛快的事吗？"

刘长英肿着眼睛说："长勇到我这儿也快两年了，从来没在外头招惹过是非。那天在船上是喝了点酒，所以说话冲了点。平常日子不这样儿。他来这儿是凭手艺挣钱，打算回去娶个媳妇，他有个相好的是在张家口郊区的，他挣足了钱回去就能娶她。长勇平常也不出去，除了干活挣钱没别的心思。"

"他一个月挣多少钱？"

"一千多块，在厂子里他拿五百元，跟别的师傅差不多，回家他姐夫再给他五百元，再加上年节假日红包和福利什么的，平均每月一千多吧。"

“这么说，你们对他真不错。”

“是啊，我父母都不在了，我当姐姐的现在日子好点了，总得帮他一把，就这么一个弟弟。”

客厅这边，电话试了两遍，效果不错。恰在这时有人从外边打电话来，大家一看墙上的钟，才九点半，不到约定的时间，但傅冬还是指示张大寿去接电话，并示意所有人住声。“你尽量和他多说话。”他嘱咐张大寿。

屋里一下静下来，张大寿接了电话：“我是张大寿。”电话里照例沉默了一会儿，然后才嘶哑地问：“钱准备好了吗？”

“准备好了。”

“是我要的那个数吗？”

“是，一百万，我们一手交钱，一手交人。”

对方又沉默了一会儿，才说：“好，叫你老婆带上钱，钱要放在一个手提包里，然后到丰城路，路口往南第一个胡同，在那胡同里有一个小酒吧，十一点钟以前，你叫她在那儿等我。听好了，你叫她一个人来，你不要跟来，如果你报警的话，哼哼，你看着办吧。”

“喂，喂，先生，我老婆现在身子不方便，她怀孕了，她……”

像前两次一样，对方没犹豫就把电话挂了。

张大寿还拿着电话发愣，傅冬把话筒接过来替他放下，然后命令刑警：“把录音再放一遍。”

录音又放了一遍。

放罢。傅冬问：“钱捆好了吗？”

一个刑警把捆好的一叠叠钱放到桌子上，说：“上面和下面都是真钱，中间是纸。如果不都打开的话，看不出来。”

“好，”傅冬对张大寿说，“叫你夫人带上它，去和绑匪接头，你放心，她会很安全的。”

刘长英说："不，还是叫大寿去吧，我没经过这事儿。"

张大寿说："我是想去，可人家指名要你去呀，我去人家不露面，不是白搭吗？"

李文江安慰刘长英："你别怕，要想救你弟弟，目前只有你去才能引他们出来，你放心，我们就埋伏在你身边，你不会出事的。"

一个刑警把大哥大递给傅冬，说："处长的电话拨通了。"

傅冬接过电话："处长，电话来过了，比约定时间提前了半小时，交钱的地点在丰城路……"

傅冬将情况报给处长，他知道一切都将按预定的部署进行，他和李文江陪刘长英一起来到街上，看着刘长英叫了一辆的士，坐上走了，才钻进自己的汽车，也向丰城路方向开去。

路上，傅冬点了根烟，看了一会儿窗外，突然问李文江："哎，你说，这绑匪是缺乏经验呢还是有什么花样，怎么选这么个地方接头啊。"

李文江同感："我也纳闷，选个胡同里的酒吧，前后两个口要是叫人一堵，那才叫进得去出不来，这倒方便咱们了。"

傅冬喷了口烟："留神，越是漏洞大，越是没好事！"

丰城路。

路口第一个胡同里，果然有个小小的个体酒吧，因为偏僻，客人不多，灯光幽幽，情调还算精致。

刘长英拎着鼓鼓的手提包，神情紧张地走进酒吧，她胆怯地观察了一下寥寥在座的几个客人。似乎没人对她的出现有任何反应，于是她挑了个角落坐下来。

酒吧招待走过来："小姐，请问喝点什么？"

"要一杯可乐吧。"靠着窗子，她可以看到路灯昏黄的胡同，偶尔有人低头匆匆走过，或者汽车隆隆来往，车灯把窗户照得半白，刹那间便又暗下来，瞬间的嘈杂也就消失了。

在这条无名的胡同的两头，便衣警察们在汽车里严密地监视着进出的行人。他们用无线对讲机，不断地和在胡同里流动的便衣联络。

就在刘长英走进酒吧的两分钟之后，高博安和妞妞挎着胳膊也走进酒吧，他们对刘长英看都未看一眼，便亲亲热热坐下来，要了饮料，恋人似的喁喁低语。

这时，酒吧的门开了，走进一个人来。他看了刘长英一眼，刘长英也盯住了他。

三

走进酒吧的是个三十来岁的男子，他在一张小桌前坐下，目光始终盯在刘长英身上。刘长英紧张地和他对视了一会儿。那男人见刘的目光并不回避，龇牙一笑。刘长英也连忙讨好地笑笑。那男人又笑笑，然后起身坐到刘长英身边来了。

“怎么一个人啊？”那男人满口酒气。

“啊，啊。”

“来点儿酒吧，我请客。”

“啊，我不会喝酒，谢谢。”

见刘长英与那男人交谈上了，高博安和妞妞立即用别在衣领里的对讲机话筒向外联络：“喂，啤酒端上去了，啤酒端上去了。”

胡同口，傅冬和李文江听到了小高的呼叫，一起走下车。

酒吧里，那半醉的男人没话找话：“几点啦？”

“十一点多了。”

刘长英抬起手腕，给他看表，那男人就势抓住刘长英的手：“我看几点了。”刘长英抽回手，她吓得气喘吁吁。

男人涎脸笑着：“这么晚了，很寂寞是吗？”他又把手伸过来。

“你干什么？请你规矩点，你要干什么？！”听到刘长英的叫声，还没等高博安和妞妞站起来，一个酒吧经理模样的男人早已拦在刘长英和那男人之间：“哎呀，王老板，你喝酒怎么不早点儿到我这儿来喝，这是在哪儿喝成这样了，来来来，叫我们这儿小姐再陪您喝一杯。”

“没事没事，”醉汉挥着手，“我没事，我跟这位小姐聊聊天儿。”

经理问刘长英：“你们认识？”

刘长英说：“我不认识他，我是来等人的。”

“你别在这儿起哄了，来来来，我找人陪你喝，喝趴下我送你回家。”

醉汉被连拉带哄地架走了，刘长英看看表，已经快十二点了，她孤零零地坐着，面前的一杯可乐点滴未动。十二点半的时候，整个酒吧除了她和高博安、妞妞之外，已经没有别的客人了。

经理踱过来：“小姐，你等的人还没到？哎，我们这儿该下班了……”

刘长英看了高博安、妞妞一眼，心神不宁地站起来。

在丰城路设伏的刑警们陪刘长英回到家不久，他们接到了绑匪的电话，电话依然是由张大寿接的，他听到绑匪嘶哑的笑声，连忙说：“先生，怎么回事？我老婆带了钱去的，她一直等你到十二点……”

“她是带了钱去，她还带警察去，你以为我不知道吗，啊？”

“没有，没有，你一定看错了，我老婆是一个人去的，我们确实没有报警……”

“我不会再相信你了，姓张的，你们等着收尸去吧！”

电话挂断了，通过监听电话听到一切的刘长英痛哭起来："大寿，你为什么不听我的话，我不让你找他们非找他们，呜——我就这么一个弟弟呀，我没爹没妈，就这么一个亲人呀，呜——"

张大寿说："我不报警，不报警你拿得出一百万吗？"

李文江劝道："长英同志，你别太难过……"

刘长英歇斯底里地揪住李文江："是你们害了他，你们干吗要跟着我？干吗要跟着我？！是你们害了他！我跟你们要人，你们这帮没用的东西，你们都给我滚！滚出去！"

刘长英泣不成声。

李所长上前劝慰，他和张大寿一起扶刘长英进了卧室。傅冬走出屋子，站在院子里，做了一个深呼吸。李文江也走出来，心情沉重地看了傅冬一眼。傅冬脸上并没有沉重感，只是若有所思地点着一根烟。

第二天，刘长勇的尸体在一个水塘里被发现了。尸体是用白色透明塑料袋包裹着，放在一个三洋帝王电视机的包装箱里的，刑警队对发现尸体的现场进行了勘查。

中午，傅冬和参加这个案子工作的同志一边吃饭，一边听马福禄汇报着现场勘查的结果。

"尸体头部被钝器打击，颅骨致命性破损，发现尸体的现场不是第一现场，上次发现死者驾驶的小工具车的现场，显然也不是第一现场，于是我们对周围地区进行了详细搜索，基本断定点将台东路涵洞桥下为杀人的第一现场。这个涵洞桥距发现工具车的地点约有一公里，距发现尸体的水塘约三百米，罪犯是在涵洞桥下动的手，然后将尸体装进三洋帝王电视机的箱子里，沉入不远的水塘，再将面包车开到点将台东路树林边，伪造了失踪现场。所以，我们认定，罪犯中肯定有具备汽车驾驶技术的人。尸体经过检验，判定死亡时间在四十八小时以上。”

李文江本来一心三用，一边吃一边听，还一边看给对面小学进行法制教育的讲课稿，听到最后这句话不由得诧异地抬头，甚至嘴里停止了咀嚼：“四十八小时以上？”

傅冬放下饭盒：“也就是说，罪犯在进行绑票的当时就撕了票。”

不可思议，大家都沉默。

傅冬站起来，来回走动，“有几点我没搞明白，”他说，“第一，绑匪打电话给车厂，说汽车爆胎要车厂派人去修，车厂有六个修理工，只有作为老板亲内弟的刘长勇去修车，才能达到绑票索取钱财的目的，老板说甭管谁被绑了，他一视同仁，我不信，我看绑匪也不信，人家要绑就得绑你亲戚。所以我说，用这种方式做诱饵进行绑票，成功率实际上只占六分之一。第二，绑匪绑架刘长勇当时就撕票，而且现场只有血迹而没有搏斗的痕迹——没有吧？”他问马福禄，马福禄说：“没有。”傅冬接着说：“说明不是因为发生搏斗而临时下手杀人，而是预谋杀人，为什么呢？第三，绑匪先是要三十万赎金，这还是个比较现实的数字，在张大寿夫妇答应付钱后，突然又提出索要一百万，所限时间又很短，显然缺乏可行性，而且这样一来几乎是迫使张家除报警之外别无选择，很不明智。第四，绑匪指定的交钱地点是一个胡同，对他自己的进退极不方便，而且从当晚现场情况观察，我怀疑绑匪根本就没去接头。从这几条分析看，你们说，他们究竟是想绑票要钱呢，还是想干什么？”

李文江问：“那你认为是……”

傅冬停顿片刻，双手一摊：“我也不明白。”

李文江说：“不管怎么说，现在既然有现场，就有调查的线索。咱们先查起来再说。”

傅冬点点头：“是啊，我们现在手里的线索已经不少了。”他停一下，像老师考学生似的问大家，“最显眼的线索，你们说，是什么？”

几个人互相对视一眼，妞妞说：“三洋帝王！”

在接下去的几天里，刑警们全撒出去了，市内各大商场，家用电器商店里，不断出现着侦查员们的身影。而李文江则再一次来到张大寿家。刘长英的情绪虽然已经平静，但精神依然恍惚，她睁着尚未消肿的眼睛，把李文江请进客厅。

“大寿不在家？”李文江问。

“啊，去火葬场联系长勇的事去了。”

两个人坐下来，刘长英给客人倒了杯茶，李文江问：“我知道你心里不好受，我们跟你一样，也不好受。如果犯罪分子不抓出来，长勇可更是死不瞑目啦。”

刘长英长长地出了口气，说：“你们也别劝我了，我虽然现在不上班，没工作，可现在办事的规矩、道理我都懂，只要能把那杀人犯抓住，你们说吧，需要我们出多少钱，我跟大寿说了，豁着倾家荡产也得把这仇给报了。”

李文江微微一笑：“倾家荡产？你能当得了大寿的家吗？”

刘长英说：“我能当，就算是能当吧。”

李文江说：“绑票是为了图财。按说，绑匪应该对你们的家底儿多少了解一点吧。”

“不知道，原来绑匪要三十万，大寿找王会计，给他们凑上了。后来又说要一百万，大寿说拿不出了，没办法，才报的警。”

“听你的口气，你是当家不理财呀，你们家究竟有多少钱，你也不知道，对吧？”

“家里的存折都是我管，厂子里的钱大寿管，我也懒得过问。”

李文江换了个话题："长勇的事，通知他未婚妻了吗？"

刘长英摇摇头："那女的太重财了，不然长勇也不会跑出来卖这份苦力，可能早在老家结婚过日子了。"

李文江问："我能到长勇住的屋子里看看吗？随便看看。"

刘长英说："你看吧，没事。"

刘长勇住在院子西边的一个小平房里，屋子不大，挺乱。除了一张单人床和一个小床头柜之外，屋里还堆了不少东西。李文江在屋里上下仔细地观察了一遍，未见可疑之处。

"长勇有写日记的习惯吗？"他问陪在一边的刘长英。

"好像没有，长勇是粗人，没见他写过什么东西。"

李文江点点头，他的目光落在床头柜上摆着的一个年轻女人的照片上。那女人做着浅薄的笑态。

"这就是那女的。"刘长英冷冷地说。

此时刑警队正被一片兴奋的气氛笼罩着，金大保眉飞色舞，向傅冬汇报着调查工作出现的一个重要进展。

"市内经营家用电器的商店太多了，少说也有几十家吧，可是能进三洋帝王这种高档电视机的就屈指可数了。我们查下来，一共有四家，这两天我们几个分头蹲在这四家商场把这种电视的进销情况仔仔细细地摸了一下。看来，咱们这儿有钱的还真不少。三洋帝王是本市今年才开始经销的，不到半年卖出去十四台。这十四个买主的姓名和地址全留在保修单的底单上了，我们全抄回来了。对这十四个买主我们做了初步调查。其中有三个买主是外地人，电视机已经运走了，可以排除作案嫌疑。还有六个买主，从他们的个人身份和家庭成员的情况分析，也可以暂时放在一边。剩下五个买主我们通过派出所居委会了解了一下，有两个买主的电视机的包装箱还好好地放在家里，也可以排除。还有三个人不知道他们把包装箱放在什么地方了。这三个人都具备作案的条件，特别是其中有两个人有驾驶执照。一个是个体出租汽车的司机，叫张彪，今年三十一岁。绑匪当初打电话要修车时说是辆‘面的’，这张彪开的也是‘面的’。还有一个叫陆伟国，是海峡饭店的采购部经理，三十六岁。张彪住在南华路，距作案地点比较近，和张大寿的车厂也比较近，都是七间房派出所的管段。”

傅冬听着汇报，脸上没有任何惊喜，“七间房？”他重复了一句。

黄昏的时候，七间房派出所李所长骑着自行车来到大寿汽车修理厂，车厂的大铁门关着，里边没有一点声响，他骑车上路，骑没多远就看见张大寿开着小夏利迎面过来，连忙招手。

“哎哎，大寿！停一下。”

张大寿路边停车，探头出来：“李所长，怎么着？”

李所长支了车子，钻进夏利，递给张大寿一根烟，自己也点着，抽了一口才说：“干吗去了？”

“去一趟邮电局，给长勇的老家拍个电报。你找我有事吗？”

“啊，我刚下班，路过你们车厂，想看你在不在。”

“厂子关了，工人我也都放回去了。歇一段再说吧。”

“啊——”李所长掐了烟，“我本来有个事打算麻烦你，你厂子关了就算了吧，我另想辙儿。”

“什么事？您说吧。”

“原来我想借你辆车，你们不是好几个修理工都有本儿吗，明儿我家里有点事，想跟你借个人借辆车，你人都放羊了，我另想辙儿吧。”

“哎，你这样吧，”张大寿拉住他，“你打的行不行？‘面的’不行打个夏利、丰田都成，发票拿来给我，行不？”

“这不好意思。我还是另想辙儿吧，我弄辆车还弄不着啊。”

张大寿言辞恳切："既跟我说了，又不让我办，看不起我还是怎么个意思？"

李所长只好领情："那，行行。就这么着了。"

李所长刚要走。张大寿问："哎，我弟那事你们查得怎么样了？是不是一点眉目都没有啊？"

李所长压低声音："跟你说啊，不是有没有眉目的问题，说不定这几天就能破案了，目标都有了，你放心，我们没闲着。"

"目标都有了，谁呀？"

"还就是我这管段的。跟你干的差不多，也是个车豁子。"

李所长说完钻出汽车，骑车走了。

张大寿愣了半天，才缓缓地扭动钥匙，发动起汽车。

四

虽然早过了下班时间，但刑警队里依然一片忙碌。李文江刚刚给一个证人做完询问笔录，交给证人审阅。

"记录没问题吧？"李文江问。

"啊，没问题，没问题，就是这么回事。"

"那您在这儿签个字吧。"

一个刑警走过来："李队长，你爱人来电话了，那边儿。"

李文江过去接了电话，妻子说今天反应大不舒服，要李文江早点回家。李文江恳求说："不行啊，今天晚上我回不去，今儿弄不好得在这儿干通宵。你要不舒服，今天回你妈妈那儿去得了……瞧你，又说气话不是……"

妻子很不满意地挂了电话。还没等李文江把心情调整好，又一个刑警过来说："李队长，外面一个女的，找你。"

李文江满脸沉郁来到会客室，访者是刘长英，李文江问："哟，你怎么来了？请坐请坐。"

刘长英从皮包里取出几沓人民币，放在桌上，说："这是我自己的积蓄，为我弟弟这事，你们多费心了。这是我的一点意思。"

李文江说："哎，这哪儿成啊，我们其实和你一样，案子破不了都很着急，到年度破案指标完不成，麻烦大了，钱您收回去，心意我们领了，行不行？"

刘长英说："钱无论如何你们要收下，这样，不管破得了破不了案，我也算对得起他了，也算尽力了。"

李文江说："钱我们是无论如何不能收，您要真想为您弟弟多出把力，那就尽可能地多给我们提供一些情况和线索，这就是给我们最大的帮助了。"

刘长英叹口气："我能知道些什么呀。"停了一下，她问，"他有几封他未婚妻给他的信，你们要看吗？要的话，我可以回去拿。就在他屋子里。"

李文江说："有最近的信吗？看看也好，我跟你一起去拿。"

李文江一边嘱咐人到食堂给他打饭留着，一边叫车。可队里的车都派出去了。刘长英说叫出租车吧，反正没几个钱，于是两人一起来到街上。

要不说无巧不成冤呢，李文江的妻子憋了一肚子的委屈下了班，推着自行车在一个路口上等红灯的时候，偏是一眼看见身边一辆出租车里，自己的丈夫和一个少妇并排坐在后座里闲谈呢。怎不怒火中烧？！她想过去敲玻璃，可是绿灯亮了，出租车载着这一对男女扬长而去，她的眼泪忽一下蹿出来，她再也骑不动车了。她想吐。

天快黑了，傅冬乘车从刑侦处赶回刑警队。他快步走进走廊。几个刑警从办公室里闻声出来，亦步亦趋地跟着他问："怎么样队长？"傅冬走进办公室，把帽子往桌上一扔，说："你们赶快去七间房派出所。张彪的拘留证处长已经批下来了。你们先去派出所，把那家伙住处周围的情况弄清楚。他是开出租车的，一般回家都比较晚，不管怎么说，今天晚上无论如何得把他拘起来。"

一说要抓人了，刑警们十分振奋，齐声唱了个喏，领命而去。

张大寿家。李文江阅读着刘长勇未婚妻的几封来信。在这叠信件中，他发现有一个信封是封住的，还没有贴上邮票，他看看信封："是刘长勇给未婚妻的？"

"啊，是，可能还没来得及寄呢。"刘长英说。

"能打开看看吗？"

"打吧，"刘长英做主说，"人都死了，还有啥秘密呢。"

李文江撕开信封，取出信。信的开头照例是些亲热和问候的话，看到后边他的神色突然凝固起来，刘长英问："写了些什么？"李文江不由自主地念出声来："……告诉你，亲爱的心肝，我最近找到了一条生财之道，我要和姐夫做一笔交易，我想肯定能成功，那样的话，我争取过年以前就带上钱回去。我再也不想在这儿待下去了。我太想你了，我的心肝……"

李文江问："他信上说要和你丈夫做一笔交易，你知道吗？"

刘长英说："和大寿？"她摇摇头。

李文江想了想，收起信："我先把这几封信拿回去，行吗？我给你打个借条。"

刘长英说："你拿吧，不用打借条了。我叫出租车送你回去。"

"不用，我自己回去。"李文江走出屋子，随口问，"这么晚了，大寿还没回来？"

"是啊，他原来说上街办点事，再给老家拍个电报，叫我舅舅来一趟，长勇的后事不能再拖了。按说他现在也该回来了。”

李文江告辞了张家。

天黑时分。刑警队的便衣出现在张彪家附近，随同来协助他们的派出所的民警把他们拉到隐蔽处，介绍说：“我刚看过了，门锁着，一般他不会回来这么早。”

李文江回到刑警队，一进办公室就把刘长勇那封未发邮的信放在傅冬桌上，兴奋地说：“你看看这个。”

傅冬打开看了，几乎跳起来。他用力在李文江肩上拍了一下：“你真行，伙计！我说怎么这么奇怪呢，你看，刘长勇死前和他女朋友说他现在有一笔交易，找到了一条生财之道。这可是重要的发现。咱们再来琢磨琢磨，刘长勇究竟是无辜被绑，还是为财而死？”

李文江说：“没错！”

傅冬到这会儿有点踌躇满志了：“咱们先把张彪弄进来，要顺利的话，说不定今晚上能真相大白了。走，咱们也到七间房去。”

傅冬和李文江赶到七间房派出所时，张大寿家的小保姆小丽哭哭啼啼地跑到派出所。李所长把傅冬、李文江拉到一边，说：“这案子真绝了，张大寿也被人绑架了。”

傅冬一惊：“什么时候？”

李所长说：“我傍晚的时候还见过他，他开一辆夏利回家去了。可刚刚他家小保姆跑来找我们，死活不愿在他家干了，说张大寿一直没回家，刚才家里接了个电话，跟刘长英要钱，刘长英哭哭啼啼，小保姆吓坏了，说给多少好处也不在张家干了。”

傅冬想了想对李文江说："老李，你负责张彪这儿，我和李所长去一趟张大寿家。"

傅冬赶到张大寿家时，大寿汽车修理厂的王会计也在这里。刘长英不客气地把傅冬拒之门外。

"警察同志，我没有请你们来呀，我们家的事，我自己能处理。"

李所长呵斥道："刘长英，你怎么这么说话，啊？张大寿是不是你丈夫，你想救还是不想救？"

刘长英嗓门儿更大："我弟弟就是让你们瞎掺和折腾死了，"她声音有些哽咽，"我……要是大寿……这世界上我就没有亲人了。"

李所长声音放缓，劝道："长英同志，你身子不方便，这时候人得想开点，也是为了孩子……"

刘长英哭了："我不能让孩子一出来就没有爹，人要是死了，留那么多钱有什么用？留这个厂子有什么用？我不要钱，我要人，我就要人。"

李所长还想说什么，傅冬拉住了他，从张大寿家退了出来。"走吧，咱们回去。"傅冬留了几个便衣在张家外面蹲守，然后拉着李所长上了汽车。

在回派出所的路上，傅冬问李所长："你今天什么时候看见张大寿的？"

"大概傍晚五六点钟吧。"

"在哪儿碰见的？"

"就在马路上，我回了趟家，路上碰见他的，他说他去邮电局拍电报去了。"

"你们说了会儿话？"

"啊，随便聊了两句。他问我长勇这案子有没有进展。"

"你说了些什么？"

"我告诉他快了，有进展，叫他放心。"

“说具体情况了吗？比如，说没说张彪的情况。”

李所长支吾了一下：“我就告诉他有个开车的……没说那么详细，现在跟他不能说那么细。”

傅冬像是料到了什么似的点点头，“噢，”他说，“我明白了。”

他们回到派出所。李文江告诉他们，张彪到现在还没有回家。

清晨，电话铃声把伏案而眠的李文江惊醒，他懵懵懂懂抓起电话。对方刚说了一句，李文江睡意顿消。

“什么，张彪找到了？”

张彪是在凌晨被发现的。他在郊外一条通幽小路的路口被人用什么东西击碎了脑袋。李文江带着金大保匆匆赶到张彪被杀的现场时，他最先看到的是，距张彪陈尸的草丛不远，歪斜着张大寿的那辆小夏利。

这一夜傅冬是在电话局的控制室里度过的。大约在李文江赶往郊区现场的那个时候，有人推醒正在瞌睡的傅冬说了句：“电话来了。”傅冬揉揉眼睛，带上监听耳机。他听到了嘟嘟的铃声，响了两下，有人接起电话，从声音上听得出是刘长英。

“喂，喂。”

一个哑哑的嗓子，操着山东口音，问：“钱准备好了吗？”

刘长英恳求的声音：“先生，请你高抬贵手，五十万我一下子实在拿不出来，我已经准备好了三十万。我实在拿不出……”

哑嗓子说：“你男人这次要了我们一个弟兄的命，你不拿五十万来，就让他给我们弟兄偿命吧。”

“先生，先生，钱这次一定交，求你们宽限几天，我一定凑齐了交给你们。”

“好，只要你交了钱，我们马上放人。如果你再报警的话，啊，你掂量掂量吧。”

电话挂断了。

傅冬摘下耳机，一个监听的刑警说："声音伪装得很厉害，音调完全变形，但肯定不是上次那个人。听口音是个山东人。"

上午九点多钟，傅冬和李文江都回到了刑警队，把刑警们叫到一边，一边凑情况，一边分析案情。抢先发言的照例总是金大保。

"从张彪被杀的现场情况看，有搏斗的痕迹，张大寿的车子也遗弃在那里，所以初步断定，犯罪分子在绑架张大寿时，张大寿进行了反抗，在搏斗中杀了张彪，可能最后寡不敌众而被绑架。根据现场痕迹分析，张大寿本人没有遭毒手，目前可能还活着。"

参加讨论的李所长说："我看他们真正要绑架的是张大寿，绑刘长勇不过是个序幕，是个铺垫，所以绑了就撕，撕刘长勇的票，就是为了给张大寿和刘长英一个下马威，提醒他们除了交钱不要抱任何幻想。"

李文江问："监视刘长英的人没撤吧？"

有人答："那哪儿能撤呀，高博安他们好几个人都待在那儿呢。"

李文江又问："马福禄还在电话局，是吧？"

"对，除了早上那个电话，绑匪没有什么动静。"

李文江问傅冬："哎，你看……"

傅冬突然问李所长："李所长，你以前和张大寿，呃，你们经常联系吗？"

李所长一下不明白："我和他？"

傅冬说："张大寿除了家里和厂里的电话外，他自己有没有手持电话？"

"好像有，但我不知道号码，噢，他有个汉字显示BP机，他给过我号码。"李所长翻开自己的电话簿，说，"3099977呼3501，就这个。"

李文江问傅冬："怎么，你想呼他一个？"

傅冬说：“不，我倒想知道今天有没有别人呼他。”

309寻呼台好像是个合资企业，效率蛮高，傅冬他们到这儿没十分钟，一个年轻的工作人员就把一张查好的记录单交到傅冬手上，说：“傅先生，你要查的这个号码——3501是吧？今天有人先后两次呼叫这个号码。这是电脑储存的呼叫留言。”年轻的工作人员在单子上指指点点，“第一次是：‘速回电话371081，老聂。’这是早上八点多钟呼叫的；第二次是：‘原定下午的见面取消，晚上取车时间不变。老聂。’时间是中午一点三十八分。”

傅冬看看手表：“也就是说，是十五分钟以前。”

从寻呼台出来，上了汽车。随傅冬来的妞妞说：“这就怪了，从第二次呼叫内容看，张大寿像是今天上午和人通过电话，不过这不可能啊。”

傅冬什么都没说。一路无话回到刑警队。马福禄正巧从电话局打过来一个电话，傅冬接了问：“喂，马福禄，有电话吗？”

马福禄报告：“两分钟前来的，和早上的一样，还是那个操山东口音的人，要刘长英今夜两点钟，带钱去二元立交桥接头。”

傅冬问：“刘长英怎么表示？”

“刘长英同意了。”

“还有什么？”

“没有了。”

挂了电话，妞妞进来说：“今天呼BP机要张大寿回的371081这个电话号码已经查了，是高升路一个食品店的公用电话。”见傅冬沉思不语，妞妞问，“刚才马福禄说什么？绑匪限定要今天交钱吗？”

傅冬点头：“对，夜里两点，二元立交桥。”

妞妞说：“我们现在始终不清楚他们有多少人，从这两次电话听，还有山东人在里边。”

傅冬笑笑："说山东话就未必准是山东人，张大寿就在山东当了十六年兵！"

夜色浓重，寂静的街道上高速行驶着一辆出租汽车，车里坐着刘长英和怀抱一个手提包的王会计。

起了一点雾，二元立交桥显得有些朦胧。刘长英让汽车开上桥面，从车上走下来，走到桥边，凭栏向下面的车道探望。纵横交错的车道上，一片静悄悄。她哆哆嗦嗦地看表：一点五十五分。

大寿汽车修理厂此时也是死一样的沉静。院子里那几辆老残汽车黑黝黝的轮廓，被雾气打上一层湿意。在那辆老式吉普的旁边，站着一个人，夜雾包围，不辨形貌。

那人伫立了片刻，在院子里沉着而又无声地走动了一会儿，然后走向大门，把铁门打开，铁门开启的隆隆声，在静谧中有点揪心。

一辆丰田轿车，灭着车灯，悄然开进院子。车上下来两个人，与开门人无声地低语两句，然后回到车上，开门人上了那辆老式吉普，将车发动起来，向院外开去，丰田车则尾随在后。他们还没出院，门外不远，突然迎面亮起无数明晃晃的车灯，而他们身后一排车库，大门轰然洞开，里面车灯齐射，刺目的光芒前后夹击，整个院子照得白昼一般。

有人用无线话筒高声呼喊："张大寿，你被包围了！"

强烈的灯光照射着老式吉普里的张大寿，那张惨白的面孔惶然四顾，他看到四周密集的枪口。

在二元立交桥上的刘长英再次看表，时针已超过两点，她心情紧张地看着一辆轿车开上桥头，戛然而止，她万没料到从车上下来的，竟是李文江。

她气急败坏地吼道："你，你为什么要跟着我？为什么要跟着我？！你们害了一个刘长勇，难道还要我家破人亡吗？你们走！别跟着我！滚开！"她被愤怒和绝望弄得泣不成声。

李文江沉默片刻，平静地说："我是来告诉你，从刘长勇被绑架到今天，不过短短的七天，我们已在今夜破案，主犯张大寿落网在押。"

刘长英抬起头来，泪水干涸的脸上，睁着惊惶不解的双眼。

由于前一夜的雾气，第二天天气有些变冷，上午雾散之后，太阳依然耀眼。局长、处长都屈尊亲临刑警队，这是历史上本地破获的最大的一起毒品案。从老式吉普的坐垫和靠垫里起获的海洛因砖，整齐地排放在桌子上，阳光射在上面，白得令人目眩。傅冬喜不形于色，语气平淡地汇报着情况，如同政治学习时的议论发言。

"根据犯人口供和此次起获的八公斤海洛因看，本市私营企业大寿汽车修理厂，却是毒品贩运线路上的一个中转站。由于张大寿的内弟刘长勇无意中发现了这些毒品，以此向张索取钱财，张于是指使同伙张彪杀人灭口，并伪装成绑架案。当张大寿得知张彪已露出马脚时，又杀张彪灭口，同时自我绑架，再次伪造了绑架案。他原打算等其妻刘长英交出一部分赎金后，再顺理成章地自己放自己回来，人财两得。但在计划完成之前，张大寿突然意外地接到毒贩的提货通知，只得先将我们的注意力引向二元立交桥，然后自己去车厂交货……"

有人进来在李文江耳边低声说："李队长，刘长英又来了。"

李文江问："她不是送精神病医院了吗？"

"不知道，可能是偷着跑出来的吧。"

李文江起身走出会议室，来到院子里，几个民警拦住打滚撒泼的刘长英，使劲把她往汽车上拖。刘长英哭着笑着，歇斯底里地喊道："你们把我弟弟还给我！你们全是废物、饭桶。啊……长勇啊，你哥他找你去了，你们都走了，就剩我一个人，也不知道跟我言语一声，就这么一起。他们都骗我，说你们没走，我知道你们走了，你们不回来了，我，我不要这孩子了，我要孩子还有什么用？我打死你，打死你，打死你……”她用拳头交替着使劲捶打自己已微微隆起的肚子，民警们用力拽住她的胳膊……

李文江不忍目睹，转过身来，一个同事走过来交给他一个信封，说：“李队长，刚才来了个人，说你老婆带了封信给你。”

“我老婆？”

李文江战战兢兢把信打开，如同听到了妻子的声音：“……文江，孩子，我已经打掉了，咱们这样的家庭，是不能有孩子的，我回我母亲那儿去住了，你好自为之……”李文江震惊了，怔了半天眼泪才掉下来，他蹲在地上无声地哭起来。

“啊，我的孩子。”

对面小学楼里，不知在搞什么庆典，突然鼓号齐鸣，小学生们吹出的嘹亮的号声，压倒一切。

堕落人间

一

黑暗。

黑暗中红光如豆。

红灯无力地散发着朦胧绰约的暖意。一束轮廓含混的青光自远而近，冰冷地映出一颗跳动的心。

当青光消失的瞬间，豆莹般的红光充满了整个空间，勾出一个少女柔和的脸。失神的红晕里，凝固着一双失神的眼。

一纸薄薄的体检表装进病历袋。

透视室外是一间破旧的门诊室。一个骨瘦如柴的中年医生放下病历袋，抬起头来，向面前一个三十来岁的魁梧汉子问道：

“你妹妹今年十九岁？”

魁梧汉子未及回答，一位老者已颤巍巍挨过来，急切问道：“什么病？

同志，她已经考上军区文工团了，这病不碍事吧？”

“她没有病。”医生站起来，面无表情地说道，“她怀孕了。”

老者被震惊了。魁梧汉子转过头来，目光凶狠地射向屋角的女孩。

依然是少女柔和的脸和那失神地凝固着的双眼……

片名渐显：《堕落人间》。

“片头不错。”

那男的终于坐下来了，坐的姿势很老练。他夸我，却不看我，也透着老练。

我已在肖琳家住了五天，和这位导演还是初次见面。这时正是晚饭后七点半钟，电视新闻刚刚播完。那男的矮矮的身子不失潇洒地歪斜在竹皮圈椅里，右手一直不停地晃着那本杂志。这是我有生第一次与一位电影导演直面而坐，不免觉得神秘和不安。

“刘敏，你喝什么？咖啡还是茶？”肖琳的高跟硬底拖鞋敲出的刺耳的节奏，似乎成了我与那陌生男人初识的拘谨中一种最不可少的排遣。“嘿，孙导喝什么？”

“我喝茶吧。”那男的礼貌地向女主人眯起一双笑眼，随后转过头来，目光总算对准了我的脸。

“片头还算新颖，也注意了悬念。能把片头写到这个程度，对你这样的初学者来说，确实是件出人意料的事。当然，以后是不是就用这个片头，还值得研究。”

“刘敏，你要拖鞋吗？屋里热。”

“听肖琳说，这剧本的情节，就是‘你的前半生’，看得出来，确实不是凭空瞎编和临时采访来的东西。”导演继续冷漠地夸我。

“刘敏，你来点‘雀巢’吧，是真货，火车站一个小伙子送的，他要去加拿大留学，托我在使馆里找熟人……”

“我就佩服肖琳，朋友多多益善，礼尚往来。”导演冲我苦笑着摇摇头说。

肖琳在我身边坐下来，快五十岁的人，身子居然很苗条：“跟你说刘敏，我跟孙导演是老朋友了，你那小说一发表，我就想到他了。”

那男的恢复了矜持，继续说道：“和剧本相比，我还是更喜欢原作的开头，你在小说一开始写的那段内心独白非常好，你看——”他翻开手上的杂志，稳健地读道，“‘我们这群贴窗花的小姑娘下了场，接下来该是大春和喜儿的双人舞了。准备登场的毛京从我身边擦肩而过，脸上的妆化得很美，人显得小也显得极是秀气，头上包着雪白的羊肚毛巾，看上去犹如一个英气勃勃的女孩，只有尖尖的下巴勾勒出一笔阳刚之气。我冲他笑一下，他一点没注意，像王子一样旁若无人地昂着头，向着灯光灿灿的舞台，向着准备假戏真做的芦倩倩走去。’瞧，几句话，把一个少女对一个男孩子的单相思摹写得简洁明了，进入得也很自然。”

“可这毕竟是一段内心独白，”我困惑地皱起眉毛，“如果影片从这里开始，该怎样把这种心理描写用人物的具体动作转达给观众呢？”

“这个好办，给女主人公几个面部特写就行了。我是考虑，如果把摄影机的机位设在舞台的侧幕，镜头可以在前台和后台两面摆动，视角就显得很大很活了——演员上上下下，后台忙忙碌碌；音乐时缓时急；灯光忽明忽暗。在这种紧张忙乱的外部背景下来展现女主人公的内心活动，气氛就能更足。而且你们演的是‘样板戏’，这本身就能一下子把观众带回到1967年那个特定的时代中去。”

导演内行的阐述弄得我哑口无言。他当然不可能明白我为什么想用医生的那个诊断做影片的开场。十九年过去了，那个令人心惊肉跳的黄昏无时无刻不在折磨着我，那无疑是我一生中一个最重要的转折——在医生做出了那个令父亲、令大哥、令所有人都瞠目结舌咬牙切齿的宣告之后，我就开始步入地狱了。

如果说，这个报应就是偷食禁果之后的罪与罚，那在这个苦难之前的快乐也必然是巨大的。我同样也忘不了毛京第一次噘着嘴亲我额头时那叫人浑身战栗的晕眩。那年我们十八岁。我们开始有很长一段时间只敢互相亲吻对方的额头而不敢亲嘴。

“不过，小说中描写男女主人公爱情的笔墨还是太弱。”导演一边有条不紊地往一支木制烟斗里填烟丝，一边一板一眼地说，“主要是相爱的根据和思想基础没有写充分，如果拍电影这一段非改不可，男主人公难道就这样莫名其妙地爱上女主人公了吗？”

苍天做证，毛京就是这样爱上了我的；苍天做证，剧本里的这段描写完全是对生活照相式的再现。我还记得那天我们卸完妆已是正午，毛京穿一身半旧的将校呢军装从后台出来。那年正兴这个打扮，如同今年流行蝙蝠衫一样时髦。他脚上的高筒皮靴和那身将校呢都是他爸爸的箱底，裤子腿放下来而并不掖进靴子里，在那年也是时髦。他穿过空无一人的观众席往后面的太平门走去，靴子上的铁钉敲出充满生机的音律，虽多年过去，那脚步声我却依然记得，我记得那声音有如天籁一般清澈、旷远、神秘……

剧场。

舞台上方的横幅上写着：“晴川市毛泽东思想宣传队演出革命现代舞剧《白毛女》。”

毛京掀开紫色的天鹅绒帘幕走出太平门，休息厅窗外射进正午的阳光，晃得他眯起眼睛，朦胧中他蓦然看到一个少女修长的剪影，雕塑般默立于刺目的光幔中，他惊讶地停住脚步。

“小敏？”

少女一动不动，毛京迟疑片刻，从她身边走过。

“毛京。”

毛京在门口站住，没有回头。

小敏背对毛京，问：“看了我的信吗？”

毛京没有开口。

小敏转过身来，挑战般地盯着男孩的背脊：“嘿，我对你的态度我都说了，就看你了。”

毛京张皇地回了一下头：“小声点，芦军代表没走呢。”

休息厅一端果然传出了脚步声，毛京慌慌张张说了句：“我先走了啊。”身影便消失在门口。宣传队的芦军代表从后台出来，走到小敏身边，随口说道：“怎么还没走？”

郊区公路。

一辆大轿车在慢慢爬坡，宣传队员的笑闹声充满了整个车厢。小敏向侧后方座位上的毛京回首注目，毛京低眉凝思不知在想什么，小敏只好转回头来，她不知恰是她回过头的同时，毛京不期然抬起双眼，目光向这边一闪。

食堂。

小敏兴冲冲把饭菜端到毛京桌上，大大方方坐下来。恰巧邻桌有人喊毛京，毛京抱歉地看了小敏一眼，端碗离去，小敏扫兴地长吁一口气，食欲全无。

黄昏，小敏家。

小敏的大哥正在满头大汗地写大字报，见小敏进屋放下书包直奔向凉水瓶，皱着眉说了句：“怎么才回来？快帮爸爸做饭去。”

小敏父亲两手沾满面粉从厨房里探出身来，说："刚才来了个男生，找你。"

小敏惊疑地放下水杯："男生？"

"走了，留了个条子。"

小敏急不可待扑向桌上的字条。

毛京话外音："小敏，红卫中学宣传队在排《白毛女》，月底要演出，约我帮他们跳大春，他们的喜儿也不行，你去不去？不跳喜儿跳'白毛'也行，反正不耽误咱们自己的演出，只是别叫芦代表知道就行。"

"不行。"导演的烟斗在空中有力地挥舞了一下，"电影艺术要求比小说更浓缩、更戏剧化、更惜墨如金，你剧本中这一大段生活写实太平淡了，在小说中用文字表现可能还看得下去，电影却不能这么拍。"他翻动着桌上的剧本手稿，"下面又是你和毛京，啊，不，是女主人公和男主人公在一起练舞啊、演出啊这些场面，太啰唆了。你说明了什么呢？你应该用更典型的细节集中笔墨写出男女主人公相爱的思想基础和社会历史原因，也就是说，他们为什么相爱，相爱的意义在哪里！"

我不明白。

我那时爱毛京，一见到他就面红心跳，待在一起就兴奋快活。毛京也喜欢我，只是腼腆不肯说，不然何以要鬼鬼祟祟地约我去练"私活儿"？我们那时从没想过什么爱的意义。

而导演依然坚持他自己的逻辑："你可以想想嘛，毛京是省军区后勤部长的儿子，你是个普通工人的女儿，在宣传队里他又跳主角儿，平白无故就爱了你？"

导演，你要我怎样答你？你是在谈现实还是在谈历史？那一年我们十八岁，时代和年龄都不曾提醒我们追求门当户对。如果非要门当户对，我们也确实比过——都是“红五类”。

“你再想想，宣传队的女主角是芦倩倩，她又是芦军代表的女儿，毛京没有爱她而爱了你，这本身就有异议。”

是的，我承认芦倩倩的芭蕾功还可以，可惜她的长相难说是“喜儿”倒近似“黄母”，她的脾气也和其父的地位成正比，同学中没几个和她投机。叫我弄不懂的倒是眼前这位导演，你究竟是在说生活还是在说艺术？

“也可能你是刚刚踏上创作之路，你要知道，艺术真实和生活真实是两回事。如果你不去表现男女主人公思想上的共同点，譬如，对‘文化大革命’的困惑和反感，对老干部的同情和保护，诸如此类，那么这部作品的思想性和典型性就绝对出不来。你写东西时间不长，这些毛病也难免。你得多看看书，从一些中外文学名著中汲取养料，譬如《红楼梦》，宝黛的爱情并不仅仅是儿女情长，而首先是他们在反封建这一点上的统一，《红楼梦》的伟大思想意义就在于此。”

不，你错了导演，那时我们很年轻，和几乎所有热血沸腾的“红五类”一样，衷心地、狂热地、毫无保留地拥护那场革命，我们相信大字报里对老干部的一切指控都真实无误，我们自己被大字报和高音喇叭煽起的义愤也真实无误。我爱毛京，和这些无关，他是个很好很好的男孩，他脾气好也单纯，对我也好，这就够了，一个女孩子有这些就足够了。难道你不明白吗，导演？难道你没经历过十八岁？

二

“瞧，就是第四个，听说毛成放很喜欢他这个女儿，从左往右第四个，大概也有十八岁了。”

台上的音乐异常响亮，肖琳不得不在我耳边抬高声音，甚至不得不用手指指点点。我已有十几年没进剧场，快二十年没上舞台了。这时天幕上红红绿绿的灯光闪烁不定，只断断续续将依稀遥远的感觉瞬时缀连……几个伴舞的少女在歌手身边扭来扭去，做些令人不解其意的动作，而唱的，却恰恰是我最熟悉的那首情歌。

“一条小路曲曲弯弯细又长，一直通向迷雾的远方，我愿沿着这条细长的小路，跟着我的爱人上战场。”

我怎么也不会想到当我十八年后终于看到这女孩的时候，居然听到这首歌！

“你们这些跳舞的，”肖琳又凑近我的耳朵，“无论过去和现在，都早恋，毛小津现在也有男朋友了，也是个‘衙内’。”

肖琳的意思我明白，我们心照不宣，这既是历史的偶合又是历史的循环。然而我依然感到意外：“她才十八岁，毛成放是否知道她在早恋？”

“当然知道。那男的就是他现在的老伴儿带过来的儿子。那女人神通广大，靠了她哥哥的门路，毛成放离休好几年又当上了军事学院的什么研究员。他这位后妻的哥哥虽说现在当顾问了，在军队还是有些影响的。”

对，就是第四个，不用肖琳说我也能认出来，她很好看。

“刘敏，你的女儿要是活到现在，大概也有这么大了。咳，那个时代，人不可能有幸福。”

也许仅仅是因为突然提到了“幸福”这个字眼，这既熟悉又陌生的字眼儿，使我的两眼都禁不住湿润起来。从那年我们帮红卫中学跳了那场《白毛女》之后我就懂得了什么是幸福。“喜儿”和“白毛”都是我跳的，演群众时我暗中学暗中练已不止一天，连毛京都惊奇我居然跳得这样熟悉。也许就为这个他真的喜欢上我了。跟毛京跳舞真舒服，他的灵气全都发挥在跳舞上了。当我踩着《北风吹》的旋律走上舞台时我感到了幸福；当毛京那虽纤细却有力的双手将我高高托举向上时我感到了幸福；当我第一次跟在他身后踏进毛家那气派非凡的大门时我感到了幸福；当我们牵着他那只名叫“淘气”的心爱的猴子在林荫道上漫步时，我感到了幸福。

秋天，烈士陵园。

金色的林荫路。

毛京和小敏牵着那只可爱的猕猴悠然徜徉，脚下的落叶如锦绣般万紫千红。

小敏：“毛京，市宣传队马上就解散了，你打算怎么办？”

毛京凝目远望，大路尽头花岗岩塑就的英雄群雕使他陷入一种庄严神圣的遐想。

小敏：“你爸爸说没说今后让你干什么？”

毛京未及答言，猴子忽然拽住绳子不走了，毛京用力拽两下绳子，猴子索性躺倒耍无赖，狡猾地眨着一对圆鼓鼓的眼睛观察着毛京的反应。

小敏奇怪地说：“它怎么了？”

毛京：“要吃的，别理它。”

毛京故意看也不看那家伙，像拖死狗似的拖着“淘气”蹭着地皮走，只六七米，猴子耐不住，老老实实地站起来，一声不响地走路了。

小敏乐不可支地说：“哎哟，这家伙。真逗死我了。”

毛京：“你知道吗？大牛参军了，立明和小卫也决定去北大荒了。”

小敏收敛笑容：“北大荒，我真想象不出那儿有多冷。”

毛京：“要是我去，你去不去？”

小敏：“你决定去了？”

毛京笑道：“你要是不去，我就像刚才拖‘淘气’那样，拖你去。”

小敏抱住毛京，拼命亲他的脸：“毛京，我的毛京，你别离开我，我也不离开你，毛京。”

毛京用力把小敏搂进怀抱，两张嘴唇压在了一起。

和毛京亲嘴真刺激，你想象不到他那张棱角分明的嘴唇，是多么柔软湿润。而那结实的双腿一贴上来，我就忍不住浑身发抖。最让人着迷的，是那滑腻腻的舌头，在我嘴里跳出忽而温柔忽而欢快的舞蹈。我才发现毛京在这方面一点也不愚蠢。没人的时候，只要我的目光一停在他的脸上，他那个红润润的嘴唇就凑过来了，手也放肆，并且总是不停地嘟囔着：“别怕，完了咱们就结婚。”那时我真的下了决心，管他严寒酷暑，管他边远荒凉，就是他走到天边，我也跟了去！

就如同此刻舞台上那歌声唱的：“我愿沿着这条细长的小路，跟着我的爱人上战场。”

“嘿，你看，那就是毛小津的男朋友。”

肖琳用胳膊捅捅我，我看见前面不远，一个身材不高的青年从观众席中艰难地挤出来，光线暗，看不清眉眼。

“大概到后台找她去了。”

“这人的母亲你见过吗？儿女这么早谈恋爱，他们做长辈的都同意？”

“当然同意，毛成放巴不得成全这门婚姻，好和他那位后妻的哥哥亲上加亲，再说这年月，儿女的事，老的管得了吗？她和毛京不也是十八岁就谈上了，二十岁就生出下一代来了。”

是的，我们十八岁相爱，二十岁生下后代。幸福那么短暂，结果又那么沉重。而现在，无论怎样证明我们的纯洁与清白；无论向谁述说那永结百年的真诚与郑重，当人们，哪怕是最亲密的朋友最无意的触动，都能使这个永不封口的伤疤流出鲜红的血来。那个充满着药味，重压着沉闷的医院，那个预告了苦难和悲剧的黄昏，总是砰然撞击着我的灵魂，把黑色的记忆撕开。

也许我最先应当想到的，是另一个凛冽的清晨，当毛京的母亲几乎不敢相信地发现儿子的卧室居然春宵苦短时，竟气恨得欲哭无泪，欲骂无声，几乎昏厥过去。她万没想到她的独生儿子，她的优秀的儿子，她的最最听话的儿子，她的希望之根，竟会干出这种大逆不道，辱没家门的事来。她气急败坏哆嗦着身子站在我的面前声嘶力竭："你们这些女孩子呀，怎么可以这样住到别人家里呀！怎么这样不懂规矩呀！"毛京插在我们中间护住我："妈，是我留她住的，天太晚了她回去不方便。"母亲打了儿子一个耳光，毛京红着脸哭了，母亲也哭了。然而她毕竟把这事瞒下了，没有向毛京那位严厉的父亲禀报。这位旧式妇女是毛成放参加革命前的原配，虽是父母包办，毕竟结发夫妻。新中国成立后她进城找到毛成放，并且为他带来一个极俊秀的儿子。是毛京维持了这对不那么般配的夫妻，是毛京巩固了毛成放对这个家庭的责任和义务，一晃十九年。

从那次以后，有很长一段时间毛京不敢再领我回家。他被他父母连吓带哄地弄成了一个可怜的驯服工具，甚至有几个星期连话也回避和我说。他大概一点也不知道我是多么想他，想他的眼睛，想他的身子，想他的抚摩，那双忽而温柔忽而鲁莽，忽而胆怯忽而放肆的手啊……毛京，我爱你我恨你，你干吗躲着我？你害怕了？你要害怕当初就别碰我了，你要是个汉子就什么都别怕！我知道你幻想着北大荒，幻想着高唱进行曲去闯天下，当一个无私无畏的红色青年，那么你放心好了，我们的事我不会说的，不会连累你的，我只要知道，你心里到底有没有我。

在我整夜整夜辗转反侧的那些天，在我最苦闷、最寂寞、最七上八下的时候，我最不能忍受你在排练场上那种若无其事的样子。你兴高采烈地和人有说有笑，故意不向我这边看上一眼，那一刻我竟会突然生出一种被欺骗、被玩弄的痛恨，你干吗这么轻松，干吗这么高兴？！

男人，男人都不是好东西。

我只能回家痛苦，发誓再不理你。毛京，你应当原谅我，我正是在这个时候，在这种心情下，才私自做出那个重大决定的。

我决定接受哥哥的安排，去考北京军区文工团。文工团管招生的老马，大哥认识，大哥已经替我寄了报名信，并且恨铁不成钢地骂了我不止一次。他长我十岁，比父亲还严厉。

“告诉你，好多人想报名还轮不上呢。现在年轻人都想搞文艺。我告诉你，过这村没这店，将来你没工作家里可没人老养着你。”

于是，我一手接过父亲给我的盘缠，一手揣起兄长塞来的介绍信，心神不定地挤上北去的列车。毛京，这不能说明我背叛了你。

大概是托福于大哥的介绍信，考试之简单几近走过场。我在北京住了四天，考试之外，还看了场《白毛女》。那时上海舞蹈学校芭蕾舞团正风靡一时，天桥剧场门庭若市。二十年过去，我那时当然不会想到今天，为了看毛家那位女孩的一段伴舞，或者说，就是为了看看毛成放的这位养女，我又一次回到这里。

“人的命运真偶然，”肖琳从半旧的座椅上站起来，剧场里已经灯光大亮。她一边伸着懒腰一边万千感慨，“当初你要是参军了，到现在哪怕当不上歌舞团的团长，至少也是个小有名气的编导了。”

我也站起来，散场的人群面无表情地向后方的太平门拥去，塞满了芸芸众生的过道显得死气沉沉。我想，这就是大城市，胸贴胸，背靠背，谁也不认得谁。

这更使我相信自己已经脱胎换骨，已经注定离不开那片养了我多年的山区。那山区总是多雨，烟一样的雨总把山冈染得浓绿，那浓绿总执拗地显示着自然和生命的原色，总与孩子们的歌声、笑声和谐一律，使人依依。

人的命运真偶然。我不是文工团团长，不是编导，更没有小有名气，我只是一个默默无闻的教师，一个穷乡僻壤里无儿无女无伴的教书匠。

不过二十年前天桥剧场的那场《白毛女》确实使我着了迷，他们跳得太棒啦，怎能不令人心向往之。那一夜梦境，几乎全是跳舞，也跳得那么棒，也是那样富丽堂皇的剧场，毛京，那时我也许真的忘了你。

因为我已经怀疑你是否还需要和珍视着我的爱，你似乎已决意离开我也离开你心爱的舞蹈，一心想去做那个浪漫的北大荒的英雄梦。

即使如此，在市宣传队解散的前一个月里，大家闲居在家，只有我每天都要找个事由到剧场去，盼着能碰巧见到你。

小敏家，晚饭时分。

一个剃寸头的半桩男孩冒冒失失推开小敏的家门，喊了声："嘿，你们家来信啦！"

父亲接过信，交给儿子，小敏的哥哥拆开信，兴高采烈地叫道："是战友文工团老王来的！"

正在桌上摆饭筷的小敏默然抬眼。

哥哥看信的脑袋钟摆一样晃动着："信上说小敏参军的事没什么大问题啦……呃，叫你耐心等待，别着急，哦，还有，要你寄四张一寸的照片去……"

父亲："小敏上次考试不是交照片了吗？"

哥哥："可能弄丢了，四张照片值几个钱，小敏，赶快，吃完饭你抓紧把照片给人家寄去，啊。"

小敏家的胡同前，夜幕将临，华灯初上。

小敏心事重重地走向街口的邮筒，从口袋里掏出装好照片的信，迟疑一下，正要投入，身后忽有人唤。

“嘿。”

小敏回头，愣住了。

毛京笑笑，低头说：“我在这儿等你好多天了，你老也不出来。”

小敏的眼泪夺眶而出：“毛京！”

毛京家。

毛京领着小敏走进自己的卧室，小敏带着几分阔别重返的激动环视着这间熟悉的屋子：整整齐齐的书架被各种政治书籍排满，墙上挂着毛京自己的剧照——英姿勃勃的大春严肃地凝视远方；剧照旁边，挂着亮晶晶的弹簧拉力器，床上是锦缎的被子，却叠得如军营般方正规矩；桌面上的大红色巧克力糖盒上，摆着雄文四卷……

“淘气”坐在留声机的盖子上，见毛京进来便跳下地牵住他的手，孩子似的乖得可爱。

毛京：“我爸爸去青岛休假，妈妈陪他去了。家里就剩我了。”

小敏抱起猴子：“还有它。”

毛京：“我已经报名去东北建设兵团了。我们还写了一封致全市红卫兵战友的倡议书，已经有六个人签了名，你签不签？”

小敏迟疑地放下猴子：“你们家就你这么一个宝贝，你爸妈真舍得你走？”

毛京打开留声机的盖子，“淘气”笨手笨脚帮他拿唱片，巴结讨好之态可掬。毛京说：“我爸同意了，就是妈还不太愿意，不过我会做通她的思想工作的。”他两眼看定小敏，微笑说，“你难道不跟我走？”

小敏被毛京的热情感染了，她抱住毛京：“我不离开你，毛京，我天天想你，可你一点也不想我。”

毛京轻轻亲着她的嘴唇：“跟我走吧，到广阔天地里去，我们会快乐的。”

唱机徐徐，歌声悠悠：

“一条小路曲曲弯弯细又长，一直通向迷雾的远方，我愿沿着这条细长的小路，跟着我的爱人上战场。”

小敏伏在毛京的肩上，潸然泪下。她忽觉晕眩，欲呕又止。

毛京：“你不舒服？”

小敏掏出手绢捂嘴，那封装着照片准备寄往北京的信不巧掉了出来，毛京弯腰去捡，小敏急忙夺过，揉成一团。

毛京：“一封信？”

小敏把信揉烂：“一封没用了的信。”

这是一封没用了的信，但关于这信我必须永远瞒着毛京，他这种理想主义的青年，不能忍受一点虚伪和欺骗。我不能想象当他沉醉在与我共赴北大荒的浪漫的梦境时，如果发现我竟暗自去北京钻营，该是何等失望。

二十年后我也不该责备肖琳，人的经历不同，现状不同，因此有不同的怀念和不同的遗憾。每个人都在历史与现实之间，平衡着价值天平的杠杆。肖琳为我始终没能小有名气而遗憾，而我，始终丢不掉对初恋的怀念。

“可你总该现实点，这是你的一个机会。”肖琳挽着我的胳膊往不远的公共汽车站走去，车站上挤着刚刚散场的人群。天桥剧场俗艳的霓虹灯呆板地亮着，每个人的脸上都镀着一层漠然的红晕。

“我看你们今天谈得好像不大投机。孙导演对电影这门艺术很有经验，你得多让让步，我看只要能把这个作品推上银幕就行。一般导演和编剧打架，输的总是编剧，即使两败俱伤，片子拍不成，吃亏的还是你，那又何必呢？”

三

依然是这间舒适的屋子，依然是肖琳热情好客的忙碌，我依然随了那位导演，向主人要了热茶。

导演今天穿了件细软如缎的绸衫，裤子宽松得如晚间床上的睡袍。他臃肿的身子依然占据了那个拮据的圈椅，手里晃动着肖琳那把女人用的香扇，如掌中玩物一样消闲。

“我儿子这次暑假回家表现不错。”他对肖琳说，“也知道自己叠被子洗裤衩了，看来，大学里的集体生活对年轻人还是有好处的。”

肖琳动作娴熟地沏茶倒水，笑道：“现在这些年轻人啊！叫作‘抱大的一代’。”

导演哈哈一笑：“我可从小没惯他。”笑罢转脸，对我严肃起来，“咱们接着谈戏吧。我看你第二次重返毛家时把那封信掉在地上的细节安排得很好，女主人公揉碎了那封信，表明她已决心拒绝其兄长为她走后门安排的前途，虽然没有说出来，但观众立刻就能看明白，这就是所谓镜头语汇，这就发挥了电影的特点。但可惜有一点你没能把握好——毛京对去东北太狂热了，显得有点缺乏政治头脑。知识青年上山下乡是‘文化大革命’中所谓再教育的产物，其社会历史作用究竟怎样，至少要以批判的眼光加以研究。当时很多青年和他们的家庭对上山下乡的政策是抵触不满的，造成了大量的个人悲剧和家庭痛苦。毛京对此却那么热衷，给人的感觉太‘左’了。这样写势必会损伤这个人物的可爱与完整。”

我迷惑了，甚至隐隐地有些反感。你究竟要我怎样写毛京？写他以今天全国上下痛定反思的冷静来看待那场上山下乡的革命狂潮？写他以恢宏深刻的历史眼光来评价领袖也评价自己？不不，他那时才十九岁，是任何神童也无法彻底超越的年龄。毛京就是毛京，要写他就必须忠实。那时上山下乡运动方兴未艾，这个运动所引出的种种个人悲剧和家庭痛苦还尚未形成，无数青年认定自己的一腔热血，只有在广阔天地才能喷薄。所不巧的恰恰倒是毛京的父亲，那时不知出了什么问题，“砸烂毛成放狗头”的大字报突然一夜间铺天盖地，上山下乡办公室立即宣布撤销毛京进军东北的资格，要想去军垦兵团或者退一万步去农村插队，还得毛京自己去奔波、去争取。

上山下乡办公室，“广阔天地，大有作为”之类的标语口号、进进出出穿梭不停的男女青年，使这座繁忙的楼房颇有些风云一时的味道。

毛京正缠着一位军代表模样的中年人求情：“王主任，我什么苦都能吃，早就下决心当一辈子北大荒人了，您就让我去吧。”

王主任公事公办地微笑着向门外走去：“我们再研究研究吧，像你这种情况的也不止一个人。”走到门口又站住，转身看了毛京一眼，体贴地出主意说，“不过，如果你现在就宣布和你父亲划清界限、断绝父子关系的话，那也行。”

毛京猝不及防地愣住了。

王主任宽宏地笑笑：“好吧，自己的路自己走，你再考虑考虑吧，思想斗争也允许有个过程。”

那是个儿子控诉老子，妻子告发男人的时代，也许只有毛京这种一向依赖父母也畏惧父母的孩子才会有那样的迟疑和痛苦。

毛京家。

毛京在向母亲哭闹：“爸爸到底干了什么坏事，你告诉我，为什么瞒着我？”

毛母身心交瘁地安抚着儿子："不管怎么样，他是你爸爸。你，还有妈妈，都是他挣钱养活的，他养活这个家不容易啊。"

毛京发泄地说："我宁可要个没钱的穷爸爸，也不愿要走资派的富爸爸。"

毛母几乎是哀求地说："好孩子，你爸爸现在够难过的了，你最孝顺，就别再惹他生气了。"

毛京："可现在谁也看不起我，连兵团也不让我去，我怎么跟小敏说？"

屋外突然响起毛京父亲重重的脚步声和依然严重的咳嗽声，毛京下意识地收住了声音，不敢再哭闹了。毛京母亲战战兢兢地看看用力擦泪的儿子，又望望虚掩的屋门，提心吊胆地压低了声音：

"别傻了孩子，小敏的大哥现在当上市革委会的委员了，你爸爸现在又成了这副样子，她怎么还能跟你……"

毛京："我们早就约好了一起去东北的。妈，您就别操心我们的事了。"

毛母恨铁不成钢地戳着儿子的脑门儿："去东北去东北，你还在做梦，人家小敏早就考了北京的文工团，说不定过几天就该走了。你就是太实诚了，你什么都跟人家说，可人家什么都瞒着你！"

毛京像被一声霹雳震呆了，张着嘴说不出话来，"淘气"不识时务地凑过来，讨好地仰脸看毛京。毛京两眼蒙眬，欲哭无泪，欲喊无声。"淘气"扯扯毛京的袖子，甚至放肆地把手伸进毛京的衣兜里翻吃的。毛京呆呆地看看猴子，如同噩梦初醒，发一声歇斯底里的狂喊，一脚把"淘气"踢得飞了出去。

尽管如此，毛京还是毛京，他心太软也太善了，连平时看书、看电影都常常能感动得哭起来，几乎不是一个男人的所为。他实际上并不懂得发怒和仇恨，他对谁都狠不下心来，更不用说对父亲，对母亲，哪怕是对

“淘气”……

毛京家。

毛京到处寻找着“淘气”，心神不安地喊着：“‘淘气’，‘淘气’，出来吧，我不踢你啦。”他再一次回到自己的卧室，撩起床单往床下看，没有。他直起身，靠在立柜上喘了口气，忽然想起什么，转身拉开柜门，他笑了。

立柜里，“淘气”小人儿似的腆着肚皮，睡态正酣。

导演也笑了，笑得很矜持，他歪过头对肖琳说：“男主人公的性格倒是蛮可爱的，就是不够成熟，这就妨碍了作者把这个人物放到一个典型的政治历史高度中去表现，而只能局限在个人悲欢离合的小圈子里了。当然，原小说中男主人公的年龄也太小，才二十岁，不，十九岁，也不可能有太高的政治水平。十九岁懂什么？我儿子二十二岁了，还是什么也不懂。男主人公的这个年龄肯定得改得大些，况且不满二十岁就发生两性关系，作为一个作者极力同情的正面人物，也是个问题，至少这样写社会效果不好。”

啊，导演，你是说剧本还是说生活？我们拥抱在一起是为了爱，我相信自己也相信毛京，我相信我们那时的纯洁与忠诚。尽管那个时代充满了疯狂、愚昧、欺骗和盲从，但是毕竟，那急风暴雨的生活使我们迅速忘掉摇篮曲走向成年。我们虽然不能如你儿子这代人那样，可以滔滔不绝地谈论电脑、信息、艾滋病、第三次和第四次浪潮，但我们已经懂得真诚的爱、忘我的牺牲，懂得以天下为己任，我们和你那位二十二岁才学会叠被子的公子，完全是两回事。

“刘敏，喝茶，喝茶。”肖琳像老大姐似的招呼我，在本来并未动过的茶杯里又加了点水，“你可别多心，孙导是在说剧本呢，说里边的人物，不是说你。”

导演坐正了身子，正色说：“哎，我可是有言在先的，咱们是说戏，你别老把自己摆进去，那样我可就没法儿说话了。”

“不过孙导，刘敏我了解，她就是这么个人，她也知道这是戏，可都是她亲身经历的事，有时候感情上不知不觉地就把自己摆进去了。你说对不对，刘敏？”

我无话。

导演很体谅地点点头：“咱们都是一个目的，都是为了尽快把这个作品推上银幕，而且还得打响。”

肖琳兴奋地鼓了一下掌：“没错！行，你们聊着，我给你们包馄饨去。”

“等等，”导演拦住她，“劳驾把我的皮包拿来，我今天把合同带来了。”

合同？

“我以前和你说过的，我看今天就先办了吧。”导演从他那半旧的黑皮包里取出两片薄纸，无可奈何地对我摇头苦笑，“这其实是编辑室的差事，他们懒得跑一趟，就撂给我了。你看，他们代表制片厂已经签了字盖了章，你代表你自己，在这儿签一个字就行。这也是例行公事，手续而已。”

我接过那纸已经打印好并且在下角已经盖了个模模糊糊的淡红色公章的合同，心里不知为什么不是滋味，“今天就签吗？”我问。

“你先看看，”导演很郑重地梳理了一下头发，“我们只是收买拍片权，也就是说，这部中篇小说，不能再给第二家制片厂了。我上次说过，现在各家制片厂为了保护自身的利益，防止少数作者一稿数投，在决定采用作品的时候，都要和作者签这样一个合同。现在都依法办事嘛，对你来说，其实也就是个手续而已。”

我心慌意乱。是的，我知道这不过是手续而已，却突然觉得这是个不同寻常的时刻，就像一个人独处迷津，要立即决定向左还是向右那样发慌，我甚至下意识地想到，我就要把我的毛京交给一个不可靠的陌生人，永远地带走了。

“你看看，看看条款中有什么不妥当的地方没有。不过这都是统一格式的合同，和谁签都是这一份。拍片权的收买费是六百元，你是不是觉得少？这不要紧，反正剧本是你写的，还能另有一笔稿酬。”

居然谈到了钱，我心中不免惶然。毛京，我要对你万分的抱歉，我完全无意用六百元就将你卖掉，我并没有拿你和人交易。也许导演说得对，这不过是例行公事，是手续，是规矩。毛京，你千万别介意。

我颤颤抖抖地签了字。

毛京面无表情地看着我。

他母亲面无表情地看着我。

他们没有说话却带着惊世骇俗的严肃。

我放下笔，站起来，我说对不起我要到洗手间去。我进了洗手间没有洗手，我望着镜子里的我，望着那陌生的我，拼命想从那张面孔上找回自己。我徒劳地想用想象把镜子里那苍老疲惫的皱纹抹去。我憎恨那六百元人民币，因为不管怎样它仿佛画了个句号，我哭了。

肖琳疑神疑鬼地挤进来：“哟，你怎么了，别这样刘敏，你这是怎么了？”

我摇摇头，拧开水龙头把水拍在脸上，清凉的冷水触到发烫的双颊，反而使眼泪不可抑制地涌出。肖琳用手抚摩着我的肩头，小声劝着：“六百就六百吧，我也觉得有点欺负人，可还得大局为重啊。只要能拍，钱是小事。要知道电影的影响总归比小说大多了。我是想，这个片子要是成功了，对你的处境有好处。当年你们那批学生，哪个还像你似的钻在山沟里吃粉笔末呢，也该挪动挪动啦，以后日子长着呢。”

我不想要钱，也不想出名，我只觉得对不起毛京。

不只是为这张合同，二十年了，我觉得我对不起毛京。

我们沿着淡黄色的大理石台阶拾级而上，迎面而来的大厅富丽堂皇，雕花圆柱排列有序，青铜的反光辉映出宫殿般的古典气派。肖琳像是这里的老主顾，轻车熟路地找到一个靠窗的桌子坐下，桌面的白布上洒满阳光。

“这儿专做俄式大菜，所以叫莫斯科餐厅，老北京人都管这儿叫‘老莫’，显着亲切。”

而我却打了个冷战，仿佛又回到了二十年前那个凄厉的雨夜。多么巧，也是西餐厅，也是俄式菜。我和毛京在那里生离死别。

“刘敏，你对西餐怎么样？今天主要是为了见毛成放的女儿，所以我就选择这儿了。这儿安静。”

西餐我一向吃不惯，而毛京却很喜欢，那时他不止一次地带我到白桦林餐厅去，那是晴川市最好的一家西餐厅，过去是一个白俄开的贵族俱乐部，字号很老。我们到那儿去也是图安静。我们的最后一面，也是在那儿——二十年来始终伴随着噩梦的白桦林餐厅。

白桦林餐厅门口，夜雨茫茫。

毛京站在雨棚下不住地看表，心情不安地走来走去。

暴雨持续不止，街头路断人稀。忽然，毛京睁大双眼，他发现小敏从茫茫雨雾中，踉跄而来。

毛京吃惊地喊了一声：“小敏！”

小敏浑身湿透，精疲力竭地扶着雨棚的柱子，胸口剧烈起伏，毛京跑过去抱住她：“小敏，你这是怎么啦，连伞也不打，你怎么啦？”

小敏全身发抖，泪水混着雨水，在脸上纵横一片。毛京掏出手绢给她擦脸，那脸上青紫伤痕赫然可见，毛京的声音颤抖起来。

“这是怎么啦小敏？”

“他们，他们打我，往死里打我。”

“谁，谁打你？”

“我哥，我爸。”

“为什么，就因为你不去文工团吗？”

“咱们俩的事，他们都知道了，今天下午他们拉我上医院，医生告诉他们了。”

“告诉他们什么？”

“我有孩子了，是你的。”

“啊？”

毛京抱住小敏的手一下子松开了：“你说什么？”他惊慌失措，“你有孩子了？你说是我的吗？”他被这消息弄得不知所措，语无伦次地说，“这可怎么办，这可怎么办？”

小敏反而镇定下来：“毛京，你敢作敢当，敢不敢带我走？”

“去哪儿？”

“去东北、去海南，天涯海角，我跟着你！”

“他们不让我去了。”

“我们自己去，找个山沟沟插队落户当农民去，永远不回来，你敢不敢？”

“我是走资派的儿子。你不后悔？”

“不后悔！”

毛京又紧紧抱住了小敏：“你太好了，小敏，我会养活你的，还有孩子，我一定能养活你们，相信我！”

风吹雨斜，空荡荡的雨棚里，只有他们互相温暖着对方的身体，远处似有歌声隐隐飘来：

“……我愿沿着这条细长的小路，跟着我的爱人上战场。”

“点菜吗？”

一个服务员走过来问我们，肖琳要了菜单，“你想吃什么？”她问我。

我一点胃口也没有。自从动笔写这篇自传式的小说，在字里行间与毛京幽幽重聚之后，对任何珍肴美味我都打不起咀嚼的兴趣。此刻，只有那穿过白色窗幔倾泻进来的正午的阳光，使人异常留恋，甚至使回忆中的彻骨的寒冷也变得遥远。那寒冷给我的余悸太深了。那时代把人变成猛兽！比我大十岁的哥哥从小给过我许多温暖和爱怜，但那时的凶狠使他在我记忆中永远是个猛兽。他当时正想要挤进晴川市革命组织大联合筹备委员会而拼命表现，正红得发紫，而医生对我的诊断几乎打破了他的梦想，他将失去自己、他要维护自己、他莫名其妙地要垮台，因而恼羞成怒、因而就变成了猛兽。我记得在那个雨夜的第二天，不，也许是第三天，街上便出现了反对派的大字报，说 ×× 的妹妹与人通奸和人乱搞，是个妓女，而他却企图混进革命的指挥部，实在是对革命联合的极大嘲弄，云云。反对派和哥哥那一派的人都把我拉去谈话，不让我回家，希望我说出有利于他们的情况，但是无论哪一派，他们首先都想知道的，是肚子里的那孩子，究竟是谁的！

我不说，我只是哭。

我只是知道我才十九岁就已经成为一个不干净、不贞节、不清白的，人所不齿的女人了。

后来反对派把我弄到一个秘密的地方，他们似乎决心从我身上打开攻倒我哥哥的突破口，因为正待组成的全市革命组织大联合筹备委员会事实上成为后来晴川市的政权机关——市革命委员会的前身，所以市里几大派群众组织都玩儿命似的想在这个委员会里占上一个席位。大哥三生有幸，这个仅仅喝过六年墨水却能大喊大叫冲锋陷阵的粗壮的钳工应运而生，就要成为时代的骄子，成为刘家祖辈唯一红顶参政的大官了。偏偏这时家门不幸，出了个辱没门风的妹妹，以致授人以柄，几乎要功败垂成了。大哥的谋士们审时度势，在对立面的舆论攻势间歇之际，后发制人，也推出一批大字报，说 ××

的妹妹是被流氓非礼实属无辜受害，与其父兄名誉毫无干系。此说一出，反对派立即群起攻之，指摘此等解释纯系此地无银三百两，自欺欺人，不攻自破……诸如此类的大字报变本加厉地贴满了晴川！

就在对立面忙于组织文章，搞得洛阳纸贵的时候，大哥的夜袭队乘虚突击了反对派的秘密据点，兵不血刃，把我营救出来。我被“解放”回家后，劈头盖脸就是一顿痛打，大哥几乎急红了眼：“这肚子里的野种儿是谁的，是谁的？”他知道我要是死不招认这段公案就难以了结。反对派被抢走了人不肯善罢甘休，也酝酿着组织一次不大不小的武装行动作为对等报复，事态大有恶化的危险，就在这时，毛京突然站出来了。

谁也没想到这时候竟会有这样的傻瓜站出来。

我也没想到他这样的人竟能如此有种！

毛京说你们别打她了，是我干的，我爱她！

这场鸡飞狗跳的闹剧骤然间安静下来。大哥不再打我了，红旗派、红造派、延安派、砸三旧派以及所有的派都住了手也住了口，似乎大家都在刹那间愣住了，都猝不及防地愣住了。紧接着第三天，大哥的红旗公社派带着公安局得意扬扬、大张旗鼓地来到“军内一小撮走资派”毛成放的家里，逮捕了他的孝子贤孙，迫害造反战士亲属、制造群众斗群众的罪魁祸首——毛京。

人们说，毛京是被五花大绑带走的。

人们说，他父亲在屋里没敢出来，他母亲哭晕在拉走他的吉普车前。

人们说，毛京没哭，他在被推上囚车前的一瞬间，甚至还往围观的人群里认真地望了一眼。

“你在望什么？”

肖琳顺着我的目光回了一下头：“啊，她来了。”

她来了，穿着一件奶白色的连衣裙，短发，短得像男孩子。而那活泼美丽的双眼，圆润高贵的颈项，又如一位新潮天使，翩翩而至。

她比舞台上显得更美。

“嘿，在这儿哪！”

肖琳站起来，高腔大嗓的吆喝声招致旁人侧目。女孩过来了，亭亭玉立，肖琳帮她拉开椅子：“来，坐这儿，路上堵车吧？”

女孩撒娇地皱出苦脸：“哎呀，别提了，我们排练出来晚了，幸亏后来有个认识的出租车送了我一段。”

肖琳假意板脸，俨然长辈口气：“出租车司机就爱和漂亮姑娘套磁，你别当是好事。”

女孩歪歪头：“我知道。”她说着向我飞快地瞟了一眼，目光随即移开。

“你们现在排练什么节目呢？”肖琳随口问。

“还是给那几个独唱伴舞，没劲儿透了。”

“是那个‘一条小路弯弯曲曲细又长’吗？”

“苏联的老歌，没劲儿透了。”

肖琳并不为我们介绍，高声招呼服务员来点菜，又和女孩你来我往说笑了半天，直到饮料和冷菜上了桌，才忽然指指我，严肃地放平了声音。

“嘿，这就是我跟你说的那个会算命的。”

女孩用一种玩世不恭的甚至有点不敬的目光，在我脸上打量了一下，然后像在骡马市看中了一匹牲口那样，冲肖琳点了点头。

“你的情况我一点也没告诉她，”肖琳对她说，“本来我知道的就不多，连你姓什么叫什么都没告诉她。我就说我有个小朋友，挺信这玩意儿，求她给你算算。”

“她算得准吗？”女孩依然玩世不恭地笑着。

“算你生前死后，八九不离十，好多人慕名而来，她还不给算呢。”

肖琳信口胡吹，女孩表情夸张地耸耸肩："是吗？"她终于认真地把目光停在我的脸上，"算算我吧，都说我这人命乱，不好算。"

我拿出一副扑克牌，扑克是新买的，硬挺光滑，好洗。但我的手已经生了。在毛家集插队落户的漫长的苦闷中，仿佛只有那摊满炕头的肮脏的纸牌，才给人带来一线命运的幻想。如今手已经生了，扑克牌发出不规则的声响。我的指尖止不住颤抖，这不是在为一个陌生人制造幻想，而是在触动我自己灵魂深处的沉疴，它们就要发出苏醒的呻吟。然而我强迫自己声色冷漠：

"记住，J 代表男友，Q 代表女友，十是福，K 是禄，五是财，六是寿，七是喜，八代表尊，九代表卑，二代表通达，三是现实，四是未来……"

女孩被这些数字神秘的属性吸引了，收回了脸上玩世不恭的微笑。

"好，"我把洗好的牌送至女孩眼前，"你自己搬牌。"

女孩郑重起来，迟迟疑疑地搬了一下牌。

我把搬好的牌收回来，上面抽一张，下面抽一张，是一对的便摆在桌面上，不是的便扔掉，抽了三把，凑足了四对儿，一字排开，是：

对 J、对三、对八、对四。

"四！"女孩叫起来，"四就是我的未来吗？八呢，八是什么来着？"

"尊者。"

"三呢？"

"现实。"

"J 呢？啊，对了，J 是男朋友，看来我的命不错，都是好牌。"

"别急，"肖琳提醒说，"这几对牌好坏没有用，关键看你下面自己抽的牌怎么样，你自己抽的牌是解释这几对牌的，这才要看你的手气呢。"

"是吗？"

剩下的牌搓成了一个均匀的扇面，该女孩自己抽了。肖琳的说明使女孩兴趣倍增，她急不可待地抽出了第一张命运的指示。竟是一张须眉皤然的K，摆在了那对J的下面。

是红桃K。

女孩笑起来："太棒啦！"

肖琳奇怪地瞪起眼睛："你懂这牌？"

"我喜欢红桃，红桃K，准是好牌。"

我看定女孩轻松的表情，把食指按在那一对J上面，冷冷地说："你正在谈恋爱，你的男朋友被你的容貌倾倒，你们热恋。"

肖琳歪头看那女孩："对吗？"

女孩犹豫一下，俏皮地点点头："就算对吧。"

我的手指向下移动，停在那张红桃K上："你的男朋友是个……衙内。"

"衙内？"

肖琳向女孩摆了一下手："就是高干子弟。刚才不是说了吗，K代表禄，衙内就是食禄阶级的公子。"

"你是说，这红桃K上的老头，是他爸爸？"

未容我回答，肖琳又抢先答话："只要是你男朋友的尊亲属就行，应该说，这老头就代表他大舅。人家算得还是准的。"

女孩点点头，算是认同。她口服心服地在搓成扇面的扑克牌中，抽了第二张。

"方块二。"

方块二依序放在了对三的下面。三代表现实，二代表通达。很简单，我说："你现在很顺利，一切如意。"

"我？"女孩顾影自怜地耸耸肩，"我这人，最不顺利了。"

肖琳嗔笑道："你还不顺利？刚刚上了舞蹈学院大专班，现在又要出国了，男朋友也挺有才的，你还不顺利？"

"去法国留学的名单还没最后定呢，好多人都争着去呢。"

肖琳说："不是定了你吗，你们老师都跟我说了。"

"没——有，"女孩一脸愤愤不平又万般无奈的样子，"还要审查啦，讨论啦什么的。咱们国家事儿真多，出个国也得审查祖宗三代。"

"你爸爸是军队老干部，查什么？"

"查去呗，反正我们家也没别的亲戚朋友。"

"得，"肖琳催我，"接着算。"

女孩抽了第三张牌，又是J，一张梅花J。她惊疑地看着我，笑笑："啊，我真走运，又出来一位男朋友。"

那潇洒的、华光闪闪的梅花J放在了第三对牌下，那是一对八。

"八，代表你的尊者。"我注意到女孩迷惑的面孔，补充道，"比方说，你的父亲。"

"这梅花J代表我父亲？"女孩好奇地微笑着。

我目不转睛地看着女孩，她的浓密如云的黑发，她的红若嫩樱的嘴唇。她仿佛并不是一个活着的真人，而是一个幽灵的象征，她的一切表情此刻都令人有些捉摸不定。但我依然发现了她眉宇间那熟悉的英气，发现了那对酒窝中忽隐忽现的柔情。我发现了她的鼻子，尖尖的，也是那么俏挺……

"你的父亲，"我说，"曾经同你一样青春年少，同你一样纯洁美貌，你的父亲，他漂亮极了。"

"你是说我爸爸年轻的时候吗？像这梅花J里的小伙子吗？"

"他年轻，但很不幸。"

"我爸爸年轻时是战争年代，那一代人都很不幸。"

"你父亲是另一种不幸：梅花，很美，黑色，则意味苦难，你父亲代表着一种受难的美。"

"是吗，他现在可是挺有晚福的。哎，还是算算我吧，我以后是不是挺倒霉的？”

“怎么，你不想了解你的父亲？”

“咳，反正他现在挺好的，反正也不会再吃苦了，他这辈子就这样了，苦也吃了，福也享了。我们呢，也没受什么苦，也没享什么福，我的未来是个大问号。”

肖琳指指最后那对牌：“下面就该解你的问号了，四，就是未来。”

女孩的手指在搓成扇面的牌上游移着，说不清是迟疑还是谨慎，她一边捻着手指一边心惊胆战地笑着：“五是财，六是寿，七是喜，我要……喜！”她猛然抽出了最后一张牌。

都不是，五财，六寿，七喜……

是A，黑桃A！

女孩愣了：“A？A代表什么？你刚才没讲A。”

是的，我唯独没讲A，当年在毛家集知青集体户的炕席上，大康第一次给我算命的时候，也没讲A。

“A是好牌，”肖琳说，“无论是打争上游还是打憋七，A都是好牌。”

“是好牌吗？”女孩的目光急切地在我脸上寻找着答案，“代表官，还是代表财？”

“代表灾难！”

女孩的眼睛一下睁得老大，那眼睛在吃惊时依然美丽。你吃惊了吗？你没想到有着你这样美丽眼睛的女孩也会有灾难吗？你多漂亮啊，可为什么对自己的父辈这么漠不关心？也许这就预示了灾难，也许这本身就是灾难！

可这究竟是谁的灾难？你的？你父亲的？还是……我的？

女孩把摊在桌上的牌胡撸乱，她显得没兴趣了：“哼，其实我根本就不信这玩意儿。”这时菜上来了，她好像一下子忘掉了一切，又笑起来，“太棒啦，肖阿姨，我最喜欢西餐，西餐的排场最有气氛！”

肖琳和女孩的笑声混杂进一阵刀叉的碰撞声里去了。我没有一点食欲，不仅对西餐，而是对一切饕餮都感到厌恶！

五

“你好像变了，刘敏，二十年没见，你好像对一切都已厌恶。”

你这样看我吗？肖琳，你不喜欢我这副郁郁寡欢的面孔吗？可你毕竟是我最亲密的朋友，你的手，此刻正挽在我的肘弯上的手依然火热，似乎在用力驱赶着我胸中已经凝结多年的寒意。

“我真不明白，如果你真对一切都失去热情，都感到厌倦的话，怎么能写出那么感情充沛的剧本来呢。”肖琳侧目看我，灰白色的路灯在她的瞳仁里静静闪烁。“毛京的母亲替儿子求婚那场戏你写得太感人了。说实话，这小脚女人双膝一跪，我的眼泪唰地就掉下来了。我太能理解像她这种文化不高但心地善良的女人了，那如花似玉的儿子是她唯一的寄托和依靠，她不能失去他……怎么，你哭了刘敏……”

小敏家。

一架老式的双铃马蹄表枯燥地嗒嗒响着。屋里只有小敏一个人，孤影四壁。一个男孩探进头来：“刘小敏，有人找你。”

毛京的母亲颤巍巍地出现在门口。

小敏惶然从椅子上站起来：“阿姨……”

毛京的母亲一夜间双鬓如雪：“孩子，阿姨，阿姨是求你来的，毛京没有坏心，他是真心喜欢你，你救救他吧。”

小敏的泪水涌满眼窝：“阿姨，不是我说的，他们抓他，不是我说的。”

毛京母亲砰一声跪下了："求求你了孩子，毛京从小没受过苦，他那身子坐不得大狱，你救救他吧，只要你答应和他结婚，他就没事啦。"

小敏哭着跪在毛京母亲面前："阿姨，晚了，什么都晚了。"

晚上，小敏家。

小敏的大哥狠狠打了妹妹一个耳光："你敢再说一遍：他是强奸犯，不杀不足以平民愤，你还要和他结婚，他爸爸都宣布和他断绝父子关系了，你还要找上门去！你他妈真疯了吗？！"

小敏伏案痛哭。

小敏父亲像得了哮喘病似的抽噎着："你，你个不争气的丫头！你个没皮没脸的丫头……"

大哥拍着桌子："告诉你，明天就上医院，把肚子里那块不干不净的东西打下来，不然就别进这个家门！"

小敏奋力站起，大喊道："这是我的孩子，我的孩子，你们管不着！"

大哥抬脚用力向妹妹的肚子踢去："你个不要脸的畜生！"小敏尖叫一声滚在地上，老父亲蹲下来痛哭流涕：

"呜——毛主席呀，您救救我们吧，我前生前世没做过坏事啊！呜——"

夜，毛京家。

枯黄的火光映照着毛成放浮肿的脸，他手忙脚乱地翻着毛京的笔记本和信件，拉出来的抽屉躺在地上。被撕碎的本子扔进火盆，火光刹那间扬起令人战栗的红焰，照亮了狼藉不堪的地面。毛成放忽然在纸堆中发现了一张儿子与小敏的合影，女孩咧着嘴笑，双手毫不拘束地吊在儿子的肩膀上，儿子反倒有些拘谨不安。毛成放端详了一会儿，刚想扔进火中，一直蹲在角落冷眼相看的"淘气"猛扑过去，出其不意地夺过照片，逃之夭夭。

毛成放呆呆地愣着，火光抖动着他木然的脸……

秋风肆虐，砰然撞击着门窗，整个房子发出大厦将倾的怪响。

毛京的卧室里，毛京母亲在整理儿子的衣物，她在衣柜里看到了儿子心爱的舞鞋，泪涌如泉。敲门声惊醒了她，她擦擦眼泪向外走去。

大门拉开，她看到面色苍白的小敏，孤单地站在台阶上，狂风撕扯着她的头发。老人尚未开言，女孩便屈膝一跪，叫了声：

“妈妈！”

屋里毛成放听到声音，从火盆前站起，拉开房门问：“谁？”前边传来毛京母亲支吾的声音：“没人，是风。”他松了口气，退回到房里。

毛京母亲领着小敏躲进毛京的卧室。

远离晴川市的一个荒凉的小站，一列老旧的火车在阴雨中疲惫地喘息着。毛京母亲和小敏互相扶持着走下车厢，手搭凉棚，向雨雾空蒙的群山和掩映在浓绿中的黑色的村落茫然眺望。

那一年我跟毛京的母亲逃亡到她的老家毛家集，毛京就出生在这片多雨的山地，烟一样的雨总把山水的形貌涂得朦胧，烟一样的雨总把山水的绿色染得清晰。十七年前他母亲背着毛家的这根独苗从此出发辗转向北，历尽艰难来到繁华的晴川，找到了已经在市军管会当了科长的春风得意的毛成放。十七年后，这位裹着小脚的母亲又领着我，蹒跚地回到这避世离俗的山褶里，为了延续毛家的后代。

毛京，我亲爱的毛京，我要生下你的后代，我要把他养大，等你回来。

毛京的母亲将我安顿在一个战争年代曾经以性命掩护过毛成放的“堡垒户”家里，便匆匆赶回了晴川。她用什么借口离开丈夫重返故里，我至今不知。后来我听说，毛京的伙伴“淘气”在主人被捕后的第三天死在毛家门前的马路上，一辆满载士兵的军用卡车结结实实地从它身上碾过。有人说那猴子是故意要死的，许多路人哄笑着围观了这场猴子自杀的场面。

在毛家集，我度过了既痛苦又平静，既寂寞又充实，既彻底灰心又满怀希望的一段人生。我非常奇怪也非常庆幸，这掩藏在山褶里的小小村落，尽管也风行了一阵大字报、大批判、大广播之类的热闹，每个人的嘴里也不乏时髦的豪言壮语，但民风毕竟古朴，似乎依旧保留了中国农人重习惯、求平静的传统心理。正是这桃源式的封闭，使我更厌恶晴川的喧嚣和“革命组织”间无休无止的“革命”，也使我以前被许许多多正统教育所熏陶出来的种种幻想化为乌有，我只是钻心疼痛地想念着毛京！

山里的野草闲花凋落、返青，黄了又绿，几个月后我生下了一个女孩，她的歌唱般的哭声使我从分娩的阵痛中猛然清醒：这就是我们的孩子吗？这就是这场爱的结果和见证？

仰面望着房东家暴露着椽木和秫秸的房顶和那抖动在房顶一角的暗淡的蛛网，我突然感到一种莫名的恐惧，难道我已经是母亲了，难道我这样快就告别了青春？接生的老太太在一旁叹息着：“唉，孤儿寡母啊。”我想哭，哭不出声。

“给这丫头片子取个名吧，”老太太说，“她爹姓啥？”

我看着我的孩子，那哭累了便熟睡的孩子，我用软弱无力的声音呼唤她：“小京，小京，你就叫毛小京！”

“生孩子这场戏我觉得非常感人。”肖琳的话题依然没有离开那个剧本。我们这时已在水一般柔和的街灯下徜徉了很久很久，莫斯科餐厅前北京展览馆中央那指向上苍的塔尖已被夜幕神秘地吞没。但愿夜幕同时也掩盖了我脸上反常的冷漠，因为我清楚地知道肖琳下面将会说出什么，也知道对她的话我既无法解释，也无法反驳更不能认可。

“正因为女主人公是在那样一种特定情况下生下孩子的，她对这孩子的感情和希望就不言自明了，所以剧本后面安排了女主人公因为生活环境所迫最终把孩子抛弃这样的结尾，才真够悲剧。我理解你刘敏，我看了剧本才知道你那些年是多么不易。你丢掉了孩子，这只是历史的冷酷，不能全怨你，我也是个母亲，可我不能责怪你。”

不，你错了肖琳，我没有抛弃我的孩子，如果有朝一日我的女儿扑进我的怀抱，我将会说：“孩子，我无愧于你！”

残冬萧瑟，从街角小吃店的窗前远远望去，毛京家的门面已破旧斑驳，石墙上的革命标语墨迹依稀。大概是停了暖气，一管烟筒斜出窗口，几缕若有若无的黄烟无声无息地融入凛冽的晨风中去。

小吃店里的顾客寥落，小敏围着头巾，坐在一碗冒着热气的豆浆前。从地上放着的行李和她的装束上看，已形同一个进城投亲的乡下姑娘，坐在她对面的毛京的母亲正端详着怀里红布包着的婴儿，脸上露出哭一样的笑容。

“这孩子，这孩子，像她爸爸。”

剧本里这段情节发生的时候，毛成放还没有被“解放”，也许正因为此，毛家集那家当年曾置生死于度外掩护过他的老“堡垒户”，不敢再收留他的后代了。这家纯朴的山里人背着我商量了整整一天又一个晚上，第二天那家的婆婆给我煮了几个鸡蛋，老头出门借钱买了一张回晴川的火车票。他们一声不响地把鸡蛋和车票放在炕桌上，并没和我说什么，只是照旧做着每天照旧要做的事情，但我懂了。

于是我回到了晴川，带着哭累了便熟睡的女儿，带着空空的肚子和行囊，在毛家对面那个生意萧条的小吃店里，吃到了几个月来第一口白面和那甜甜的豆浆。

毛京的母亲看看孩子又看看我，那是我久已不见的母亲的目光，这目光把她对儿子的爱转移给我们母女，既温暖又凄凉。但那天我不清楚她为什么没有让我走进对面那虽然破落却生了炉子的家里，她让我等在寒冷如冰的小吃店便独自抱着孩子过街而去，她佝偻着身子走进那座我曾经多么熟悉的石头房，我望眼欲穿地盯着那扇漆皮斑驳的大门，那门纹丝不动就像一座空宅。我至今不知道毛京的母亲和毛京的父亲进行了怎样的谈判，她是怎样地叙述那孩子的来历，这一切也许是我也是这孩子历史上的永远的谜。我说不清那个寒冷的早晨有多么漫长，直到很久很久那漆皮斑驳的门页才令人颤抖地咧开了一道缝隙，毛京的母亲又出来了，她疲惫不堪拖着小脚走过街来，脸上说不清是忧是喜。

我只是发现，她怀中已没有了那红色的襁褓。

我只是发现，她竟是这样满面病容虚弱无力。

她没有走进小吃店，站在窗外看我。我出去了，她从怀里掏出二十块钱，二十块半旧肮脏的钱。她把钱塞进我的手心里，说了句：

“孩子，就放这儿吧。”

我心里不安，我哭了：“不，我要孩子。”

“放这儿吧，想了，就来看看。”

她说完转身走了，拖着小脚艰难地过了街，消失在漆皮斑驳的门背后。我失声痛哭，我知道自己已经一无所有，孩子要想活下去只有这么办。

而我要活下去就只有回家，就只有跪下来请求父兄的饶恕，就只有瞒下孩子，让他们知道再没有麻烦和耻辱。

我必须活下去，因为我有了孩子，她是毛京的后代，我得等着毛京回来。

我一心等着他回来！

六

“作品中女主人公对毛京的眷恋是很强烈的，这就迫使我们必须把毛京这个人物真正写好。”

导演一边从衣架上取下雨衣，一边滔滔不绝地为他一下午的论述做着结论，肖琳匆匆忙忙替我找了把半旧的雨伞，屋门已经打开。

“上次谈本子的时候我就说了，你把毛京的被捕仅仅写成是由于男女通奸，啊，不，是男女私情，是由于这种男女私情无意中损伤了造反派的某种利益，或者说，也触发了他们的某种政治需要，毛京于是就成了牺牲品。这个事件固然表现了某种历史真实和历史的无意识，但毛京这个人物却因为你过于拘泥自己的生活经历而显得不够丰满了。男女之情和床笫生活不是不可写，但应当仅仅作为毛京被捕的一个导火索，或者是造反派的一个借口而已。毛京被迫害的真正原因应该是政治原因，才有意义。我上次讲过，作品一开始，就应当以充足的笔墨去表现毛京对这场浩劫的反感以及对林彪、‘四人帮’的反抗，这样才能使这个人物不那么苍白单薄，整个儿作品的历史感才会凸显出来。现在这样写有什么意思，无非是写一对痴男怨女的悲欢离合，而且没有正式结婚就生了孩子，就是到今天，也不是我们所应当提倡的。据说现在未婚同居和私生子的问题越来越严重，已经成为一大社会弊病了。唉，你别不高兴啊，咱们说戏不说人。我是说，历史真实有时也得服从社会效果，真实的东西不一定美，拉大便真实，你能写吗？就是这个道理。”

是的，也许我确实陷入了生活真实的框框不能摆脱，已经被那不能忘却的记忆所迷惑，二十年过去了，毛京的影子始终顽固地笼罩着我，伴随着不能逃脱的痛苦与痴迷。此时我多么希望肖琳能够懂得我的毛京，你应当明白我为什么总是强调他的单纯善良，因为那时只有你见过他，你们曾经隔着监狱的长桌做了一次不同寻常的交谈，你应当知道毛京并不是什么头悬国门的悲壮人物，他只是一个最普通不过的青年，怀着最普通的追求和欲念，像蝼蚁一样渺小，他或许只在我一人心里，才永远不灭。

然而我不想做任何解释，我已看出任何解释都将徒劳。这时天色已晚，导演不知在哪里还有应酬，发完议论便心不在焉，并不等候任何说明和争辩，他带着习惯性的烦躁叫住了一辆雨中的出租车，行色匆匆地走了。我和肖琳在街檐下久久站着，望着眼前白蒙蒙飘忽不定的雨雾默然出神。街上已无人，天边流落着雷声。尽管有一把情人的花伞火热地点缀在路旁，但这枯燥得几乎没有生命的雨水依然使人感到深深的孤独和寒冷。“也许你是对的，”肖琳说，“你笔下的毛京使我一下子想起了他那双单纯得令人心颤的眼睛。”

监狱。

肖琳梳着简洁的短发，穿一身灰色干部服，带着过去那个时代特有的古板，随同一位民警沿着曲折的通道逶迤深入，单调的皮鞋声发出既幽深又空洞的回声。

肖琳画外音：“那年我在采石场监狱搞了两个月青少年犯罪问题的社会调查，在调查工作快要结束的时候，我意外地在犯人档案中发现了毛京。那是夏季将尽时一个酷热的中午，我要求采访最后一个犯人，监狱方面不知道我曾经是小敏的入团介绍人，更不知道我认识毛京。”

肖琳和民警走进一间谈话室，屋里只简单地摆着一张长桌，长桌的一头，坐着已经剃了小刺头的毛京，他见人进来，默默抬起一双清澈见底的眼睛。

监狱的高墙，高墙上的电网，电网空隙处透视可见的岗楼，岗楼上一动不动的哨兵。

烈日下的采石场，形状残缺的石料凌乱横陈，运石的铁车空空地歪着，犹如一幅图画上没有生命的静物。

谈话室的窗台上，一枝独秀的月季花红叶绿，因为向往阳光，已经拽弯了身躯。从窗口向里望去，屋里只有肖琳和毛京，隔着显得过长也过于破旧的条桌，相对而坐。

肖琳仔细端详着对面的青年，先开了口："你在这儿几年了？"

毛京哑着嗓子："快两年了。"

肖琳沉吟了片刻："两年了，你现在怎么想的？"

毛京低头说："认真改造，靠拢政府。"

"管教干部让你和小敏通信吗？"

毛京结巴地说："不，我不通信，我认识到自己已经害了人家，我只有彻底改造，脱胎换骨，赎了罪，才能早日变成个自食其力的新人。"

"你现在不想她吗？"

这时毛京不结巴了，他似乎是用心地思考了片刻才认真地答道："我只想，将来能出去，做一个好人，那时我爸爸妈妈年纪也都大了，我得照顾他们。"

肖琳迟疑了一下，说："你父亲已经和你断绝父子关系了，你知道了吗？"

毛京脸色发白，显得有些狼狈，良久才低回地说："我还有妈妈，她也老了。"

"你真的不想小敏吗？你一点也不想知道她现在的情况吗？"

毛京依旧低着头，用轻得近乎耳语的声音哆嗦着问："您，您知道她现在……在干吗？"

"她天天在想你。"

"她才不会想我呢，我害了她。"

"她生了一个女儿，你的。"

"您说……什么？"

"她把你的女儿生下来了。"

毛京的头依然低着，但双肩已经发僵、颤抖："您，您别骗我了。"

"她生下你的女儿，现在把孩子放在你母亲那儿，她自己下乡插队去了，听说是到你的老家插队去了。她在城里没饭吃。"

"孩子，叫什么？"

"我不知道，上次见到小敏时来不及问她，孩子在你母亲那儿，等她长大了，会知道你是她的父亲。"

毛京的呼吸一下子粗重起来。胸膛一起一伏，他咬着牙说："她把孩子生下来干什么？您告诉我这些干什么？"

肖琳愣了片刻，但她的声音急切而又充满同情："毛京，你要相信群众相信党，要正确对待自己的问题。你多年轻啊，千万别灰心丧气。小敏就是找不到你在哪儿，她其实一心等着你呢，她说她活着就是为了把孩子养大等你回去。毛京，你已经是父亲了！"

毛京抬起头，眼里充满泪水，哽咽着说："我是父亲了吗？我能做父亲吗？"

肖琳说她永远忘不了毛京最后的这句话，十几年过去了，我也忘不了这句话。

我一想起这句话就忍不住热泪盈眶。

而此刻我的面颊沾满的，是两眼直流的泪水，还是风中斜来的雨滴？往事如烟。

也许再过些年，肖琳会渐渐忘记那双单纯得令人心颤的双眼，她不可能和我一样，会永远感触不到那双眼睛中的痛楚和依恋。我们在雨中默默分手，我不企望向朋友乞讨更多的感叹，这事过境迁的故事再唠叨就会使人厌倦。我沿着无人的街道麻木地走去，也无孤独也无悲惨，我只觉得这也许就是命，就是历史，是我的也是我们一代人的命和历史。历史本来就无情就冷漠就必然，也无须抒情无须诅咒无须感叹。

这片雨在街角变得异常喧闹了，再往前就是富丽堂皇的中国剧院。剧院霓虹灯使空中的雨雾一片辉煌，而广告牌上关于被选为80年代北京十大建筑的自贺广告却已被雨水剥蚀得狼藉不堪。霓虹灯的红光刺目地逼视着左右，使这所谓“十大建筑”在周围的老式楼房中更增添了几分鹤立鸡群的不凡。剧院门前狭窄的广场上，停满自行车、摩托车、轿子车和大轿子车，无动于衷地暴露在大雨的冲刷之下。从时间上看里边的好戏即将散场。我走上台阶又走进大门，一个半睡的老太太立即惊醒，她问明我的来意竟意外地未加刁难，引我经从边门向后台逶迤。她颤巍巍的背影使我猛然想起毛京的母亲，她和她非常相像又一点不像。也许是台上的演出已近尾声，大多数演员已开始卸妆收拾行囊，整个儿后台显得异常凌乱。前面不知何人叫了一声：“毛小津，雨伞。”“谁的？”“你们家保姆送来的。”从人堆里站起一个女孩，我最先看到的便是她那双那么熟悉那么熟悉的眼睛。那眼睛无意的一扫中，看见了我。

“是你？”她似乎惊奇，“肖琳阿姨来了吗？”见我摇头，扫兴地“啊”了一声，转回了身。

“哦，孩子，”我轻声地唤她，“你能出来一下吗？”

“我？”她回头，“有什么事吗？”

“我想，和你谈谈。”

“有什么事吗？”

“我想……有件事……谈谈。”

女孩迟疑了一下，不太情愿地走出来，嘟囔着说：“我还得赶班车回家呢，都快十点了。”

我们走到走廊上，走廊尽头有一个僻静的拐角，女孩站住了，一边梳头一边用表情催我说话。

“孩子，你究竟叫什么？”我问。

“肖琳阿姨真没告诉你？”她反问。

“没有。”

“怎么，从名字上也能算出命来吗？”

“能。”

女孩鼻子里笑笑：“我叫毛小津，毛主席的毛，天津的津。”

我温情地看着她的眼睛，直到她奇怪起来：“不，你不叫毛小津，你叫毛小京，北京的京，这是你的真姓名。”

女孩愣了一下，嘲弄地说：“你给我取的名儿？”

“是，我给你取的名。”

“我不认识你。”女孩生气了，扭身要走，我拦住她。

“孩子，你难道真的不想知道你的父亲，真的不想知道你的母亲吗？”

“母亲？”女孩打量着我，“我母亲早不在了。”

“不，她在。”

“对不起，你有病吧？”女孩又要走，我再次拦住她。

“可你没病，孩子，你神经健全，应该听我说完。这些事你应该知道，知道了以后怎么办，你自己决定。如果你不希望这是真的，我可以不告诉别人。”

女孩站住了，她疑惑地看了我一眼，也许是我的镇定和坚决使她认真起来也胆怯起来，她嘘了口气：“好，你说吧，只要别耽误了我的班车。”

女孩的冷淡使我的心缩成一团，你的班车，孩子，难道你的班车就那么重要吗？难道你父母的真情，他们一生的苦难，都不能使你稍稍留步吗？我想哭，我没哭。我说：“孩子，毛成放不是你的父亲，他是你的祖父，是你亲爷爷！”

“什么？”

我知道你会惊讶，你怎么也不会想到你的幸福安定的家庭，竟有这样混乱的天伦。我知道你不相信我的话，你也许会断定站在你面前的，无疑是个疯子。

可我偏偏不是疯子，我是你的母亲，失散多年寻你多年的母亲！

“你是我的母亲？哼，那，照你的意思，谁是我父亲？”

孩子，你用不着故作镇静，用不着故意拿出这种超然物外的表情。你的父亲也是我的丈夫，他叫毛京。

“毛京？”女孩冷笑了，“啊，所以你说我叫毛小京。”

对，这正是你降临人间时，在毛家集那间无遮风雨的农舍里，我给你取的名。

“那我父亲呢，他是干吗的？现在在哪儿？”

啊，孩子，你终于想要知道你父亲的所在和生平了，你父亲和你一样好看，和你一样酷爱舞蹈，他的舞跳得棒极了，他的心也非常好，善良也单纯。只是他十分不幸，风华正茂的时候进了监狱，他进了监狱……

“什么，我父亲进过监狱？是因为反对‘四人帮’吗？”

不是。

“那为什么？现在平反了吗？”

没有平反，时过境迁，没有人想起要给他平反。

“那他犯了什么罪？”

他们说他强奸少女……

“嗬，我居然冒出了个强奸犯的爸爸，我看你真有病。”

别走，孩子，你听我说完，我还没有说完。相信我，你的母亲，你生身的母亲没有丝毫欺骗，只有我，只有我能揭开你出身的秘密。你别走，别失望，尽管你真正的父亲不是富商巨贾，不是高官显贵，不是上层名流，甚至也不是一个普通的自由人，但却是，你的父亲！

“对不起，我有父亲，我父亲是个老干部。告诉你吧，那天你给我算的命我根本就不信，你刚才的话，我也不信。如果你没病的话，那就是认错人了。”

我没有认错，可我愿意理解你孩子，我知道你不希望我们这种不体面也不富有的人是你真正的父母，我也并不想打搅你的事业、恋爱和幸福，你要去法国吗？要去留学吗？你可以在填写出国政审表的时候隐瞒一切，你可以向你的门第显赫的男朋友隐瞒一切。我只想要你知道，你世上还有一个母亲，她很爱你，尽管她不过是远方山里的一个普通的教书匠，与引车卖浆者流，等而下之。但她与你同一血脉，十多年来寻你千里。你必须知道，你有一个父亲，你曾是他生命的唯一希望和唯一光明。我们无意影响、打扰、破坏你已有的一切，我们只想告诉你，我们是你的母亲和父亲！

七

一整天的大风把剧院门前的广告牌吹得透干，使原来的狼藉不堪更加不堪。那刺目的霓虹灯由于失去了雨雾的迷蒙，虽然辉煌却依旧显得有些呆板。剧院门前狭窄的广场上，依旧停满了自行车、摩托车、轿子车和大轿子车，无动于衷地暴露在一轮暗月的审视之下。从时间上看里面正值锣鼓开场，我走上台阶又走进大门，一个尚未瞌睡的老太太看也没看我便径从旁门向后台逶迤，她的颤巍巍的背影又一次使我想起毛京的母亲，她和她非常相像却又一点不像。假使这位小脚的母亲活到今天将是古稀高寿，我没有想到在我回毛家集插队的第二年她忽然病了然后就死了，那么简单迅速无声无息。也许因为她劳苦一生早就做下了什么病，也许因为她劳苦一生所以才一直看不出什么病。

那年我确实在城里活不下去，才又回到了毛家集，这块生了毛京又生了他女儿的土地默默地收留了我。乡亲们把我安排进知青的集体户，往事谁也不提。

毛家集看上去偏僻，实际离晴川不过五百里。第一年我拼命劳动省吃俭用，把那点血汗都花在了五百里铁路线上。我几乎每个月都要回晴川看我的女儿，也就是现在在这辉煌的剧院里伴歌而舞的毛小京。

那时她就是我对以往、对未来的全部怀念和全部憧憬。

我最明白女人爱孩子是为什么！

特别是当这种爱不那么容易的时候，特别是当这种爱不得不战战兢兢、鬼鬼祟祟、偷偷摸摸的时候。

从街角的小吃店向外望去，街对面毛京家的门面已破旧斑驳。石墙上的革命标语墨迹依稀，一管烟筒斜出窗户，轻烟几缕，若有若无，很快被残冬萧瑟的天际吞没。

毛京的母亲抱着孙女，瞻前顾后过街而来……

从这街角的小吃店向外望去，毛家的门面已破旧斑驳。路边树上的枝丫被春雨染得浓郁，已非一个绿字了得。窗上的烟筒滴着水，虽无人烟逸出却依然有几分生气洋溢。

毛京母亲抱着孙女，急急忙忙过街而来……

从这街角的小吃店望去，毛家的门面已破旧斑驳。酷热的太阳使马路上的一切阴影萎缩起来，除了盛夏的知了无休无止的聒噪没有其他声音。窗上的烟筒没了，残缺着一个肮脏的黑洞。

毛京母亲抱着孙女，东张西望过街而来……

从这街角的小吃店向外望去，毛京家的门面破旧斑驳，人行道旁堆积着深秋的枯黄，偶有风来，残叶飘零，风止树静，街头顿时一片寂寞。

毛京家的大门纹丝不动……

从街角的小吃店向外用力望去，路灯昏黄，行人绰绰，窗户上的烟洞里灯光幽幽，又似是街灯的反射，那房子在灯影下静得如空宅一座。

那油漆斑驳的门一动不动……

我是在约定的时间里连续三次没能见到女儿之后，才鼓起勇气敲响那扇斑驳的大门的。

开门的是个年轻妇女，手里拿着一个扫地的笤帚，微笑着问我找谁。我在一瞥之间发现屋里已经变了模样，原先敞亮通明的大厅已被木板墙切割成一条又黑又细的通道，更不知毛京的屋子是否还在，此处已住了几户人家。我心慌意乱地问道：

“他们家人呢，还在吗？”

“谁，您说的是哪一家？”

“毛家，一直住这儿的毛家。”

那年轻女人向屋里招呼了一声，应声出来一位和那女人一样慈眉善眼的男人，手里沾着雪白的面粉。看模样像是一对新婚的夫妇。“姓毛的？”他同样摇摇头，“不清楚，我们刚搬来。”

于是又请来一位同样搬来不久但资格略老的住户，看上去是一个极其精明有道的主妇，“你找姓毛的那家吧？”她问，“你是他们家亲戚？”

“不，”我语无伦次地答道，“不是亲戚，我不是他们亲戚，我找毛家的老太太，她说没说她去她什么亲戚那儿了？说没说怎么找她？”

“您说毛家那老太太吗？她去世了。”

“什么？”

“她病死了，有四五个月了吧，听说是急病。”

“那，那她老伴呢，她老伴在不在？”

“搬走了。”

“是不是还带着个孩子？是不是他带走一个不到两岁的女孩子？”

大家都茫然地摇头：“不知道，您到底是他家什么人啊？”

我哭了，出声地哭了，说不清是哭死去的老人还是哭下落不明的孩子。

还是哭苦难的毛京？

还是哭我自己？

女人在孤立无援的时候，就是哭。

哭完之后我找到省军区，问了三天没有结果，没人告诉我这位一直未曾复职的毛成放去向何方，隐约有人说起他似乎去济南投奔他的什么老首长去了，是否确实，不得其详。但这毕竟是一线希望，我几乎没有犹豫就挤上了开往济南的火车，一路上与查票的乘警展开着艰苦的游击战，无数次被轰下来，又无数次混上去，整整走了十五个昼夜，几乎是要饭要到了济南。在济南我只要见到有当兵站岗的门口就闯进去问，三天，四天，一个星期，没有结果。我身无分文，蓬头垢面，饥肠辘辘，上下褴褛，站在济南拥挤而陌生的街头，我知道我再也没有力量继续找下去了。

我回到了毛家集。

我没有了任何希望，带着没有生命也没有幻想的躯壳，回到了那个荒山的皱褶。一回到山里我就病了，病势极凶但我没有死，一个叫康大军的知青日夜守护照顾我。我想如果那时死了倒也罢了，省却了许多磨难、许多麻烦、许多波折。如果说是老天着意留我，那么康大军，我想，一定是天派来的使者。

康大军比我大五届，生得高大魁梧，知青们都喊他大康。他照顾我并不仅仅是同情弱者，他默默地为我做了许多许多，在一个月高风清的夜晚，在我房东家的磨房里，这个壮实的守护神粗鲁地亲了我，他亲我时我既幸福又痛苦，我知道我不能拒绝他，也知道滴水之恩，当涌泉相报，是他给了我好好生活的希望和愿望，但不知为什么那一刻在我眼前突然出现的，却是毛京。

毛京在怨恨地看着我。

他的眼里一片泪花。

但我没有对大康说起毛京，与毛京重逢对我来说除非梦境。后来大康和我常常把肮脏的纸牌摊了一炕百无聊赖，用他从一个老右派那里学来的方法算命，算出了不堪回首的过去、不尽如人意的现在和不无美好的未来。有一天，大康突然翻出一张红桃八，他说："八代表尊者。"然后一把搂过我，"走吧，回晴川去，你该见见我的父母啦。"

那是一个多晴的晚秋，农忙已过。我们带着新鲜的玉米、苹果，带着山地泥土的气息，回到晴川来了。

晴川很平静，街上人不多，似乎只有一些老人在慢条斯理地踯躅。若无其事的气氛仿佛要向人说明，这里自古以来什么也没有发生过。

我们在一个枯藤古木的林荫道上找到了大康的家。对于大康来说，这同样是一个新的地址。他的父亲刚刚被群众"解放"，虽然轻工局长的职务尚未恢复，却已从牛鬼蛇神的草棚里搬到了这幢幽雅的新居。这是一幢二层高的外观简朴的小楼，沿着这条林荫路，几乎清一色这种简单明快的别墅。这片时称"复辟楼"的别墅，住着一群翻了身却依然满面阴愁的老干部。

大康的兄弟姐妹很多，一群青年常在这幢小楼出没。那时还不兴跳舞，而纵谈天下、评论国事、慷慨激昂，却是时尚。反倒是大康老迈的父母，总是沉默寡言，难得偶坐，听听年轻人带来的各路小道消息，聊以打发寂寞。除此之外，他们最头痛的，就是唯一没有回城的小儿子。

还有我，这不速而来的远客。

我们第一次走进这幢别墅时，一家人正在吃饭，大康的几个兄弟姐妹帮我们把那包装满玉米和苹果的麻袋抬进厨房，然后招呼我们落座，在我们面前加了两副杯箸。桌上的饭菜挺好，像是一顿节日的盛宴，大家重新围桌而坐，才把目光投向我。

“你和大康是一个村的？”大康的母亲笑着问我。

大康这才想起应该介绍我：“妈，爸，这是我女朋友，叫刘敏。”

或许他们都感到意外，或许他们早已猜到，从表面看，大康的家人似乎既不高兴也不反对，兄弟姐妹埋头吃饭漠不关心，只有大哥简单地与我寒暄两句。大康的母亲夹了一些肉和鸡蛋在我碗里，表示出一种母性的温情，而大康父亲的沉默，则令人不寒而栗。

饭后，大康的母亲把大康叫到她的房间去了，关着门谈了很久，我完全清楚他们谈的是什么，大康从母亲房里出来时的表情也使我知道了这场“谈判”的结果，他心事重重地搂过我，半晌才说：“住这儿吧，就当是你自己的家。”

于是我就住下了，像这家里的一个成员一样分配到一个小小的房间，像这家里的一个成员一样围在大圆桌前一日三餐。但我知道我不是这家的成员，我的每一根神经都在提醒我保持着客居篱下的谨慎。大康的兄弟姐妹照例有朋友来这里聚谈，谈得投机时见我进来便不作声，也许是某些不合时宜的议论怕我听见，我不是密探但至少是一个不明底细的陌生人。大康的父母每日照例循环往复地散步、看书、打瞌睡，对我很客气却不多话。实际上他们几乎每天都把大康叫进他们那间闲人免进的卧室里询问长短，大康每次出来脸上都要添几分沉重。他没对我说什么我也不问，我想知道一切但不敢问。天长日久，我们都感觉到了这座宅子里的闷气，大康尤其觉得不捅破什么，我和他的呼吸都无法畅通。他思索再三终于故作随意地说起他的母亲，他说他母亲不知从哪里听到一些关于我的流言蜚语，说我不知何年何月曾与一个流氓犯过从甚密，老人对此感到别扭和忌嫌。大康说这话时语气尽量装饰得轻松随便，但依然使人如坠寒窖一般心惊胆战。我失去了爱不想再失去爱，我有亲难投有家难归我已经离不开大康，我真怕他默默地从我身边走开，使我再次忍受无依无靠的空旷。大康搂着我，轻吻我的脸："我跟妈说，你早和那人断绝关系了，你真心爱我，别无他念。"

我伏在大康宽阔的怀抱里，亲着他满是胡茬儿的脸膛，我搜肠刮肚向他诉说爱情，可这时我忽然发觉自己竟然是这样可悲，我爱你吗，大康？

但我依然亲着你满是胡茬儿的脸膛，我多么惧怕、多么憎恨、多么理解你的愁眉不展。你竭力掩饰着两难的心境，携我去了东湖、去了西郊，游遍了晴川所有的公园名胜村野小景。为了能使你我双双返城，你不辞辛苦四处奔波，你指引着我小心地涉入了你的兄弟姐妹的社交圈，你不想让我孤独寂寞和这家庭格格不入。

那时期我真的感觉到自己已经告别过去，走向新生，心中既幸福又惶恐，因为新的生活圈子常常令我紧张拘束，而过去的一切，却不知为什么总在我心头萦绕着一股淡淡的温暖和难舍的忧愁。

它总是使我忽然夜半梦醒，眼前浮出毛京紧锁的眉头。

还有我的女儿，我日思夜想的心头肉。

那一年的冬天特别寒冷，当春风蹒跚而至的时候，大康终于穿上了晴川市无线电器材厂雪白的工作服，他也为我在一家服装厂领到了一张临时工的出入证。我们计划着在播种时节回山里去，告别乡亲，取回行李。

下第一场春雨的那天晚上，大康家的“政治沙龙”里挤满了兴致勃勃的时代青年，桌子上摆满了当时很不好买的啤酒和汽水，两个穿旧军服的青年如宠儿一样被众人簇拥着，高声谈论着他们在军队工作的父亲即将复出的消息。那时正值温都尔汗事件发生不久，几人弹冠相庆，几人不堪回首。政治舞台上的翻云覆雨，把那个晚上的青年们弄得兴奋不已，我帮他们在厨房里操作，进进出出地拼凑着虽简单却不失知识分子调子的晚餐，并不去留意他们的高谈阔论。当我刚刚把两张桌子拼在一起摆放杯箸的时候，一个迟来的客人忽然惊讶地唤我。

“刘敏！你是刘敏吧？”

是个女客。

我认出了，原来是肖琳。

这是我回到晴川后碰到的第一个熟人，我本不想碰到任何熟人，和肖琳的邂逅使我忽的一下把本来希望永远遗忘的过去，过去的一切，都缀连起来了。

肖琳从餐桌后面绕过来，极惊喜地拉住我的手，大声叫着：“真没想到在这儿碰上了，你怎么也来了？”

我惶然不知怎样回答。

“告诉你，几个月以前你猜我见到谁了，我见到毛京了！”

晴天霹雳，我瞪大眼睛，刹那间不知是悲是喜。

这时厨房里有人喊我，我下意识地退了一步，然后逃命般地向厨房奔去。

厨房里弥漫着热气，弥漫着一股极其压抑的湿闷。做饭的阿姨向我嘱咐了一句什么便端着菜出去了。我一个人呆呆地站在嘈杂、枯燥的热气中，甚至没有察觉就流下了眼泪。肖琳默默地进来了，她默默地搂过我抖动的双肩，只有力量没有语言。我竭力把咸咸的泪水吞下，我不知道该不该再回首当年……

“我跟毛京说了，说你等着他呢，我告诉他你生了个漂亮的女孩儿，你和孩子都等着他呢，唉，毛京还是毛京，他还是那副孩子样儿，他激动得都哭了！”

炉子上烧着一个砂锅，发出滋滋作响的焦煳味，肖琳帮我把砂锅端下来，放在地上，她吹着手说：“等吃完饭，我慢慢再跟你谈。”她说完用力搂了我一下，出去了。

毛京还活着，他已经知道了女儿的降生，这猝然而至的消息使我激动得几乎喊叫起来，又茫然不知该怎样选择，我失去了女儿，毛京会不会责备我？

那时我发疯似的想念我的毛京，恨不得立即与他重逢，哪怕九死十八难，也愿承当！但是蓦然回首，我惊惶地发现了大康堵在厨房门口的阴沉的身影。

大康冷冷地说道：“你哭什么，我为你做了一切，也没见你湿过一回眼睛。”

我的眼泪夺眶而出，那一刻我觉得自己虚弱极了，已承不住任何一击。我哭着，哭着说：“对不起，大康，我是个不幸的女人。”

“女人？女人的堕落，就是从撒谎开始的。”

大康凛冽如冰的目光表明了他已不肯饶恕，给人深深的恐怖。我带着绝望的战栗从他身边走过，我走出厨房，走出这沉抑的湿闷，我穿过走廊里的安静和暗淡，穿过客厅里漫出的盛宴将即的喧笑和灯火。大康没有喊我，他在我身后恶狠狠地沉默着。我满目泪水、满腔凄凉，这时我吃惊地看到前方不远，一块紫色的天鹅绒门帘飘飘扬扬，上方亮着“太平门”三个红红的大字，而门外的休息厅里正弥散着薄纱一样的阳光，朦胧中我看见毛京修长的身影，雕塑般面对我默立凝望。我不顾一切地向外走去，烈士陵园的遍地落叶锦绣连绵，金秋时节的林荫路远远长长。透过这万紫千红的小路，我看到天尽头一片摇曳的白桦，白桦林边的餐厅在凄厉的夜雨中忽隐忽现。穿过雨幕我浑身发冷，迫切地扑向那温暖的石头房，不管房门已经破旧斑驳，但那斜出窗外的烟筒，却哈出淡淡的青烟，青烟游移在屋檐下依依恋恋，终被冬日的北风无情卷去。我小心地走进那熟悉的房子，我惊喜地发现屋里的书架依然干净，书架上排满雄文四卷等政治书籍。雪白的墙上，依然挂着彩色的剧照，一个英姿勃勃的大春凝目远方，相片的旁边，依然是亮晶晶的弹簧拉力器，床上的锦缎被子依然如军营般方正整齐。一只猴子，端坐在老式留声机的盖子上，见人进来便上前拉住你的手，孩子一样乖态可掬，不知是留声机里还是遥远的天外，总有人声轻轻吟唱：“一条小路曲曲弯弯细又长，一直通向迷雾的远方，我愿沿着这条细长的小路，跟着我的爱人上战场……”歌声回荡不绝，小路却在雾中隐去。雾笼罩了一切。我眼前只剩下毛家集房东家暴露着椽木秫秸的房顶，和抖动在房顶一角的暗淡的蛛网。我感到了分娩时撕肠裂肺的阵痛，我听到了自己因为孤独而绝望呻吟，我眼前飞快地飘过十八年缠绵不断的苦痛与梦想，我紧紧追随着那老太太和母亲一样颤巍巍的背影，期冀着梦境成真！那老态蹒跚的女人引我辗转逶迤向后台走去，我清晰地听到前面台上，歌声乍落，掌声即起，紧接着一片女孩子欢快的叽喳声自远而近。我看见我的女儿一身淡绿，随一群伴舞的少女翩然而来。

八

深秋。

清晨。

远山阴郁。

蜿蜒跌宕的小路在沉沉的瘴气中若生若死，张弛如弓的山地在秋叶飘零中似醒似睡。几只麻雀从山间古庙的瓦檐下飞出飞入，瓦檐滴着清冷的露珠。

农舍半间，蓬扉微敞。青白色的阳光在门前阴暗的地上，投下一个长长的光影。

灶膛里的火苗刚刚燃起，小敏用力拉着风箱，火光在她青春早退的脸上一闪一闪。她一声不响地往灶膛里添加柴草，像一个真正的山里姑娘那样娴熟麻利。

门前长长的光影一动不动。

小敏蒸上早饭，手脚不停地拌起猪食，准备着下地的工具。

门前惨白的阳光突然一暗，映出一个臃肿的人影。小敏蓦然回首，吃惊地望着倚在门口的粗壮汉子，那人神态阴沉，四十岁模样，行囊简陋，脸很脏。

灶膛里余烬微红，陌生汉子把一根柴草伸进去燃起火苗，点起一根皱巴巴的纸烟。小敏收拾着桌上刚刚吃净的饭碗，探询的目光不时向灶前瞟来。

那汉子终于开口了："你这儿可真不好找啊。"

小敏焦急地说："毛京收到我的信了吗？他没让你带信来吗？"

"毛京，"那汉子血红的双眼盯了小敏一阵，"他死啦。"

小敏张开嘴却说不出话。

"他去排哑炮，是个玩儿命的活儿，他自己要求去的，结果有个哑炮响了，当时我离他不到十米远，差点连我也玩儿进去。后来我们把他往医院送，在路上，唉，这小子太弱，在路上没熬住，就在我怀里咽气啦。"

小敏终于嘤嘤地哭出声来："难道他不知道我在等着他吗？他不知道吗？"

那汉子无动于衷地看着门前那不知什么时候萎缩起来的光影，梦呓般喃喃自语着："这小子，直到闭眼的时候才告诉我们，他还有个老婆在外面呢，我们都不知道这小子这么大点就有老婆、孩子了，他跟谁都没说过，连政府都不知道。所以他把这个秘密一说出来，他那眼泪珠子往下一滚，我们就知道这小子准是活不成啦，他准是知道自己没救啦。唉，可惜呢，他说他还没见过他那闺女哪。这小子的心眼儿挺不错，模样也挺招人。好人不长寿啊。我看出来了，他是真不想死，他是太想能活着出去，出去找他的老婆、孩子，可惜呀。”

毛京死了。

为了再看一眼毛京的足迹和遗物去寻找远在天边的采石场，我是在那个刑满释放的犯人带来噩耗的第二天起程上路的。那时天空中隐约飘着雨，雨淅淅沥沥带着咸味，不见太阳。

初冬的采石场看上去非常单调，单调得有几分荒凉。山脚下蜿蜒着早已变成锈色的红砖围墙，围墙上盘桓着黑色的电网，青灰色的天空衬着青灰色的山冈，我几乎想象不出毛京那样一个多感而透明的性格，在这样刻板、肃杀的环境中，怎样了得。

这里仿佛什么也没发生过，管教干部们听到“毛京”这个名字时神情冷漠，由此我更加明白了毛京死时的孤独。他就那样孤独地无声无息地去了。没有遗物。

只是在我返程的时候，一个上了年岁的干部站在采石场空旷的路边，他衔着一只奇形怪状的烟斗，看着我从面前走过，长叹一声：

“忘了他吧，人死如灯灭啊。”

十几年过去，这声长叹一直在我心中留下经久不息的回响。我知道，一个青年来到世上，后来他不幸，后来他死了，后来人们把他遗忘，没有任何悼念，谈不上身后哀荣。这是个多么平常的故事，也许任何一个导演都不会满足于这故事的简单和原始，任何一个导演都要把这故事的主人公描绘得更完美、更丰富、更戏剧性才算有价值。我现在才明白，我的伤痕和怀念，与那位导演的需要与计划，完全是两回事。我满心以为他也喜欢了毛京，愿和我一同回顾，因此相聚与谋，其实他有他的看法和盘算，这些天倒是我一直在自作多情。

怪不得我常常觉出这个世界已经老了，在这世界上挣扎跋涉的人们已是风霜满面，尘垢满身，已经让虚伪、欺诈、贪欲和冷酷熏得麻木。这时我回想起毛京，我青年时的伙伴和恋人，想起他那天真明亮的双眼，他的纯洁无邪的灵魂，就禁不住感动得热泪迸流。

他是那样一个绝顶聪明、富于激情，又柔弱如水的青年，他跳舞跳得真浪漫。他多像歌德笔下的那位诗一样的少年，所不同的是少年维特由于爱的绝望而丧失了生活的力量，导致心灵的枯死和肉体的自灭，而毛京则把一线遥远的温暖看得那么迫切和重要，他是带着对生活和未来的巨大热望和留恋死去的。

导演有四五天没露面了。

晚上吃饭的时候，肖琳疲惫不堪地回来了，她带回一张四天后的火车票。我们挤在闷热的厨房里，我烧饭，她替我摇着扇子。我说我知道北京火车票非常难搞，上次路过火车站还看见公安局的正在抓“票倒”，据说现在搞一张硬卧难似搞一张党票，虽说只买到了硬座但无所谓，反正我坐惯了，坐着比卧着别有情趣……我东拉西扯说个不停，我想也许不停地唠叨会把想忘的忘掉。但肖琳似是另有心事，神色不属没有谈欲。晚饭的气氛也莫名其妙地有些沉闷，我看出她吞吞吐吐、欲言不言、食欲不振，于是笑问：

“想你爱人了？他什么时候回国？”

肖琳也笑笑，却笑得吃力而且无味，她放下手中的筷子，迟疑着说：

“今天，今天中午，孙导演请我到新侨饭店吃午饭……”

“啊，我说你现在怎么吃不下了呢。”

“他们制片厂的一位副厂长也去了。”

肖琳严肃的面孔使我紧张起来：“是不是，我的剧本不行？”

“呃——差不多吧，孙导演是说了这个意思。”

“已经决定不用了吗？”

“用还是想争取用，但是得做较大改动。孙导演这几天已经着手帮你改了，他是希望你能同意……”

“他改了什么？如果要我同意的话，为什么不当面和我商量，而要请你去？”

“他要你同意由他和你一道担任这部片子的编剧。”

“什么？”我愣住了，刹那间似乎也明白了。

“当然，署名的排列上，还是你在前面。”

我几乎说不出话来，看来在今天的“工作午餐”上他们已经谈得很具体，甚至已经研究了细节，而那“署名还是你在前面”听起来几乎是别人对我的一种恩赐。我尽量克制着问：“那位副厂长呢，他是什么意见？”

即便我不问，肖琳也要说到制片厂的这位领导了：“副厂长说，孙导演在怎样提高剧本质量方面确实动了很多脑筋，不但和原作者多次商讨主题和情节的安排，而且现在又亲自动手修改剧本，这些工作显然已经超出了导演的二度创作的范围，而是参与了编剧性质的劳动，所以作为编剧之一署名是合情合理的。他说，名字还是原作者排先，稿酬怎么分配可以商量，钱是小事。孙导演的修改本这位副厂长已经看了，他觉得修改本融进了孙导演对生活和历史的深刻理解和提炼，比你原来的剧本更丰满、更成熟了，主题也更鲜明了，基本上已接近马上拍摄的水平。当然，他也说，你对孙导演署名如有意见，也可以提出来，甚至拒绝。但是孙导演在剧本上的艺术劳动用什么形式给予承认，厂里也要考虑，在没有考虑出方法以前，恐怕暂时不能列入拍片计划。”

“有意思，”我冷笑，“能把恐吓说得这么道貌岸然，也是一种水平。”

肖琳避开我的直视，“我觉得，我觉得，”她迟疑地抬眼，“退一步海阔天空吧。”

我感到一种落水似的冰冷，我坚决地摇头：“不，我不同意他改，钱可以给他，但这个故事是我生命和青春的回忆，要改哪儿，得和我商量。”

“你不让他改，他就不拍，你怎么办？”

“我另找人拍。”

“别忘了你已经和人家签了合同，已经用六百块钱把这部小说的拍片权卖给他们了。小敏，事情到这时候千万天真不得了，有了这个合同，他其实完全可以不要你这个剧本，他自己当编剧，只要在片头上加一行字幕，说明是根据同名小说改编，就算是合法了。说穿了，现在不是你要不要他的问题，而是他要不要你的问题，你千万别跟他们闹翻了，倒霉的是你。刘敏，我一直认为这部片子是否能上对你特别重要，中央都说让知识分子自我改善，你再不改善改善自己的处境，难怪女儿不认你。”

女儿，说到女儿我已无一语，只能向隅而泣。

肖琳被这泪水弄得迟疑了，她走近我揽过我的肩，用力搂了一下，叹口气说：“尽管我和孙导演也很熟，但我主要是为了你，你可以再考虑考虑。”

晚饭晾在桌上，谁也无心再动杯箸。肖琳要赴个约会，行色匆匆地走了。我独自收拾桌面，独自坐在电视机前。《新闻联播》里全是工农业大好形势，先进经验、模范人物，或是什么地方的什么庆典，载歌载舞，粉墨登场。夏末之夜，习习凉风送来附近街上夜市的喧哗，邻居的录音机也放得很响，我弄不清是爵士是摇滚还是什么别的新潮。在音乐的砰然撞击中，夹带着男欢女笑。我知道这就是北京，这就是大城市。世界多么热闹，究竟是我自己老了，还是这个世界老了？是不是这世界上只有我一个人才老气横秋，才与这其乐陶陶的夏末之夜格格不入？

从电视台的天气预报上看，我教书育人的那片山区此时正下着雨。那是个多雨的山区，烟一样的雨总把山冈洗得浓绿，那浓绿总执拗地显示着自然和生命的原色，总与孩子们的歌声笑声和谐一律。孩子们之间也总钩心斗角，但毕竟青春少年，连钩心斗角也总那么天真单纯。

也许我不该来北京，这暑期我本应该和往年一样待在山里，我似乎已经属于了那片天地。如果不是多年来毛京的灵魂不断地袭扰和笼罩，我可能会放弃对女儿的苦苦寻找，也不会写出这个剧本，把终生的思念与感叹，用一纸合同，用六百块钱，卖给一个本来不相为谋的陌生人。

楼上录音机的音乐无休止地撞击着四壁，在千篇一律的节奏中，我忽然发觉掺进了一种不合节拍的鼓点，很久我才明白是有客来访，正在严肃地敲击着我的房门。我拉开房门满腹狐疑："请问您找谁？""我就找你。"不速而来的是一位老者，从他保养得很白净的气色上，几乎看不出年寿几许，只是眼神里流露出的一种异常明显的疲惫，使人觉出一丝苍老。

"我没认错吧，你就是刘敏同志。"

啊，我也认出了他，我不知怎么忽然现出一脸恶毒的冷笑："是的，我也没认错您，可现在该怎么称呼您？"

老者尴尬地移开目光，环视着屋子，不请自坐。和那位导演一样，他也选中了那张竹皮圈椅。

"天下真小，"老者顾左右而言他，"你父兄还在吗？"

我抱肩站在他面前，无动于衷地答道："父亲病死了，哥哥还在牢里。"

"粉碎'四人帮'以后进去的？是按什么罪，'文革'中打砸抢？"

"没错。"

"你呢，听说你一直在山里，离群索居？"

"没错。"

"唉，应该说，你也是受害者，是那个时代的受害者，那时候你哥哥，你们家，何等风云一时啊。”

“与我何干？”

“是的，那时你很年轻，干了错事，也有时代和历史的责任，现在落到这样的处境，我能理解。”

“你来就是为了跟我说这些？”

“那你呢，你来北京，去找小津，难道还要对她这种单纯的女孩子翻扯那些谁也不愿再提起的往事吗？”

“我是母亲，只想母女相认，过分吗？”

“你应当尊重历史，这么多年了，你丝毫没有承担养育她的责任，已经没有资格再做她的母亲了。为了这孩子的前途与名声，你也不应该再找上门来。”

“你错了，我，还有她父亲，我们一生去留清白，无愧于后代。有愧的应该是你，你怎么能和孩子父女相称，你难道不怕你早殁的儿子在九泉之下那双没有瞑闭的眼睛吗？你没觉得他在看着你吗？回答我，别沉默！”

“……十八年了，我替毛京养了这孩子十八年，我们事实上已经构成了养父女的关系，我以女儿待她，有何不可！我倒要问，引诱我儿子下水，又把他迫害致死的是谁？是你和你那个造反派的哥哥，你们弄得我家破人亡，这是谁也忘不了的历史！现在我把这笔账算在林彪、‘四人帮’头上，我向前看，不提了，对子孙后代也不提了，难道你反倒不愿让人忘了你？”

“我只想母女相认，孩子应当知道自己的身世，应当知道她父母并没给她耻辱。”

“你要真心爱她，就离开她，她今年要被选送到国外学习去了，突然冒出你这样一个不清不白的社会关系，怎么能没有麻烦。要是影响了她的事业，她会恨你一生！当然，我知道你这些年在乡下，挣钱少，我可以给你些帮助。我也是靠工资生活的人，不是富翁，但只要你以后别再来纠缠，我可以一次性给你些生活补贴，而且可以给你保密。”

“原来是这样。可惜我并没有什么东西不能见人，不清不白的恰恰是你，你违背人伦，让孙女喊你爸爸，你拿钱想保住的，就是这秘密！”

“你这个……堕落的女人！”

“堕落的是你，你们堕落得已经没有人味了！”

“谩骂是没有用的，告诉你，我革命一辈子了，风风雨雨都见过，你是不会得逞的。”

“好，好，看在你儿子的分上，别逼我和你打官司，国家有法律在，你敢不敢打官司？！”

“笑话，不要说我现在还穿着军装，组织上还让我负责很多工作，就是彻底回家养老了，我也不会跟你这种女人去打什么官司！”

毛成放，毛京这位已是花甲之年的父亲，真如军人般果断地站起，板着脸向门外走去。

“等一等，”我心慌意乱地喊住他，尽管我一直以为母女骨肉，天然血缘，任何人不能割断，可此时竟忽然感到一种失败的绝望，“看在毛京的分上，求求你，把真情告诉孩子吧，让她自己决定……”

“不劳提醒，我当然要告诉她，现在她已经知道了你和你的一家在‘文革’中的所作所为，她不愿再见到你。自古忠臣出逆子，就算我没有毛京这个不争气的儿子，可小津是无辜的，她的经历很单纯，她没有必要再为自己的出身背上包袱，我也不允许任何人把过去的不幸和什么乱七八糟的东西再塞给她，我养了她十八年，我有权利这样做。”

我相信绝望能令人疯狂，我不顾一切高声叫道：“我知道你为什么这样做，我知道小津在和什么人谈恋爱，也知道你为什么满心成全这场婚姻，对，我全知道，全明白！”

毛成放直直地看着我，哆嗦着一言不发，他猛地拉开房门，愤然跨出屋子。楼道里似乎有些异样，我们不约而同看见昏黄的楼灯下，肖琳佝偻的身子和苍白的脸，我听到她有气无力地呼唤着我，呼唤着我的小名，那微弱的求援的呼唤刹那间唤出我无数久已忘却的体验……

九

直到黄昏降临医院里才安静下来，看病的和探视的瞬息间退潮般地离去，走廊里空空如也。夕阳残照从墙上慢慢消退，留给人无尽的凄惶与倦意。

肖琳的儿女在黄昏前已经赶到，拎着大包小包的补养品，一左一右依偎着床上的母亲。人到此时不能不感到生儿育女的好处，而在这之前医生们都把我当成肖琳的亲属，要填表、要交钱、要签字全要我负责。肖琳得的是急性阑尾炎，尽管她那副急急风的性格得这病不算稀奇，但她年龄已过不惑，得这病又令人觉得奇怪。交完挂号费、急诊费、住院费和手术费，把人推进手术室，然后送上手术台，各种刀钳镊剪外科器械叮叮当当，不像割阑尾倒像要开膛。麻药还未打，那位慈眉善眼的护士长把我叫到一旁。

“这病不大，”护士长说，“可也算是急病，手术早做比晚做强。所以呢我们得和你商量，今儿我们科的麻醉师一个请了假去换煤气本儿，再不换就过期了；另一个约了人盖小厨房也没来，可咱们救死扶伤怎么也不能把病人给耽误了，所以我们现从别的科借了两个下了班的麻醉师，这俩人的加班费可就得你们家属出了，因为人家是自愿业余帮忙的。每人二十块，一共四十块，您看您要是没意见呢，咱们今儿就把手术做了。”

我说：“我出。”

护士长说：“好。另外我们这儿规定麻醉师每天每人补助一瓶酸奶，恐怕这个也得您负责一下，我看也别麻烦现去买了，给他们钱得了。一两块钱的事儿。”

我说：“行。”

如此这般，手术于是做了。

肖琳的病床是她在医院里的一个熟人给办下来的。因为医院改革搞了承包，为增加收入，只要是公费病人，都尽量说服住院，病区早已人满为患。按照肖琳开的条子，我好不容易才在泌尿科找到了这个大夫。她女儿学钢琴是肖琳帮忙找的老师，收费便宜，因为那钢琴老师赖以致富的钢琴是肖琳托人买的，也便宜。女大夫很卖力地为肖琳挤出了一张病床，虽然十人同室颇显拥挤，但好歹算有了个安顿。

虽说是小手术，毕竟年约半百的人了，病榻上的肖琳看上去有些虚弱。她与我自小熟近，但依然拉住我的胳膊千恩万谢：“刘敏，我活了五十岁第一次动手术，可把我紧张坏了，多亏有你在，这下我更忘不了你了，这些年朋友多得数不过来，可最后还是几个年轻时的老伙伴能真心帮人。”她眼圈红了，像下了什么决心似的从电话簿上撕了一张纸，神色郑重地给我写了个人名地址，叠了一下才塞在我的手心里，“找找这个人吧，是个不错的律师，他小孩就近入托的事我帮过忙。你要真决心和电影厂打官司就去找他，你告诉他是我让你去的，他能帮你打赢这官司，我知道你占着理。这条子你用完就撕掉算了，和别人也不用说我认识这个律师，因为我和孙导演也是朋友，我也知道他不容易，他们搞艺术的也得用钱过日子。不然也干不出这种伤斯文的事。你也得有思想准备，一打官司电影就别想再拍了。这种事，打官司的结果就是不了了之，无非是自己出出气。”

肖琳你说得一点不错，打官司无非出气而已。我也毫不怀疑能打赢这场官司，无论是对那位导演还是对那位“养父”，我都将胜诉！然而胜诉了又怎样呢？难道就能把一个伪造的毛京换成一个真实的毛京？难道就会有母女相认，共叙天伦的幸福？

不，不会有的。

既然拯救人类灵魂的艺术家在拯救人类灵魂之前要先不择手段地讲定价钱，既然救死扶伤的白衣天使在救死扶伤时要以二十块钱和一瓶酸奶为前提，既然这一切现在已是那样普遍、那样合理、那样天经地义，难道还有必要再去争论堕落的含义吗？如果说我的堕落是人的原罪，那么他们的堕落，是不是人的异化？原罪是人固有的，异化却已失去人的本义。

医院楼前的广场被晚霞照射着，使人蓦然振奋。我不知该怎样描述这个黄昏。金色？安详？深沉？都是，抑或都不是？不过这确是一个令人清醒的黄昏，房屋、树木、行人，都那么清晰明了，似乎一天嘈杂，此时才渐入清静，也像人的生命，一生搏斗，如潮头拍岸，不能自已，暮年时才把一切看清。

晚风徐来，已有秋意，告诉人暑期将尽，山里学校的老钟又该鸣响了。我把肖琳给我的律师的地址慢慢展开，一点点耐心地撕碎，向微凉的秋风撒去，纸的残片在夕阳下飘飘扬扬，就像祭奠亡灵时撒向空中的金箔，辉煌无比。我觉得这片金箔忽然把我和过去，和过去的亲人毛京，拉得很近，很近，很近，不由得双眼湿润。

曾经有一片黄昏属于我吗？曾经有一次约会属于我吗？曾经有一个亲吻属于我吗？曾经有一句誓言属于我吗？

都没有了，似乎只留下养育了毛京也养育了我的毛家集。永远属于我的，只有这片多雨的山区。我确信毛京的亡灵，也将飘向那里。

我不是个好警察

罚一无辜，不如赦一有罪。

——伏尔泰

一

人们都爱说，“三百六十行，行行出状元”，却很少有人想到行行都有“职业病”，更不容易想到：自己也有“职业病”。

要不是葛建元的“窝赃案”，徐五四也许还得“当局者迷”下去。警察就是专和犯罪打交道的职业，不知不觉地，眼睛总爱往那些能够认定犯罪的证据上盯，而对犯罪的否定证据则一向不怎么感兴趣。这当然仅仅是一种心理而已，然而流风所及，以至于对证据的厚此薄彼越来越“合法化”，几乎在刑警队里形成了一种固有的偏见，徐五四觉得，这就是“病”！

看看于英雄那副愁眉苦脸的德行吧，从早上他们一起上了火车到现在，一路上就没露过一丝笑模样。他老是认定到清河农场的这趟差事算白跑，却从不肯反过来想一想，假使他们蹲在北京城圈子里不出来，又怎么能这么有把握地确认葛建元并没有犯那个窝赃罪呢？说到底，还是偏见作怪。

当然，他也完全知道于英雄的那点顾虑：“你想想嘛，队里人手这么紧，郑媛的案子又正在要劲儿的节骨眼儿上，凌队长还肯叫咱们俩这么老远跑到清河农场来取马有利的口供，明摆着，那就是专候佳音了。回头要是按你的说法汇报，他不蹿火儿才怪呢，好嘛，这不等于白浪费三天工夫？”

于英雄愁眉苦脸也好，夸张地叹气也好，徐五四就是硬着耳朵根子不抻他那根弦，他得照着自己的辙印子走车。“凌队长怎么啦，也不能红口白牙，出入人罪呀，你怕什么？”

于英雄一通耸肩咧嘴摇脑袋，做着十二分委屈的表情：“我倒不是怕，我的意思是，既然凌队长能那么肯定葛建元窝了赃，总有他一定根据吧，据说他以前和葛建元打过好几次交道呢，就光凭人家吃刑侦这碗饭的年头，办这号小案子还不是轻车熟路吗？不会没有数。”

徐五四可不是个能轻易被说服的人：“关公有过五关斩六将的时候，也有走麦城的时候；凌队长以前多么能耐我管不着，这次说人家窝赃，拿证据来呀！别老搞‘事出有因，查无实据’那一套，一挂挂人家多少年。”

“咳，你没听懂我的意思……”于英雄究竟是什么意思，他自己看样子也无从说清，只是无可奈何地咂嘴，“这下，凌队长非说咱们不会办事不可，准的。”

火车离北京越近，于英雄就越显得心事重重。过了丰台站，车厢的大部分座位空出来了，他一个人占了一趟长椅，没精打采地把已经见了点发胖苗头的身子横在上面，看见徐五四从提包里拿出条毛巾来，便懒洋洋地扫了一眼问：“干吗？”

"快到站了，不洗把脸去？"

"嗯，"于英雄心神不宁地应了一声，却答非所问，"回头见了凌队长，还是按我的主意得了，算我欠你的行不行？"

瞧，又来了。这小子还是不甘心放弃他那个馊主意，亏他还取了这么个响亮的名字。英——雄，你说你哪儿英雄啊？

于英雄只是涎脸苦笑。徐五四说话，或谐或谑，他都不在乎。十年前他们并肩走进公安学校的大门，毕业后分在同一个派出所，去年又一块儿调到分局刑警队；可厮混了十年的朋友，却常常尿不到一个壶里去。于英雄的立身之道，徐五四是早就领教够了的，你就是把大道理、小道理、歪道理、不讲理，把正经不正经的法儿轮番用尽，也改不了他那个明哲保身的本性。

见徐五四并未继续说下去，于英雄眨眨眼睛，大概还以为这一停顿含有尚可商榷的意思，情绪立刻显得活泼了些："要不然，咱们把审讯记录就那么交上去，是抓是放，由凌队长自己定夺，怎么样？"

徐五四站起来，带着点嘲弄地甩了一下手里的毛巾，一面做着移步要走的姿态，一面说："《刑法》第一百七十二条白纸黑字：明知是犯罪所得的赃物而予以窝藏的才构成窝赃罪。你叫凌队长翻翻去，窝赃的前提是明知为赃。葛建元并不知道马有利偷了摩托车，噢，光凭着那辆车在他家放过几天就定人家窝赃罪，成吗？你不想想，就算咱们公安局这么定了，人家检察院能批吗？法院能判吗？"

这话不假，给一个人定罪量刑，并不是公安局一家就能包办始终的事。公检法互相配合，还有个互相制约，你报了窝赃罪，人家检察院不批捕，不起诉，白搭；就是检察院批捕起诉，到法庭上判不下来，还是白搭。法官铁面无私，律师死抠条文，想到法庭上去蒙事儿算没门儿。诉讼程序，关隘重重，你凌队长既然端了三十年刑事侦查的饭碗，总该比别人清楚吧，"莫须有"三字，何以服天下？可徐五四没想到于英雄竟然狡猾地一笑，轻声说：

“你不知道，凌队长的意思，是给葛建元送劳动教养，先押他三年再说。劳动教养不属于刑事处分，不用检察院批，也不用法院判，直接往市里的‘劳教办’上报就行了，实际上是咱们公安局说了算。能押三年是三年，也不错。”

徐五四最反感于英雄这种口气了，哪怕是人命关天的事儿，也能让他说得如此轻松随便，“三年，一个人有几个三年？你当是送你儿子上幼儿园哪！”

于英雄的目光在徐五四发红的脸上傻傻地停了一会儿，终于泄气不吱声了。他是属土豆的，甚至常常还等不到和别人吵“开了锅”，自己就先“面”了。徐五四呢，又是条吃软不吃硬的汉子，照例于英雄一打蔫，他就必定收场。不过在这件事上，他的确恨于英雄聪明得过了成色。当一个人聪明总是以诡计的形式表现出来的时候，聪明也就不那么讨人喜欢了。

昨天下午他们在清河农场审马有利的时候，于英雄就要开了他那套小聪明。本来一直是由徐五四主审的，他只在边上做记录，可是当徐五四刚刚问完偷车的简单经过，正要言归主题，往下问偷车以后的情况时，于英雄却突然插问了一句极为重要而且极有用心的话。也许他是早就准备好了要在这个当口上插问这句话的。

“马有利，你盗窃成功以后，把赃物窝在谁家了？”

徐五四当然听得出来，于英雄故意不使用“摩托车”这个表示物品自然形态的词，而用了一个表示物品社会形态的词——“赃物”，后面又要言不烦地落明了一个“窝”字，这样一来，这句貌似简单的问话，就先把个“窝赃”的前提定下来了，被审者要是漫不经心，沿用他的“窝”字往下说，那么无论是谁保管了这辆摩托车，性质都在窝赃之列了。果然，马有利毫无戒备地答道：

“窝在葛建元家了。”

于英雄如愿以偿，脸上带着踌躇满志的暗笑，飞快地把马有利的话记下来了。徐五四不好当着犯人的面驳他，只好补充问道："葛建元知道不知道这车是你偷来的？"

"这他可不知道。"马有利马上回答，"我只告诉他这是我一个朋友的车，托我卖的，这车在他家也就放了不到一星期，我就找好了主儿，推走卖了。"这回，不知是有意无意，马有利没有再用"窝"字，而换用了一个"放"字。

审完马有利，他们回到农场招待所，于英雄掩饰不住满身的得意，姿势舒服地躺在床上，架在床背儿上的两脚不住地晃着拍子，对五四笑道："怎么样，不是吹，马有利这号角色，闭着眼也能把他审个底儿掉。我现在算悟出来了，事在人为，案子能不能审得出来，一半要看审讯的技巧运用得如何了，这里头，可有学头儿呢。你看，这可是他自己承认的，赃物窝在葛建元家了。"他呵呵地笑起来。

徐五四的反应却是冷冷的："吹什么呀，你那属于指供引供，公安部发的教材上明文禁止的，你真懂假懂！"

"指供不指供的，反正咱搞出的材料能说明问题就成呗。"于英雄从皮包里取出审讯记录，一边翻一边欣赏地说，"你看，写得很清楚，第一，马有利承认摩托车是赃物；第二，他承认把摩托车窝在葛建元家了，啧！"他满意地咂了一下嘴，"一环扣一环，逻辑倍儿严密，你敢不敢打赌？就这材料，嘿，回头报到市局法制办公室去，踢着门槛进，蹬着平地出。哼，葛建元，小子，等着劳教三年吧！"

于英雄的得意忘形，使徐五四大为疑心起来，扯过那份审讯记录，刚翻了两下，脸就变了颜色。

"啊？你怎么没把我后来问的话记上？马有利并没有告诉葛建元那车子是偷来的，你怎么没记上？"

于英雄坐起身子，结结巴巴地还想解释，还想说服他，他不听，一踹门走出去了，心里实在气坏了，我明明问了，他还不记，什么作风，你算不算个民警了，算不算个侦查员了，干脆不要干！

他在招待所附近的河边一直待到天快黑，肚子里鼓鼓的闷气才稍稍松懈了一些。他知道自己的毛病，也是难改，一动就发火儿，一火儿就是雷霆之怒，不是个好毛病。可是这件事又实在难以哈哈一笑容忍过去，他最见不得这种油滑透顶的猫儿腻、鬼鬼祟祟的小动作。照这样子搞，不要说当个好警察，连当个撞钟混日子的孬警察都不配。

直到今天早上起来，他的气才算消。公允平正地想想，道理还是应当两面说，天下之大，人无完人，要是谁有了点错处就值得这么咬牙切齿、得理不让人，心胸岂不是太狭窄了吗？不行，他得改改自己的暴躁。

小时候他不是这样性急的，不知从什么时候起，“暴躁”这俩字竟成了他性格中的一种既固定又显眼的成分了，常常要在不知不觉中加以表现和完成，没法控制。就如同于英雄那个和事佬、抹稀泥的性格一样，一朝形成，改也难。昨儿晚上他一回到招待所，于英雄就蔫蔫地又凑过来，讨好地问：

“要不然，呃，你说怎么办？”

能怎么办呢？事情既已办成这个样子，显然没法两全其美了。人家农场眼下正是忙季，要是再把马有利拉来重审一遍，不要说管教干部肯定会有意见，就是马有利本人，也保不准会跟他们犯葛窜秧子。一个进入服刑期的已决犯，除了他顶头的管教干部外，谁都不怎么怵了。何况凌队长给他们限定的时间已到，重审是绝不可能了。而审讯记录已经由犯人看过按了指纹，也不能再行涂改，这是规矩。万般无奈，徐五四只好哼一声，说：

“反正我得跟凌队长说明情况。”

这对于英雄来说，的确有点崴泥了，他堆起一脸肉纹，似哭似笑，十分难堪：“你看，这么一闹，这么一闹，凌队长对咱们该是什么印象啊，咱们也算老民警了，连这么个简单的差事都办成这模样儿，以后哪个领导还敢信任咱们呀。”

“别老咱们咱们的行不行，你聪明反被聪明误，关我什么事。”

“这，唉……”

徐五四到底是吃软不吃硬的主儿，看着于英雄的哭丧相，心就软下来：“这样吧，回头到了凌队长那儿，就说全是我问的，你光管记录来着，是我东一句西一句问得太乱，搞得你没记全，责任在我，不就完了吗？反正葛建元不够处理条件，这份材料也没用了。”

尽管他自告奋勇，代人受过，但于英雄到现在还是一脸惶惶然放心不下的表情，徐五四也只能退到这一步，不能再有迁就了，这就已经够仗义的了。他不再和于英雄啰唆，扭身往车厢头上的洗脸池走去。

“各位旅客，列车的前方到站，是北京车站，北京是我们伟大祖国的首都，是各族人民……”

啊，到北京了，用不了一个小时，他们就要站在凌队长面前交差了，这差怎么交？说心里话，他实在也有点怕见凌队长那张三合板一样严肃的脸。特别是现在，他在郑媛案件的现场冲媛媛父母发脾气的事，队里还没做出处理，他当然不愿意再和凌队长冲突起来。就因为那件事，他至今不被允许参加郑媛案的侦破工作，而凌队长这次让他到清河农场来取葛建元“窝赃案”的旁证，说不定还有点促他戴罪立功的意思呢。要是他再一味唱反调对着干，凌队长该怎么看他？轻的，说你不会审案子；重的，说不定会觉得你这人太狂，不听招呼，自以为是，等等，反正没好处。可是，要像于英雄那样昧着良心，哄着领导；那样识眼色，会来事儿，他也实在做不出，真的做不出！他这辈子并不指望能有什么大出息，就是在最最狂妄的少年时代，也从来没有过上天入地的幻想，可他忘不了自己从进公安学校大门那天起就抱定的宗旨：要当一个好警察，要当一个向国家、向社会、向人民负责任的好警察。哪怕凌队长由此腻味了他，哪怕再把他发回派出所当片儿警去，他反正要当一个好警察。

二

洗脸池边的地面湿漉漉的，迎面的镜子上溅着不少牙膏的沫点子，有半块肮脏的肥皂片儿不知被谁有意无意地落在池台上了，到处都留着粗鲁与匆忙的痕迹。

车厢微微摇晃着，节奏似乎有点乱，车轮的声音也变得丰富了一些。从窗户上可以看见车外一道道凌乱的铁轨，流线似的向后飞奔，车轮在一个接一个的道岔上摇来摇去，哦，这是到二七机车车辆厂了。

徐五四抬起胳膊看了看表，那金黄、纤小的菱形坤表很不协调地系在他筋骨结实的手腕上，十一点三十分，离进站还有五分钟呢。他不急不忙地打湿手巾，慢条斯理地擦脸，然后又凑近那面不怎么干净的镜子，自我端详起来。男子汉本来不应当过分关心自己的脸蛋，可最近这几年，他却总是随身揣着面小镜子，不时照照，成了习惯。要是在什么地方碰上了大镜子，也无一例外地不肯放过。瞧，才三天，胡子就黑茬茬的了。其实他的这张脸，胡子刮干净的时候要比现在年轻十岁呢!

年轻十岁，那该是二十岁，正是他第一次穿上蓝色的民警制服，管起一个七百多户人家的大“片儿”的年纪。“片儿”里的居委会主任是个老资格的“街道工作者”，无论徐五四怎样郑重其事地说话，老气横秋地走路，也没法儿改变她那从老花镜后面露出来的不放心的眼光。那时候，他是多么认真地盼着自己的眼角能快快地长出一片鱼尾纹来，多么急躁地用刀片一遍又一遍地想把嘴巴上的茸毛刮硬。可如今，却又要为自己的老相而烦恼了。

徐五四是在1954年的“五四”青年节那天出娘胎的。在他们全分局，满三十岁还是孤家寡人单挑着的，恐怕只剩下他独一份了。他丑吗？不不，一点也不，有公论，他的正面、侧面、斜侧面，甚至连他的后脑勺，都是端正顺眼的；身材也不错，虽不是人高马大，却也结实匀称。有人说他的五官像阿兰·德龙，还有人说他的脸型像姿三四郎，他当然不敢就那么自居了，可背着人拿镜子照照，倒也能附会出一点类似的味道来。那么，是他的眼光太高吗？也不，冲他家那个“五行缺金”的宅门，即便真的招进个花瓶一样的大家闺秀来，也准保养不起，这点自知之明，他还是有的。他的要求其实很现实，只要能找个对他妈好一点的，本本分分过日子的姑娘，他就打算念佛了。当然，最好也别丑得过分……可就是这种简单得几乎算不上什么标准的标准，也没能给他对付出一个内当家来。从二十二岁那年谈的头一个对象算起，打了八年持久战，六易对手，竟没有一个能够“终成眷属”的。就因为一个“穷”字，能使比他精神十倍的小伙子照样黯然失色。徐五四自己偏偏又是个死要面子的，你敬我一分，我敬你十分；你看不上我，我也绝不上赶着巴结，姜太公钓鱼，“宁在直中取，不在曲中求”，看得起，就成；看不起，就吹，来干脆的！可说句实在话吧，他又能拿出什么东西来让姑娘们看得起呢？是他家的破桌子烂板凳，还是当了一辈子家庭妇女的老太太？

于是妈老骂他：“你就去巴结巴结姑娘家，能掉你一块肉吗？”“我凭什么巴结人家，凭什么巴结人家？我缺胳膊少腿了怎么着！”他嘴上这么固执，可随着年龄的渐长，骨子里也不得不慢慢服软儿，到了去年冬天和那个在花店工作的姑娘交上朋友以后，他终于自动放弃了他的“姜太公方针”。

没法子，人到而立之年还不能成家立业的，不要说自己抓耳挠腮的耐不住，就是那些个蜂拥而来的闲话，也要搅得你不得安宁，类似“眼光太高”“越穷越摆穷架子”还是好听的，在这次去清河农场提审马有利的前几天，他竟听到秘书科的那几位“老弱病残”居然在背地里疑心他生理上有缺陷，差点没把他气晕过去。这些人，你能受得了吗？

“各位旅客，北京是我国政治、经济、文化的中心，是交通运输的总枢纽，北京……”

播音员的声音娓娓传来，把他心头倏然浓缩起来的愤怒冲淡了片刻。那声音已经不十分水灵了，播音员的年龄八成已经不轻，准是结过婚的了……成家立业，生儿育女，终是人之常情啊！

其实，对他的婚事最着急、最上心的并不是他自己，而是他妈。

他三岁那年，爸爸就一病不治，把孤儿寡母撒手一扔不管了。那阵子胡同里还当真有几个迷信老太太，暗地里说是娘儿俩八字太硬，把个短命冤家的男人给克死了，将来的受罪日子不说，保不定还得相生相克，非再死一口子不可。可是快三十年了，他和妈谁也没克死谁，相依为命地过来了。罪呢，倒多少受了一些，他们在北京没什么亲支近脉可以帮衬，开始每月全靠国家给的二十几块基本生活费，加上妈给人洗衣服挣嚼谷垫补着延命，紧是紧点，却也温饱齐全。后来徐五四大一点了，就上街捡纸，日子总是一天好似一天的。到现在家里不但没拉一屁股债，反而小有积蓄呢。要说两个人都命硬，大概也是铁锤砸在铁砧子上，负负得正，恰好！

爸死得早，妈不再嫁，一个人养他。把他从三岁拉扯到三十岁，是妈一辈子里最最引为骄傲的大业，但凡和街坊四邻扯起闲篇儿来，总忍不住要把他端出来向人炫耀，就像个手艺匠对自己心血凝聚的作品那样自鸣得意。当他第一次把自己挣到的工资放在妈妈的手心里，她那副咯咯傻笑的样子，恨不得都能叫人掉下泪来；还有他头回得了先进工作者的奖状回家那次，妈那个稀罕劲儿，又像个头回中了奖的孩子，捧着奖状自个儿端详嫌不解气，又跑到外边满世界给他抖搂去了。其实妈也知道现在各种各样的奖状多得不值钱，可落到自己孩子身上，又当是别有一番滋味在心头了。大概那天前院的梁大爷还冲她发了几句拉扯孩子到这步如何不易之类的感叹，好嘛，足乐得老太太将近一个礼拜没能歇下劲儿来，仿佛三十年的全部辛苦都能在这几句可心话中得到某种短暂的补偿了。在徐五四跟前，妈也总爱唠叨她那份辛苦，其实她从他身上得到的，却是更多的安慰和满足。自从他当了民警以后，妈就开始在街坊四邻中大谈起“公安问题”了，似乎儿子当了人民警察，当妈的也就是半拉“政府人士”，以前为儿子做的和今后继续要做的一切，也都带着些为国效力的意味了。

“我们那个五四呀，忙！成天价不着家。”她常常用这种夸张的语气先声夺人。然后再带着几分神秘，压低嗓门儿对她的听众说，“可不得了呀，跟您说吧，现在见天都有劫道儿的、捅刀子的、耍流氓的，啧啧，您说，他们公安局的能不忙吗？敢情！”她能从听者肃然起敬的表情上，尝到一种无可代替的自豪和快乐。

可是，儿子老是说不成个对象，不能说不是件叫人烦心的缺憾。徐五四的年龄一天天大了，当妈的心病也一天天重了，架不住老有人问，五四找着朋友没有？怎么还没找着哇？人前人后，这两年她都快抬不起头来了。连阅人极广的于英雄都深有感触地说过，对儿女的婚事，再没有比这老太太更操心的了。去年，徐五四和花店那姑娘眼看着就要成了，妈毅然决然地领他到王府井那家大玻璃门的瑞士表店去，在那金碧辉煌的柜台里，挑了一块小巧精美的雷达表。三十年了，妈几乎从来没有一次出手过十块钱以上的整数，而这块比徐五四的指甲盖儿大不了多少的坤表，竟要了三百二十块钱，几乎占了他家全部现金积蓄的五分之三，可妈毫不犹豫地拿出来了。这事的悲剧就在于，恰巧就是那天晚上，“卖花姑娘”和他做了最后一次交谈……

打那次失恋之后，徐五四对于找朋友，实在有点倒胃口了，似乎再也打不起兴趣和精神来。可妈却一反前几次怨人自怨的常态，反倒显得很大度、很踏实，满怀信心地把那块雷达表锁进箱子，就像镇上了足以保佑她招媳妇抱孙子的神符似的。一想到箱子里还有那块表，妈就会觉得斗室生辉，颇有些破家值万贯的自矜了。破家值万贯，不愁招不来个好媳妇!

崭新锃亮的一块表压了箱子底儿，徐五四却不甘心了。这不等于浪费了吗？难道非耗到市场上的手表全降了价再拿出来不成？何况他手上那只花了八块冤枉钱买来的电子表，才一年多的工夫就傻呆呆地不肯往前走字了，他事事得跟别人问时间，自己不方便，人家也烦。他们干公安的，手上要是没个准钟点，甭提多耽误事了。

去年夏天，他们到东大桥去抓一个赌博集团，本来定好了晚上十点钟准时从分局出发的，就因为那坑人表临时停了摆，他竟晚到了半个多小时，那次的拘留证恰恰又是锁在他的抽屉里，他不来谁也动不了窝，结果险些给那帮“赌爷”溜之乎也，搞得很是不好。从那次以后，他和妈就开始了漫长而艰巨的谈判——要表。

“瞧您，地主婆儿似的，什么都锁箱子底儿。”

“对了。你妈地主婆，你是什么？小地主！”

“锁箱底儿也不能下小的，锁着不是白锁吗？”

“一点也不白，锁着，我心里安稳。”

“您瞧，我们干公安的，哪儿能没有表啊，误了事您能负责吗？”

倒是这类话，偶尔还能使妈打个愣，犹豫上一会儿，可最后还是她的老主意：“你周围那么多人，谁还能没个表呀，噢，跟旁人问个钟点儿就显你掉价啦？”

没办法，妈妈的倔劲儿，比他还倔，难怪连于英雄提起这老太太来都要摇头苦笑。不过说到于英雄的鬼点子，徐五四也不得不服，到如今这块表能戴上他的手，没有于英雄的三寸不烂之舌是绝对不成的。

“大妈，您可不知道，这表呀，可不比酒。酒是越放越值钱，表可得老让它走着，像您这么老放着，里面非生锈不可，那三百多块钱不等于白扔了吗？！”

这话确实把妈唬住了，然而还是半信半疑，表虽然拿了出来，看着徐五四兴高采烈地戴在手腕上，她的脸上却还是一片不大放心的神色。

“当心，别磕了碰了，这玩意儿娇气着呢。”

“碰不了。”

“记着，玩球、洗手什么的，别忘了先摘下来。”

“妈，您真是科盲，这是高级表，防震防水。”

“对了，你妈是科盲，你妈不开眼，反正你到时候得给我摘下来，摘个表能费你多大劲儿呢？要是透出旧来，回头怎么给人家呀。”

这表，在他手上被精心地戴了七个月，看来，现在真要派出去完成它的历史使命了。他和杜丽明已经认识了三个多月，相处得也还可以。上三十岁的人谈恋爱，成与不成，眼光已经很实在。杜丽明长得不错，最突出的特点是皮肤白，不洗脸也显得那么洁净。她在新新小学当老师，是个上下班比较正点的工作。尤其叫徐五四满意的，是她至今也没有打问过他家的经济状况，她并不关心这方面的事。她的父母全是机关干部，有文化，大概不会是那种嫌贫爱富的主儿。对了，她每天晚上送小媛媛回家这件事，也使徐五四十分看重，这说明她是很有事业心的。没事业心的姑娘将来准是个碎嘴子，千万不能要。

当然，如果面面俱到地要求，杜丽明也并非无可挑剔，譬如她太馋，一天到晚零嘴儿不断。不过这毕竟属于小节，小节无害；再就是她的脾气，多少是太大太暴了一点，自尊心强得比徐五四还邪乎。可话又说回来，像她这样的独养千金，在家一向娇逞惯了，和人相处以我为中心，喜欢独断专行，也是自然而然的事，徐五四对此倒也并不觉得难耐。只要对方不小看他和他的家，他自己那个自尊心的包容量和伸缩性其实是极大的。

论找对象，别看他一直是情场败将，可在理论上，却有很不俗的观点。他并不主张先冷静地把对方宏观、微观、纵观、横观地分析一溜够，再下取舍的决心，而是注重双方接触时的直感。对姑娘，要是你第一眼就能生出一种亲近她的愿望来，这就算成了一半了，至于双方的毛病，再大也不过是两座冰山，异性相吸，炽热的爱火能把它们慢慢化开。可如果两个人一见面谁都不能引起对方兴趣来，那就崴泥了，冰山将永远森然相对，事情就准成不了。

就说和他自己谈崩的那六位姑娘吧。她们就是不懂得珍惜少男少女一辈子只有一次的情深意长，偏偏瞪着两眼穷分析他的“条件”，简单说吧，那不是谈恋爱，是买东西呢！

杜丽明是第七个，她会怎么样？他相信她！人是不是庸俗，三个月足以辨出。他现在对她甚至有种感激的心理。老天给他的运气，总不能再有所挑剔了。对她，应该加倍好一点，顺从一点，能包涵的包涵，能忍让的忍让。于英雄曾开玩笑地警告过他：第七个要是再搞吹了，“第八个是铜像”。徐五四现在真有点兵疲厌战的感觉。他琢磨，看着火候，差不多了就办事。

说到运气，倒很有意思，你拼命去追求、寻找，苦苦得不到的东西，偏偏在不经意的巧合中撞上了，北京人讲话叫“撞大运”。那天晚上他就完全是偶然地路过那条偏僻的街道，而且当时还是杜丽明先招呼他的呢。天缘凑巧。

“同志，哎，警察同志！”听见杜丽明的叫声他便站下来，循声去看。杜丽明那时站在马路边的一盏路灯下，一只手领着只及她腰间的小媛媛，另一只手拎着个素净的尼龙兜。他这第一眼的印象深极了——路灯昏黄摇曳，一大一小两个弱女，显得那么孤立无援、可怜巴巴。要是光凭这个印象，他怎么也不会想到杜丽明竟会是个厉害的“大女子主义”者。

“怎么啦？”他向她们走了两步，还以为是问路的。

“警察同志，你能不能带我们过去？”杜丽明领着郑媛，一溜小跑投奔过来，“你看那边，流氓！”

果然，不远的地方有人在嘻嘻哈哈地叫份儿：“谁是流氓嘿！谁流氓啦，嘴干净点行不行……”

奔着声音，徐五四看见马路斜对过儿，模模糊糊有一帮人聚在暗影里，看不清有几个，只见一个个小烟头一明一灭地闪着红火儿。他点头说：“走吧，我陪你们走。”

徐五四领着她们，故意横着膀子贴着那几个青皮无赖的身边走过去，拿眼睛狠狠地扫他们，哼，没一个敢吭声的。

拐了弯儿，看不见那帮人了，杜丽明这才松下气来：“流氓，讨厌！”

“他们怎么啦？”

“天天聚在这儿，没话找话，真是的，也没人管！”

“你天天从这儿走？”徐五四知道，这条街僻静，加上周围居民的成分很杂，所以是个发案率比较高的地区。

“差不多天天走。”

他看一眼郑媛：“这是你小孩呀？”

“哟！”杜丽明笑了，“我像有这么大孩子的人吗？”

杜丽明这一反问，他才自知失言，心想这女的倒不认生。

是的，郑媛已经七岁了，而杜丽明才二十五岁，看上去似乎还要面嫩些。后来他才知道，郑媛是杜丽明班上的学生，因为居住的那片房子拆迁，就剩她一家死活不搬。你想，一栋孤零零的房子支棱在一大片荒凉的瓦砾场上，该是什么架势？到了晚上一个人影见不着，光看见小阴风捎着一溜溜儿的黄土，蛇似的满处乱窜，别说七岁的小孩子啦，就是大人独个儿从那儿走都得犯怵！没辙，当老师的只好天天送她。

“她爸爸妈妈哪儿去了，怎么不叫他们到学校来接？”徐五四后来和杜丽明熟了，也曾这么问过，可杜丽明说：“他们都在商店工作，每天至少得七八点钟才能完事，再赶到学校就太晚了，学校放了学就是个大空院子，小孩儿一个人也不敢待。挺活泛的孩子，回头儿别给吓蔫巴了。”

“你天天这么送也不是个长久之计啊。”徐五四带着点怂恿的口气，“得跟她父母谈谈，到底什么时候搬家！”

“就是，他们这种做法对孩子的心灵美也不好，都七岁了，这些事都懂了。”

郑媛的确是个伶俐的孩子，长得很好玩儿，一对黑豆儿似的亮眼睛总是担忧地眨巴着；下面长着一个俏皮的小嫩鼻子，嫩得仿佛用手一按就能按没似的；嘴巴也很小，就像是在那张胖乎乎的小脸上嵌着一个圆圆的红宝石。徐五四后来常常帮着杜丽明送她回家，有个星期天还一块儿带她去过一次中山公园，把她往儿童游乐场的吊船上一放，他们就在边儿上聊天。有时杜丽明晚上有事，他就一个人送她回家，再后来，简直就送上瘾了，仿佛自己的灵魂能从中得到一点轻松和净化似的。在这个纯洁的小天使面前，他的身心都变得爽然不染了。

他爱听媛媛咯咯的笑声，爱听媛媛胆怯和热烈地喊他徐叔叔，他还爱把她放在自行车的大梁上推着走，爱把嘴巴挨近她嫩茸茸的耳朵边，柔声细气同她哝哝说话。他活三十岁了，还从来没这么柔声细气过。有一天他突然很真切地体味出只有做了父亲的人才会有的那种亲子之爱的激情，他自己都吃惊了——啊，徐五四，你可真是到了岁数啦，已经开始向往做人父的滋味啦！

令人想不到的是，一个七岁的孩子，居然是他和杜丽明的媒人，就像一根细细的小绳，把两个蚂蚱拴在一起了。他对杜丽明起初的感觉就不错，可一直没机会向她表白。他也怕说太早了，他帮她送孩子的举动就会让人感到是别有用心了。他们之间的关系，最后还是从媛媛问的那句话开始，才渐渐明朗起来的。

那次他和杜丽明一起送媛媛回家，媛媛突然没头没脑冒出这么一句话来：

“徐叔叔，我现在知道你是干什么的了。”

“叔叔是警察呗，抓流氓的。”杜丽明说。

“不对，是警察怎么没戴大帽子？”

“叔叔今天没戴嘛，那天不就戴了？”杜丽明有一搭无一搭地随口说着。

“那他也没抓流氓呀。”

媛媛很不愿意人云亦云，倒很像他的脾气。他不由得感兴趣地向坐在自行车大梁上的媛媛问道：“那你说，我是干什么的？”

“你是杜老师的爱人！”

童言无忌，两个大人没想到会问出这么一句话来，不由得尴尬万分。杜丽明掩饰地拍一下媛媛的脑袋：“小孩儿，你懂爱人是什么？”

“爱人呗，就是……我爸爸就是我妈妈的爱人，他们俩都结婚了。”

徐五四脸上苦笑，心里却感激媛媛。他随口打岔：“媛媛，叔叔也给你找个爱人吧，要不要？！”他本来还以为媛媛一定会摇头大喊不要，谁知道她很腼腆地低下头去，一只小胖手很不好意思地抚弄着自行车的车铃，用小小的声音喃喃说道：

“我有了。”

“啊？”两个大人相顾愕然，这还像话，“谁呀？”

“坐在我后面的牛牛，他说他以后要嫁给我。”

嗬！还是倒插门！都是还没换牙的小毛孩儿呢，不像话。

不过，媛媛的这个东风是一定要借的。徐五四经过一番计划，第二天陪杜丽明送完媛媛之后，就提出和她一起去看晚场电影的建议。他故意选了个没人看的老片子——《警察局长的自白》，想试试杜丽明去不去，结果她一句话没说，去了。

瞧，说媛媛是他俩的一线之媒，也还沾点边儿吧。

算今天，媛媛离开人世有六天了。六天，他的脑子一空下来，便去想她；想她，便发恨！恨那凶手，也恨他自己。从火车上的这面镜子里，他看到自己的脸，这几天似乎有点异样，肌肉的线条不论怎样放松，仍然有一种杀气腾腾的感觉，脱不掉！

对媛媛的死，他是负有责任的。从上个星期一杜丽明去上海参观那天开始，他就是一个人送媛媛回家。那天送到家已经是晚上七点钟了，媛媛的父母都还没有回来，当时媛媛说饿，他还给她从柜子里拿饼干吃呢，可他为什么就不能多待一个小时，等大人回来再走？那四周一片荒凉，他离开的时候天已经全黑了，废墟上的风仿佛比往常更阴森、更古怪，四周很暗，只有远处工地上的那个值班木房里，还闪着鬼火似的亮光。他怎么不想想，七岁的孩子，怎么能把她一个人扔在那儿！他真混！

可是那么多次了，他们一直是送到家就走的，谁也没想到会出事！

“我们的家乡——在希望的田野上……”

车厢的喇叭唱起来了，徐五四这才发觉火车已经停了。于英雄提拎着他们俩的皮包，一脸埋怨地找到这儿来。

“你磨蹭什么呢？”

他沉沉地吭了一声：“洗脸。”

“我以为你洗澡呢。”

“……老人们举杯，孩子们欢笑，小伙儿哟……”

小媛媛，你在哪儿欢笑？

徐五四心里突然冲击着一股非常急切的情绪，无论如何，无论如何，他一定得参加郑媛被杀案的侦破工作，他应当，必须，为媛媛尽些责任去！

三

他们回到分局大院的时候，已经将近中午一点钟了。球场上正在吵吵嚷嚷地赛篮球。徐五四听声儿就知道，这是他们刑警队和预审科较劲儿好久的一场球，一直没空儿打。

球场边上围了不少人，连一向对球没有兴趣的凌队长，居然也抱着个膀子站在那儿怔着神儿观战。这使得徐五四对他的印象刹那间变得模糊起来了。他还能记得和于英雄到刑警队上班的第一天，就发觉凌队长是个很严厉的老头儿。严厉，又有点古怪，不是让人一看就敢亲近的那种人。

那天他们到刑警队报到，是殷副队长同他们谈话的，凌队长只在那间屋里待了三分钟，统共说了两句话。

头一句是："来了，好，好。"

第二句是："1965 年我从刑侦处调到这个分局的时候，全北京市的刑事案件年发案是二百起，现在是一万起。明白我的意思了吗？"

他要表达的是什么意思，徐五四并不太明白，所以没吭声，可于英雄却熟练地答应道："明白了。"徐五四后来问他明白了什么，他却稀里糊涂地一摆手："咳，他就是那么一说吧。"

一年多了，徐五四对凌队长的印象并没有太大的改变。在私人感情方面，凌队长和大家的确没有太多的交流，他给人印象最深的部分，始终是工作上的才能：业务极熟，老谋深算……可现在呢？假使你现在才认识他，假使你第一眼看到的就是他在球场边上看一场同志间的球赛，看得那么认真，认真得那么可爱，那你准会以为他是个最最富有人情味儿的老小伙子呢。

人哪，真是天晓得！

球场上，刑警队正输着。作为刑警队的铁杆后卫，徐五四的出现，就像是神兵天降似的，立即被生拖活扯地撺掇到场上去了。他饿着肚子，也没打球的心情。可看到球友们欢呼雀跃的样子，又不能没有点“受任于败军之际，奉命于危难之间”的使命感了，连他那块匆忙脱下来的宝贝表，都是由凌队长亲自替他拿着的，让他受宠若惊。好，打就打吧，来，给球！

开头他的手气很顺，不仅连投连中，甚至还结结实实地盖了对方高中锋一个帽，满场彩！眼看比分拉平的时候，他突然从观战的人缝中，瞥见于英雄跟在凌队长的屁股后面正往办公楼里走，顿时就乱了心思。他料定于英雄那小子的毛病，要是让他一个人汇报，审讯记录上落掉的那一段，他是肯定不敢提起的。

打篮球这玩意儿，心里头不能有半点杂念，一有杂念，方寸非乱不可。凌队长和于英雄一走，他就开始犯臭，一连丢了几个球，搞得全队阵脚大乱，兵败如山倒，终场的哨子一响，刑警队的记分牌上，活活落下了二十来分。

“打的什么球啊，臭大粪！”

“全赖徐五四那小子不开和，他不回来也不至于这么惨……”

徐五四可顾不上球迷们的大骂和球友们的埋怨了，匆匆穿上衣服跑到凌队长的办公室来。他当然没有估计错，于英雄果然只把审讯记录拿给凌队长看了，其他的，一句没说。可惜事情也并不全像于英雄计算的那么如意，这份他自以为在逻辑上无懈可击的旁证材料，根本用不着报到市局法制办去“蹚平地”，在凌队长这儿就翻了车。徐五四一进队长办公室的门，看见于英雄那副哭丧的脸孔，就猜出了大概。

看见他进来，凌队长从椅子上站起，拿起那几页审讯记录，朝他抖了一下，又扔在桌子上，口气十分不快：

“瞧你们审的这叫什么案子，材料太不硬了，太不硬了！你们懂不懂，审讯记录是正式的法律性文书，怎么能搞得这么模棱两可呢？这辆摩托车的来历，马有利是怎么告诉葛建元的，为什么不写上？这是很重要的情节，材料上怎么能毫无反映？”

于英雄一脸尴尬，畏畏缩缩地答不上话来。

徐五四也并不急着去辩白，他有意留出一点时间让自己镇定了一下，然后才从从容容地把准备好的话往外端。

“队长，这可不是材料写得不硬，是事实本身不硬。”

“事实怎么不硬？还有什么案子比这个更简单、更明白的？马有利自己家里没有条件存放这么大的赃物，在销赃之前，难道不是窝在葛建元家的吗？从盗窃到实现盗窃价值的整个犯罪过程中，葛建元所起的必不可少的作用，难道还不明显吗？你还要怎么硬？”

凌队长咄咄逼人，徐五四也不含糊，这事他有理，有理走遍天下！“对了，葛建元客观上是帮助了犯罪，可是根据法律的要求，认定犯罪还得考察行为人的主观条件呢。过去派出所几次找葛建元谈这件事，他都没承认自己知道这摩托车是偷来的，这次马有利也说他没有把真相告诉葛建元。他替他存放摩托车，就好比是替熟人保管一件东西罢了，并不意识到是在窝赃，我们不能说他主观上一定具有窝赃的犯罪故意，不然，岂不成了‘客观归罪’了吗？”

徐五四自从到刑警队来以后，还是头一次这么高腔大嗓，像吵架似的同凌队长直辩。于英雄真狗熊，站在那儿连当个三花脸帮着敲敲锣边的胆儿都没有，废物到家了！

凌队长压下眉毛，用意外的、略带吃惊的眼光看着他，就像看一个陌生人似的，最后还是坐下来，放慢了语气。

“你怎么了？你又不是新同志了，还不懂吗？葛建元知道不知道摩托车的来历，怎么能只听他自己的表白呢，这种事他当然是不会认账的。可我们只要稍稍分析一下就能看出来嘛，凭他和马有利棒打不散的关系，这车是不是偷来的，他能不知道吗？我吃刑侦这碗饭三十多年了，这帮人怎么回事，闭着眼都能想得出来，何况我过去不是没和葛建元打过交道。前年房修公司的盗窃案，要不是那个保卫干部误了事，葛建元早就在监狱蹲着了。他这种人，真是闭着眼也能想到他的骨子里去。”

徐五四一把抓住凌队长的纰漏，有点得理不让人了：“给一个人定罪，能光凭着闭眼一想吗？”

“所以我才叫你们到清河农场取旁证嘛。”凌队长不耐烦地又抬高了声音，“你看看你们这个记录搞的，根本没有把问题审透，马有利不可能不告诉他！”

“怎么不可能，我要是偷了东西，连亲娘老子都可以不告诉！”徐五四简直有点抬杠了。

“好好好！”凌队长烦躁地挥了一下手，粗暴地打断他，“今天不谈了，等以后叫上你们组长，叫上派出所的同志，都来，大家一块儿说！”

这几句话，本来没什么错处，可凌队长那种居高临下的口气，那种不屑与论的神情，却叫徐五四有股说不出来的恼火，他甩手要走，凌队长又把他叫住了。

“审讯材料拿回去！”

这份他早就认定无用的审讯记录，在凌队长那儿也是个不合格的废品，可两人的出发点却是那样南辕北辙。徐五四拿起记录稿，目光很放肆地同凌队长碰了碰，心里蓦地跳出一句话来，他的脑袋禁不住有点发热了。

“队长，知道不知道法国大文豪伏尔泰的一句名言？‘罚一无辜，不如赦一有罪’，我们怎么样，总不至于‘宁可错杀一千，不能放过一个’吧？”

凌队长脸色铁青，好半天没说出话来，最后沉沉地挥了一下手，让他们出去。徐五四话说出口，又有点后悔，也许他不该赶这种时候说这句过分赌气的话，不要说这话本身的含意太过尖锐、偏激，就是他那种说教和质问的口气，也肯定会让凌队长反感。三十岁的人了，怎么就没有点涵养呢？

不好。

果然，他刚刚转身要走，凌队长突然在背后开了口：

“你听着，我也有句话：‘赦一有罪，等于杀一无辜！’不是名言，可你要还是个警察，就记着这句话吧。”

从队长办公室出来，他的心情异常败坏，于英雄免不了在他耳边说了些“何苦来”之类的话，可他听不进去，心里突然冒出一个强烈的怀疑来！

——凌队长，为什么非要整葛建元呢？一个干了三十多年刑事侦查工作的老刑警，对证据上这种非常明显的缺陷，竟会如此没有辨别力吗？显然不会！

虽说，徐五四也是个有十年警龄的老民警了，可在刑警队还算是个新同志。对凌队长其人，只识皮毛，未识筋骨。但总的来说，对这位严厉有余温和不足的头头儿，他一向是敬畏的。对刑事侦查这套活儿，凌队长的经验之丰富，常会给你一种深不见底、没有穷尽的神秘感。如果说现在的年轻人不喜欢承认权威的话，那其实只是不喜欢那种官封的权威和老掉牙的权威，而凌队长在人们心目中的权威之所以显得那么自然和牢固，大概就是因为它并不仅仅出于“行政成分”的缘故吧，于英雄讲话：“凌队长搞刑侦，整个儿一个‘老油子’！”

可油也不能油得没边儿啊，还讲不讲法律的严肃性了？

这大概是他头一次动摇了对这位权威的迷信，他觉得凌队长的“油”，似乎也不是什么令人崇拜的本事了。邪门歪道！

回到组里的办公室，徐五四坐在桌前一语不发，心里憋得像烧了火一样难受，连组长过来同他打招呼都没注意。

“哎呀，你们可回来了，好好好，郑媛的案子正吃劲儿呢，我这儿眼看就要掰不开镊子了。”仿佛生怕他们再溜了似的，组长不停气地又说，“哎，于英雄，待会儿老黄要去建筑公司找个证人谈话，你跟着跑一趟怎么样？发案那天在工地上值班的那个家伙，很可疑的，得查查他。”

“啊？”于英雄咧咧嘴，“也得让我们喘口气啊，到现在连午饭还没捞上吃呢。”

组长还是唠唠叨叨，一点儿也不可怜他：“那有什么，干咱们这行，就得打着饿饭的谱儿，要不然别干。”

于英雄翻翻白眼儿，依旧吭吭唧唧不痛快。徐五四闷声说了句：

“我去吧。”

组长愣了一下，不知怎么忽又改了主意：“噢噢，你们还是先吃饭，先吃饭，我另找人去吧。”见徐五四怀疑地看他，便笑笑，“不是让你专门搞葛建元的案子吗？”停一下，用轻了一倍的声音又说，“要不，你再找凌头儿说说去，郑媛这案子倒是真缺人。你看，郑媛的班主任大前天就从上海参观回来了，到现在还没顾得上找她谈呢。”

这还用得着再往下问吗？徐五四当然领会了。就因为他在郑媛案的现场骂了受害人家属——郑媛的父母，到现在他想为郑媛出点力，尽点责任，人家还不让呢！

组长是知道他的脾气的，吃苦受累不含糊，就是不能受委屈，所以唠唠叨叨地又说了许多照顾自尊心的话，越这样，他心里越不是滋味儿，索性把话题扯开了。

“怎么着，现在到底有没有线索啊？”

“咳，难啊。”组长认真地坐下来，一副从头说起的架势，“其实凶手并不是老手，巧就巧在，犯罪的现场恰好是一片硬焦渣子地，指纹、鞋印都取不到；遗留物也没有；孩子的裤带子是扯开了，可实际上并没有造成强奸的事实，所以连精斑什么的也找不到。法医的鉴定结论很简单——机械性窒息死亡，犯罪工具也是就地取材的，就用小孩儿脖子上的红领巾那么勒的；尸体解剖也没发现什么异常，胃里光是有点饼干，还没消化呢，估计凶手就是用饼干把孩子从屋里引出来的。没办法，侦查方向定不下来，就得铺开来查，一铺开，人手又不够，现在连作案的时间范围都缩小不了。你去清河农场那天，我们又分析了一下尸体现象，尸斑是到那天下午四点钟才有渗血、指压才不褪色的，你算算，遇害的时间只能是在头天晚上八点以前，所以现在关键是要查清孩子那天是什么时候离开学校的。有人看见那天傍晚六点钟左右有个男的把孩子从学校领走了，可至今查不到这个人的一点线索。我们已经根据目击者的描述，绘制了这个可疑男人的刑事画像，别说，长得还有点像你呢。现在也只好这么大估摸，作案时间差不多在晚上六点至八点。"

"不，"徐五四面色沉沉地站起来，"应该定在七点至八点。"

组长摆摆手："也不能把时间范围估得太没余地……"

"七点钟我还在郑媛的家里呢，是我给她吃的饼干。"

"你？"

"我就是领走她的那个男人！"

四

徐五四从分局走出来，正是晚上下班的时候，街上人多得打成团儿。他随着黑压压的自行车的潮流，沿着狭窄的马路，浑浑噩噩地往前拥。

杜丽明既然已经回来三天，媛媛的事她准知道了。一个心爱的学生，竟然是这么个死法，她心里是什么滋味，那是不用问也能想得到的。杜丽明和他一样，也是个多血质的性格，顺劲儿就大喜，拧劲儿就大怒，逢上什么悲伤事，大概也比别人难过得更厉害些。好在她并没有看见媛媛的尸体，不然她会一辈子忘不掉那种刺激。

那种刺激，他自己也忘不掉。媛媛的尸体显得那么纤小、细弱，在她家门前那片硬焦渣子铺成的斜坡地上，可怜巴巴地躺着，脸白白的，小鼻子依然天真无邪地朝天翘着，眼睛平静地闭着，像甜甜入梦一样，看不出一丝暴虐的痕迹，甚至使你总觉得她还会醒来。可爱的孩子，连死神也不忍把血光和狰狞留在她的脸上。

媛媛，你梦见了什么？梦见了蓝天？太阳？梦见了想要“嫁给你”的牛牛？还是梦见了叔叔的大盖帽？你看，叔叔今天把大盖帽带来了！

对了，叔叔是抓流氓的，是保护你们平安长大的……想到这儿徐五四的鼻子都发酸，他算个什么好警察！那天晚上居然放心大胆地把媛媛一个人扔在周围都是荒地的屋里走了，起码的警惕性、起码的责任心，哪儿去了？

在那个阳光刺眼的杀人现场上，闪着寒光的钢卷尺在媛媛的前后左右拉来拉去，照相机咔嚓咔嚓响个没完。大家的脸上没有一点表情，一个个活像外国蜡像馆里的人模子。担任现场勘查总指挥的凌队长声色冷淡，慢腾腾的语气就像在张罗着一件很普通、很家常的事情：“左边，看着点左边，注意焦渣子上有没有外来物……等一等，尸体等一等再翻……”延目远望，看热闹的人像凝固不动的一面墙，连工地上那个大吊车的吊臂上都趴着人。徐五四的泪珠子在眼眶里哆嗦，心在心窝里打战，那些人围在这儿，不过是看个新鲜、看个好奇，如此而已。谁肯为这孩子哭一声？她原来也是个活鲜活跳的生灵啊！不要说这些围观的路人，就是他们这些人民警察，不也都像机器人一样，心早就麻木了吗？也许警察本来就不需要什么激情热血，只要有躯干四肢，能机械动作就够了。那些个被杀的、被打的、被抢的、被侮辱的，见得太多了，要是天天都像他现在这样伤心难过，受得了吗？就说他自己，如果死的不是媛媛，能有这种痛心疾首的失职感吗？说到底，他自己也不是个好警察！

他那天的任务是做现场访问，而他的脑袋却乱得像一盆糨糊，总也不能专注。面对被采访的证人，他几乎是机械地问着例常要问的问题：“是您报的案吗？您是什么时候发现尸体的？”“早上发现的，早上六点半，我来接工地上的早班，我每天上班都从这斜坡过去，这儿抄近……”“您呢，您是新新小学的负责人？”“是的，我是新新小学的副校长兼总务组主任，食堂、财会那摊事也归我管。我平常都是住在学校的，因为我家远，我家就住在……”“对不起，请简单点，我想问的只是昨天晚上……”“噢，昨天晚上孩子的爸爸打来电话，打到学校的传达室去了。学校一下班，就只有传达室的电话有人接了，传达室那电话其实也是电话局才安上的，而且还是走了个后门儿才安上的。呃，这事不详细说了，还是重点说咱们的问题吧，昨天晚上传达室是老陈头儿值班，老陈头儿这人有点耳背……”“请再简单点，昨天晚上几点钟接的电话？”“嗯——挺晚的了，怎么着也能有八九点钟了吧。你想想，我都洗完脚了嘛，我每天八点半准时洗脚，天天如此，不洗睡不着，呃，我又扯远了。电话是孩子的父亲打来的，问孩子是不是还在学校，我说不在了。孩子每天是由班上的杜老师接送的。杜老师最近到上海学习去了，不过这事她一定会安排好的。杜老师这个人脾气虽然冲一点，可对工作还是蛮负责的，对孩子也好，有一次……”“好，谢谢您了。哦，您是工地上的值班员吗？您昨天晚上有没有发现什么异常现象？”“没有。”“有没有听到什么声响，譬如说，喊叫的声音？”“没有。”“请再仔细回忆一下。”“真没有。”“您是……”一连串的询问，一连串的证言；不同的表情，不同的语气，在他面前轮换着。他自己也是证人，昨天，是他最后一个和媛媛在一起的。

该问的人问完了，徐五四朝媛媛家的屋子走去。证人在他身后叽叽咕咕议论开了：

“可不是吗？这地方四面不着，天黑了大人也没几个敢走的，别说小孩子了。”

“这房子怎么不拆呀！怎么回事？”

“咳，钉子户，还不是死赖着漫天要价，想捞一套大单元呗。”

“贪心不足，倒把孩子赔里头了。”

“啧啧，唉——”

证人们的议论像在烈火上摔破了一个油瓶子，在他心里砰地炸开了。他膝盖拼命哆嗦，想忍忍不住，踉踉跄跄来到用白灰标出的现场保护圈内，看见他最后要访问的那两个当事人——媛媛的父母，抽抽噎噎被人从屋里扶出来，他就像一个失去了理智的醉汉，猛地冲过去，声音哆嗦着：

“现在你们哭啦！现在知道难受啦！你们早干什么去了！”

也许是他的叫喊太疯狂、太尖锐了，站在斜坡上的刑警、法医、现场的见证人，还有那一对儿哭得半晕的父母，全都惊愣住了，整个现场没了声响。最先有所反应的是凌队长，用压低了的恼怒的声音喝道：“徐五四，你怎么了？”

而他，虽然在这一刹那脑子里也有克制自己的闪念，可冲动一旦顶上来，就是心里想忍住，嘴上也已经不可收拾了。他指着躺在坡上的孩子，喊：

“你们摸摸自己的胸口！对得起她吗？就为一套房子，一套房子！你们还配做父母吗？”

在这狂暴的谴责声中，那位母亲放声号啕起来，做父亲的手指头哆嗦着，指着他：“你你你……”话不成句。凌队长冲到他面前，咆哮起来：“徐五四！不要再说了！”

一大颗眼泪，突然夺眶而出，滚烫滚烫地从脸上掉下来，他不知道为什么会这样，他是男人，汉子，可今天却脆弱成这样儿……

组长过来了，又过来一个同志，把他拉走了。

他微微喘着气，竭力想叫自己平静下来。站在现场勘查车旁边，他看见媛媛的身体裹上了白布，被两个刑警抬着向这边走来。媛媛已经僵了，在两个大人强壮的手里，似乎轻得没有一点重量。凌队长也跟过来了，看了他一眼，在两个刑警把媛媛往勘查车尾部的盛尸匣里装的时候，沉沉地说了一句：

“轻一点。”

不知是有意无意，那两个刑警也看了徐五四一眼，然后放慢动作，格外小心周到地把媛媛放进盛尸匣里。徐五四心里突然涌过一阵感激的热流，他不该把别人全都想得那么无情，欢蹦乱跳的小姑娘，谁也不愿意她碰上这种飞来横祸，这种事谁心里都不好受，人同此心，心同此理吧。

在那天的现场勘查过程中，没有进行照例要进行的临场讨论，因为现场的情况简单得不能再简单了，陈尸的现场就是杀人的原始现场，并没有经过任何伪造，再加上现场保护人员缺乏经验，把现场的范围划得过小，除了那片铺满焦渣子的斜坡地被保护起来以外，其余地方都叫围观的人搞乱了，所以再也没法儿判断犯罪分子的出入口和逃逸的方向。现场勘查的拍照、绘图、法医、痕迹等各摊工作都结束得很早，凌队长预设的那个准备一查到方向就立即出击追捕的机动组，也一直没有派上用场。

现场情况分析会是回到分局吃过午饭以后开的，当时组长叫徐五四冷静一下，没有叫他参加。第二天凌队长就把他和于英雄发到清河农场去了，所以对案件的全貌他并不十分了解。可今天下午组长讲的那些情况，却是他早有预料的，杀人的家伙并非老手，可以从现场的毫无伪装和预谋的迹象这一点上看出；现场勘查的一无所获，又可以由那天现场情况分析会之短促而想见。他知道这将是一个难办的案子。

在那本犯罪侦查学教材上，有这样一句话：“任何实际存在的犯罪都和一定的时间和空间相联系，任何客观的犯罪活动，都必然会引起自然界原有状态的改变而留下犯罪的痕迹。”为了去年那场考试，他已经把这段话背得滚瓜烂熟了……可教材上为什么偏偏没有说，在现有的技术水平和物质条件下，人们有时是否还没法儿从某种被改变了的自然界中，提取足以被法律承认的犯罪痕迹？教材上为什么忘了说！

听组长刚才的意思，那天工地上的值班员很可疑，这倒和徐五四的直觉吻合了。他记得那人有四十来岁，矮个儿，虚胖，在那天的现场访问中，这家伙一连气说了一串“没有”，活活把人气煞。对，这人可疑！

不行，说什么他也得去参加郑媛被杀案的侦破工作，他实在需要参加这个案件的工作！在去清河农场之前，他已经向队里写了检查，凌队长为什么还要死揪住他的错处不放呢？而对葛建元的窝赃问题却又一味牵强附会，以官压人，谁要反对他就冲谁发火儿，什么作风！他万没有想到识人之难，难在长久，他来刑警队都一年多了，以前居然对凌队长抱了那样一种崇敬佩服的心情。而如今，光凭葛建元这件事，要想叫自己再像以往那么服他，反正难了。

五

徐五四的家住在一个前后相通的套院里，据老辈人讲，这是日本鬼子那会儿就有的老房子。他家住后院，里外两间房。他进家的时候，妈正坐在外屋桌前吸溜吸溜地喝面儿粥呢，见他进来，一乐。

“嘿，我估摸着你该回来了。今儿什么日子，忘啦？”

“什么日子？”

“丽明过生日呀！”

徐五四不是个精细人，而且对于过生日，一向不怎么有兴趣。杜丽明的生日，还是在她头一次到他家来礼节性地小坐时，妈拐弯抹角问出来的，他当然不会留意至今，就连他自己的生日，假使不是沾了青年节的光，也未必能年年不忘。对他来说，过生日除了晚饭必定吃一顿面条外，和平常日子没什么两样，他从小就腻味吃面条，自然也就不会把生日当成一年一度中一个解馋的盼头。他不像妈，把生日看得那么郑重。

“去，你们到街上找个地方吃去。”妈放下粥碗，急急忙忙拿过六块钱来，四张一块的，一张两块的，说，“你梁大爷不是老说东四十条的森隆饭馆挺值吗，菜不贵，盘儿又大，你们上那儿去得了，钱不够你再添上点也行。”

“哎呀算了吧，”他扭过身子，“咱们家这模样，还摆什么臭排场呀！”

“拿着，”妈白了他一眼，硬把钱塞在他的手里，“人家过生日，一年一次，咱不能不意思意思。再说咱又不是真拿不起。”

自从置了那块高级表，妈就老是这种比上不足、比下有余的口气了，他只好从命揣上钱。临出门，妈又把他叫住了。

“要不然，今儿趁着日子，就把表给了她吧，你说呢？”

“嗯，行。”他下意识地抬起手腕看了一下，手腕是空的。

“哟！表呢？”妈这一惊非同小可，“哪儿去啦，丢啦？！”

他也愣住了，不知是一下子发了蒙还是被妈的大呼小叫吓住了，脑门儿上忽地蹿出一片汗粒子来，胸口咚咚直跳，莫非今天真是他的忌日吗？输球、吵架、丢表，祸不单行！

妈几乎要哭了：“是不是丢在外地啦？是不是丢在火车上啦？你还不快给我找去！知道不知道东西来得不易？不叫你戴偏戴！”

腾的一下，他想起来了，气不打一处来地吼了一声：“您嚷嚷什么！”

“我嚷嚷，我能不嚷嚷吗，啊？”妈更加歇斯底里，“你给我找去，找不着别回来！”

“我打球的时候脱给我们队长了，表在他那儿呢，您嚷嚷什么呀。”

老太太的情绪这才松弛下来：“表你不好好戴着，瞎给人。”

“我打球！您不是说打球得摘下来吗？”

“那打完了也得想着要回来呀，丢了找谁去？净干这悬乎事儿，还不赶快去要回来？”

妈也是给惊吓坏了，急不可待地推他的膀子，是叫他立马就去的意思，他却犟着身子不肯走。

“人家下班了，你跟谁要去，明儿再说了。”

“那可不行，你要是不去，我去，你不怕丢人我就去。”

妈是说得出做得出的，她知道凌队长家的地址，真要是大晚上跑人家里去要表，那可叫他的脸往哪儿搁呀，何况他刚刚跟凌队长顶完牛……不行不行，他只好软下来。

“妈，您看我不是得赶紧找杜丽明去吗，等人家吃完了饭再去就不合适了。”

听这话，妈才转了弯子：“那你快去吧，明儿上班可得想着要回来。”

真没办法。

这几年，无论在派出所还是在刑警队，徐五四都是出名的倔头，可比起妈妈的倔劲儿来，又是小巫见大巫了，要不然他怎么一直计划着找一个温柔随和，能体现中国妇女忍辱负重本色的老婆呢。不然的话，婆媳俩一个宅门儿过日子，整天针尖对麦芒地穷较劲儿，他就必定得去当那个受夹板气的角儿了。可惜现在世界上这种温柔型的姑娘就像濒临绝种的珍奇动物似的那么稀罕。就说杜丽明吧，千好万好，可那脾气，也是属猫的，得顺毛儿抹，绝不能逆了她。将来婆媳间能否一团和气，实在难说。唉，总归人无完人，他都三十岁了，得过且过吧。

他揣着妈给的钱，赶到新新小学，等找上杜丽明，再一块儿来到街上的时候，差不多所有饭馆都要关门上板了，好不容易找到了一个还肯开票儿的小铺子，随便吃了点东西。他要拿钱，杜丽明不让；他争着要拿，杜丽明还是不让，也不跟他推推扯扯地多啰唆，只拿着那种用惯了的命令口气，把他挡开了：

“叫你别争就别争了。”

吃了饭，还是由她发命令，他们骑车子到中山公园来了。

杜丽明的脾气，徐五四如今也算摸得差不多了。她无论对谁，也无论表示亲爱还是表示不满，都要带着点强制的性质。于英雄是见过她的，初初一眼的印象就抓住了要害，后来扮着鬼脸悄悄对徐五四说过：“这娘儿们，可够鲁的。”为这话于英雄吃了他狠狠一拳，这小子的眼光的确是太尖了，徐五四自己绝没这个本事，想当初，他刚刚和杜丽明认识的时候，还当她真是个温柔型的姑娘呢。他第一回邀她看电影那次，她是多么随和、顺从。票不好，又是老片子，可她一句话没说，从头到尾看完了，直到散场以后才对他说，这片子她早已看过两遍了，没意思。

“我主要是看不明白。”大概是不想叫他过分扫兴，她的话题还是留在这个片子上了，“你知道最后一个镜头是什么意思吗？检察官干吗死盯着检察长不说话呢？就这么完了？”

杜丽明的天真，使得徐五四同她说话陡然增添了许多自信。

“这还不明白？他们俩心照不宣了，检察长就是犯罪集团里的头头儿。”

“噢？那为什么不抓起来？”

杜丽明倒认了真，她当时的样子，徐五四至今还记在脑子里，清清楚楚，呼之欲出。

“为什么不抓？因为没证据嘛。”

杜丽明不甘心地“哟”了一声，随即沉默在一种杞人忧天式的遗憾中，好一会儿才说：“警察局长把坏人打死了，自己却也不得好死，检察官明知道检察长是坏人，又不能抓，这电影看着实在太憋气了！”

“没办法，法律就是这样，没证据不能抓。”

“那这种法律还不如不要呢。”

“不要还行？没有证据光凭怀疑去抓人，轮到你，你也不干吧？”

“那倒也是。嗯——你说，要是咱们国家碰上了这种事呢，抓不抓？”

“搞到证据，当然抓。”

“要是搞不到证据呢？”

“不可能。任何客观的犯罪，必然要和一定的空间和时间相联系，任何实际的犯罪活动，必然会引起自然界原有状态的改变，这就一定会留下证据的！”

徐五四几乎是在背教材了。

他当时的口气是那么理直气壮、不容置疑，仿佛杜丽明提了一个根本不是问题的问题。可现在呢？如果现在杜丽明旧话重提，他大概绝不敢再把答案看得那么简单、轻易。在郑媛被杀案的现场，他们不就没能取到像样的证据，使得这个案件的侦查方向至今无法确定吗？还有葛建元窝赃这件事，明明证据不全，也要你去抓人。

他当了十年民警，似乎今天才嚼出吃这份粮的难处来。杜丽明是问过他的：“干公安，是不是特别难？”应该怎么说呢？难不难的，要看你是怎么个干法了。明哲保身的、难得糊涂的、唯命是从的，不难；可要想一辈子办案不出错，也不容易。他对杜丽明说过，他这辈子就打算争取不让自己手里出一个错案！一个警察能照这个标准善始善终，总该算是问心无愧了吧？

做个问心无愧的警察是不容易的，免不了要生一肚子闷气，担一身子是非，徐五四偏偏又没那种拿得起放得下、心宽气量大的福分。下午和凌队长干了那一仗，到现在陪着杜丽明逛公园，脑袋里还像灌了铅。

晚间的空气不冷不热，很舒服，脸上轻轻痒痒有点风。北京的风一向是被人谈虎色变的，而在春去夏犹清的五月，也变得温柔乖顺了。可徐五四真没兴趣逛公园，上午坐了五个小时火车，中午打了半场背运球；下午又和凌队长、和妈，各吵了一架，真是筋疲力尽了。他恨不得能马上爬到床上再也不起来。

杜丽明显然也没有逛公园的心情，大概只是想给自己的身心寻个清静罢了。他们漫无方向地、沉默地往前走。背对着夜幕下轮廓沉重的天安门城楼，穿过幽暗而逶迤的曲廊，经“来今雨轩”，过“五色土”，一直走到儿童游乐场。哦，游乐场……触景生情，杜丽明突然抽泣起来了。

“怎么了？别这样。”徐五四手足无措。

“没什么。”杜丽明用手绢不住地揉着眼睛，好一会儿才低回地说，“我就是，就是觉得郑媛太可怜了。”

“人死不能复生，你这样管什么用……”他笨拙地劝着。

杜丽明擦干眼泪，深深吸了口气，没说话。

两个人又走了一会儿，杜丽明开口问：“听说你把郑媛爸爸妈妈给骂了？”

“……嗯！”

“你怎么这么不通人情呢？你难过，人家不比你还难过？你这不是往伤口上撒盐吗，冲你这么个熊脾气，将来谁能和你处得来？”

他知道她说话的意思，也许正因为杜丽明自己就是个脾气大的，所以才更忌讳他的脾气也大。他没回答她的话，心里一点情绪也没有。杜丽明又把话题转开了。

“你们搞得怎么样了，凶手到底能不能抓住？”

“不知道，现在根本不让我管这个案子的事！”

“就为你骂了人？”

“谁知道！”徐五四突然蹿起一股无名火来，“还有另外一件事，我没按队长的意思办，他就挤对我！”

“那你为什么不按队长的意思办，你们公安局不是讲究服从命令听从指挥吗？别老以为你自己什么都对。”

“有个人替朋友保管了一辆摩托车，并没有证据能说明他知道这辆车是偷来的，可我们队长硬要定人家窝赃罪，我就不同意。反正我跟那人非亲非故，连模样都没见过，沾不上袒护包庇的嫌疑，要不是为了维护法律，我管得着吗！噢，现在天天叫下面依法办事，结果你们当头儿的反倒带着头乱来，凭什么？”

“你说摩托车……哎，我表哥就替人家存过一辆摩托车，派出所找他问过好几次了，那意思也是说他窝赃。我说了，你窝了就承认，没窝就别瞎承认，人家派出所还能凭白冤枉你呀！”

“你表哥？干吗的，叫什么？”

“房修公司的，叫葛建元，就是草字头那个……”

“哐”的一声，徐五四愣住了。

六

葛建元是杜丽明表哥的事，徐五四只对于英雄一个人说过，谁料没出三天，不光他们组里已是人所共知，甚至在全队也不是什么秘闻了，连行政科管换饭票的老邓都大惊小怪地问过他：“怎么着，听说你们的案子上有个工作对象是你亲戚？你小子护着他的吧？！”

老邓不是搞业务的，加上平时就爱夸大其词，发些耸人听闻之论，所以徐五四也只是笑着骂一句，并不介意。可偏巧了，在那天队里开的全体会上，殷副队长又专门念了一份公安部发的内部通报，是讲外省市少数干警在打击刑事犯罪的斗争中给自己有问题的亲戚朋友通风报信、网开一面的事。殷副队长念完之后，还大讲了一通如何对照检查、防患于未然的话。不知是不是徐五四自己吃心，他老觉得殷副队长的话里话外，有意无意，仿佛藏了多少暗示，似乎队里什么人也有徇私枉法的嫌疑似的，他甚至觉得把大家召来念这个通报，锋芒就是冲着他来的，不然，人们何以会一边听，一边朝他这边瞟眼睛呢？妈的。

散了会，寻着个办公室没人的空子，他把于英雄给拽住了，恶狠狠地压着声音说："你个漏勺嘴，以后我还敢不敢和你说事了？！"

"怎么啦？"

"装什么糊涂，葛建元是杜丽明表哥的事，你不满处嚷嚷去，怎么会这么多人都知道了？"

"嘿——上有天，下有地，我他妈给你往外嚷嚷了一句，我是这个！"于英雄伸出一只手，巴掌朝下，五指乍开，做了个王八的形状。

他看惯了于英雄涎皮赖脸，却很少见他这样起急白脸、赌天咒地，如何能不信他呢。

可是流言仍然蔓延，话也越来越难听。他第二天去秘书科发个公文，进门的时候，正赶上那几个"老弱病残"又聚在那儿叽叽咕咕地糟蹋他呢。

"……是他女朋友的表哥嘛，人要是想老婆急了眼，谁还管你什么纪律不纪律呀，真是！"

"那也不能拿工作当交易啊，'文化大革命'过来的这批年轻人呀，你算没法……"

看见他进来，他们尴尬地收住了各自的下巴颏儿，任凭他找碴儿似的把发文本在桌子上摔得砰砰响，全都装聋作哑埋头各干各的事。他真是一肚子恶火无泄处，那会儿谁要是站起来申斥他一句，谁就能当他的出气筒！

舌头片子压死人，他背不了这种不明不白的黑锅。他要在队里，在会上，把这个案子的来龙去脉、是非曲直，当面锣对面鼓地摆出来。不错，葛建元是杜丽明的表哥，他不否认，可就算是杜丽明的亲爸爸，和他徐五四又有什么相干！他得讲清楚，他徐五四干公安十年了，没有过一件徇私舞弊的事！不信可以到他原来的派出所问问去，他从没陷害过一个好人，也没包庇过一个坏人，面对着公安人员八大纪律、十项注意，他问心无愧！可事情讨厌就讨厌在，对那些不负责任的议论，人们说了也就说了，听了也就听了，并没有谁会认真地跑来向他核对究竟，他要是一本正经地挨个儿去做通说明，不但滑稽可笑，而且岂不反有“此地无银三百两”的嫌疑了吗？那才真是所谓“越描越黑”了，他不能那么冒傻气。最好的办法，最顺理成章的方式，就只有等到队里研究这个案子的时候，他把前前后后、是是非非都说出来。反正对这些流言蜚语，他一来没那种眼不见为净的涵养，二来也不想当个三脚踹不出个屁来的受气包。

他去问过组长：“葛建元的案子到底怎么着？老这么抻着算怎么回事？”组长却反问他：“凌队长怎么和你说的？”“说以后找齐了人专门研究。”“那就等他回来再说吧，这案子是他亲自抓的。”

他也去找过殷副队长：“郑媛案不是缺人吗，缺人为什么不让我参加？”殷副队长说：“你冷静啦？”他说：“我的检查不是早就交了？”“啊，你当一份检查就完啦？我还从来没见过你这号的，人家再有多大毛病，毕竟是有丧子之痛的，就说是人之常情吧，这时候也该安慰安慰人家才是道理，哪有张嘴就骂的？老百姓尚且懂得为人处世不能那么横，你一个公安人员，凭什么冲人发脾气！你惹完娄子一转身没事了，你知道人家受得了吗？知道周围群众是什么反映吗？跟你说吧，人家的意见大了！”

这事，徐五四理亏，当然不能犟嘴：“那您说怎么办吧，给处分也行，反正不能不让我工作。”

殷副队长未置可否地摇摇脑袋：“上次队务会研究定了，你得登门道歉去。至于能不能参加这个案子的工作，等凌队长回来再说吧。”

凌队长为一个倒运黄色录像带的案子，带着于英雄去沈阳了，徐五四盼星星盼月亮地等他回来，一来他无论如何得争取参加郑媛案的工作，二来葛建元这档子事也想赶快图个了结。另外，他的表还一直扣在凌队长的办公桌里呢，这些天，无论他怎么口破唇焦地跟妈解释，妈还是疑心那表早叫他给鼓捣丢了，动不动就跟他犯急。

这天下午快五点了，他接了一个电话，是杜丽明打来的，约他下了班到崇文门的便宜坊饭店去。

“便宜坊，干吗？”

“不干吗，请你。”

杜丽明没多说就把电话挂了。

下班以后，徐五四匆匆忙忙换了件便衣，骑上车子直奔崇文门来了。他记不清这是不是杜丽明头一回使用他这个电话号码，过去一向是他打电话找她的，如今谈情说爱，真跟电影里演的一样，女跑男追，已是约定俗成的公式。何况杜丽明的脾气，就是真喜欢上谁，也绝不会上赶着去追，她是那种端着架子等男的追她的主儿。今天抽的是什么风？又打电话，又请吃饭，他的生日？早过了呀。

赶到便宜坊饭店，杜丽明正推着自行车在门口等他呢，见了他就不耐烦地说：“怎么才来？我还以为你闯红灯，叫交通警给扣了呢。今天街上查得特严。”

看着杜丽明推起自行车，边说边往马路沿走，他才知道她并不准备在这儿打牙祭，便问了一句：“上哪儿？”

“跟我走吧，反正今天保准让你吃上烤鸭。”

杜丽明率先骑上车子，领着他往南，又往东，不大会儿进了一片楼区。他跟着她把自行车锁在一个楼门口，上了二楼，见杜丽明敲门，他问：“这是谁家？”

“等会儿你就知道了。”

天色已经全黑，楼道里没灯，暗得看不清人的眉眼。楼梯拐弯儿的地方肯定堆了太多的东西，徐五四上楼时撞在上面，八成蹭了一裤子灰。房门开了，屋里的日光灯很刺眼，把开门的人衬出一个近黑的轮廓。徐五四只听到一迭声的“请请请”。是个男的，嗓门挺粗。

这是那种单居室的小单元，门前的过道很窄，只有一个人转腰的容量，还被凌空晾着的几只袜子、裤衩之类的东西拦作两半。徐五四一走进来，立刻被一股子酸不溜丢的气味罩住了，像是被窝儿里才有的那种恶臭。走进房间一看，更乱，浏览一圈，又实在没几样家什，床、桌子、柜，一看就知道都是自己打的，样子俗，活儿也粗。墙角斜着一捆用铁丝拢起来的木料，旁边还放着几只蒙着厚厚灰尘的纸箱子，纸箱子上歪斜着一个同样尘封的大鱼缸，鱼缸里没水，却塞着一个竹皮扦的旧鸟笼子。

主人手里拎着扫把，正在扫地，地上烟头狼藉。杜丽明一进来，就大叫有味儿，埋怨为什么不开窗子。

“这不，我也才回来嘛。”主人用扫帚招呼五四，“快坐快坐，别客气。”

徐五四这时才把他看仔细了。这人的岁数和自己差不离，身板儿却粗壮得多了；而在那颗大得出了号的脑袋上，头发却留得很短，一根根小针似的立着；一对浓浓的眉毛更是粗糙触目，像是现贴上去的两片干草；线条分明的下巴则刮得青青，让人看了不怎么舒服。人就是这样，要是长得太过“丈夫气”，反倒近于凶野了。

杜丽明打开一扇窗户，然后转过身来冲徐五四笑了一下：“不认识吧，我表哥，葛建元，今天就是他做东。”

“啊！”徐五四愣在那儿了。在这一愣之后，他心里猛然暴躁起来，觉得自己简直就像个牲口似的，被杜丽明随意地吆喝来吆喝去，而自己的主意却一点不被她当回事。谁叫你领我上这儿来的！谁叫你领我上这儿来的！他已经非常确切地感觉到胸口上的那团无名火，正在一拱一拱地往上顶！

“坐坐坐，”葛建元殷勤的笑模样跟他那两片粗眉毛一样，就像是刚从别人脸上偷来的，和他那副“硬汉”式的尊容完全对不上号，连那客气的声音也显得过分装饰，“便宜坊太挤了，要等上座儿，人家也该到点关门了，还不如买回来在家吃清静呢，真的，我就爱清静。”他匆匆忙忙用扫帚又在地上划拉了两下，便张罗着和杜丽明摆放桌子板凳。

杜丽明不知从哪儿拿出一只拳头大小、古色古香的玉石怪兽来，端在手上玩味着。

“哎，表哥，这是什么玩意儿啊，玉的？”

“哦，哦，这是人家的，假玉。快来搬桌子吧。”

杜丽明又把那图腾似的无名兽对着灯光看了一会儿，才兴犹未尽地放在五斗柜上了。

看着葛建元在桌面上摆了三副碗筷，徐五四板着面孔，说了一句：“你们自己吃吧，我吃过了。”他与其说是给葛建元难堪，不如说是跟杜丽明赌气。

葛建元稍微怔了一下，转瞬之间又恢复了笑态：“你别逗了，这才七点多，你吃什么啦，怎么着嘿，不是瞧不起我吧？”

杜丽明却凝聚起一脑门儿警惕，在他脸上审视了一下，问：“你怎么啦？”

“没怎么，我在路上吃过了。”

杜丽明的眼睛瞪起来了：“怎么回事你，干吗这么不痛快？在单位里不顺心，别满处乱撒气呀！”

反倒是葛建元打起圆场来了：“哎，得了丽明，你赶快到厨房去把鸭子端上来吧，那么厉害干吗，五四儿头一次来，这是跟我见生。”他在五四的名字后面故意加上了一个儿音，透着就那么亲热。

看着杜丽明老大不满的样子，徐五四只好闷闷地坐下了，心里却别扭透了。在杜丽明去厨房端烤鸭的时候，他一句话也没跟葛建元说。

烤鸭端上来了，金油闪亮，白煞煞的葱段整齐地码放在小碟里，旁边还放着深红色的甜面酱，荷叶饼大概刚在火上捅了一下，端上来还冒着热气呢。葛建元说还准备了几样小菜，跑到厨房里收拾去了。趁这工夫，杜丽明冲他问：

“今天又和你们队长不痛快啦？”

徐五四的目光在她脸上怨烘烘地停了片刻，才说：“领我到这儿来，事先怎么不和我商量一下？哪怕你跟我言语一声也好呀。”

杜丽明嘴巴动了半天，没说出话来。徐五四明知道这种指责的口气会叫她的自尊心受不了，可他自己气起来，也顾不上那么多了。

“你，你这人真不懂事，怎么好赖不知呢？人家好心好意请你吃烤鸭，花钱费工夫，你倒这么不满意那么不满意的，你还是公安人员呢，连起码的礼貌都不懂。”

“葛建元和我们案子有关系你知不知道，我怎么好跑到他这儿吃吃喝喝呢？”

“哎——你不是说我表哥没问题吗？他要有问题，别说你了，我也不会跟他有来往。人家今天不过是想谢谢你，一片好心，你也别太叫人过不去了。”

“谢我什么？你把那件事告诉他了？咳，瞧你这张嘴！”

这时，葛建元两手端着三四个盘子进来了——油炒花生米、松花蛋，还有猪头肉。他们不再往下说了，徐五四还是第一次对杜丽明这么横鼻子竖眼睛地说话，所以一肚子气似乎也消了大半，他也不能太叫杜丽明过不去了，葛建元毕竟是她从小相熟的表哥呀。于是他脸上不再那么冰冷，甚至还站起来去接了一下葛建元手上的盘子。

葛建元又哈腰到床底下拿酒：“五四儿，喝啤的还是喝白的？”

他摆了一下手："我不喝酒。"

"嘿，男子汉大丈夫，不喝酒？来来来，不喝不够意思，今儿嘿，我奉陪到底，咱们同醉！"

他皱着眉，他听不惯葛建元这种油里吧唧的腔调，可还是强迫自己用一种平淡的声音回答：

"我真不喝。"

"算了，表哥，喝个酒，干吗还求爷爷告奶奶的，他不喝你喝。"杜丽明看也不看他，在自己和葛建元面前各摆了一只杯子，"给我来点啤酒，一点啊。"

都落了座，葛建元高声劝菜："来，吃吃吃。"并且率先大嚼大咽起来。

徐五四动作机械地夹起一粒花生米，放进嘴里，却不辨其味。他把筷子放下，眼睛被迎面墙上挂着的一幅油画猛地刺了一下，那是个半躺在床上的全裸体的外国女人。这画和那些家具一样，一眼就能看出来是极不高明的自制品。葛建元注意到他的视线，也扭过头来看了一眼，解释说：

"维纳斯。"

杜丽明说："表哥，你一个大小伙子的卧室，单独挂上这么一张画，实在不好，快拿下来吧，我看着都难受。"

"世界名画，外面都有卖的……"

"挂世界名画也得讲究场合环境，对不对？就冲你这猪窝似的地方，挂这画就不顺眼，听见没有，拿下来！"

徐五四却带着毫不信任的冷笑，问："你怎么知道这是维纳斯，是你画的？"

"我哪儿有这个本事呀，是一个朋友画了送给我的。也他妈不白送，撮了我两顿饭呢，一顿新侨，一顿华都，操！也不便宜啦。那小子，是个吃主儿，嘴刁着呢。"

徐五四扭过脸对杜丽明说："怪不得，这两年维纳斯见多了，可还没见过这么色相的维纳斯，原来出自这类手笔。"

杜丽明不知道他是不是又犯牛脖子呢，所以没搭他的茬。葛建元很尴尬地哼哼两声，还是表现出极大的肚量："好好好，你们不乐意看，我拿下来。"他嘴里一边嚼着，一边起身把画摘了下来，反扣着靠在柜橱边上，然后解嘲地笑道，"咱那哥们儿是业余的，画得水平不高，水平不高。"

徐五四的眼睛又落在柜橱上，刚才丽明放在上面的那个玉兽，这一会儿工夫不知给收到哪儿去了。

"哎，表哥，拿菜刀来，该把鸭皮片下来了。"

"我这儿有刀。"葛建元从裤兜里掏出一把个儿不算小的弹簧刀，啪地打开，就用它来片鸭皮，油腻腻的鸭皮迎刃而落，看得出，那刀子是相当锋利的。徐五四想说什么，话到嘴边又咽回去了。

"来，吃！"葛建元张张罗罗，片完鸭皮又把荷叶饼、葱、酱一劲往徐五四这边挪，"我专门挑了只大个儿的，一只就十五块六毛八，你们就甩开腮帮子吃吧！"

徐五四用荷叶饼包了一块鸭皮，很不是味地吃了。他只盼着能早早地结束这顿令人尴尬的晚饭。看看葛建元，这家伙吃相很粗，自斟自饮，兴致极高，把新开盖儿的一瓶竹叶青干下去一大半，没一会儿工夫便酒酣耳热，有几分醉相了。

"嘿，"他摇晃着手里的酒杯，把一张通红的橘皮脸凑近徐五四，"咱们闲话少说，言归正传，今儿我得好好谢谢你。"说完，咕咚，把酒吞下去，然后把光光的杯底儿亮给徐五四看，油嘴里还打了一个异常响亮的酒嗝。

徐五四冷冷地说："我不用你谢。"

"你用不用是你的事，我谢不谢是我的事，对不对？"葛建元说话开始有点绊舌头了，"妈的，我们那派出所，老他妈挤对我，哪年不得找我几次碴儿呀，结果怎么着？一根稻草也捞不到，咱他妈本来就没事嘛。丽明你别管我，我今天高兴了。妈的，居委会那帮老娘儿们也狗仗人势，也要来欺负欺负我。那天，嘿，我告诉她们了，咱哥们儿在分局现在也有认识的人了。五四儿，下回你再来，穿上你那官儿服，戴上你那壳儿帽，镇镇她们，不用你干别的，就在那帮老娘儿们跟前，和我有说有笑地这么一走，你就算给我戳了大份了！叫她们看看，警察找我不都是坏事，咱也有警察哥们儿！”

徐五四身上像烧了火，像受了侮辱似的那么难受，难怪队里的人们都知道他和葛建元的这层关系了，一定是居委会听了这小子的胡吹，通过派出所反映到分局去的。这种无赖是什么话都吹得出来的。他胸口上一下子凝聚起一团恶狠狠的反感和怨气，忍不住把筷子往下一撂。

“葛建元，我和丽明不是你那帮哥们儿，今天一块儿吃饭，都正正经经说人话行不行？交朋友，可以，可就冲你这么一副腔调，一来，我交不起；二来，这话就难听了，你也不配！”

他正色直言，把葛建元弄得很狼狈，一脸僵笑：“五四儿，干吗呀，今儿可是我请你，别撕我脸呀。”不知是醉了还是火儿了，他的话音直抖。

徐五四尽量让自己放得平静，说：“这顿饭，咱们也讲清楚，丽明事先没告诉我，我也没给你办事，没资格受请，该多少钱，我还你。”这么说了，他肚子里的怨气还是泄不出去，便又加了一句，“我是看在丽明的面上，才坐在这儿的。”

“你甭坐在这儿，你走呀，滚！”葛建元本来就没有那种涵养，这一醉，再也顾不上装相了，脖子上红筋暴露，油乎乎的嘴巴咧着，“给你脸你不要脸，你当我待见你呀，你不就是分局的吗？老子行得正走得直的，不怵！你滚，滚蛋！”

徐五四激动起来了：“告诉你，嘴巴可干净点。就冲你这样的，要是知道马有利那摩托车是偷来的，也会帮他藏起来，你会的！你这种人，有条件就会犯罪。”徐五四指指桌上的弹簧刀，又说，“公安局收缴凶器的通告看了没有，为什么不交？”

“我，我，”葛建元猛地站起来，把桌掀得咣咣响，一把抓过那把刀子，骂了一声，“我我我他妈宰了你！”

“你们要干什么？”杜丽明尖声大叫，从他们一吵起来，她的脸就是铁青的，不知是恨徐五四还是恨葛建元，喘得话都快说不出来了，“你们还要动刀子，你们还要动刀子！”

徐五四压着火儿站起来，说了一句：“丽明，我在下面等你！”拉开门走出去了。

如果继续待在那间屋子里，他不知道会怎么样，打起来？出人命？谁知道两个小伙子急了眼会干出什么事来！

站在楼门口，微微有凉风吹来，他张开嘴大吸了几口气，想让自己的心情平静下来，可胸口却激动得止不住咚咚地跳。周围很暗，很安静，也许是刚刚从一场暴风雨中走出来，过分的安静反而使人有点难耐。他拼命尖起耳朵，想捕捉从远处的马路上隐隐飘来的喧嚣声。现在几点了？

杜丽明很快从楼上下来了，看也不看他便去推自己的自行车。他也没急着说话，等他们默默地骑车转出了楼区，来到明亮的大马路上，他才讪讪地凑了上去。

“你这表哥，也太叫人看不惯了，和他在一起，我一分钟也忍不下去。”

杜丽明不说话。

“你生我气了吧？我这人就是脾气不好。”

杜丽明仍旧不说话，也不看他。他这时才感觉出事情有点严重，今天显然是过分伤了杜丽明了。可他匆忙间又不知道该找个什么词儿来弥补一下，挨着她默默地骑了一会儿车，快到十字路口了，才嗫嚅着问：“咱们上哪儿？送你回家？”

这回杜丽明说话了，眼睛仍旧不看他。

“你走吧，以后别再来找我了，我受不了你这样的。”

胸口又跳起来，他辨不出她是赌气还是认真的：“你别生气了行不行，怪我不好行不行……”过了十字路口，他仍然随着她，往她家的方向骑。

“你不用送我了，我不是跟你开玩笑，我也不是说你今天骂了我表哥，他现在这个样子，是该骂，我是说你这脾气，咱们俩不合适，真的不合适。”

她是认真的，冷静的，命令式的，毫无余地的……

徐五四的车子沉重地慢下来，呆呆地看着杜丽明一个人朝前骑去，越骑越远了。他脑子里胡乱地闪过一个念头：

第八个是铜像……

七

回家的路上起了大风，他推着自行车进院儿，地上呼地卷起一片土来，密密麻麻地扑了他一脸，啐！

小屋的窗户上，渗着暗黄的灯光。他的家，连灯光都是寒酸的。妈正在那片让人昏昏欲睡的灯影下眯着眼纫针，天都这么晚了……妈真是一辈子吃苦受累的命。他没去帮她，进屋便径自走到自己的床边，很重地坐下来。

从他一进屋，妈就放下针线，目光随着他，看他坐下来一语不发，才忍不住问：“哪儿去啦？”

他一仰身躺下去了。

“嘿——你这是怎么啦？连话都问不出来啦？大老晚的你上哪儿去啦？吃了没有？”“吃了。”他低声咕噜一句。

“哦，”老太太的口劲儿这才放缓和了，又开始对着灯泡子一边瞄针眼儿，一边用挺家常的口气问，“哪儿吃的，丽明那儿？”

徐五四不想说话，他没一点心思说话，他需要安静，需要一个人静静地躺在这片暗影里，只有墙壁和他，把身心超脱到没有生命的冥冥世界中去，可是妈偏不让他安静：“你这是犯哪门牛脖子啊？”她索性走过来，一只热乎乎的手掌突然贴在了他冰凉的额头上，“病啦？还是跟丽明吵架啦？”

他还是一动不动，直到妈的手掌挪开了，才用低低的，仿佛是怕妈听见的声音说：“我们吹了。”

“啊？”妈嗓子眼儿里直哆嗦，“你和丽明吹了？”她的声音忽然变得胆怯、小心，甚至还带着点拼命做出来的笑意。在这瞬间妈也许还指望他是穷极无聊逗闷子呢，可她马上就能从他鲜明的脸色上看出真情来。他一动不动，等着她的声调陡陡地拔起来，尖尖地吊上去，就像是眼盯着一个冒了烟儿的手榴弹，憋着气等着它炸开。

“你起来，你起来！到底是怎么回事，有没有真话？成心不叫我舒坦是怎么着？！”

妈妈的火儿一爆出来，他反倒松下气来，很快，所有的委屈、闷气，一下子顶到了舌尖，顶上了脑门儿，身子仿佛也不是自己的了，不知道怎么就虎虎地坐起来，破着嗓子喊了一声：

“你嚷嚷什么！”

妈弄得一怔，立刻用嘶哑的声音拼命压过他：“养活你这么大，养活你这么大，你凭凭良心！”

他搞不清妈要说什么，可是看着那张哆哆嗦嗦的老脸，心忽地就软下来了，嘴里咕噜了一句：“有话说话，干吗那么大脾气，又不是我乐意吹的。”

“到底是怎么回事，你不说好，看我今儿跟你有好脸没有？”

“她，她，”徐五四简直不知道怎样才说得清，“她领我上葛建元那儿去了。”

“什么葛建元？”妈妈的嗓子已经完全哑了。

“葛建元，她表哥！”

“表哥怕什么，又不是别的，噢，合着跟你交了朋友，连表哥都不能见啦。”

“咳，跟您就扯不清楚嘛，葛建元是流氓。”

“你少摆臭谱，跟谁扯不清楚？丽明那孩子是学校老师，能跟流氓搭葛吗？”

“他一身子流氓味儿，我是干什么的，还能看不出来？”

“就算是流氓，碍你们俩什么事啦？”

“我是干公安的，看不惯他那流氓劲儿，我教训他几句，嘿！杜丽明就要和我吹，吹就吹，跟葛建元搭亲戚，我心里还腻味呢！”

“你就那么死轴子脑筋？以后少去她表哥那儿不就结了吗？噢，合着交了这么多天，说吹就吹。你满处充硬朗，叫妈跟你一劲儿折腾。”

“我是干公安的，眼里不愿意钻灰星儿，怎么啦？我就是没那种见人说人话，见鬼说鬼话的习惯。”

“少跟妈摆臭谱，你干公安的怎么啦，干公安的怎么啦，公安局又不是和尚庙，想娶媳妇还不得将就点。”

谈不下去，徐五四斜楞着眼睛，干脆不搭话茬了。妈的火儿又蹿上来，使劲儿推搡他的背：“去，甭想耍赖，跟丽明赔不是去，听见没有？”他背上啪地挨了一掌。

索性，他一拉被子，仰天躺下去了。“我生不求人，死不求鬼，谁爱去谁去。”他说不清是委屈还是气愤。

她猛地掀开他的被子，抄起扫炕笤帚，在他的肩头啪地一记，火辣辣的：“我叫你不去，我叫你不去，你当你是公安局的妈就不敢打你啦，没那门儿，看我今儿晚上能叫你舒坦了！”

又一记笤帚疙瘩飞下来，徐五四一翻身下了床，抄手抓了一件衣服，往肩膀上一抡，话也不说，一摔门就跑出去了。他听见妈在他身后哆嗦发哑的声音：

“黑灯瞎火的，你要干什么呀？”

干什么？走！逼急了，我不回来！他心里直发狠。

骑着自行车，漫无目的地在街上走。顶着风。风，透过薄薄的衣服，一直把胸口吹得透凉。今年的五月真冷。唉，他这是干吗呀？！为了一个葛建元，得罪了凌队长，得罪了杜丽明，又得罪了妈。搞成了这么个里外不是人的德行，可却不知道自己到底有什么错！

黑灯瞎火的，风又大，上哪儿去？火车站？

他一下子想起小时候到火车站“刷夜”的事儿了，嘴上想笑，鼻子却酸溜溜的。那年，他刚刚上初一,十三岁，十三岁的人在家挨了打，已经懂得并且敢于跑出去“刷夜”了。

十三岁啊，青春少年！

可他的少年，哪儿有一点青春浪漫的味道啊，甚至连一点值得怀念和留恋的记忆也没给他留下。那时候，每天除了在学校里“复课闹革命”，应付两节“语录课”之外，大多数时间就是和那辆捡废纸的小车子做伴了。哦，他忘不了那小车子——一个十三岁孩子的手生产出来的“生产工具”。

现在想想，那竟是多么简单的东西，底下用木板拼成三角形，装上三个在杂货店里买来的大轴承当轱辘，上面再架上只筐。这种小车子在当年北京城的街头巷尾，随处可见。成群结队时，小伙伴们一齐野腔无调地呼哨着，能把车子蹬得哗哗地响彻一条街，倒也威风则个！直到70年代以后，这捡废纸的大军才慢慢在城圈子里绝了迹，大街上再也听不见那震耳欲聋的轱辘声了。人们也许都忘了，当年捡废纸还真能算个生财之道呢，满街贴的大字报足有两寸厚，用小刀边戳边扯，一会儿就能扯一大筐，随手抓挠个三两张毛票儿，简直玩似的。他从小是老实孩子，三毛也好，两毛也好，回家照例如数上缴，从来不像别的孩子那样，多少"昧"起个三毛两块的做体己，也只有那一次，他被伙伴们激火儿了，三毛钱全搭了份子和大家一起买了猪头肉，站在马路牙子上狂嚼大咽地吃了。他不是熬不住嘴馋，而是受不了别人老说他穷光蛋。十三岁，从那会儿他就这么爱面子。

就是那一次，妈打了他，也是用扫炕笤帚，他一气之下跑到火车站来了，就在大厅东侧楼梯的拐角那儿忍了一宿，第二天也不敢回家取书包，就那么空手空腹地上学来了。他没想到前院儿的梁大爷他们好几个人，陪着妈一大早就在学校门口堵着他呢。妈没再打他，抱着他就哭起来了，反倒是一向疼爱小孩儿的梁大爷，戳着他的脑门儿骂："猴崽子，人不大气性不小，打是疼骂是爱，你妈再打也是你妈，你这一撒丫子，看把你妈急成什么德行啦，好家伙，真敢一宿不回来，不怕流氓把你拐了去吗？"

他也抱着妈，抽抽噎噎地哭起来："妈，我再也不买猪头肉啦，再也不乱花钱啦，再也不跑啦。"

十七年过去了，妈妈的声音，梁大爷的声音，他自己的声音，都还是那么熟近，仿佛就是昨天发生的事情，昨天，他刚刚下了保证，今天，就又出来"刷夜"了。可是今天，他已经大了，妈是无须再担心他会被流氓拐了去的。

火车站的大厅里，灯光明亮。他顺着电梯上了二楼，漫无方向地往前挪着步子。提着大包小篮的出门人不时撞在他的身上，大呼小叫地往检票口跑去，相形之下，显得他那么闲散、无聊、多余，格格不入。他站住了，漠然望着前面横廊上那一排新华书店的柜台，脚下却不知该往哪儿走。

"叔叔，请问几点了？"

"呃——没戴表，对不起。"

怎么着，连这么高的小伙子都要叫他叔叔了？他那么显老吗？可实际上，他连个老婆还没有呢，不，连个女朋友还没有呢。

几点了？大概快十点了吧，可卖书的柜台这儿，仍然生意兴隆，他呆呆地信步近前，眼睛从那一排排五颜六色的书上扫过去，脑子里却不知在想什么，似乎也是一片赤、橙、黄、绿的光谱，或许只是书架上那片颜色在大脑中的单纯折射。身边，突然有一声嫩声嫩气的东北话飘进他的意识："妈，我要那本小松鼠。"哦，一个小男孩儿，四五岁，虽然东北话土得掉渣儿，可在这么大点儿的小孩儿嘴里，却又显得稚气引人了。"那不是松鼠，那是狐狸。"当妈的柔声哄着，"咱们不要狐狸，狐狸坏。""我要……""狐狸坏，狐狸……"

狐狸坏吗？他仿佛又回到亮堂堂的教室里，操着朗朗的童音，认真地、理直气壮地向老师提这个问题了。

"孩子们，从前有个狐狸，它看见了架子上的葡萄，馋坏了，可是葡萄太高，狐狸扑了几次都没够到，临走时，它说：'这葡萄是酸的。'"

就为老师讲的这个故事，他把自己好不容易攒下来的一把钢镚子全拿出来，买了小小的一串葡萄和一张动物园的门票。他几乎把那串葡萄一颗一颗全部扔进狐狸的笼子里了，可那懒洋洋的狐狸连闻都不肯闻一下。狐狸吃葡萄吗？不，他证明了狐狸是不吃葡萄的，老师讲的故事是没有根据的。

对了，从这件事儿上就能看出他这个死认真的脾气，真可以算得上由来已久了。他当时就是转不过那个弯儿来，老师干吗没凭没据地跟狐狸过不去呢？

"孩子们，有一次狐狸看到树上的乌鸦嘴里叼着一块肉，就说：'乌鸦大哥，你是世界上最美、最高大的动物了，你的羽毛那样美丽，连孔雀也比不上；要是你再能张开嘴叫一声，那也一定是世界上最动听的声音。'乌鸦一高兴，就张嘴叫了起来，肉掉在地上，被狐狸叼跑了，你们说，狐狸多狡猾。"

是的，狐狸是吃肉的，他扔葡萄那天，就看见饲养员叔叔给狐狸吃肉了。可乌鸦听得懂狐狸的话吗？他问妈，妈拍了他一脖梗子："撑得你，人都听不懂，乌鸦能听懂吗？"他又去问梁大爷，梁大爷没儿、没女、没老伴，一人挣钱一人花，知道的事却特别多。北京这么大城圈子，哪儿的饭馆盘儿大，哪儿的澡堂子毛巾干净，说起来如数家珍。梁大爷也说："乌鸦什么玩意儿，狐狸什么玩意儿，那是动物，动物，哪儿有话呀！"这么看来，老师说狐狸骗了乌鸦的肉，也是没有根据的。于是他当真去问了老师："狐狸坏吗？"妈后来知道了这件事，却深信不疑地说："狐狸当然坏啦，偷鸡！""您见过？""没见过。城里头哪儿有狐狸呀。""没见过怎么知道人家偷鸡。""狐狸嘛，都偷鸡。"妈并没见过狐狸偷鸡，不过是人云亦云，想当然罢了，可他那时候就是死不信，你瞧那狐狸，毛茸茸、黄灿灿，冲人眨着泪汪汪的眼睛，温和恭顺之状可掬。那模样不但不可恶，甚至还有点可怜呢。

可是葛建元呢？对葛建元，你只要看上一眼，就能知道他不是个好东西，他的令人厌恶之处，真可以说是溢于言表了。可是，就如同没有根据不能妄断狐狸偷鸡一样，没有根据能说葛建元窝赃吗？是的，凭这家伙的本色，他会干出这种勾当的。可是凌队长，你没有根据！认定一个人有罪无罪，事实是根据，法律是准绳，什么叫事实，法律所承认的事实只是——证据！

"哎，同志，要什么书快开票儿啊，我们要下班了。"

啊，真的十点了。他真要在这儿过夜吗？就是这儿，这个楼梯，这个拐角，这个十七年前曾给了他一个乱哄哄噩梦的地方，如今早已物是人非，再也看不到那一群群蜷缩一隅的流浪汉了。从这条被擦得光洁如洗的楼梯上，似乎已经很难想象出当年的肮脏和混乱。这会儿，楼梯上一个人也没有，顺着台阶慢慢往下走，拐过弯儿，一楼的大厅也显得空空荡荡。那边儿，乘客寥落的电梯还在从容不迫地运行着。啊，富丽堂皇的北京站！他要是像当年那样在这儿席地而卧，和衣而睡，不用试，马上就会有服务员或者执勤民警过来盘问他，没错！

世道安定了，在家吵了架，倒是不容易找个待一晚上的去处了。

走出车站大楼，风还在呼啦啦地响着。是顺风，自行车蹬着非常省力，可他并不希望很快到家。妈睡了吗？

妈，不是我成心气您，不是我没有孝心，世上哪有男人甘心自己枕边寂寞？哪有儿子情愿老母膝下荒凉？可是，妈，您给了儿子一根直肠子，不会见风使舵、逢场作戏；不懂能忍且忍，得过且过；不知道凡事退一步海阔天空。儿子的脾气不好，太倔、太死心眼，要是换上别人，也许就不会在凌队长面前那么得理不让人，也不会在葛建元面前那么按捺不住了。可我，恐怕这辈子也做不了那种眯一眼闭一眼的笑面佛了。妈妈，儿子一生别无他愿，只是想认认真真地做个好警察，您就原谅我吧。

家里的窗户黑了，妈睡了？他无论怎么放轻手脚，那扇老掉牙的屋门还是吱扭响了一声，在安静而空洞的黑暗中非常刺耳，他踮着脚走到自己床边，摸黑脱了衣服，铺开被子，还好，妈在里屋没动静。他轻轻吐出口气，躺下了。真累啊。

他梦见杜丽明了，他们在一片青山秀水之中，天空是一片朦胧的金黄，金黄中点染着几星翠绿，翠绿间移动着淡淡的白雾。咦，他们不是刚刚吵过架吗？好像那是很遥远的往事了。不然怎么会已经有了孩子？哦，女孩，白胖胖的脸蛋，宝石似的小嘴，翘起的嫩鼻子，还有黑豆儿般的一对眼珠儿……孩子在一片废墟上奔跑雀跃，他们在后面笑着吓着地追赶。丽明，给她起个名儿吧，我说，就叫媛媛，好吗？不好，媛媛是我的学生。咦，那她呢，她不就是媛媛吗……

后来的事他记不清了，就此梦断还是醒后忘了？睁眼看看，窗户已经染上了晨光，带着红晕的晨光把屋子照得半亮，看来顶多不超过六点半。里屋依旧静无一声，印花门帘纹丝不动，妈还没醒呢，对，趁她没醒，早点起，最好不跟妈打照面。

刚坐起身，忽又听到院子里有人说话。

“哟，大妈这么早就起来买早点呀，嗬，豆浆、油条、糖耳朵，啧！今儿您可真吃啊。”

“咳，还不是我那五四，馋着呢，这不，一礼拜没给他吃油条，嚷嚷啦。”

原来妈早就起来了。真是顺嘴胡编排，他哪儿嚷嚷啦？听见门外的脚步声越来越近，他一出溜又钻进被窝，闭上了眼睛。妈今天怎么啦，怎么跑到外面馆子里打早点呢？油条、豆浆，还有糖耳朵，妈很少这么奢侈过，他咽了口唾沫，肚子里咕咕直叫，昨晚上在葛建元家的那顿，他等于没吃。

门外，咕噜噜的漱口声，夹着含混不清的说话：“大妈，您也是，干吗不让五四起来打早点去？守这么个大儿子，还不乐得享享清福？”

“咳，您哪儿知道啊，五四,一睡下来就没个醒，不赶上班迟到不起床，等他打，豆浆早没啦。”

“您给他砸起来。”

“咳，我不也是看他从早忙到晚的不落忍吗，现在满世界净流氓，他们不忙也得成啊！反正我也睡不着，情当着溜达一圈。”

“敢情了，”梁大爷准是遛鸟刚回来，话音儿里还掺杂着那一对练手劲儿活骨节儿的大钢丸咯楞咯楞的转动声，“咱们这号上岁数的，万不能恋被窝，就得讲究勤遛着点，腿脚遛遛呢，还能多利索几年。再说啦，老太太伺候儿子，也是一份福气，你们不懂。”梁大爷一辈子没孩子，想伺候伺候谁都没处找去，可却老是这种过来人的口气，对于天伦之乐，像是最有体会、最懂似的。

“噗——”漱口水喷在地上的声音，“真是‘痴心父母古来多，孝顺子孙谁见了’！”

“孝顺？我才不待见他那份孝顺呢，我是见他忙死累活的德行，怪可怜的，再怎么说，人家是搞公安的嘛，咱该支持的还是得支持。”

妈妈的声音就在门口，嗓子还哑着，攒着痰，咝咝啦啦直煽小哨儿，唉，妈老啦。徐五四想哭，可他听见开门的声响，使劲儿把眼泪憋回去，闭着眼，装睡。

八

在和杜丽明闹翻的第三天，凌队长从沈阳回来了，不知道殷副队长是和他怎么商量的，中午在食堂吃饭的时候，组长找到徐五四，说队里已经同意他参加郑媛案的工作，叫他下午一上班，抓紧把材料熟悉一下。

他的性子更急，一吃过午饭就跑回办公室来，不由分说，把铺开架子正准备打一个盹儿的组长拉起来，非逼着他给介绍情况不可。

郑媛案目前虽说棘手，但常规的侦查工作依然按部就班地进行着。眼下是分了三拨人马，齐头并进，一拨人专在郑家的熟人中了解情况，想搞清郑媛之死有没有结仇泄愤的因素。不过殷副队长和组长对这一摊工作都不抱太大的希望，因为从现场情况的特点分析，犯罪的类型属于临时起意而非蓄谋已久，所以，这一调查工作不过是避免遗漏，以为万全而已。另一拨人集中对居住于现场附近的劣迹青年进行摸底排队，到现在也没有排出什么“高质量”的嫌疑人来。杀人现场四面不着，附近居民一般涉足不到，因此大家对摸底排队工作的价值，也颇有些争议。

现在最让人感兴趣的是第三摊工作：殷副队长和组长正盯在预审科审一

个昨天才拘留起来的名叫骆进财的嫌疑人。这人就是案发当天在工地上看机器的那个值班员。据群众反映，这家伙过去就有过爬女厕所窗户之类的恶癖。发案那天傍晚，有人看见他到郑媛家的门口溜达过，案发后那几天又神色恍惚，净愣神儿。根据这些疑点，分局领导昨晚上决定，对骆进财先行拘留，突击审讯。昨天夜里把他从床上叫起来的时候，这小子竟吓得尿了一裤子。组长一边说一边摇头："咳，你算是饶过去了，那个臊！"

不过从组长嘴里，徐五四也知道凌队长今天从沈阳回来，听说拘留骆进财的事以后，似乎是不大赞成的神色，然而话却说得很含糊，大概意思是嫌手里头尚无几样过硬的证据，抓人显得匆忙了些，这家伙要是来个死不认账，到时取不下口供来，岂不坐蜡？

谈完情况，组长叫徐五四先跟着搞搞摸底排队的工作，徐五四点头答应。到下午一上班，搞"摸排"的同志都下到自己"包干"的派出所去了。他就开始在办公室里看材料，看了不到两个小时就耐不下性子了。抄起皮包也想到哪个派出所去看看，他希望自己从此能忙得万念俱无，一方面在良心上对媛媛有个交代，另一方面也好把杜丽明从脑袋里挤开。

刚走出办公室，迎面碰上殷副队长领着组长和预审科的老马，神色严肃地快步往凌队长的办公室走来，组长匆匆忙忙问了他一句：

"哪儿去？"

"下去。"

"先别走呢。"

"怎么啦？"

"骆进财承认了。"

组长的声儿不大，说得十分匆忙，但徐五四仿佛听见了一颗响雷！

"啊！他招了？"

组长没来得及回答，就走进凌队长的房门里去了。徐五四带着点傻相站在空无一人的楼道里，发了一会儿愣，才呆呆地走回办公室来。屋里没人，他随便找了个座儿坐下来，心里头有点乱，没想到自己刚刚上手，案件就有了突然的进展，好比一个人要看球赛，刚打开电视机就碰上破网进球，还弄不清怎么回事就得跟着欢呼叫好了，嘴里头多少有点没味，他本来是憋着劲儿要为媛媛出口气的。

屋门咣的一响，组长又跑回来了，打开保险柜，手忙脚乱地翻材料，他小心地问了一句：

“怎么样？”

“啊，凌队长要看今天上午的审讯记录。”

“怎么啦？”

“看我们上午有没有指供逼供的问题。这案子，现在就得看口供材料硬不硬了，得叫人挑不出错儿来。”

组长顾不上多解释，翻出材料急急忙忙走了。徐五四静下心来，细想想，恍然有点开窍，要说搞案子，他不能不佩服凌队长的高明，能一眼在一堆乱网中拎出那条纲来。骆进财不过是具备作案主客观条件的嫌疑所系，加上近来的一些反常举动，才被拘留审查的，除此而外并没有搞到什么直接证据；而现有的间接证据又都是些零散孤立的环节，能把这些环节联结成一条有机锁链的，看来就只有案犯自己的口供了。而口供又必须用完全合法的手段获得，才能具有认定犯罪的法律效力。因为最后给人定罪量刑，还要经过检察院的审查起诉和法院的审判活动这两道关口的检验，如果发现公安机关取证的方式有违法之处，就是人犯画了供，恐怕也难以承认它的证明力了。凌队长的慎重不是没有道理，到时候要真的把案子搞夹生，既判不下来又放不出去，那可就不知道该怎样了结、怎样善后了。

徐五四这么想着，不禁对凌队长又有点肃然起敬了。刑侦这行儿，的确是很倚重经验的，经验能给人远见，能叫人走着这步看着下步。可他不能再往下想，一想，也犯嘀咕，葛建元的事该如何解释？于英雄一脑袋糨糊不新鲜，你凌队长犯什么糊涂？翻山越海走平地的人，还能叫蚂蚁绊个跟头？

组长回来了，一扫匆忙紧张之态，放好材料，慢吞吞地倒了杯水，一口一口地喝，怡然自得的神气是不能掩饰的。徐五四没急着开口，等着他有滋有味地卖够了关子，才问："到底怎么样了？"

组长放下茶杯，亮着嗓门说："往检察院呈报逮捕。"

这句话的含意是不问自明的。刑事诉讼法明确规定了逮捕人犯须同时具备三个必不能少的条件，其中首要一条就是人犯的主要犯罪事实已经查清。凌队长既然决定对骆进财呈报逮捕，那就是说，这个案子算破了！

媛媛有灵，这么快就看到了凶手的末日，徐五四有点激动了。

"哎，对了，"组长很正经地对他说，"还不赶快去告诉你的那位……"他说了句英语，意思是女朋友，"告诉她，咱们不是吃干饭的。"

这话使徐五四心里咯噔一下，情绪一下子全没了，组长没注意他的表情，一面从柜子里取出批准逮捕呈报表，一边说："哎哟，我一高兴差点忘了，凌队长叫你到他那儿去一趟呢。"

"干什么？"

"不知道，叫你马上去。"

徐五四没精打采地往凌队长办公室走。案子破了，冤有头，债有主，应该是件高兴的事，可他却怎么也兴奋不起来，一想起和杜丽明一同送媛媛回家的那些个值得留恋的时刻，心里就像是重压了什么东西透不出气来。现在，她们全都离他而去了，来得快，走得急，仿佛是一场明媚而短促的梦。在他眼前晃一下，没了，只留下一瞬温暖的记忆，使人依依。由此他更加憎恨葛建元，为这么个浑小子，他和领导、爱人、长辈都吵得一塌糊涂，他本来也可以百事无争，一团和气，上下左右都不得罪的，要不是为了问心无愧地做个好警察，何乐而不为呢！

凌队长正在屋里打电话，电话打得很长，好像是在说他这次在沈阳查的那个案子。他站在旁边等着，好容易等到电话打完。凌队长又拉开抽屉埋头翻找着什么东西，翻了好一会儿才像是刚刚发现屋里还站着他这么个大活人似的，抬头匆匆说了一句：“你坐吧。”便又干他自己的事去了。徐五四在桌边坐下来，心里有点火儿。

凌队长终于停下手，眼睛在他脸上盯了片刻，开口问：

“我听说葛建元是你未婚妻的表哥，有没有这回事？”

这话问得如此严厉，近乎审问，徐五四实在没法儿控制住一肚子的委屈和恼恨，些时这些委屈和情恨在心口汹涌起来，他激动得几乎说不出话来。他这才明白，在别人眼里，原来都觉得他在葛建元身上落了多少实惠似的，可他究竟得到了什么？什么！

“有没有这回事啊？”凌队长又问了一声。

他和杜丽明已经吹了，他完全可以理直气壮地说没有，可他硬硬地说了句：“有！”他偏不否认，越否认，人家越会觉得你有鬼。

“嗯——”凌队长长长嗯了一声，索性关了抽屉，身子往椅背上一靠，直把眼睛来看他，缓缓说，“我不在家这些天，对葛建元这个案子，你有什么新的考虑吗？”

他完全明白凌队长的暗示，可他回答的口气仍旧极硬：“没有，我还是认为葛建元在这件事情上，构不成窝赃罪。”

“哦，”凌队长自言自语地点点头，“这么说，你还是坚持原来的意见喽，好吧，”他挥了一下手，“我知道了，你回去吧。”

徐五四这时是真正体会到无所畏惧的滋味了，你顶多不就是把我发回派出所当片儿警去吗？老子不怕！他坦然站起身来，转身就走，凌队长又把他叫住了。

“等等，拿着你的表，在我这锁了好几天了。”

他接过表，拿着，一句话冲口而出：

“队长，我这表是偷的！”

他看到了凌队长茫然的脸。他抬高了声音：“你犯了窝赃罪！”

他听到了凌队长沉重的呼吸。他带着一种无法遏阻的恶毒的快意，再把声音抬高：“你犯了窝赃罪吗？”

直到离开了队长办公室，他才发觉自己出了一身热汗，很痛快。话说出口，心里的负担反倒为之一扫。似乎全身从上到下都干净了、轻松了。仔细想想，其实又有什么可牵挂的呢？英雄无畏，倒是那种瞻前顾后的主儿，活着才费劲呢。他不愿做那种看领导脸色行事，听上级口气走路的庸人。他就认理，认准了理可以什么都不怕。所以他坦坦然然地回到自己的办公室，看见凌队长一个电话打过来把组长叫走了，心里一丝也没犯怵，该怎么着，他等着瞧！

下班铃嗡嗡嗡响了一通，他没动。

于英雄走进屋来，一面往办公桌里塞他的公文包，一面问他：“怎么还不走？”见他没吭声，又说，“晚上在哪儿吃？告诉你，什么时候你真得请我一顿，我今儿可替你向人家赔礼道歉去了。”

他抬眼望着于英雄半笑的脸：“道什么歉？”

“今儿我和凌队长下了火车先去郑媛家了，他们刚搬了新居，孩子一出事，俩大人也不敢再住那鬼地方了。他们单位还挺照顾的，给了两间的一个单元，八成带点安慰的性质……”

徐五四不耐烦地皱起眉头：“你们到底干什么去了，祝贺乔迁之喜？”

“啊？”于英雄愣了一下，“我们正经替你赔不是去了，你还不知道领情，没良心。”

徐五四低声说了句：“我惹的娄子，你们赔哪门不是？”

“凌队长是代表组织去的呀，正巧又顺路。”于英雄凑近他，笑笑，用一种很知己的口气说，“凌队长还真帮你说好话，说你这人特别爱孩子，特别喜欢媛媛，那天是太难过了，太激动了，所以才……”于英雄从烟盒里弹出根香烟，停下话头，把烟点着，喷了一口，笼而统之地又说了一句，“反正说了你不少好话。”

徐五四那颗已经冷冰冰的心忽地暖了一下，表情却故作淡淡：“都说什么了？”

“说你这个同志很认真，疾恶如仇，心直口快，反正就是那些话吧，然后我们再一通道歉，人家就是再有多大的火儿也发不出来了，抬手不打笑面人嘛。”

于英雄的话被开门声打断，组长回来了。

“正好，你们两个都在，刚才凌队长叫我去谈了一下葛建元的案子，材料现在在你们谁的手里？”

“在五四手里，怎么了？”于英雄小心翼翼地看了五四一眼，见五四板着脸没搭腔，又向组长问道，“下一步叫我们怎么搞？”

“葛建元窝赃问题证据不全，叫你们销案。”

九

骆进财的逮捕证办得很顺利，检察院第二天上午就批下来了。骆进财由拘留转为逮捕之后，案子就从分局移到了市局预审处。徐五四特别被抽出来帮着预审处的同志跑调查搞材料，一通加班加点，挑灯夜战，仅用了一个星期，骆进财杀人案就结束预审，提请起诉了。一切本着“从重从快”的原则，检察院六月十七日提起公诉，中级人民法院六月二十九日开庭审理，认定：骆进财触犯了中华人民共和国刑法第一百三十二条的规定，已构成故意杀人罪。判处的刑罚当然是毋庸挑选的——死刑。在宣判后的十天内，骆进财没有上诉，判决于是生效，定在七月十八日交付执行。

七月十八日这天，上午下了一场暴雨，吃午饭的时候停了。七月的天孩子的脸，总是猫一阵儿狗一阵儿的，吃完午饭，徐五四随分局参加法场警卫的轿子车赶到预审处看守所的时候，南边的云开处，居然露出晴湛湛的天了。

一排红砖砌就的简陋的接见室，在看守所的外墙和监区之间隔出了一个挺大的空院子。在他们来以前，院子里已经排开了七八辆各型各色的车子，有法院的，有检察院的，还有插着鲜红警旗的警备车、囚车。一些全副武装的武警战士正散在院子里的阴凉处休息。接见室的门前，一个看守所的值班民警正在用竹扫帚扫着积下的雨水，哗哗的声音不时被那群年轻战士南腔北调的喧笑声淹没。分局来的民警们下了车，也都聚在一起云山雾罩地开聊。于英雄的声音尤其夸张，抑扬顿挫地不知又在吹什么呢。徐五四没去和他们扎堆“砍山”，因为无论从感情上还是从观念上，他都不愿意那些嘻嘻哈哈的说笑冲淡了此时此刻的庄严，可他又没法干涉人家随便解闷儿扯闲篇儿，只好独自站在接见室的门边儿上待着。通过门上的玻璃窗，他能看见那位已经白了头发的审判员正坐在屋里唯一的那张桌子前，十分沉住气地看一份厚厚的材料；特来临场监督的那位女检察员坐在他的右手，漫不经心地摆弄着一只黑色的公文包；左面，他看见了凌队长站在墙边正在和看守所的一个同志低声说着什么。罪犯还没有提到，隔着门上这层薄薄的、有点发乌的玻璃窗，他似乎能从屋里那种看上去非常平淡的场面和气氛中，感到一种极为强大、极为庄严的力量，不由得身受感染，情绪也禁不住突然兴奋起来。

太阳从云里钻出来了，整个院子明亮起来。靠院墙西边有一排挺拔的白杨树，深绿色的浓荫被雨水洗得新鲜而有生气，连周围的空气仿佛都受了它的感染，变得清凉润爽起来，不知是于英雄“砍”累了还是大家听腻了，院子里慢慢静下来，静得有点过分。大门外面突然响了一声汽车喇叭，给沉闷单调的空气带来一点波澜，又有人来了？徐五四没顾上去看，因为他忽然感觉到身边那扇接见室的门吱的一声咧开了一道缝，大概是屋里靠监区一侧的那扇门的开启，形成空气对流的作用吧。他知道，该是骆进财提到了。

两个多月的拘押生活，把骆进财给捂白了。他身上穿着件“茶壶套”式的圆领汗衫，十分虚胖，乍看上去活像个发得很暄的馒头。徐五四还没来得及看清他脸上的表情，审判员便从椅子上站起来，宽宽的后脊梁把徐五四的视线一下子堵严了。

他知道，这是要履行处决骆进财的最后一道法律手续——验明正身了。

“你叫什么名字？”

“骆进财。”

隔着半开半掩的屋门，他听到的声音非常沙哑，发着抖。

“捕前职业？”

“北京市建筑公司第……”

一连串的讯问……徐五四心头有点发热，审判员每问一句，他心里就跳一声，“恶有恶报”。啊，媛媛，你听得见吗？我们在干什么，你能知道吗？

“骆进财，根据北京市中级人民法院的判决，你触犯了《中华人民共和国刑法》第一百三十二条的规定，构成故意杀人罪，判处死刑，经北京市高级人民法院核准，于今天执行；根据《中华人民共和国刑事诉讼法》第一百五十五条规定，你如有需要转送亲友的遗言和信札，我们可以代为……”

徐五四没能把审判员的话听完，屋门不知被谁推了一下关严了。这时，从院子外面走进几个人来，猛然把他的视线扯了过去。

是他们——媛媛的父亲、母亲、一个不认识的中年人，还有她……

杜丽明！

他和她的目光不知怎么就碰在一起了，碰了一下又各自避开。他将近两个月没见到她了，在这短短的一瞥中，觉得她有点见瘦，脸也没有过去那么白了，甚至还稍稍显着些憔悴……他再把目光瞟过去看她，却发现媛媛的父母正在主动同他点头打招呼，便顺势走过去寒暄。

“你们来啦？”

他站在媛媛父母面前，眼睛尽量控制着不去旁顾杜丽明，但是他的神经却能感觉到杜丽明在看他，在温和地看他。

“什么时候枪毙？”

他愣了一下，杜丽明的目光正对着他，是她在问，是她在问，他连忙用略带殷勤的口气答道：

“马上，马上。”

杜丽明点点头，目光又避开了。反倒是他，显得放松了许多。正想再说几句什么，突然发现接见室门口有点异样，分局的民警们不知怎么全都挤在那儿，伸头探脑地往屋里张望，像是出了什么事。于英雄一脸严肃地走过来，只和杜丽明草草点头打了个招呼，便神情机密地凑近五四，虽然声音轻得近于耳语，但徐五四却听得确确凿凿，他知道，身边的杜丽明也一定听得确确凿凿！

“骆进财又押回去了！”

“为什么又把他押回去了？”

“不知道，看样子今天杀不了啦。”

杀不了？不，不，这绝不可能！朝四下里看一看吧，警车、卡车、吉普车，庄严地排列在这宽大的院子里；刑警、法警、武装民警，威风凛凛，候令待发……难道都是来闹着玩的！

可是，于英雄的神色是那么郑重，不带半点玩笑的意思，搞得杜丽明一下子认起真来了，她甚至马上就想到更深的那层意思里去了。

“是不是有人给他说情，想包庇他？”

“谁敢！”徐五四语气坚决，他相信自己敢告到中央去！高级法院已经核准了死刑，根据人大常委会通知，判决就算生效，犯人也没有上诉权了。到了这个份儿上，就是天王老子也没那么大能耐，敢刀下留人！

可于英雄的话，并不是空穴来风，接见室的门前，人疙瘩已经越堆越大，满院子都在叽叽咕咕、交头接耳……一个年轻的武警战士操着一口山西腔东问西问：“咋搞的，咋搞的？”但没有人回答他，直到接见室的门打开了，审判员、检察员、凌队长他们鱼贯而出，人们才一下子静下来。

“为什么不杀？他是杀人犯！”

徐五四打了一个哆嗦，杜丽明的声音是那么勇敢、尖锐，就在他的身边，在突然静下来的院子里，显得非常震耳，他的心一下子提起来。

审判员腋下夹着皮包，眼睛甚至都没有向杜丽明这边瞥一下，对着满院子泥塑般的人群高声说道：

“犯人临刑喊冤！”

所有人都愣在那儿，措手不及地愣在那儿。一个战士胆怯的声音最先打破短暂的沉寂，使人们从呆怔中惊醒过来。

“喊冤就不杀了吗？”

话音虽小，却像一根导火线，轰轰轰，一片爆炸般的议论声、争吵声，平地而起，夹带着杜丽明理直气壮的质问和媛媛母亲嘤嘤的哭声；那位父亲站在人群里，结结巴巴地说：“怎么能这样，怎么能这样……”

杜丽明甚至冲到了审判员的面前：“法院已经判了，你们难道可以不执行法律？难道就让孩子白死了吗？”

审判员脸上没有一点表情，徐五四甚至分辨不出，那究竟是庄严还是冷漠。审判员的头发已经灰白，也许这种场面见得多了，以至于可以丝毫不为群情激昂所动。他的声音高高的，但却是异常冷静的。

"我是执行死刑的指挥人员，根据《刑事诉讼法》第一百五十五条规定，犯人临刑喊冤，我有权决定暂缓执行。"

大家似乎还是觉得不应该就这么完了，院里仍然一片嗡嗡嗡的议论声。凌队长跨上一步，低沉地说了句：

"分局的，都回车上去。"

这一下，也提醒了武警部队的那位带队干部，跟着向他的战士们大喊了一声：

"集合！"

没有人再说话，只留下媛媛母亲的啜泣，令人心碎；做父亲的张开两手，站在院子当中，仿佛是要拦住上车的民警们："求求你们，给孩子报仇，求求你们，给孩子报仇。"大家都低着头，像逃债似的躲上了车。徐五四的心像给谁撕了一下，他想着应该向媛媛父母说几句话，解释，或者安慰，可他能说什么呢？

凌队长和那位始终没吭声的女检察员说了句什么，然后向汽车走去。徐五四也挪动双脚跟着往汽车那边走，他甚至忘了该和杜丽明说一声再见，更没想到杜丽明会猛然冲到他的前面去，拦住了凌队长的去路。

"你们不能走！你们得说一下，究竟暂缓到什么时候？"

"不会太长。"凌队长放慢了步子，可并没有停下来的意思。

"还杀不杀？"

凌队长迟疑了一瞬："这个，现在还不知道。"

"你们知道不知道孩子是怎么死的？你们到底是不是人民警察？"

"丽明！"徐五四一把拉住她。也许是杜丽明太激动了，也许是他的动作和声音太猛烈了，杜丽明的泪珠子吧嗒吧嗒地掉下来，低声哽咽了一句：

"你们，是不是人民警察……"

"丽明，"徐五四轻轻地，轻轻地叫了她一声。他觉得自己就是个成熟的大人，在劝导幼稚的孩子；就是个坚强的男人，在安慰脆弱的女子，“丽明，我们和你的心情是一样的，让那家伙再苟延几天吧，你放心！”

杜丽明不出声地抽泣着，在他面前，像一个孩子对大人哝哝诉说着委屈：“媛媛……太可怜了，我老觉得她太可怜了。”

是的，一个可爱的孩子早早夭折，人人都能洒下几行怜惜的泪水，可是，如果杀人犯得不到现世报，孩子在地下依然要担惊受怕，作为她的生养者、教育者和保护者，仿佛都欠了孩子一笔债似的，如何能心安于日后？

“你放心，你们放心吧！”他只能这样安慰他们。他也相信，杀人偿命，法理人情，谁也不敢法外开恩，放那厮一线活路去。

回到分局已经是五点钟了。大家嗡嗡嗡地议论了一阵，各自散去。下班铃打过好一会儿，徐五四最后一个从办公室走出来。站在静悄悄的楼道里，心里空虚得不行。他看见凌队长办公室里还半敞着门，迟疑了一下，走过去了。

屋里只有凌队长一个人，什么也没干，正呆呆地坐在办公桌前抽闷烟。因为上午下了雨，窗户都关死了，屋里的空气闷热而混浊，这使乍一进来的徐五四倏然产生了一种陌生感，仿佛连凌队长那张很少表情的面孔，也在烟雾缭绕中变得更加模糊、疏远，难以辨认了。

“你没走？”

凌队长问话时似乎并没有看他，他答了一声：“啊。”

“坐吧。”

他坐下来，问：“您知道处决骆进财改在什么时候吗？法院得多久才能定得下来呢？”

没有回答。

他又说：“我刚才翻了一下《刑事诉讼法》，上面没有明文规定临刑暂缓的期限，不过总归也不能太长吧。”

凌队长抬起眼睛来，看着他，像有什么话难以启口似的。徐五四从来未想象过堂堂的凌队长也会有这样一副出语踌躇的神情，他突然有种莫名其妙的胆战，说不清，也许因为他已经隐隐猜到这种踌躇意味着什么了。

“我估计，”凌队长的声音苍老得厉害，“骆进财，大概是杀不了啦。”

“怎么呢？”徐五四竭力控制着嗓子眼儿里的颤抖，“怎么会呢？”

“这案子的麻烦就出在捕人捕得太早了点，应该先留着他，通过侦查取点证据，然后再动手。可现在呢，直接证据没有，间接证据不全，口供，唯一能给间接证据一点生命的就是口供了。今天犯人临刑喊冤，等于全盘翻供，你想想……”

徐五四不愿意克制了，他没法儿再克制了！“可媛媛是他杀的，就是他杀的！”他放开嗓门儿，仿佛一定要把凌队长驳倒似的，“我们在审讯中并没有使用违法手段，全是他自己招的，这您都知道！如果他不是凶手，怎么能把现场情况和作案手段讲得那么准！”

“我并没有说不是他杀的，可法律不排除偶然性。没有口供，其他证据又不充分，你就是把一千个可能性加起来，也不能等于一个肯定性。”

“难道还能放了他不成？”徐五四争吵般地叫着，实际上已经心虚词穷了，甚至不知道下一句该说什么。他害怕，害怕凌队长真的那么有经验！

“放，倒还不至于，可是杀，看来也不合适了。人头落地，万一错了……”

徐五四无话可说，而胸中的闷气，却一拱一拱地直往上顶，发不出来，又咽不下去，他直想摔个东西！

“今天在看守所，你表现不错。”

凌队长沉沉地说了一句。徐五四当然领会，这是指他下午劝阻杜丽明这件事而说的。可他心里却别扭，在凌队长眼里，好像他天生就是个“愣头青”“没遮拦”，今天没跟着杜丽明火上浇油，就算是“表现不错”了。他委屈！可这时他什么话也说不出来。

屋里真闷。他打开一扇窗子，远处大街上喧嚣的声浪扑面而来。他长长地呼了口气，像是要把胸中的郁闷一下全吐出去，看看表，七点了。他没心情再谈下去，低声问了一句：

“您不回家？”

凌队长一动不动，好半天才答非所问地说：

“最近，见着葛建元了吗？”

“没见着，怎么啦？”

“没什么，我是说，那件事你是做得对的，怪我不好，委屈你了。”

他万没想到凌队长会在这个时候如此郑重地向他表示歉意。进刑警队一年多了，他从来没见过凌队长向谁这么认真地道过歉，这一瞬间，他甚至后悔当初那么尖锐强硬地顶撞队长，如今人家冲他一低头，你反要觉着欠了什么情分了。人哪，也许都这样儿。一夕之间，一念之间，可以化干戈为玉帛。

他把头低下来，又摇了摇：“这事也怪我，可能当初没把审马有利的详细情况跟您说清楚。”

“不，不怪你，”凌队长却用一种复杂得难以捉摸的眼光看着他，说了一句他意想不到的话，“我一直是清楚的，我只是，太性急了。”

啊？徐五四的瞳孔都吃惊得放大了，葛建元构不成窝赃罪，难道凌队长一直是清楚的？他为什么？一个老公安人员，为什么要这样？这仅仅是性急的问题吗？徐五四身上冒汗了。

凌队长还是那个不动声色的面孔，默默站起来，打开保险柜，取出一卷材料来。

“要不是天天忙骆进财这个案子，我早想把这些材料给你看看了。”

卷宗皮里的材料厚厚的，没有装订。

“这就是葛建元从一九七九年开始，三次涉嫌犯罪的材料。三次，都是证据不全，不了了之了。”

凌队长一字一顿地说着，仿佛这几句话有许多分量似的。徐五四的声音也不由得放沉重了。

“您上次说的房修公司的盗窃案……”

“那是最近的一次。房修公司俱乐部的二十英寸彩色电视机被窃。彩电是美国货，一个华侨送的，国内没有进口这种彩电。案发后的第三天，有两个房修公司的工人偶然到葛建元家串门，无意中发现那台彩电就在他的床底下藏着，型号、新旧，一点不错，回去向保卫干部汇报了。可保卫干部没有找我们就冒冒失失地向葛建元追问这件事，葛建元当然不会承认，说那彩电是他一个朋友卖给他的，这个朋友，就是马有利！”

“噢！”徐五四禁不住叫出声来。

“那个机会很可惜，如果保卫干部及时向我们报案，我们及时采取措施的话，很可能在葛建元家里人赃俱获。可是保卫干部到第二天才找到马有利核对情况，一切都晚了，葛建元有充分时间同马有利串供，所以马有利一口承认电视机是他以一千元的价格卖给葛建元的。”

“这不是美国货吗？应该问马有利是从哪儿搞来的！”

“这还不好编，在东单信托商店旁边的胡同里，从一个陌生人手上买的。”

“那么电视机呢？叫葛建元拿出来让人认认。”

“还是在东单信托商店的胡同里，葛建元又把它卖给另一个陌生人了。”

“这简直是哄孩子！”

“对了，他们撒谎并不高明，可对法律来讲，就是再蠢的谎言，也要靠证据来推翻它，证据呢？没有。”

“盗窃现场没有勘查吗？”

“俱乐部的大门平时是不锁的，谁都能进去，葛建元作为房修公司的职工，有正当进出的理由，所以，现场没有勘查的价值。”

徐五四目瞪口呆地听着。

“还有，大前年有人在葛建元的衣服兜里找烟抽，却翻出了一个吓人一跳的存折来，多少？一万！他一个普通三级工，哪儿发的横财？我们查了一段，没有线索；想去银行查实，人家有为客户保密的规定，没有确凿证据不给查；仅凭一个人的揭发检举，我们又不能采取任何动作；而且你也知道，咱们人力有限，在一个案子上耗不起太长的时间，结果最后也放弃了。”

这些话要是放在以前，徐五四也许会说：“没有证据嘛，本来就该放弃，没证据就别动人家的心思。”可他现在不但说不出这话来，自己心里甚至也猛烈地跳了一下——那天，他不是也在葛建元家里看见过一个可疑的玉兽吗？后来被葛建元匆匆忙忙藏起来了，难道就没有可能是件来历不明的古董？太可能了！但你就是把一千个可能性加起来，也不等于一个肯定性啊！

凌队长站起来，认真地收起那卷材料。就着窗外黄昏薄暮的余光，徐五四依然看得见他的头发就要白了，不，已经白了。他把材料送进保险柜，锁上，站在那儿长长地出了口气，仿佛有赶不尽的疲倦，又突然挥了一下手，动作却是那么干脆利索，声音也蓦地有了力量：“葛建元肯定有问题，绝不会有错的，只不过没抓住他的尾巴就是了。当然，现在还没法认定他有罪，可我们国家的法律也并不实行‘无罪推定’的原则，没有抓住尾巴，不等于没有尾巴。而且这种人，我是看透了，不给他点苦头就指望他改恶从善，做梦去吧！‘庆父不死，鲁难未已’，知道这个典故吗？”顿了一下，似乎并不等着五四回答什么，又说，“摩托车这件事出来以后，我本来想趁机会把他收进来算了，总比漂在社会上害人强，我是太性急了，不应当这么做，也没想到你会这么坚持。你来队里一年了吧，没发现你还有这么种一丝不苟的素质，好，我喜欢这样的。唉，我也是仗着对葛建元心里有底，才破例搞点歪门邪道的手段。后来想想，不行，要是开了风气，别人也学着样儿做，岂不乱套吗？这事幸亏你硬顶着没搞成，不然我非后悔不可。”

徐五四直想掉眼泪，他觉得自己真浑，仿佛再也亮不起那理直气壮的嗓门儿了，嗫嚅着说：“我只是，只是怕搞错了案子，队长，我从进公安学校那天起，就发誓要当一个好警察，一个称职的、问心无愧的好警察……”他看见凌队长的脸一下子变得慈祥起来，还有那从未有过的亲切的目光……他不知道该如何说下去了。

“三十五年前，我第一次跨进北京市公安局大门的时候，才十六岁。十六岁，多好的年纪！我也是发过誓的，要为新的政权，为解放了的人们，为咱们的北京城，当个好警察。三十五年过去了，对这个初衷，我自信是身体力行的。这些年，我亲眼看着你们这些年轻人一茬一茬地补充进来，有不少人干得比我们这些老家伙好。可有时我也觉得，咱们这些穿‘官儿服’的，怎么样才算尽职了，怎么样才称得上一个好警察？局里这一茬一茬的人，各自都有各自的看法、标准。你们也许认为，能一辈子不冤枉无辜，不搞错案子，就可以问心无愧了。可我们这帮老一点的，心事就更多一些。特别是现在，我们总觉得自己没能好好地尽职，总忍不住要去怀念六四年、六五年那几年夜不闭户、路不拾遗的太平盛世。我们是从那时候过来的，不像你们，一进来就赶上十年内乱，没有我们这种怀念和幻想。你看前些年，开大会作报告一张嘴就是那句套话，叫作社会治安有所好转，但恶性案件仍有发生，但实际情况怎么样，咱们在基层工作的人最清楚嘛，那时候，社会治安越来越坏，恶性案件有增无减！在这么个现实下，还一味坚持少捕少拘，不敢提‘乱世用重典’，一提，有人就扣帽子，说你否定大治天下。有什么办法？全在那儿自己骗自己呢！老百姓那几年是怎么说我们的？说我们笨蛋、熊包、废物点心。人们上街出门走黑道，连点安全感都没有。大家恨小偷、流氓猖狂，也恨我们这些公安人员没用。我这次去沈阳，沈阳市局的同志说，当时有人把沈阳出的那六个劫机犯、二王流窜杀人犯和咱们公安局并列起来了，叫六英二虎一熊，我干公安三十五年了，三十五年！干到这个份儿上，真是无颜见江东父老了。这三十五年，我可以说基本上没搞错过案子，没冤枉过好人；‘文化大革命’一开始我们这些老公安就卷铺盖了，所以也没有欠账。可我仍然觉得我们没有尽职，一个工作上从来不出错，可对人民生命财产的损失也一点不着急、不痛心的警察，是好警察吗？至少在我这儿，我不承认他！”

徐五四一连串地打着冷战，脸上却烧了一片火，如果这时候有人揍他一顿，他也情愿挨着。这些年他天天觉得自己已经不错了，可以问心无愧了，别露怯、别出错、别搞砸了案子，他对自己一直就是这么个标准，可除去媛媛以外，对那些被打、被杀、被侮辱、被祸害的父老兄弟姐妹们，他从来没有过像凌队长这样发自内心的惭愧和焦急，从来没有过！而他还一直以为凌队长只不过是个极为熟练的机器人呢。他三十岁了，竟是这样一个浑人！

“五四，你也是从十年动乱中走过来的人，应该有体会，社会治安的问题是长期动乱的后遗症，没有快刀斩乱麻的气魄绝搞不好。这话我以前就说过，现在看怎么样？要不是前年中央坚决提出‘从重从快’的原则，要不是咱们全国几十万干警拼命干，怎么会有现在的局面？多年降不下来的发案率降下来了，老百姓拍巴掌叫好了，我们也觉得实现社会治安的根本好转真的有奔头了，干着是那么回事了。中央撑腰，老百姓也撑腰，往下就看咱们的了。不是要当个好警察吗？行，那就既别罚无辜，也别赦有罪。现在光是把浮在面上的一层脏沫打掉了，还有不少沉在下面的渣滓没动呢，有朝一日水一浑，照样沉渣泛起，像葛建元这样的，你别小看了他！”

“不，凌队长，我不是个好警察，我真的不是好警察……”

天黑了，他记不清是怎么离开凌队长的办公室的。踏上宽阔的马路，回头看去，他们的办公楼里已经亮起了点点雪白的灯光。今晚上加班的格外多。马路边，乘凉的人群也开始拥挤起来，搬个板凳，铺块凉席，安闲啜茶，高声谈笑；几个孩子喧哗着从他后面擦身跑过去了，是女孩儿，一片斑斓耀眼的裙子飘飘地融进了柔和的夜色里。他深深地、庄严地吸了口气，陡然觉得双肩沉重了许多，而两条腿却似乎更粗壮、更有力，他禁不住也跑起来了。他想叫喊，大声儿的！老人们、孩子们、男人们、女人们，万家灯火的北京城啊，我是你们的！我要重新地、真正地爱你们！对了，我不是个好警察，可我要做一个好警察，我一定要做一个问心无愧的好警察！

马有利、骆进财、葛建元，所有社会的渣滓们，你们听见了吗？啊！

我的孩子，我的故乡

敏芳，我们有多久没有像现在这样在一起说话了？在这个万籁俱寂的深夜，心贴着心，喃喃细语，不会被人打扰，也不会打扰别人，这样从容、尽情地拥抱着叙谈着，哦，一晃快四十年了。

四十年，我心里从未这么安静过，我不知道这是不是因为小成，咱们的儿子，他终于离开我寻你而去了。谁能想到像他这样健康的躯壳竟会先我而成为你的伴影？可惜他的灵魂并不像躯壳那么健康，也许不能随你在天堂久驻。

我们不止一次谈论过天堂、地狱、命运和人生。从我们两心相许那天起，老天爷就像是把一切都注定了似的，看去貌似偶然，其实在劫难逃。假使父亲不是因为搞到了一点大米让全家吃了顿饱饭，就不会给日本人当作“经济犯”抓了；假使我不是替在牢里坐下病来的父亲抓药，也不会在“同仁堂”门口让警察抓了夫；假使不是那警察有个把兄弟在绥远当军官，我当完了夫也不会被充了壮丁，也不会再被那军官派到青岛去运海货；假使晚去半个月，我大概也就跟着董其武将军反了水，而不会被钱师长留下当厨子，以致漂洋过海几十年不能反顾。命运对我们真是苛刻透了。在那边，我常常一个人喝酒发疯，骂天骂地，如果天地间尚有一丝公平之念，也不该对一个小民的一生这样草率、这样无情的。

你信奉上帝，我敬过菩萨，可你看不见幸福的天堂和乐园，我也找不到极乐的东土和西天。而今天，现在，就在这个安宁的夜晚，我们难道不是同在一块净地之上吗？我们都是“轮回图”上的投生儿，茫茫苦海的幸存者，佛说九九八十一难之后，福星自然返照。周围是这样安静，窗外的夜丁香开了花，花气袭人。身上盖的，身下铺的，又厚又暄。二勇今天晒了被子。如果那场煤气中毒的浩劫是我的最后一难的话，那么二勇，便是我的福星了。

对了敏芳，你见过二勇吗？他就住在咱们那条胡同的西口。你在的时候他还小，也许没有印象了，高高的个儿，不如小成那么结实，却是漂漂亮亮一副眉眼。我没想到小成长大了会胖成这样。我走的时候他才六岁，又瘦又黄，和他那只可爱的却又先天不足的鸽子一样病弱不堪。

还记得那只鸽子吗？深灰，青靛，却毫不给人乌暗的感觉，它的脊背看上去那么光滑、柔和。你一定记得我原来执意不准小成养它，一来怕孩子玩物丧志，二来那年头纨绔们为养鸽子寻衅打架的事层出不穷，我不想惹是非，为此孩子哭过好几次呢。他爱那鸽子，胜过吃穿，常常久久抱着它喃喃低语，简直视为小小知己，可以托之以心。对于这种童真的、近于神圣的爱的萌芽，身为人父，我不能一味扼杀。后来我们一直养着它，就像家里的一口人似的养着，我不知道这多病的生灵后来究竟活了多久，我叫警察绑走后再也没有听到它的音信。

敏芳，我永远忘不了那个情景，就在前门外的同仁堂门口，几个警察拧着我的胳膊，小成又哭又喊抱着我的腿，鸽子扑棱棱从他怀里惊恐地飞出去，警察使劲踹了他一脚，他还是抱着我的腿死也不撒手。啊，我的儿子！

他抱着我，就像是你在抱着我，是我的亲人，我的家，生我养我的北京城在用力地抱着我，不让我走！六岁孩子能有多大力气？可你知道吗？当那帮没有人性的东西硬把小成拉开的刹那，我就像落水人突然失去了最后一根救命的木头似的那么绝望，我那时候就想，大概这辈子再也见不到你，见不到家，见不到北平啦！

那个兵荒马乱的年月啊！

转眼快四十年过去了。一怀愁绪，半生离索，当一切成于既往，我们在自己心造的天地中幽幽重聚，但愿能够十分平静了。然而我无法忘记那些年，多少次梦寐之中见到你，见到小成，见到我们常常路过的文津街、三海上的金鳌玉蝀桥、煤山，那古旧而亲切的东四牌楼啊！亲人、故乡，蓬山咫尺，像可望而不可即的海市蜃楼一样在梦中流连，每逢梦破人醒，悲从中来时，我常常会钻心地痛，感到人世间的无味和自身的渺小、孤单。说实话，要是没有对你、对小成、对故乡的怀念寄托，我一定没有这么命长。

刚到台湾那几年，你知道我是怎么活过来的吗？几十万军队突然挤上那个孤岛，当官的靠一口美国面粉活着，当兵的足足三年没吃圆过一回肚子。北方人在那儿水土不服，个个一身脓包水疱。想家呀，想老婆孩子呀，真是离恨千端，别愁万种。光我们一个师部，自杀的，两个；疯的，一个。我同屋的张大全，沈阳人，把手榴弹捆在肚子上寻了短见，留下几行绝命诗，当官的缴去不准大家看。其实当官的也想家，钱师长就整天盼着叫着想打回去。他家客厅里高挂着古诗条幅：“愿将血泪寄山河，去洒东山一抔土。”吟咏起来，声泪俱下。而我们这些当兵的呢，想的就简单得多——只要能回去就行，别管是打回去，跑回去，还是投降回去。

我在军队整整干了十三年。从教书匠沦为火头军，斯文扫地，已全然顾念不得。我从三等兵一直干到上士，上士又分三等，我干到最高一等。到了

1960年，我们这些胡子兵退了伍。那阵子，成群的外国人拥进来开工厂、办商店、设银行，把台湾搞得热闹起来了。我进了中山北路一家名叫樱楼的餐馆工作。一听这名字就知道是日本东家，老板叫浅沼，对我不错。敏芳，我想你一定不会怪我竟然愿意给日本人做事吧。杀父之仇，刻骨铭心，自然不敢一朝忘却。但是，咱们和日本的仇，是和那些想叫咱们亡国灭种的疯子的仇，用不着和善良的东洋百姓过不去。世界本来是挺安静的，就是让那些疯子搞得疯狂了。

浅沼先生的性子有时有点暴躁，但很重义气。他知道我的身世后，拍桌子大骂过那些绑架我的警察。我们在一起共事好几年，彼此以诚相待。日本和台湾断交后，大批日本商人纷纷东渡回国去了，他也把樱楼托付给我，带着太太走了。到了1970年，他索性把这家餐馆送给了我，不过那时候樱楼已经为他挣够了钱，从里到外都老朽了。

我就这样安身立命许多年，倒也顾全了温饱，就是总想你们。

我也养了一只鸽子，作为一种向往，或者说是一种凭吊……那鸽子也是灰色的，灰色中带着点青靛，它的咕咕叫声和小成的那只灰鸽尤其相似，听了令人神往。它喜欢转动着灵巧的脖子东张西望，也常用滚圆的眼睛出神地看我，我们经常这样久久对视，我看出它是想和我说话，只是说不出声来。啊，那简直就是小成的化身。它陪着我，度过了那么久那么久的日子，那些日子里给我帮助最大的，除了浅沼先生，就是它。

不，我并不是因为从浅沼先生那里得了糊口延命的饭碗而感激他，为了樱楼的兴隆，我毕竟付出了无愧的劳动。我要感激的，是浅沼先生在我命运的转折中所起的作用。我现在能够躺在被二勇认真晒过的又厚又暄的褥子上，在这弥漫着丁香花醉人气息的夜晚，与你，我的红颜薄命的亡妻，幽幽相聚，一叙生前死后，如果这一切在命运中早有伏线的话，那么浅沼先生，便是这伏线的一端。

那时候浅沼先生已经开始和大陆做生意，我就托他寻访你和小成的下落。二十年中，你给我托了无数次梦，说你和孩子都还在世，只是乱世之中辗转流落到一个不为人知的偏僻地方去了，无数次醒来，我都记不清那是个什么地方。

在一个闷热的黄昏，我印象很深，天像是要下雨，深灰、混浊。浅沼先生突然来到樱楼，告诉我他在北京寻找你们的经过。我那时都顾不上照例的寒暄，光是木呆呆地盯着他的嘴巴，心里害怕，膝盖直哆嗦，摆手想叫他快说，又想叫他等一等，容我镇定一下再说。那瞬间我脑子里似乎一片空白，又似乎涌出一千个或凶或吉或悲或喜的结局，连那只善解人意的鸽子都察觉出情形不对，惶惶不安地飞到我的手上，尖嘴用力敲打我胸前的纽扣，仿佛在问："怎么啦，怎么啦？"

浅沼先生拿来了你的照片，是你去世的前一年照下的。眉目依稀，无情岁月虽使红颜老去，但以往的音容宛在，呼之欲出。敏芳，你虽有青春之身却不肯再嫁，情愿守几十年的寡拉扯小成等我回来，可你终于没能等到我，我知道你在煎熬中盼望着共叙团圆的一天，只是实在熬不住才先去了，我能想象到你弥留时的心境，我仿佛已经看到了你走时频频回首，吃力地向我张望的模样。敏芳，要不是为了小成，我们爱情的见证和结晶，我们血肉和生命的延续，我那时就该去跳海，为什么要活到现在？

浅沼先生也带来了小成的照片，是小成和他太太的结婚照，仿佛他们早就算定我看到这张照片的时候正是失去你的时候，不肯亵渎我的悲痛，所以照得过分严肃，穿着也太素朴，以至于完全不像个结婚照。浅沼先生说，这是他们 1971 年照的，已经过去四年了，现在的小成比四年前还要胖一些。浅沼先生还说，当小成听说我还活在台湾时，样子很惊慌，如同活见鬼一样。是啊，他和我分别的时候才六岁，也许早就想不起世间还有这么个父亲了。

可是不，浅沼先生摇着头，他说现在大陆上的情形颇有些古怪，“境外关系”统统被看作是一种极不光彩的事情，人人噤若寒蝉。其实对台湾人来说，这是不难理解的，这儿的人同样也怕沾上这种嫌疑。可是，我们毕竟是亲人，是父子啊！孰能没有天伦？

儿子竟没有给我写一封信，连一声“爸爸”都没叫。那张照片，也不知浅沼先生是如何到手的，问他，他只一味摇头叹气。

我写了一封信，托浅沼先生方便时带到北京去。敏芳，我总得知道你的身后事是如何安排的，有什么欲了未了的遗愿；也想知道儿子现在的生活，是否快乐平安；还要问他还记不记得三十年前父子离别的一幕！可那信一去没了回音。一湾海水，把我们隔绝在两个世界里。

那个时候我并没有怪罪小成，我心目中的小成仍然是个可爱、懂事，又特别重感情的孩子，他不愿和我相认，只是怕担上政治的压力而已。于是我不再给他写信，生怕妨碍了他在大陆的自处。就连二勇，在当时的环境下，倘使对海外关系没有小成那般恐惧，恐怕也是憎恨的吧！二勇那时还是个不更事的少年呢。

我继续操持着樱楼的生意。痛定之后，心里比过去多少踏实了些。我总算知道了我唯一的儿子，至今还与我同在，心里像有了一个小小的亮光，在黑暗中引着我往前走。敏芳，我那时就只有这么一个念头，我得往前走，走到那么一天，我能去找我的儿子，也许真有那么一天，我能摸到那个影影绰绰的亮光。

台湾那些年经济搞得很乱，票子一个劲儿发毛，但樱楼总算在风雨飘摇中维持下来，没有关门大吉。来这儿照应的都是老主顾，钱师长也常来。他早退了休，靠几十年宦囊积蓄在台北做寓公，已是须眉皤然的老人了，这几年举手投足，更添了几分学者般的飘逸与悠闲，优游中又带着一点淡淡的伤感，和那些三十年前漂洋过海的老军人一样，总觉得到老连归葬的坟地也看不到似的，心里虚。

是的，钱师长还不如我，我还有个实实在在的盼头，他却不行。我曾经忍不住怀着孩子般的好奇仔细注意过他的那双手，竟是那么细弱、柔软，而且白得像女人，指甲也修得很精心，谁能想到这双手已经在血泊里浸泡了二十年啊！钱师长对大陆曾经那么深恶痛绝，如今老了，也变得怀故了，常忍不住登高远望，向着落日余晖，用发哑的嗓门儿歪歪扭扭吼两段莱芜梆子，吟几句思乡感怀的诗文。可是，“人言落日是天涯，望极天涯不见家”，他的生年是回不去了，他回去，就是杀了他也是不冤的。他呢，也早已绝意归途，只能悲歌当泣，远望当归，聊以胡思乱想罢了。

而我的盼头居然来得比想象的还快，1981年的夏天，不期然接到了儿子的一封短短的信，我高兴得发狂。现在我想不起那封信具体都说了些什么，总之是问我好，并且说他也很好，现在在一家饭店里当服务员，只是经济紧张，希望我能寄些钱去。尺牍之中，我仿佛听见了小成抱着我的腿哭喊的回声，那声音唤起我深埋多年的亲子之爱。当天我就写了一封长长的回信，并且把我存在银行的全部美元取出来，一块寄到日本，托浅沼先生给儿子寄去。敏芳，也许只有你才能体会我当时的兴奋，我总算能够尽一点人父之责了，我是个父亲啊！

从那天起我戒了酒。五个月之后，小成又来信了，还是那么短，问候之外还是要我再寄些钱去。我又寄了，并且又写了一封长长的信，依依山水之恋，拳拳父子之情，字里行间，意犹未尽。我日日夜夜等着他的回音，希望他别那么匆忙、别那么简短，我盼着他能耐心地和我这个孤身在外的老父亲叙叙家常啊！

我等了整整一年，神不守舍的一年。

论人之常情，儿子不会这么久不理我，我预感到出了什么事。

我从来鄙薄巫道，那时居然也去找了个测字先生，拈了一个“欢”字，测字先生凝神作状地参悟了半天，大摇其头说：“‘欢’，附半个‘难’字，非佳象，怕多少要有些难过的关节了。”见我不语，又说，“也非一难到底，后继者‘欠’也，附‘迁’音。”他哆哆嗦嗦玄而又玄地做了一通近乎忏语的发挥，意思是：我这一辈子，迁，主遇难呈祥。

测字，本是方士糊口延命之所为，几乎是骗钱的行径，但既听了，就忍不住瞎琢磨，琢磨，就多少有些不安——为什么偏偏就拈了这么个字呢，大非吉兆。

果然，一天中午忽然有几个警察到樱楼来，要我去警署说话，不许我多问，也不许我回家，粗暴地要带我走。那时我突然想起三十几年前在“同仁堂”门口被几个警察绑架的一幕，于是说死也不肯走。可那些警察威胁说这是依法传讯，如果我拒传事情就更麻烦，樱楼的伙计们也纷纷劝我不要吃眼前亏，先去了再说。我当时真想，如果小成在，如果他还能紧紧抱住我的腿，那我就是死，也不会跟他们走的。可我是一个人，从肉体到精神都是孤单单的一个人，我就是真的回不来了，人们无非茶余饭后做个谈资，没人会像你，我的妻，像小成，我的儿，那样悲痛洒泪！没有人会！

他们把我带到台北景美警察分局，说是传讯，可往地下屋里一关三天不闻不问。我惦念我的鸽子，想着谁会去给它喂食喂水……

到了第四天，他们像是才想起来似的，把我叫去问话，问话的是个麻子，他拿出一封信给我看。

“知道是谁写的吗？”

这当然是明知故问，那正是小成的来信，短短的，不知写了些什么。

“是我儿子的信。”

“你儿子是什么干部？”

“他不是干部，是饭店的侍者。”

“你还想赖？”警察老练而邪恶地笑着，“你看看这张信纸吧，认识简体字吗？”

信纸上方，红字函头：“北京万宁宾馆革命委员会。”

“革命委员会是干什么的你当然晓得喽，是共党现行的政权机关，你儿子能够使用这种信纸，不是干部是什么？”

我说不上话，只用眼睛狠狠盯着那张麻脸，那脸上集中了人类最专横、最败坏、最愚昧的表情，我憎恨这脸！

到现在我也没有弄懂那革命委员会是怎么回事，二勇后来对我说过，70年代前后，大陆连上托儿所、养老院，连卖酱油、烙大饼的小铺小店，都有革命委员会。可这种满天盖地到处都是的东西却构成了莫须有的罪名，使我身陷囹圄。警察们三天两头逼审我，用种种不人道的手段对待我，要我招供所谓“通共”的内幕，并且恫吓说要送我到火烧岛去。

“一朝进公门，九牛拉不出”，在警署地下屋我一直过了三个月，全仗朋友在外奔走营救，连钱师长都找了他的一些老关系。但警察们却是些认钱不认人的家伙，一直久押不放，也不送院审判。我气恨交加，大病一场，朋友们送药来，他们竟不准我接受，朋友中有个吃法律饭的为我据理争诉，说照着当局的《羁押法实施细则》规定：“被告亲友送入药物，经看守所医师检查合格后得许可之。”警方不准我接受药物是违法的。但警察们借口没有检查设备，仍然拒收，直到牢里接二连三有人病倒，上吐下泻，症状与我无二，才疑心是发了瘟病，急忙把我们隔离起来，打了针。打针的警察不知是不懂还是懒，我们四个病人只用一个针头，只换屁股不换针。我病得连抗议的力气也没有，横着心随他去打，敏芳，要不是你在天之灵的保佑，我也许就活不过那一关了。

后来，朋友们背着我用樱楼这些年的积蓄上下打点，疏通关节，正是：

钱能通神，一买就灵。恰好又赶上9月18日发生了两名警察抢劫三重市彰化银行十一万台币的丑闻巨案，舆论哗然，所以，到了天气渐冷的深秋，我被放了出来，警察们说：“误会了。”

回家的第一件事，是写信给浅沼先生，要他转告小成，以后来信，千万别再用官家的信纸，什么“革命委员会”，什么“公社”，这种字眼儿都别用，信封上也别写简化字。为了防备再出事，我把儿子的前两封信，连同他和他太太的照片一起烧了。在那照片上，儿子穿着“毛式”的服装，更加上他太太的脸上没有妆，头发又没烫，外人看了，自然会刺眼、生疑。

那是深夜，和现在一样安静的深夜，连我的鸽子也沉沉睡去了。我一个人，身伴四壁，望着儿子的脸在枯黄色的火苗中滋滋作响地变焦、变皱，哆嗦着打起卷来，直到化成一撮黑灰……就像我忘不了儿子抱着我的腿的情景一样，我也一直记着那黄色的火、乌黑的灰，还有那蹿了一下就完全消失了的青烟……

是不是，我也到该撒手而去的时候了？何苦留着一个躯壳无味地耗蚀？

我本来也应该有一个完满的家，三世同堂，一团和气，妻儿老小，厮守终生，可我没有。半生流离在外，朝朝暮暮，岁岁年年，嚼着生活的苦味，难道真的就这样老死他乡了吗？或者早就应该想开，有如蝼蚁的芸芸众生啊，你可以痛痛快快地死，也可以好死不如赖活着，但你不能死抱着自己的愿望不放，因为世界是大家的世界，包括你，也包括别人，也包括那些官僚、政客、老板和混账警察，他们有他们的想法，他们的拳头比你大，你就只能忍着，你是渺小的，你没有想怎样就怎样的能耐！

我活着，和樱楼一样半死不活地维持着。老军人们照旧到那儿聚饮，酒后的话题照旧是大陆。说到当年乡里事，或眉飞色舞，或热泪横流，我过去和他们一样，“越是天涯无家客，越是逢人说故乡”，说到全聚德的烤鸭、六必居的酱菜，还有东来顺的涮锅子……那膘白肉嫩、见热即熟的西口大羊啊，我能说得叫人垂下涎水来。可是现在，我不想再说，也不想再听别人说。我重开酒戒，天天花钱买醉，以酒浇愁，其实也无所谓浇愁，不过图一时浑噩而已，盼在醉乡之中，把人生烦闷种种，一刀割于肚肠之外罢了。我盘算着卖掉樱楼，然后找个地方，无求无欲地躲着去，老死算了！

钱师长好久没来光顾了，他病倒在三军总医院里，我去看他时，已经整天离不开输液瓶了，连医生说起来，也全是一副聊尽人事的口气。他身上盖着被子，瘦得几乎使人感觉不出人形来，声音已完全哑了，却出奇地清楚。

“你，什么时候放出来的？”

“去年秋天，11月。”

“你的儿子，还来信吗？”

我摇摇头，不想和他扯这个，他也不再问，脸上没有一点表情，似乎又恢复了那早已被人忘却的军人的严峻，又似乎在想着什么很遥远的往事，眼球凝止不动，一动不动，而我，我什么也不想，不想！

“你说，你怎么……不回去？”

我没想到他会突然这样问我。

“回哪儿？”

“找你的儿子。”

我没有回答，这个令我半生魂牵梦萦，然而此刻又是这样猝不及防的问题，我没法回答。

钱师长的声音柔和起来，连那被苍老和疾病拖得形销骨立的脸也柔和起来：“你应当回去，你不同我。”

我全身轰的一下，就像个在一道难题面前已经绝望的人，突然被人简单地提醒了那样，目瞪口呆！对了，我为什么不回去？趁现在还没有病老到他这种地步，为什么不走？

“你应当回去，你不同我。”

钱师长欠了血债，现在又只苟延一口剩气暖着胸口，欲归无计，死了心。可是，人之将死，其言也善。不错，我同他不一样，我没有杀过人，怕什么？儿子就在对面，隔着一湾海水，从日本绕过去，不过两站路程。想到这儿，我的胸膛紧张得怦怦直跳，凭这样有劲儿的心跳，我也有资格去争取享几年天伦之乐，了却望子思乡的一段心肠，也省得再受那些警察的勒逼纠缠了。为什么不走？走！

我是急性子，决心一下，兴奋得几夜没合眼，恨不能一步跨回去，可是，这是决定我余生的大事，欲速则不达，得一步一步走。

头一步是给浅沼先生写信，请他帮我办好去日本访友的入境手续。然后，得把樱楼卖掉，换成现金。台湾当局为了防止外币流出，规定临时出境人员只能兑换一千美元外币，我就靠一个常在黑市走动的熟人帮忙，好歹把钱全都换成了美元，兑价虽苛刻，总算没让黑帮敲了竹杠。几个月的牢狱之灾使我变得谨慎起来，事情完全瞒着左右耳目，遮着声色形迹，悄悄进行，只有几个顶靠近的朋友知情。他们当然也劝过我：“一动不如一静吧，跑不出去就是通共的罪名，再复系狱，何苦来哉？”我说：“谋事在人，成事在天，既动了这个念头，不去碰一碰运气，我不死心。”他们说：“老大年纪了，‘遇饮酒时须饮酒，得高歌处且高歌’，大陆生活，清汤寡水，那不是个享晚福的地方。”我说：“等你们进棺材的时候，眼巴巴望着父母之乡的黄土，不羡慕我吗？”同是天涯沦落人，一语触动，无以为答。是的，我们和那些土生土长的台湾人不同，尽管那些本地人在每年的冬至，也喜欢用糯米做些“冬节丸”贴在门窗上，但那不过是一种例行的贡奉，或者说是一种传统的习惯，表示不忘在大陆的祖宗和先人罢了，并非真的记挂他们的温饱。这些人更重视和依赖的，是眼前已经习惯了的生活方式，不像我们这些生长在大陆的人，与从小长大的故乡，与连筋带血的骨肉，有着千丝万缕的眷恋，我知道，大家帮我，也是想看看，我能不能走，走以后又怎么样，好，我就走个样儿给你们看看！

出境手续办得很顺利。虽然这几年去日本旅游和探亲访友已是很平常的事，但是几十年的坎坷使我对过分轻易的事情总是戒心无穷……我提心吊胆等着出境的那一天。从提出申请到获准出境其实不足一个月，在我却仿佛熬过了漫长的一个世纪。

4 月 21 日，这一天来了。

临去机场的最后一件事，是和我的鸽子告别，我嘱咐它往北，往北一直飞，别管浩浩重洋，别管高山大川……我喃喃对它说了许多鼓励的话，相约在北京会合，心里也知道那是没影儿的事。

我终于松开手，朝天用力一抛，鸽子飞起来，转了一圈，又直通通地飞回到我的手上，我再抛起来，它在上面转着，疑惑地望着我，我挥手示意它往北飞，它犹犹豫豫地盘旋了一会儿，终于振翅飞去了。啊，它真的是往北飞去的！我心里一酸，同时又差点欢呼了起来！

机场的海关和边防那天检查得格外严，警察似乎也比往日多。房子卖了，鸽子走了，至少在我的感觉上，身后已无一步可退了。我横着心一道道关口往外闯，活像个惊弓之鸟的偷渡客，又像个胆大包天的冒险家。终于，我坐在机舱里，系上安全带，但仍不敢放心喘气。我身边坐着个戴墨镜的年轻人，这家伙从过安全门就一直跟着我，我暗暗发慌，是便衣警察？难说。

飞机起飞的时候，台北机场斜风微雨，雨落在椭圆形的机窗上，立即被甩成一条条细细的线，不，一根根迅猛的箭，我想起“归心似箭”这句古话来了。

路上没有发生任何事。到了东京羽田机场，我提着行李走出候机大楼，回头看看，没再发现那年轻人跟在后面，是我多心了？别，小心没大错。

叫了辆出租车，我先让司机随便转了两条街，回头看看，依然无事，我这才觉出背上已经冷汗淋漓，浑身像乏透了似的酸疼。本想先到浅沼先生家去，拿出纸片想给司机写地址，可笔一沾纸，不知怎么突然就改了主意，写下了这么一行字：

“中华人民共和国大使馆。”

一个年轻而又文质彬彬的外交官接待了我。一听他那地道的北京口音，我就忍不住激动起来，可年轻人提的问题却马上打断了我的情绪。

“您因为什么想回国呢？”

我怔了半天，没答出话来。我不知这是因为他的年龄尚难以去体会别人，还是纯粹的例行公事——平地里冒出个台湾来客，他当然要查明“动机”。

于是我答非所问：“您家在北京？”他打了一个愣，说：“在。”“那咱们是同乡啦。”他对我这种乡土感情似乎并不怎么响应，只是礼貌地点了一下头，说：“很荣幸。”我又问：“您想家吗？”他说：“有点想吧，我都出来四个月了。”我说：“那么我已经出来四十年了！”他眨眨眼睛，然后会意地笑了，并且马上伸出一只手，说：“欢迎您回来，我代表北京人欢迎您回来！”

敏芳，你知道我听了这话激动得心都快要从嘴里跳出来了，我真想张开双臂拥抱那位青年，我的乡亲啊！

大使馆里的同志都很热情，他们很耐心、很带感情地听我叙述了我这一生的经历，很快帮我往北京发了电报，替我买好了回国的飞机票，还专门派人陪我上市场买东西。小成在信里提过他儿子——我的孙子——要考大学，很需要一台录音机学外语，对，得买个小录音机作为给孙子的见面礼。还买什么？该给儿子买块好表，可大使馆的同志说，带手表回去要上税，很不合算，不如买一支带电子表的原子笔，上面有表，可是算笔。好，就买它。可惜不知道儿子太太的身量，不然应该买几件好看的衣服送她，也罢，索性买料子吧。

大使馆的同志说，这些东西咱们国家都有，买多了带着也不方便。行，这已经够我拿的了。

4 月 24 日，我离开东京回国。不管进天堂还是入地狱，我都记着这个日子。

我坐的是咱们中国的飞机，咱们中国的航空小姐个个都漂亮、和气，像可爱的天使，把我这个离乡四十载的老人接回北京来。北京，我朝思暮想的故乡。

飞机降落的时候，北京的天已经黑了，机场大厅里灯火通明。大厅看上去还挺新的，但比起羽田机场毕竟简陋得多了。我独自叫了辆出租车往城里去。在通往城区的道路两旁，挤簇着浓浓的灌木丛和高高的槐树，那是咱们北京最常见的树。在黑黝黝的树荫掩映下，金黄色的路灯明灭不定，把路边的行人和远处的楼房映出一个朦胧的轮廓，我心里喊了一声："啊，我回来了！"

我回来了，带着不可抑制的狂喜，也带着那么一点伤感回到北京来了。这就是常常梦见的长安街吗？它原来不过是天安门的两臂，从东单到西单统共只有八里地，现在仿佛是一夜间长大了似的，不知开阔、崭新了多少倍。汽车走了很久，可一问司机，说是才刚刚进了建国门，金色的路灯仍然像两条灿烂的流星，直通到望不到边的前方，那份气派，那种辉煌，使我兴奋得眼泪直往下吞，我说："司机先生，请你停一停，我要下车自己走。"我从建国门内大街一直走到东单，一点也不累，我是六十几岁的人了，手里还提着大皮箱。我觉得自己就像个新生儿，满眼都是陌生的东西，长安街居然这样伟大了。

儿子在信上说过，他们还住在无量大人胡同的老房子里，于是我从东单口往北走，走了老半天，竟然搞不清是走过了头儿还是没走到，总也不见无量大人胡同的牌子。街道的样子变化很大，哪儿是哪儿都认不出来了，想跟谁问个路，话到嘴边老是开不了口，哦，可真是“近乡情更怯，不敢问来人”了。

走到一栋大楼跟前，我终于忍不住向几个年轻人问路，可都说没这个胡同，又问一个年纪大的，才知道我已经走过了头。无量大人胡同现在叫红星胡同，而跟前这座计算机中心大楼就是原来“无量大人”斜对过那座有名的“那家花园”。

红星胡同？我心里茫然，听着有那么点不是味儿，说不清为什么，也可能是觉着不如无量大人胡同叫着那么顺口吧。

找到胡同，找家还是不容易。快四十年过去了，只见旧时地，不见旧时人，老街旧邻大概没剩几家。已经晚上十点钟了，胡同里人不多，灯暗，门牌号也看不清。改朝换代多少年，门牌号不知换了多少次，看清了也没用。我心里有点发慌。

迎面过来一个中年人，戴眼镜，样子挺和善，我站定了唤他：

“先生，请问原来的一三九号院在哪里？”

“什么时候的一三九号？”

“民国……啊，1947年的时候……”

“哎哟，那可是老皇历了。”

“总还有些老住户吧？”

“那时候的住户？怕不多了。”中年人想了一下，“对了，你跟我来，我领你找一个人去。”

我连连点头称谢，心里踏实了些，如果真能找到个几十年前的人物，他准会记得我们那个院子，说不定还是熟人呢。

中年人把我领进不远的一个小四合院，不，靠大门一面没有房子，所以应该说是个三合院。那古朴、素净的院落立即唤起我许多温暖的回忆。墙根栽着夜丁香，一片翠绿、一片浓香。我印象中这院里当年曾住过一位在“北平国立图书馆”做事的学究，还有他的很有风度的太太。这胡同雅，当年住着不少学子名士，一代名旦梅兰芳就在这胡同住过。

正房坐北朝南，亮着灯，中年人喊了一声：

“二勇！”

应着喊声，屋门咣地拉开了，一个身穿深红运动衫的半桩男孩毛毛躁躁地探出身子来，看见中年人，把头点了一下：“哟，王叔叔。”

“瞧，给你领一个客人来，找人的。”中年人又转过脸冲我说，“他熟，这一带他最熟。”

台湾就有那么一种专门研究民俗学和地方史的学究们，他们熟掌故、擅诗文，谈及地方上的风土人物，市井变迁，以及习俗传说之类，如数家珍，可做这类学问的多半都是上了岁数的遗老们，后生之辈如何得知其详？我望着那小伙子，一个大约不满二十岁的青年，完全孩子气的圆脸，单薄的两肩，眨着一对大而单纯的眼睛。四十年前，连他的父亲大概还拖着鼻涕，而中年人居然把我荐给这么个黄口小儿，并且像大功告成似的转身走了，只留下我和他，我呆呆地站在那儿，茫然不知所措。

“大爷从哪儿来？”那年轻人让开半个身子，做着请客进屋的样子。

“从台湾来。”

“台湾？”年轻人瞪起吃惊的眼睛，接着眼珠转了转，上下打量我。

“我是回来找人的。”

“噢，”年轻人的情绪似乎松弛了些，“您是台湾同胞吧？”

“啊？啊，就算是吧。”

“您回来找谁呢？”

“旧门牌一三九号，有个叫小成的，大名叫……”

“嘿！”年轻人不等我说完就抢过话来，“您准是找一二一号的那人，他妈去世了，他爸爸就在台湾呢。”

“对对，我现在回来了呀！”

“您就是吗？您就是他父亲吗？对了，你们长得还真挺像的，我领您去找，您先进屋坐坐，我穿上衣服领您去找。”

听这年轻人满有把握的口气，我又惊又喜，心想大陆竟有这等奇事，街道上这些快成了古董的旧事，一个毛头小伙儿居然如此熟悉。

我进了屋。这屋子里外两间，很宽敞，也很高，是那种冬暖夏凉的好房子。我问：“你一个人住这儿？”

他点头：“我爸爸妈妈都在国外工作。”

我说：“想不到北京的住房现在这么宽敞，比台湾好得多了。”

他说：“住房？挤得没办法，这是我爷爷的私房，粉碎‘四人帮’以后才还给我们的。”

小伙子进屋穿衣服去了，我在桌子旁边坐下，点上根烟，等他。

外屋只亮着一盏幽幽的台灯，灯座是个古色古香的花瓶，罩子却极洋气；一张簇新的写字台摆在屋里最显眼的地方，而那乌黑沉重的红木书柜已被日月磨去了光泽，想必是小伙子爷爷的家底儿吧。也许当年我住在这条胡同的时候，这些家具就已经摆在这间屋子里了，如今置身其侧，浑然如温旧梦，不禁使人感慨系之。只可惜墙上装点得过于琐碎：有挂轴字画，虽欠古朴，却也儒雅一脉；也有新派挂历，一色美人头像，俗红艳绿；还有几个镶在镜框里的奖状之类。雅俗共备一堂。这年轻人到底是干什么的？

“咕咕咕，”一串熟悉的声音惊醒我，我眼睛蓦地一亮，就像一个神奇的梦，我发现这挨身的桌子上，一臂之隔，竟站着一只鸽子，灰色的鸽子。难道它真的飞回来了吗？我差点叫出声来！不对，这不是我的鸽子，它的颜色偏淡了些，精气神似乎也不那么抖擞。然而我的心潮却怎么也压不住地澎湃起来，不自觉地在感情上认定那就是我的鸽子，是刚刚飞渡重洋，追随我回来的鸽子，我亲眼看见，它的确是往北飞的啊！我忍不住伸出手去抱它，它往旁边跳了两步，最后还是让我捧在手心里，轻轻抚摩它光滑的脊背。

这难道是菩萨的安排？

里屋的门拉开了，我抬起头，想对鸽子的主人笑一下，可是咣的一声，我愣住了，鸽子惊惶地从我怀里挣扎着飞出去，那一刹那间我只觉得全身剧烈地打了个冷战，只觉得头皮忽地炸了一下，只觉得一股子麻酥酥、酸溜溜的电流从后脚跟、腿肚子，一直贯穿了整个脊梁骨。敏芳，你知道我看见了什么？

站在我面前的，是一个警察！

我俨然也是长者了，本来不应该无端憎恨一个素昧平生的青年，不应该无端恐惧一个正在帮助我的后生，但那一刻我的确是被一种下意识的慌乱和厌恶的情绪攫住，以至于在那个小伙子弯腰去提我的皮箱时，竟尖声叫了起来：

“不！不！”

也许我的叫声太恐怖、太尖锐了，那年轻人吃惊地后退半步，手足无措地看着我，又看着皮箱，以为做错了什么事，他这种不安和歉意的神情使我猛醒，我怎么能拿着自己这大半生的积怨和伤痕，在一个全不相干的孩子身上发泄呢？人不能那么没理智。

“这皮箱怎么了？”年轻人问。

“啊，没有，我是说这箱子沉，我自己提。”

“咳，没事。”年轻人挥了一下手，“别看我瘦，我有干巴劲儿。”

他故作轻松地提起皮箱，走到门口，又回过头来用目光催我走，我连忙把抽了半截的香烟匆匆掐灭，塞进衣服口袋，听到他“哟”地叫了一声，我才发觉这个动作有点失态。

“我们在外面，”我想解释一句，“在外面安身立命不容易，一点一滴省着过。”我从口袋里掏出那半截香烟，笑笑说，“我们习惯这样了，让你见笑了。”

“没有没有，这是应该的，咱们都是中国人嘛。”小伙子反倒有点不好意思了，“我是怕您烧了口袋，这么好的衣服。”

敏芳，我忘了跟你说一句了，他就是二勇，我刚才提起过的二勇。他在派出所里当警察，对咱们这一带户籍人口的变迁，是个名副其实的专家呢。敏芳，你看这孩子怎么样？

那天，是二勇领我穿过大半条胡同，找到了我们原来住过的院子，那院子变得几乎快认不出来了，比过去拥挤，也旧了许多，颜色好像也变了，空地被许多简易的小棚子占去了大半。我心里茫然。

找邻居一打听，小成刚好在一个星期以前搬了家，搬到不远的那片新楼里去了，具体地方谁也说不清。二勇领我去找。天黑，那片新楼区的地上坑坑洼洼，幽黄幽黄的路灯照着二勇一晃一晃的背——那箱子确是很沉的，他不时换着手，又不时站下来等我，嘴里老是说着“快到了，快到了”，仿佛在安抚一个不耐烦的孩子。

找了一个楼，进去一敲门，说楼里没有这家人。下来，再换一个楼，进去敲门，又说没有。二勇看我气喘吁吁的样子，在路边站下了。

“怎么办？”

我能怎么办呢？北京完全变了，路遥八千里，人别四十秋，我已是人地两生了，能有什么办法？

快十二点了，春夜，乍暖还寒。作为一个萍水相逢的人，不管如何好善乐施，帮忙至此，也该算仁至义尽了，可我真怕他说一声抱歉，丢下我走开。这么晚了，街上已看不见人，一个筋疲力尽的孤老头子，你让我上哪儿去？

“也许，能找个旅馆？”我试探着问。

“北京住店难，这么晚了根本找不到。”年轻人不假思索地答。

“也许……再找两个楼，能找到他们？”

“深更半夜的，就怕再敲人家门人家也挺烦的。”

“是啊是啊，把你也耽误得这么晚，实在……”

“我没事。”

年轻人看着我，眨眨眼睛：“要不然，上我家住一宿？”

我望望他的大盖帽，心里犹豫：“这怎么敢当……”

“没事儿，我家就我一人，被子、床单，都有干净的。要不然您说怎么办？”

万般无奈，我只好感谢他的盛情，可那实在是一种战战兢兢的感谢，他毕竟是一个警察呀！尽管看上去是一个多么讨人喜爱的少年。

这个警察的家看上去是温暖而干净的，那些老式家具所特有的那种陈旧的书香气，使人依依，恍然觉得就是我自己用过的旧物。

当然，还有那只很安静的鸽子。

“你也喜欢鸽子？”我问他。

“喜欢，北京一般还不让养呢，我这只入了信鸽协会了，算是在籍的，有证书。”

“北京也有信鸽协会？”

“有，去年还搞了一次从北京到上海的竞翔呢，还给它们评了名次，发了奖。”

“你的鸽子是第几名？”

“咳，”他笑了，“没评上，到发奖那天它还没回来呢，都以为它再也回不来了。那时候把我难过的，饭也吃不下……”

“它给你丢脸了。”

“那倒没什么，我主要是舍不得它，它可懂事呢。”

“怎么又回来了？”

“它自己回来的，那天早上自己飞回来的，又脏又瘦，站在窗户外面咕咕地叫我。”二勇笑了一下，“其实它忘不了家，走得再远也会回来，就是笨点儿。”

二勇的话使我联想到自己，不觉怦然心动。

二勇用年轻人特有的热情和直率招待我，像倒家底儿似的搬出新被子、新床单，还换了干净枕巾，用热水叫我烫了脚。他自己就支个折叠床睡在外屋。他的慷慨好客搞得我一宿不能安枕，除了想小成他们，就是计划着如何报答他。

天快亮的时候我才睡过去，醒来日照已经老高。我披衣出来，外屋没人，桌子上放着一只小暖壶和一盘子深红色的炸油饼。鸽子在它自己专用的小酒盅里喝水，喝两口就直起脖子往窗外望一下。我顺着它的眼睛看，二勇正穿着个雪白的小背心，在院子里练哑铃呢。听见屋里的响动，他跑了进来。

“油饼，您吃得惯吗？”

“行，行，这是咱们北京人的家乡饭。”我高兴地说。

真的，不管是不是心理作用，我反正好久没有这么好的胃口了。暖瓶里装的是豆浆，很甜很甜的豆浆，典型的北京式早餐，便宜，实惠，又香。

吃罢早饭，我想，是到了该表示一下的时候了。于是我从钱包里取出了一百美元。想了一下，又加了一倍，可放在桌面上，心里还是有些不安，觉得应当再加上一倍才过得去。

“您干什么？您这是干什么？”小家伙很机灵，马上看出我的意思了。

“不成敬意，盛情容当后报。”我说，“我们以后是近邻了。”

“不成不成，说死了也不成，我是民警，要是收您钱，非受处分不可。您瞧，我家还不错，像缺钱花的吗？”

“我知道你们有‘三大纪律，八项注意’，我年轻那会儿看过解放军的传单，现在又不打仗了，大可不必如此讲究嘛。”

“我们公安人员现在讲‘八大纪律，十项注意’，更严。”

“可你招待得这么好，我不表示一点谢意，良心上如何过得去呢？”

“我又不是开店的，我平常老是一个人住，来个客人还是个新鲜呢。再说您是从外面回来的，外面的条件比这儿好得多，这儿不过一套铺盖、俩油饼，算什么呀。”

相争不下，我想，也罢，反正来日方长，于是说：“好，钱我收回去，可是有个小小的纪念品，你说什么也得收下。”他问：“什么？”我把那支带电子表的原子笔拿出来了，他一看就摆手，“这也不行，这也不行。”我说：“你要是不收，我就没法跨出这个门槛了，我这把年纪，图的就是个心安理得。”他眨了一会儿眼睛，只好收了。

看看表，已经到九点钟了，二勇说今天是他的休息日，可以帮我出去找找儿子，他叫我留在家里不要动，然后搬出自行车，叮叮咣咣地走了。

等了足足两个小时，不见他回来，但我心里仍然是踏实的，我相信这孩子。

中午快十二点钟，他回来了，站在院子里喊了一声：“老先生！”我出去一看，和他一块来的还有一对中年男女，他们看着我，我看着他们，谁也不知道该说些什么，最后还是二勇对着那男的说了句：“他就是你爸爸！”

“爸爸！”

“小成？”

对，他正是小成，我在照片里见过的小成，很胖，既不是我记忆中的样子，也不是我想象中的样子，就像听到无量大人改名叫红星一样，我心里蓦然有种隔膜感，可还是扑上去抱住了他。这毕竟是我的儿子，这毕竟是父子重逢，几十年魂牵梦萦于兹的时刻啊！想到这儿，我的眼泪忽地就下来了。敏芳，你走得太早了，为什么不能熬到这一天呢？

小成没哭，忙着给我介绍他的爱人。爱人？这个词儿初初听来有点刺耳，在台湾，爱人即是情人，在这儿，其实指的是儿子的太太。

儿子的太太长得也挺富态，已经完全不是照片里那个满面呆板的土丫头了，头发也蓬蓬地烫起来，看着还很少相，她左一声爸，右一声爸，叫得我高兴啊，心里直发晕，跟他们回家的时候都忘了向二勇道一声扰了。我只记得当时那只鸽子在咕咕地叫。

敏芳，你还记得《圣经》吗？这些年，我有时也喜欢读几段《圣经》故事来打发苦闷，《圣经》里关于以色列父子团圆的动人篇章，不知多少次把我引向淳朴的远古，引向美好的未来。今天，我自己，不正是那个最后活了一百四十七岁的以色列老人吗？我能活二百岁！

我和儿子，和儿子太太，欢天喜地回到家。儿子的家就在那片新楼里，两间房，都不算大，卫生间和厨房也显简陋。但我想到这就是我度晚年、享天伦的家，是我最终的栖巢和归宿了，所以总觉得那么自在、舒坦。

我们的第三代：大孙子，已经是十七岁的大人了，孙女小，才六岁，都长得敦敦实实的，站在屋里漠然地看着我这陌生的不速之客，在儿子再三催促下，才呆呆地叫了声爷爷。

哈，我这个突然冒出来的爷爷！

敏芳，我是不是高兴得忘形了？也许是的，那时候整个儿世界在我的感觉上只有一种气氛，一个颜色，是一片温暖而柔和的红色，象征着喜庆与和睦。我真的以为别人，以为这个家，都如我一样，那么单纯地、毫无保留地欢迎我的归来。

不，我并不是说这个家不欢迎我，那天下午和那天晚上的气氛都是令人陶醉的，首先是有不少客人登门道喜，其后一位姓程的女干部代表区政府也来表示欢迎和祝贺，并且非常正式地致了一通“欢迎词”，有些话说得真诚而热情，感人肺腑。儿子和他太太下午都请了假，在小厨房里挤成一团，那热烈的寒暄与祝贺声，那压力锅噗噗的喷气声，还有刺啦刺啦的煎鱼声，菜刀和砧板砰砰的碰撞声，无不带给我久已不曾体验的愉悦。

我怎能不深深地呼吸，怎能不发自内心地高喊：“这是我的孩子，这是我的家！”

当然，人不可能永远生活在久别重逢的快乐中，可我那时哪儿想得到，我的孩子，我的故乡，实际上已经变得很陌生了，我实际上是走进一个新的生活里了。

到了晚上，宴席、宾客尽欢而散。新生活中最先碰到的问题，是睡觉。

两间屋，三代人，自然就有个睡法问题。儿子和媳妇叽叽咕咕地商量了半天，决定叫孙女随他们两口子睡大屋，孙子在过道里支个折叠床，把两个孩子原来睡觉的小屋腾给我了。当我听见孙子在走道里对他母亲嘟囔了一句：“以后我天天都要搭床了吗？真麻烦。”才意识到我的突然归来，的确把这个家庭原来的秩序小小地打破了，至少给孙子带来了麻烦，我心里惶惶不安起来。

我把那台小录音机拿出来，招呼孙子：“来，爷爷送你一件礼物，你在学外文吗？”

“录音机！”孙子惊喜地扔下折叠床，接过去摆弄开了，媳妇应声走来。

“哟，早知道爸要买这玩意儿，真应该告诉您一声，别买这种一用的，只能录不能收，要买，不如买个两用的、大个儿的呢，还有那种双卡的，更好。反正一次可以带进一大件来，免税。”

我愣了半天，不知该说什么：“使馆的人说，大个儿的北京也有。”

“那多贵呀，贵好几倍。”

孙子抱着录音机，怕被人抢去似的，说：“还是小的好，买来大的你们又该拿去听音乐了，还是不给我。”

“要是有大的，拿寄卖店去一卖，三七牌的，两千多块呢，能买十个小的来，还少得了你的？”

儿子正蹲在那儿给孙女洗脚，这时直起腰来，说：“我顶腻歪那帮物价局的，不管什么破玩意儿，沾个洋字，立马身价百倍，在国外没人要的便宜货，到咱们这儿都成宝贝了，两千多块？我才不叫他们抓冤大头呢，冒傻气！”

媳妇不理他，又说：“爸，回头得空儿，好好跟我们扯扯外面的事，反正这辈子咱也出不了国了，眼见不着，耳闻也是福气。”

我笑笑，说：“那好，我跟你们扯扯外面的事，奇事多着呢。你们给我扯扯大陆的事，咱这北京，我都眼生了，都摸不着道了。”

媳妇说：“爸，我们还真没料到您这么急就回来了，我们俩原先还合计呢，想劝您搬到日本去，然后让孙子到您那儿自费留学，经年隔月的再想法把我和小成也办出去投亲靠友，咱们不就能在外国团圆了吗，那多好。”

我愣了半天，说：“美不美，家乡水。外面看着好，可咱们住着不舒服。你们不知道，我这半辈子，就好像一直在外头跑单帮，如今回了家，才真正觉得安稳了。”

儿子埋怨媳妇：“爸都回来了，你还说这些有什么用。你别看外国人一个个的都挺阔，干起活儿来可得玩儿命，不玩儿命解雇你。要讲舒服，还是中国好。”

我说：“就是这话，年轻时有把力气，还能活一天乐一天，到老了，那个认钱不认人的地方，谁管你呀。老人最惨。这边呢，再怎么穷，是我的家乡，有我的亲人，我为什么不回来养老？”

儿子点头："那当然了，小日本有什么好的，那么多人挤在一个小窄条上，谁还爱凑那份热闹去。甭说别的，咱们中国，光卖地，一亩地十万块，这钱就老了去了，不信算算，比日本保险富他妈一倍，你说还比什么吧，比人，咱也是世界第一！我顶看不上那号崇洋媚外的。"

媳妇翻翻白眼，问他："你给孩子洗完了没有？"

"洗完了。"

"洗完了不赶快擦干净，论'侃大山'，你才是世界第一！"

话就这么岔开去了，时间确是很晚，孙子吵着怕明天起不来床误了上学，于是收拾睡觉，一夜无话。

开头几天过得很快，白天，一家人各自上班、上学、上幼儿园，只剩下我一个人，但我并不觉得寂寞，我愿意各处走走，买报纸看，吃北京的风味小吃——炒肝、豆腐脑、卤煮火烧，还有焦圈、薄脆、大麻花、糖耳朵、艾窝窝，一样小吃就是一个古老的故事。吃完这些"古董"，再瞧瞧电影，我也得快点熟悉今天的生活。晚上照例叫家里人给我说说，说北京这几十年的沿革变迁。

不过，媳妇倒更有兴趣猎奇外面的事情，仿佛那是一个百谈不厌的话题。

"爸，听说在台湾一个星期能盖起一座摩天大楼来，真事假事？"

"我没见过。"我真的没见过。

"穷人也骑摩托车？"

"摩托车，那倒多。"

他们有时也问："爸，您在外面用什么牌的彩电？几英寸的？"

"十八英寸，美国货。"

"冰箱呢？"

这些天，于街谈巷议之中，我也粗知了些北京的时尚：家用电器，是人们顶注目的东西。彩电、冰箱、洗衣机、摩托车，这几大件成了富裕和小康的公认标志，但除了洗衣机之外，儿子的家在这方面还是个空白。媳妇常常说起她的某同学、同事、朋友或者其他什么熟人在海外的亲戚寄了多少钱回来，买了什么牌的冰箱、多少英寸的彩电、几功能的洗衣机之类的事，虽不提破，意思我是明白的。照理，作为父亲，从孩子六岁起就没有尽到养育的责任，如今是应当补还的。于是我买了彩电、冰箱，还买了台电风扇，但是对他们最眼馋的摩托车，出手就不得不犹豫了。我的钱不多，六十多岁了，也难再有作为，我得留下点钱来养老，不能再拖累孩子们。可是听到媳妇仍然不断说起她的同学、同事或其他熟人得了外财的事情，我心里总是惶然，自愧不能让他们满意。

儿子的朋友不多，在左邻右舍中的人缘似乎不够好，家里平时难得有客。街道上那位姓程的女干部倒是来过几次，帮我办了落户口的手续，还问我生活上有什么困难。我因为发觉孙子每天在过道里搭床睡觉越来越啧有烦言，所以斗胆提出可否帮助找到一所三套间的房子，老程做了一通北京住房如何紧张的解释，最后还是答应尽力去办。

敏芳，那阵子我只想你，一有空儿就想。我心里害怕，因为不知什么缘故，客居台湾四十年后，在自己孩子的家里，我仍然有种半是主人半是客的感觉，也许你能体会这是为什么。

老人啊，老人总是讨人嫌的，总是累赘啊！

不然，儿子和我之间的话何以越来越少？媳妇何以常常无端发脾气？我不敢承认这是因为我。我也常常扪心自问：是不是太孤独了，太孤僻了？几十年独身生活，一天到晚只有自己，自己就是自己生活的全部内容，这种经历大概很容易潜移默化养成一种自私的、封闭的性格吧，不然的话，连埋头读书的孙子，还有尚不知事的孙女，何以也难以和他们沟通呢？

孙子的学校里近来又给高年级学生加了政治经济学课程，他的作业很多，所以平时不大有闲同我说话，甚至也很少同他的父母和妹妹亲热，读书读傻了。不知他母亲原来给他如何许的愿，他本来一直盼着爷爷搬到日本，他能到日本找爷爷自费留学去，如今连爷爷都拔锅卷铺地回来了，因此十分失望，情绪不好。

我呢？也开始常常觉得不愉快了，尤其不喜欢家里那个永恒的话题——“国外……”

“爸，一直没问您，您在外面住几间房？”

“三间，加一个厨房。”

“噢——”儿子不屑地拉了个长音，“也不多呀。”媳妇却争论说：“这就不错啦，一个人三间，给我我就知足，还要怎么享福呀，房子多了你又懒得打扫！”

那一次我终于忍耐不住了，说：“你们怎么从来不问我，这些年我一个人在外面吃了多少苦，你们都知道我坐过牢，可你们从来不问。”

“哎，对了，爸，”媳妇突然来了兴趣，眼神都有些发邪了，“他们都说国外监狱的犯人也比咱们吃得好，真事假事？在台湾监狱是不是也吃得好？”

我的脑袋轰的一声，脸色一定很难看，张了半天嘴，可一句话也说不出。

孙子哼了一声：“其实资本主义都是虚假繁荣，经济危机……”

“那你整天还跟我嚷着要出国留学，啊？你别去呀！”媳妇遭了小辈抢白，有点恼羞成怒。

孙子的脸倏地红了：“外国的教育质量好，我要不是为了学本事……”

“在中国就不能学本事啦？还不是想整天吃西餐去，回来还能高人一等。”

“算了算了，”儿子有些不耐烦了，“动不动就是外国，外国怎么啦？

外国人就高人一等啦？我就不服这个气！今儿嘿，有个老外，不到三点钟就到我们酒吧来了，要喝啤酒，我根本不理他，不到营业时间，就是里根来了我也不卖！嘿，那老外倒没说什么，旁边那个翻译倒不耐烦了，非让我卖给他们不可，说国外的酒店里，都是二十四小时服务的。我问他了，这是中国还是外国？到中国来就得懂中国规矩，三点半营业，想喝酒是不是，三点半再来，现在我不伺候。我顶恨这号吃洋饭的，狗仗人势！”

我躲开他们的大屋子，他们吵得我心慌。

北京的早晨，天亮得真快。他们都没醒，我一个人悄悄起来了。真快，回来都快两个月了，气候已经进入初夏，渐渐热了起来，早上的清风却尚存着些湿意，或许这不应该算风，只不过是一丝丝一片片的凉气。天很蓝，显着那么干净，开阔。我干吗起这么早？干吗要到这儿来？在这一个多月的时间里，颐和园、香山、故宫、雍王府，还有八达岭，都去过了，可还没有到这儿来。这儿近，却偏偏没有来过。

同仁堂，门脸子已经焕然一新了。

同仁堂是靠着向御药房供给生药发家的，离它不远的内联升鞋店也是靠揽宫里活儿出的名，还有瑞蚨祥绸庄、南豫丰烟店……都是百年多的老字号，如今门脸子也都阔气了，但名字没换。

天还早，店门都没开，街面比过去显得宽展了些，也整齐，也漂亮。敏芳，你一定知道我为什么要到这儿来，咱们的神经都会敏感地一跳，你没猜错，我就是从这儿踏上妻离子散的远途的！漫漫经年，往事如烟，不管到了什么时候，我只要站在这条街上，两腿都会忍不住发抖。

不，我并非为了追怀痛苦，也不需要咀嚼仇恨，我只希望这条街能引起我一线活生生的记忆，能把我的小成，我六岁的儿子，真真切切推到我的眼前，我真想抱一抱他呀。敏芳，孩子的妈！那天小成抱着我的腿，嘴里大声呼喊着，我没想到他会有那么大的力气！正是这力气支持我熬过孤独半生，熬到满头白发，熬到终于千辛万险回到了家！可是，我的小成，他在哪儿？

商店开了门，街上热闹起来了，男的、女的、少的、老的，一个个在我眼前过去。也许我永远找不到他了……

“老先生，您来买东西？”

“哦，没有，”我慌慌张张说了一句，定神看去——一个高高的青年，眉清目秀，也善气。

“您不记得我了？我是二勇。”

啊——二勇！那活泼的声音，我怎么能不记得呢。我忽然觉得这孩子就像命运之神，带着我的盼望、我的追求、我的想象，总是悄悄地不期而至。

他穿着白而挺的长袖衬衫，下摆随便地松在直筒裤的外面，袖子卷着，露着晒成健康色的半截胳膊，又黑又软的头发不经意地披在前额上，有点乱，但不粗野，比他穿着警察制服的样子可爱了许多。他是谁？小成？我强忍住泪水。

“你……今天又休息？”

“休息。”二勇笑道，“买点东西。”

我看看他手上：“买锁？”

“嗯，我们现在要说服大家都换上这种新锁，保险，防盗。”

“噢，”我接过那锁，下意识地摸摸看看，脑子里却不知在想什么。

“我那个管片都已经换完了，就剩最后一家，说死也不想花这个钱，财迷到家了。”二勇说起他的工作，认真得忘情，“碰上这种抠门儿的，你真没辙，我只好给他垫上吧，要是让小偷撬了门，还是我们的事。”

后来他又说了些什么，我忘了，他是怎么走的，也忘了。我糊里糊涂地走回家来，心里空茫一片，不知是因为失去了什么还是发现了什么，反正心里没滋味。

家里没人，我孤零零地从这个屋走到那个屋，心里突然有点慌，因为我意识到一种沉重的、似曾相识的寂寞感，正在不可抗拒地袭来。我不愿意，实在不愿意再回到这围困了我几十年的寂寞中去。我明白，或许正是因为二勇，这个二十来岁的青年，使我发觉了自己生活的无味。一个人，如果能像他那样，单纯地沉浸在工作和事业中，那大概永远不会感到寂寞和无味的。喝茶看报，养花植草，打打太极八卦，或是提笼架鸟的各处溜达溜达，北京的老人都这么过，不是也自得其乐吗？不不，我是辛苦劳动了一辈子的人，命定享不了闲情逸致的福，有时候，忘我反而是一种幸福。二勇是幸福的，虽然他得去替那个吝啬鬼买锁，花钱搭精神，但谁能说他不幸福呢？我老了，可身体还康健，我可以，也应该去做点什么事情，比方可以到儿子的宾馆去教他们做日本菜，按地道的日本方式摆台、走菜，这方面他们一定干得不地道。

对，这事晚上就和小成说！

“爸，您就消停着吧，出那份洋相干什么！”

小成反对，他几乎不听我说完。

“爸回来到底带了多少钱？是不是怕花完了没处挣去？”媳妇正在擦饭桌，此时也疑心地停下手来。

我不理她，只一味对儿子说：“我不愿意总闲着，闲出病来。”

“外国佬到咱这儿来，吃的就是中餐、烤鸭、川味儿，在外国想吃，有吗？吃哪门子日本菜呀，日本还不是跟中国学的。”

儿子对洋人的鄙夷，实在几近一种愚昧的排外。我说：“至少北京有很多日本人，他们爱吃日本菜。”

“爸！我们单位的人都知道您在台湾是大老板，您要是去烧菜、摆台，不说明您不过是个厨子，是个跑堂的吗，叫我的脸往哪儿搁？”

啊，原来儿子也怕这个。你的清高，那国粹式的清高，哪儿去了？

我沉下脸：“是的，你爸爸就是厨子，就是跑堂的！我过去寄给你们的钱，现在买这些东西的钱，就是这么挣来的，干干净净！你要是觉得丢脸，可以把它们砸了，扔出去！”

小成呆了，他不知道我为什么突然发了火，我……我也不知道。

小成当夜失眠，第二天没去上班，躺在床上，早饭也不吃。媳妇和孩子们走后，我坐在他床边，拉过他的手。我想到就是这双手，曾经多么深情地抱过我的腿啊，我心一酸，说：“孩子，是我的脾气不好，你就原谅了吧。”

小成哭了，一张脸扭得很歪，他说他觉得人生无味，从小失去父亲的庇护，孤苦成人，实在没有享过一天福；他抱怨晚辈不懂孝敬，而我，这个没有尽到父爱的长辈，又不能理解他；他还说到他的妻子——在“文革”时期“革命组织”中结识的战友，如今变得怎样自私、怎样俗不可耐，结婚十八年，最近才发现她还悄悄藏着一个婚前的存折，以备将来离婚于万一，只是现在怕物价再涨才拿了出来。如此同床异梦不说，可惜的是，十八年前的五百多块钱，如今只顶三百块用了。小成瞪大一双浮肿的眼睛，气恨地说：“也许三百块都不值了！”

敏芳，我实在不愿意继续说下去了，小成的这些话已经使我冷战连连。夫妻之间，徒有名分，形似势利之交，哪还有一丝家室温暖可言？但愿这些人间的凉气，不致使你在天堂的琼楼玉宇之中不胜其寒吧。

有人敲门。

是街道办事处的老程来了，给我送来一张购物卡片，说是凭这张卡片可以在市场上买到一些不好买的紧俏商品。她还说了许多话，似乎是讲了一通什么道理，又似乎是替发这张卡片的原因做了一番注释，我心里乱，懵懵懂懂地听着，却不知所云。

“您不舒服？”老程发觉不对。

“心里不痛快？”她又问。

我摇摇头，我并不盼着有人能理解我、同情我。我这一辈子的经历大概是太特殊了，感情和脾气都可能与常人大异，喜怒哀乐也就不易被人体会。我知道最好的办法是自己消化自己的烦处，就算一股脑倒给人家，换来一点同情，难道就能从此轻松了吗？同情心人皆有之，可等别人把该说的同情话说完了，仍然自己面对一切，又何必呢？

“是不是小成他们惹您生气啦？媳妇对您怎么样？”

我胸口一阵乱跳，想到家丑不可外扬，摇头想否认，但无效。

“您不用瞒着，您儿媳妇的毛病，街道上都知道，不是一天两天了。没关系，现在不是小成妈在的时候，那时‘四人帮’正搞得风气不正，老太太受了欺负也没个仗义执言的人。现在不同了，大家都讲精神文明，您有什么不愉快，我们不能不管，何况她也有组织嘛。”

我迟疑了一下，说：“大概都是因为我自己太闲了，闲来生事……要是有事干……您看，我这身子还活泛。”

“咱们区里有‘老人之家’，下棋、唱戏、看电影，还有书报杂志，您可以随时去看。”见我不即答言，她犹豫着又说，“听说您在台湾是开餐馆的，我们街道上正准备办个青年餐厅，他们都没经验，你要有闲兴，去指点指点什么的，也行。”

“是吗？”我一下兴奋起来，“如蒙信托，一定竭尽所知，以备顾问。您知道吗，我是略懂些日本菜的。你们不准备搞日本菜？这没关系，我可以帮他们搞快餐，现在吃快餐的人最多。”

老程也挺高兴，答应帮我去联系联系。她又提起我的房子，说政府考虑到我的困难，同意帮我换到附近的一个地方去住，三间大屋，是平房，只是没有暖气，叫我和家里人商量商量。

她走了，小成也起来了，拖着鞋从里屋走出来，头发乱蓬蓬地耷着，见了我就说："我顶烦这些街道干部，婆婆妈妈的，往人家里一坐，屁股死沉，国家养着他们干什么呀。"

敏芳，或许这也得归结为我的错，谁让孩子从小就没有父亲呢，他的人格并不是在一个健全的家庭中造成的，以致那从小受压抑的自卑心，变成了现在全没来由地仇视别人的心理，如果这的确是我无意间种下的苦果，那么现在，则是到了往下吞的时候了。

从那天晚上开始，我们就是否搬到平房去的问题开始了争吵，吵了整整一个夏天又一个秋天，直到严冬将即，才终于以两票对一票形成了决议：搬。小成和孙女中立，媳妇呢，主要是舍不得那个坐式马桶和冬天的暖气。

我和孙子的动机是一致，搬了，可以成全孙子有个独立的屋子住，另外，不晓得什么鬼使神差，我又想起了那个测字先生的话：迁，主遇难呈祥。

搬家那天很忙乱，小成单位里出了辆卡车，老程替我们雇来了两个临时工，大件家什都是他们扛了。小成和孙子忙着布置屋子，媳妇主要是拢着孙女，怕她磕了碰了惹祸。三间屋，挺宽敞，墙壁是新粉刷的，四白落地。老程特地用不无夸耀的口气对我说，这是前几天公安派出所支援了几个人，作为爱民劳动帮着刷的。我想那准保有二勇。

天冷了，可那几天市面上突然炉子脱销，儿子只好从单位里暂借了个蜂窝煤炉子。三间屋，一个炉子安在哪儿呢？媳妇嘟嘟囔囔老是念叨怕孙女冻出毛病来，还说怕我不会弄蜂窝煤炉子，回头非煤气中毒把全家熏着不可……儿子苦着脸找我商量，我说炉子就安在你们屋里好了，把孩子冻着不是玩儿的。可我心里不痛快，主要是看不惯媳妇那拐弯抹角的样子。

到了晚上，安好了炉子，四处都归掇完了，也吃过了乔迁之后的第一顿饭，舒舒服服地坐在客厅里。日光灯明晃晃的，屋子显得很白，很亮，也宽阔。小成和媳妇有说有笑，很起劲地计划着该添办些什么家具，墙上如何装点布置。孙子想买一个书柜，吵着说他的书已经多得没处放。对，是该买个书柜了，如果儿子和媳妇从小多看了几本书的话，我想大概不致像现在这么狭隘、这么贪财吧。

快八点钟的时候，传来敲门声，这是新居的第一个造访者。孙女争着跑去开门。进来的是两个警察，一看见那大盖帽我的心就跳起来，儿子认得为首的一个就是新居的管片民警，我也看出后面那年轻的原来是二勇。二勇老气横秋地和我打了个招呼。看架势，他们好像是找儿子说公事。不知是不是出于对警察本能的疏远，我回避开了。他们在客厅里同儿子和媳妇说话，开始声音还平和，后来不知怎么儿子激动起来，腔调不大对头了，可又听不清他们说的是什么事。

“我不同意，不同意，这种事总归不能强迫命令吧！”儿子高腔大嗓叫着，弄得我紧张起来，他居然一点不怕警察。

“谁强迫命令你啦，这不是在做你思想工作吗？”是那个老警察的声音。

“思想工作也不是万能的，我反正不同意，怎么着吧？！”这口气何止是不怕，简直近乎挑衅了。

“不同意也就算了，也是为你们好，何必这么大嗓门儿。”

“我自己家，我乐意多大声就多大声，管得着吗？”

谈不下去，接着就是脚步声，开门声。他们走了。我心里惶惶然，不晓得发生了什么事，但又想到二勇，这孩子在谈话时似乎一声没吭，而且总归他是个好人，小成不该这么不礼貌，于是我走出来问：

“出了什么事？”

"咳，"媳妇摆了一下手，一脸不屑，"派出所也是撑的，非叫我们把大门换上保险锁。"

"哦，那不是好事吗？"

"爸，要不怎么说您老实呢，"儿子说，"您没听见吗，他们要替居民统一代买，这么一来，买进就可以是批发价，卖出却是零售价，好大的赚头呢。别看他们穿着'官儿服'挺神气，可没处抓挠奖金去，看着别人手里哗哗的票子，能不眼红吗？！嘿，就生出这么个损招来捞钱，明着还打个维护治安的幌子，蒙谁呀！这年头，有权不用过期作废，谁跟钱有仇？嘿，我呀，偏不让他占这个便宜。"

假使撇开我自己对警察的成见，那我实在不能苟同这种近似诽谤的说法了。我痛心小成总是用这种非常阴暗的心理去衡量、猜度一切人一切事，其实又常常并无任何根据，甚至仅仅是出于一种习惯，他那么固执，那么自信、自鸣得意，而且说："爸，这里的事，您不懂！"

是，也许是我不懂，可一个将近"从心"之年的人，他的良知、他的直感，是不会骗人的。我信任二勇！

第二天，我照常到"青年餐厅"去上班，我在那儿上班已经好几个月了。几个月前他们开张时，老程领我去看，我提了几条建议，他们按着重新布置了餐位、灯光，增加了一些厨房设备，试了几天，挺好，于是由街道办事处正式发聘书，我就成了那儿的顾问了。我不是图钱，图的是有个寄托。那儿的年轻人挺尊重我，我也喜欢他们，有时候在家里实在不愉快了，我就想想这个餐馆，想想二勇和老程他们，心里还能觉着没白回来。

这天晚上回了家，一进院就听见叮叮当当的敲打声，儿子正哈着腰往门上安锁，一看，正是派出所动员换的那种保险锁，我心里挺高兴，问：

"什么时候买回来的？"

孙女嘴快，说："是警察叔叔拿来的。"

儿子拍拍手，说：“咳，是二勇送来的。”

“你们给钱了吗？”

“他没说要钱。”

我一下火了：“你怎么能不给钱？人家没要钱，咱们可得要脸！”

儿子冷笑：“您以为他会吃亏吗？他多安一家锁就多一份功劳，到时候评个先进，奖金比锁钱可多了去啦，这年头，谁也不是二百五。”

媳妇从屋里踱出来：“到底多少钱一把？太贵了咱还不要呢。”

我说：“就是十万八万，也得把钱给人家，我快七十岁了，不能陪你们丢这份人。”我拿出二十块钱，把正在温习功课的孙子叫出来，“去，给二勇送去！”

孙子一脸不高兴：“你们老占我的时间，马上就该考试了，毕不了业你们谁负责。到现在我连‘价值规律’还没背会呢，我们老师说了……”

我说：“你听爷爷的话，把钱送去，告诉他是你父母亲叫你送去的。咱们为人，得明白为人的价值，千万别把良心看得不值钱了。”

儿子这才说：“好，你去吧，反正就这么几个钱的事，爷爷是从台湾回来的，场面人，叫人家说小气也不好。”

孙子拉着脸走了。晚饭的气氛很别扭，我一句话也不想和他们说。

吃完饭，桌上的碗筷尚未撤净，孙女跑过来了，站在我面前，一副怯生生的表情，眨巴着眼睛酝酿半天没说出话来。

“怎么啦？”我叹口气，拍拍她的脸蛋。

“说呀。”当妈妈的一边收拾着桌子，一边督促，“和爷爷好好说。”

“爷爷……”她拿着一支笔，“你把这支笔给我……给我吧，作，作纪念。”结结巴巴说完了，立即转身跑开，缩进妈妈的身后，一脸如释重负的形迹。

我认出，那就是我在东京买的那支带电子表的笔，后来不是送给二勇了吗？

“这当爷爷的也真逗，”媳妇不知道是在对谁说，“回来都大半年了，这么个小玩意儿还藏着掖着的，要不是昨天搬家，我从您提箱的布兜里翻出来，还不知道您带回这么个东西来呢。这玩意儿现在还新鲜，再过几年一普及，就不值钱了。”

“给我！把笔给我！”

我的叫喊声想必是太大了，太凶狠了，太过分了，一刹那间我看到了一张张猝然惊怔的脸，紧接着就是孙女裂帛般的号啕。我难道发疯了吗？难道人老了，也会像孩子那样不懂克制吗？我说不清是恨谁，恨小成，恨媳妇，恨我自己，还是恨二勇？二勇，你连这样一点真情实意的薄礼也不肯接受吗？

媳妇最先反应过来，使劲搡了孙女一把：“哭什么！”她脸上笑着，话音却狠，“他爷爷，值得了几个钱的东西，至于和孩子发这么大火吗？”

“你们，知道不知道世上还有比钱更值钱的东西，啊？”

“黄金呗！”孙子插嘴说，“黄金最值钱，不过，黄金本身也属于货币，其实也是钱。”

我敲着桌子冲儿子叫道：“你们，别叫孩子沾一身的铜臭，孩子小！”

儿子点着头，风马牛不相及地说：“就是，孩子还太小，用这种笔也糟践了。”

我眼睛直发黑，踉踉跄跄地逃出家门。

钱，你这无情、丑恶、势利的东西！

外面有风，马路上，邻近人家泼出的水已经结成薄而结实的冰，啊，是冬天了。这浓浓的夜，我到哪儿去？

敏芳，我随你去吧，那很远很远的天堂，是否也是这么嘈杂、这么阴凉？

我常常瞎想，我们的天堂应该是一片淡淡的素色，绝不追求珠光宝气的豪华；应该是安静而单纯的清流，哪怕不如醇厚的琼浆；天上飞着鸽子，青灰色的鸽子，小成奔跑雀跃，张开两臂，追着笑着：“我的鸽子！”我也跟着跑起来：“我的鸽子……”敏芳，你笑什么？你的神情从来被忧郁主宰着，等到老了，又病容满面，你现在笑什么？你笑起来仍然那么好看。瞧，这就是我们的天堂——一个地道的北京四合院，不，是三合院，院子不大，却开满淡雅的丁香花。真的，这不是梦，隔墙可闻，花气微醺……

“是找二勇的。”

在院门侧畔，几个闲聊的小童直瞪瞪地看着我，不知谁说了这么一句。

哦，这原来是二勇的家，是胡思乱想把我领到这儿来了。

院门是虚掩着的，我颤巍巍推开它，想喊一声：“二勇……”

堂屋里灯挺亮，有说笑声传来，隔窗看，一群警察正围坐着玩扑克。想必都是二勇的同事了。不知是不是我此刻的心境太孤单、太寂寞的缘故，我真想就这么走进去，也变成他们当中的一员，也一起说啊笑啊玩扑克！

二勇输了，正老老实实地被一个五大三粗的小伙子毫不留情地用力弹脑门儿，两条黑而长的眉毛疼得几乎扭到一起去了，周围的伙伴们哈哈地乐，大声开着玩笑，那玩笑开得……有点荤。

啊，是那只灰色的鸽子最先看见了我，直对着飞过来，隔着玻璃窗咕咕地叫，又看看他的主人，又咕咕地叫。

“嘿，二勇，你家来客人啦。”

警察们止住笑声，一起转过头，望着窗外我这不速而来的老者。

“啊，是您来了，快请进。”二勇揉着脑门儿站起来。

屋子里真暖和，是炉子，还是暖气？

“得，二勇，这下你也甭想报仇了，快招待客人吧。”那五大三粗的警察得意地冲二勇扮着鬼脸，抓起他的大盖帽，“明天见。”

“不不，你们玩吧，我路过，随便看看。”

“我们玩半天了，也该散了，您坐您坐。”

警察们大声吆喝着同二勇告别，走了。我也不知所措地站起来。

“您找我有事儿？”

“没事，路过，随便进来看看。”

“那……您再坐会儿。”

“没什么事，不坐了。”

可我心里明白白的，怎么就一下子留恋起这个地方了？

二勇疑惑地看着我：“您一定有事。”

“我，我……想还你钱。”

“噢——您的孙子来过了，其实您不用那么认真。”

“不，我不是说这笔钱。”我的眼睛回避开，可究竟还欠了他什么钱，我也说不清。

二勇把话岔开了：“我听青年餐厅那帮人说，您烧菜的技术特棒。”

“啊。”我含含糊糊应了一声。

“你一个人住在这儿，”我又问，“不闷吗？”

“没事，我乐意一个人，自由。”

“您一个人在台湾，”他又问，“闷吗？”

“闷。”

“噢，”他点了一下头，又说，“不过咱们不一样，我在这儿有好多同学、同事、朋友什么的，我爸爸妈妈也常回来。还有它，”他看一眼那只安静地谛听我们说话的鸽子，“它总陪着我。再说，我们所里又特别忙，我想犯闷还来不及呢。”

“是，你很喜欢这儿，喜欢你干的事，喜欢你的亲人和朋友，还有你的鸽子，这就好，这就算什么都有了，人还要什么？”

“可不是。”他笑笑。

我离开这个小小的三合院。二勇要送我回去，我坚决不让。街上，挺冷，但仍然有三五成群穿得圆圆的人在散步、闲聊；也有人来去匆匆地赶路。一个两三岁的孩子举着红融融的纸灯笼，站在一个门口，几个大人群星簇月般地围在他身旁指手画脚。孩子尖声地叫着笑着，又新鲜，又害怕。一群女学生迎面过来了，热烈争辩着什么，笑得多么好听，响亮！

天堂究竟在哪儿？又是大家常说的那句老话吗——在人间？或者说，在自己的心里？

我冒昧地想，大概宇宙间本来没有什么天堂，只有普通而平凡的人间，而人间不圆满，本也是无可见怪之事。就说二勇吧，他就没有一点烦恼吗？既食人间烟火，人间的喜怒哀乐，就不可能没有，可你看他活得多么认真、热情、兢兢业业，对自己、对别人、对这个世界，都乐意奉上一腔活泼泼的热血，他真心觉得生活挺有意思，挺值得巴结，这多好啊。而我呢，我不如他。坎坷人生、大千世界、三教九流……我已经累透了。也许正因为一切都经历过了，见识过了，才不容易保持住对生活的热爱、宽怀和童心！

冷气袭来，天上细细密密地飘开了雪花。雪融在脸上，丝丝凉，似乎想提醒我什么往事，却又着物即化，像一片躲躲闪闪不可捉摸的气泡。这是入冬的头一场雪。我想咱们中国的传统，视雪为祥物，由冬天的瑞雪，盼着来年的丰岁。其实大半是农人的心理。我没种过田，可也从小喜欢雪，对了，算起来该有将近四十年没见过下雪了，难道这雪要提醒我的就是这个？这久违了的雪啊！

带着这一点兴奋，我回到家。家里人正在铺床准备睡觉，大概因为看见了下雪，孙子在他父母那个安了炉子的屋里现搭起一张折叠床来，把那间屋子塞得几乎没有驻足的余地了。

见我回来，大家有点尴尬，小成问：“爸，你怎么睡？你那屋太冷了。”

这当然只是表示一下而已，他并没有提到该不该在生炉子的屋里为我腾出个铺位。但这反而使我庆幸，因为我突然希望这能是个机会，让我去试着找到对生活、对亲人的热爱、宽怀和童心。于是我说：“不要紧，冷点睡着舒服。”说完，还冲他们笑了笑，我看出来，儿子和媳妇都松了口气，也笑了。我心里却难过，我想到我是父亲，我应当对孩子们好啊，千万别搞得他们都怕我、讨厌我！

小成给我灌了个热水袋，焐在被窝里，还把他们的屋门敞着，好让炉子的热气散过来。其实我真的一点也不冷，盖了两床薄被，睡得很死。

我记得那一夜什么梦都没有做，不管是旧的还是新的，苦的还是甜的。我好像从来没有睡得这么死，根本不知道身边已经发生了多大的惨祸，直到有人来砸门……

我们都中了煤气！

我被人唤醒，只觉得头沉，想吐，昏昏晕晕地看见屋里屋外有许多人走动，窗户四面大开，清晨的薄阳和冷气灌满了整个儿屋子。有人扶我起来，拿大衣给我披上；有人献计说该给我灌点醋；又有人提议该扶我出去吹吹风，于是几只手扶着我往外走，我不肯，我想着应该去儿子的屋里看看。还没移步，就看见有人把他们一个一个往外抬，我只听见一个中年人冲屋外的什么人说了句：“都没救了。”眼前便嗡的一声黑下来，然后就什么也不知道了。

菩萨！菩萨！你是在惩罚他们，还是在惩罚我？

敏芳，据说我躺在医院里，断断续续地昏迷了一天一夜，据说我在冥冥中呼喊着你的名字，呼喊着我们的小成。潦倒风尘，坎坷湖海，我为他才活着，千难万难，也为他才回来。如今我回来了，可他也没了，只留下几撮肃然的寒灰。

我在病床上一躺两个月。肉体越安静，思想越活跃，一天到晚上下古今地胡思乱想，想我的一生，仿佛是漫漫长夜，才到天明；又仿佛是白驹过隙，不过短短瞬间。昨天，我那么年轻力壮，儿子六岁，他抱着我的腿……不，别再咀嚼那些苦难了，何不把一生中所有乐事搜罗起来，翻来覆去地回顾、体味一番呢？快乐越少，就越值得重温。

于是我想起浅沼先生，想起二勇和老程，想起青年餐厅的年轻同事们。想起他们，我能看到世间的光明，也能看到自己存在的价值。可他们毕竟是外人，再好，也没法填满我灵魂中的全部空白。

于是我又想起我的儿子、孙子，又想起父子重逢、祖孙厮认的一幕。我得承认，半生漂泊在外，暮年归于故里，已算得上人生极乐。回想起来，初初回来那几天，我的确是兴奋到了一种虚脱的状态，谁料那竟是短命的烟火，只有瞬间灿烂。在台湾，至爱亲朋间露骨的势利之交，司空见惯。人情冷暖、世态炎凉，唯决于金钱。作为旁观之人，我也生了几十年感叹，谁想到如今会轮到自己？小成死了，媳妇也死了，果真是菩萨示罚吗？何以还要殃及无辜孙辈，还要再陷我这垂垂老者于寂寞的大不幸中？菩萨慧眼，何以如此粗枝大叶？

在医院的两个月里，常有人来看我，从区政府领导到左右邻居，络绎不断，但我仍然能时时体味到那种针刺般的孤单感，似乎痛彻了我的整个身心。人们来看我，异口同声地祝愿着我能早日康复出院，可谁也没有说，我出了院上哪儿去！

那天二勇来了。

因为太阳好，同室的病友都到花园里散步去了，屋里就剩下我和他。他坐在我床前的矮凳上，两条长腿很委屈地弓着，一边给我削苹果，一边兴致勃勃地同我说话。他说到他的鸽子，又要去参加大队远征了，辞色中带着毫不掩饰的自信；还说到他们派出所在全局户籍管理“四知道”评比中得了头奖，还在分局的乒乓球比赛中抱了银杯，等等。他说可惜公安局没有足球队，否则他一定会是名出色的“局脚”。说到足球，他又显得有点沮丧，因为昨晚上中国队输给伊朗队的一场球赛，气得他差点没把电视机给砸了：“中国队窝里横，一出去全都废物了。”他的口气中带着近乎偏激的愤怒。

我望着他手上的苹果，那苹果削得干净、整齐，我望着他那认真的神态，不知怎么搞的，眼泪忽地就滚下来了，不顾一切拉住他的手！

“孩子，孩子！你让我和你一起过吧，你知道我是个没家的老人吧！”

那一刻我仿佛才看清我自己，已经再也不是个刚肠男子了，我真的再也耐不住无边的寂寞，人老了就无耐性，也最怕孤单！

二勇呆了，拿着削好的苹果，不知所措。护士闻声进来，大惊小怪地以为出了什么事。二勇也不知道出了什么事，他走的时候既尴尬又莫名其妙，因为护士很严厉地训斥了他，她断定二勇一定说了什么伤我心的话。

我这是怎么了？我把二勇当作小成了，当作我六岁的小成了。我看到他心里就不能平静，也知道全是胡想。

从那天起我真的常常陷在一种难以自制的幻觉中，迷迷糊糊地，分不清哪个是二勇，哪个是小成，我心目中的小成，我理想中的儿子，有时是两个人，有时又是一个。

我这是疯了吧？

有一天我搞不清是真疯了还是有了异乎寻常的冷静，因为我突然生了一个妄想，又仿佛是一个深思熟虑已久的念头——为什么我就不能索性认他做个儿子，或者做个孙子！

我急不可耐地叫护士帮我买了纸笔，写了一封信，不是给二勇，而是给老程。我本想把我的一生都写出来，把几十年的那点可怜不足道的拳拳之心都一泻无余地倾倒出来，但我没有，只是非常简短也非常郑重地，把那个突然冒出来的，或许也是在不知觉中酝酿了很久的念头，告诉她。

信寄出去了，我彻夜不眠，囚犯似的等着宣判。

星期一，是医院探视的时间，可老程没来。

星期三，又是探视时间，她还是没来。

星期五，还是没来。

星期天，她来了。

病房里人多，她和我寒暄，闲扯，却闭口不提那封信。到了晚上快六点了，来看我的人一拨一拨都走了，她才坐下来。

“您那封信，呃……我同二勇说了。”

“哦。”我点一下头，想尽量做得轻松。

“您喜欢他，想认个干亲，是好事。可要和他一起生活，他一时可就做不了主了。这不是叫一声干爹干爷爷就能算完的事，将来您的生老病死，他得负责任。这么大的事，也得征求他父母同意啊，二勇是个孝顺孩子。”

这话，当然是没错的，甚至也没流露出一点可否的倾向来，可我却如同被判了死刑似的，知道这事是不行了。我的盼望，不过自作多情罢了。

老程自然要往宽处开导：“其实咱们区里养老院的条件很不错，国家对孤寡老人是很关心的，您完全可以……”

“不，我不去养老院！”

我没有老，我还有事情干，我是青年餐厅的顾问。我明白国家对我不错，就更得尽一番绵薄之力，以为报效。我不去养老院！

老程走了，一连几天我心里既委屈又烦躁，我的生老病死，我自己会负责，不打算拖累任何人，如果仅仅需要个年轻力壮的人来服侍晚年的话，那不如请个保姆好了。我独身生活了几十年，温饱自理，没什么难处，我只是想和我的孩子在一起，我害怕一个人孤零零地活着，也害怕一个人孤零零地死。

有时候，你真会觉得活着比死更费劲儿。可假使我去死，那必定会给那些对我好的人带来麻烦，那么还是活着吧，也为那青年餐厅活着吧。

老程又来看过我两次，谈我的病，谈青年餐厅，谈北京的天气以及风花雪月之类，不知有意无意，我们像约好了似的，闭口不谈二勇。

敏芳，对你的上帝，你也许至今仍能献上最虔诚的灵魂，可我不知道，一个终生为造化所忌的人，是否还愿意永远抱着那全无应验的信条不放。如果真是“心诚则灵”，那早该灵了。可大慈大悲、普度众生的菩萨啊，一辈子就没给我好脸色！

九九八十一难，什么时候是个头呢？我千辛万苦地跑回来，没有错，不后悔，可谁想得到会有那么一场无妄之灾？要恨，只能恨我的命吧，这个倒霉的命！

所以难怪，在福星降临的前一分钟，我也想不到还会有峰回路转的一天。就仿佛是咣的一声，我的生活，我的余年，就在一个猛然的转折中决定下来了。大前天傍晚，老程又来了，带着一脸不同寻常的兴奋，她几乎是一进门就对我笑道：

“老先生好点吗？您的孙子叫我来看看您。”

这竟是真的，二勇的父母回信了，同意他认我这个爷爷，意料之外，情理之中，有其父必有其子，反之亦然。养育二勇的父母啊，我这孤苦伶仃的老头子没什么好说的，谢谢了！

“您以后怎么过呢？叫他到您家来，还是您搬到他那儿去？”老程问。

“都行，孩子愿意怎么样就怎么样。”

老程做主：“依我看，不如您搬过去。”

“行。”

我又想起那个测字先生的话了：“迁，主遇难呈祥。”

“老先生，我还有句话，先搁出来，当不当您自己斟酌：您的东西，钱，还是您一个人的，别往二勇那儿拿。”

“怎么？”

“我也要替二勇先想一步。不用瞒您，现在咱们这个社会上，好人难当，总短不了那么几个长舌头，备不住满世界传风播雨，说二勇为财认亲，是想图便宜，孩子脸皮薄，别委屈了他。”

“行。”这事我当然胸有成竹，“你们放心，我自会处置。”

“那行了。”老程笑笑，“你们爷俩的家务事，我清官不断，回头您出院，我叫您孙子来接您。”停一下她又压低了声音说，“我得祝贺您，贺您有眼力，跟这孩子过，保险没错！”

我要出院！

就在今天下午，我把出院的手续都办齐了，正在要走没走的当口上，青年餐厅的同事们来看我，大姑娘小伙子闹喳喳地挤满了一病房。

“今天不探视，你们怎么进来的？”我问。

“我们从太平间溜进来的。”小伙子们拍着胸脯，“没我们进不去的地方。”

“就算接您出院吧。”大姑娘们调皮地咯咯笑，“我们掐算着您准住腻味了。”

我说：“我有人接啊。”

他们说：“是二勇吧？这小子，还在大门口傻等呢，叫他跟我们进来他不敢。”

“他比你们守规矩。”

“哪儿啊，您不知道，他过去是三天不打上房揭瓦的主儿，调皮得出花儿，穿了两年‘官儿服’，变老实了。”

护士终于发现这些“非法越境者”，板着面孔来轰，他们满不在乎地打着哈哈：“就走就走，但愿永远不来这地方。”

大家争先恐后替我拿上东西，前呼后拥、旁若无人地把我搀出病房。我似乎从来没有这么快活过，恍然满头乌发又少年了。

我爱这些年轻人，也爱他们……不，我们的餐厅，我曾经为此坚定了活的信念。然而，信念固然高尚，也固然可以为我带来安慰和自豪，却不能弥补我心头那凄凉的空白。人，只有当他感到幸福生活也是属于自己的时候，才会真的迷恋人生！

出了住院楼的大门，高高的台阶直通下去，连接着一片开阔的平地，我的胸襟也豁然开朗起来，不知怎么就激动得浑身发热。敏芳，你也跟我来吧，就在医院那白色的栏杆外，二勇穿着一身干干净净的民警服正在等着我们呢！我流泪了？为什么看不清他那高高昂起的大盖帽上的警徽？可那朦胧而斑斓的颜色却分明打动了我，还有那身厚厚的棉警服，臃肿得可爱。二勇看见我了，使劲向我挥了一下胳膊。就在这时，我听见一串嘟嘟的哨声从高远的蓝天飘过，活泼、悠扬，也安详。那是一群鸽子，像点点灰帆，潇洒地在恬淡的白云下盘旋而去……我心头忽然发抖，两腿一软，不由得一屁股坐在台阶上，痛哭失声！

啊——我的孩子，我的故乡！

后记

有人觉得写小说是件既高尚又实惠的事，为着读者和社会的需要而作，同时自己也得些稿费贴补家用，于国于民于己都有利。

而我写小说的动机，却常常只是为了使自己的灵魂得到抚慰、寄托、安定和净化而已，是自己精神生活的一种需要。本集所收进的这些入世近俗的寻常人事，就并不是客观世界的单纯再现和摹写，而更多地表达了我自己对这个世界的回顾、解释和希望，充满了很强的主观情绪。我不知道这是否损伤了作品的真实性。

如果徐五四和凌队长都不是好警察的话，天下就没有好警察了。我把他们的激烈冲突理解为新老两代公安人员的差别，这差别既是素质上的，又是性格上的。现实中的警察当然比他们更复杂、更多面，但我有意按自己对生活的选择，强调了他们的某一面甚至某一点，不及其余。

二勇在现实中也可能是不存在的，他给予那位濒于绝望的老人的温暖，代表着只有在人的青春年华才会闪烁的热情和纯真。二勇的明朗可爱，与其说是现实对作者的触动，不如说是作者对现实的呼唤。

《死于青春》则显然萦回着一股淡淡的幽怨和失落感。如果说，在男主人公身上反映出来的冲突，是人的价值与社会现实的矛盾，那么女主人公的冲突则是人的存在价值与自我的矛盾，她在现实和往事之间的彷徨，在新旧价值观念上的茫然，恰恰也是以前我自己精神上的一个隐隐的痛点。我老是弄不清那个被我们憎恨、诅咒的疯狂年代，为什么还会留给我们那么多丢不掉的怀念。也许仅仅是因为那最真诚、最勇敢、最纯洁的青春之火，总是召唤我们回首当年；也许是因为那年代黑暗，火光才更迷人。如果说，曾经迸发过这火光的一代人与从懂事起就找不到理想或者理想太不浪漫的另一代人相比，现在有时会感到内心空茫的话，那么这内心的空茫是不是一种失落感?

这是不是告别青春后反而发疯似的怀念青春、赞美青春的失落感?

写小说对我，虽然确是自我安慰的一条途径，但我想不会有哪个作者写小说是专给自己看的，他总是希望自己心境中的那些生命和情感，得到更多人的理解和肯定。

古人说："陶陶文思，贵在虚静。"而我偏偏是个俗人，每日公私杂务纠缠不清，于是小说便写成这样，幼稚、粗糙、空洞，俱是缺乏冥思默想，不能有很好内心修养的缘故。

海　岩